RACHEL HIGGINSON

The Something About Him

RACHEL HIGGINSON

THE SOMETHING ABOUT HIM

Roman

Ins Deutsche übertragen
von Corinna Wieja

LYX

LYX in der Bastei Lübbe AG
Dieser Titel ist auch als E-Book erschienen.

Die Originalausgabe erschien 2019 unter dem Titel
»The Something About Her (Opposites Attract Series, Book Four)«

Published by Arrangement with Rachel Higginson
Dieses Werk wurde vermittelt durch die Literarische Agentur
Thomas Schlück GmbH, 30161 Hannover

Für die deutschsprachige Ausgabe:

Textredaktion: Gesa Andres
Umschlaggestaltung: © ZERO Werbeagentur, München
unter Verwendung von Motiven von © shutterstock (KireevArt / Kitsana1980)
Satz: Greiner & Reichel, Köln
Gesetzt aus der Adobe Caslon
Druck und Verarbeitung: GGP Media GmbH, Pößneck
Printed in Germany
ISBN 978-3-7363-1223-4

1 3 5 7 6 4 2

Sie finden uns im Internet unter www.lyx-verlag.de
Bitte beachten Sie auch: www.luebbe.de und www.lesejury.de

Liebe Leser*innen,
Dieses Buch enthält potenziell triggernde Inhalte. Deshalb finden Sie auf Seite 396 eine Triggerwarnung.
Achtung: Diese enthält einen Spoiler.

Für Sam,
von dir lasse ich mich am liebsten ins Gespräch verwickeln.
Ich bin so froh, mit dir befreundet zu sein.
Danke, dass du deine Nummer auf die Rückseite
eines Fotos deiner Kinder geschrieben hast.
Du weißt genau, wie man
den besten ersten Eindruck hinterlässt.

1. KAPITEL

Als kleines Mädchen sammelte ich Persönlichkeiten. In die Haut einer anderen Person zu schlüpfen war für mich Kunstform und heimliche Herausforderung zugleich, ein Wettbewerb mit mir selbst, den ich immer gewann. Je weniger von meinem eigentlichen Ich zum Vorschein kam, desto leichter fiel es mir, mich an die verschiedenen Situationen anzupassen, die ich durchleben musste.

Und je älter ich wurde, desto klarer erkannte ich, dass diese Erlebnisse meist zur Kategorie »schrecklich« oder »traumatisch« zählten. Zumindest traf dies auf jene Erfahrungen zu, die bei mir die deutlichsten Spuren hinterlassen hatten. Die größten Narben.

Ich vertraute auf diese Ersatzpersonen, in die ich wie ein Chamäleon hineinschlüpfte, um mich nahtlos einzufügen. Das Sammeln von verschiedenen Charakteren hatte mich immer wieder gerettet. Es war die einzige Konstante, auf die ich mich als Kind verlassen konnte. Und sie war mir bis ins Erwachsenenleben gefolgt, durch die rauen Gewässer des Alltags und Berufslebens, und half mir bei meinen Bemühungen, all das zu überstehen.

Für meinen Dad zog ich Prinzessinnenkleider an, schüttelte Erwachsenen die Hand und begrüßte sie mit einem kleinen Knicks. Ich ertrug die Geschäftskonferenzen, zu denen er mich noch spätabends schleifte, und gab vor, dass es mir Spaß machte, stundenlang die Wand anzustarren. Ich lächelte seine alternden Freunde mit schon schütterem Haar, aber mehr Geld, als ihnen guttat, freundlich an und gaukelte vor, dass es mir nichts ausmachte, wenn ihre Hände ungebeten über meinen Hintern streiften. Ich spielte die perfekte Tochter, und er gab den gleichgültigen, selbstsüchtigen Vater.

Für meine Mom trug ich Partykleider und High Heels und lachte über all die derben Witze, die ich noch nicht verstand. Ich badete geduldig ihre schlechten Entscheidungen aus und unterstützte sie in ihrer ungesunden Hörigkeit meinem Vater gegenüber. Ich machte keine Hausaufgaben, damit wir mit ihren zügellosen Freunden abhängen konnten. Ich erwähnte weder die Schultheateraufführungen, die sie vergaß, noch die Ballettproben, die ich ausfallen lassen musste, weil sie am Wochenende an den Strand fahren wollte. Ich war ihre beste Freundin, nicht ihre Tochter. Und sie liebte mich mehr als alles andere auf der Welt. Diese Liebe beruhte auf Gegenseitigkeit, auch wenn nur ich mich an die bitteren Fakten und schlechten Seiten unserer Beziehung erinnerte.

In der Schule bekam ich Supernoten und beantwortete jede Frage, wenn ich aufgerufen wurde. Ich war im Schülerrat und Sprecherin der Oberstufe. Ich gab Nachhilfe. Und war Kapitänin des Basketballteams. Wie jeder Teenager klaute ich den billigen Fusel aus der Bar meiner Mom, und Dads Geld finanzierte den Unfug, den wir anstellten. Ich sagte Ja zu allem und jedem. Jungs, Partys und Drogen, einem Leben voller Spaß und ohne Pflichten und Verantwortung. Auch wenn ich eigentlich Nein sagen wollte.

Und wenn ich tatsächlich mal Nein sagte, hörte niemand darauf. Ich hatte zu oft Ja gesagt, um noch ernst genommen zu werden. Ich spielte meine Rolle als Partygirl zu gut.

Alle meine Rollen spielte ich viel zu gut.

Ich war Dillon Baptiste, das Mädchen, das jeder mochte, weil es niemand kannte.

Jedenfalls kannte niemand mein wahres Ich.

Bis zum Schulabschluss hatte ich unzähligen Menschen hunderte von Rollen vorgespielt. Und ich hasste den Menschen, der ich vorgab zu sein.

Denn das war nicht ich.

Am Schlimmsten war jedoch, dass ich selbst nicht wusste, wer ich eigentlich war.

Und wusste es noch immer nicht.

In den ersten Jahren nach der Schule erwischte mich die Depression mit voller Wucht. Ich hatte keine Ahnung, welche Richtung ich einschlagen sollte, weil es kein Ziel in meinem Leben gab. Und ich hatte kein Ziel, weil ich nicht wusste, was ich wollte. Was daran lag, dass ich keinen blassen Schimmer hatte, wie ich das auch nur herausfinden sollte.

Und dann wurde mein Dad krank.

Kein Therapeut der Welt hätte das Chaos in meinem Kopf entwirren können. Meine Gedanken überschlugen sich, als ich zusehen musste, wie der Mann, den ich gleichermaßen liebte und hasste, einer Krankheit erlag, die er nicht mit Geld verschwinden lassen konnte.

Das waren dunkle, schwere Jahre.

Zu diesem Zeitpunkt tauchte Ezra in unserem Leben auf, um seinem Vater beizustehen. Wie ein Ritter in schimmernder Rüstung eilte er herbei, um all die Katastrophen in Ordnung zu bringen – mich eingeschlossen.

Vor allem mich.

Unser Dad war schon zu krank, als dass ihm Ezra noch hätte helfen können. Aber ich war noch nicht völlig verloren. Zumindest war ich bei körperlicher Gesundheit.

Und so begann er den langsamen, mühsamen Prozess, mich aus dem schwarzen Abgrund zu ziehen, in den ich mich hatte fallen lassen. Ich klammerte mich nicht an ihn wie an all die anderen Menschen in meinem Leben. Ich beobachtete ihn. Und lernte von ihm. Und schließlich versuchte ich, wie er zu werden.

Nicht wortwörtlich, natürlich.

Ich mochte seine Macken. Er war unnahbar. So mühelos kaltschnäuzig. Er kam aus ärmlichen Verhältnissen, aber er trat so auf, als gehörte er in meine Welt. Er behandelte jeden herablassend, bis auf mich. Unfähigkeit und Dummköpfe konnte er nicht ertragen, und er ließ sich von niemandem die Butter vom Brot nehmen, denn er wusste, wie er bekam, was er wollte.

Vor allem aber wusste er, was er wollte.

Ich war vom ersten Augenblick an hingerissen von meinem neuen älteren Bruder, der sich selbstlos um andere Menschen kümmerte, ohne selbst jemanden an sich heranzulassen.

Ich wollte seine ... Rüstung.

Ezra hatte bereits ein Leben, bevor er in meines trat. Er liebte gutes Essen. Diese Liebe hatten sein Freund Killian und ihre gemeinsame Pflegemutter Jo in ihm geweckt – seine kleine verlässliche Sippe, die einzigen Menschen, denen er näherstand und vertraute. Wenn sie Rezepte entwickelten und kochten, erlebte ich sie so offenherzig und ausgelassen wie sonst nie.

Später erschien Elena auf der Bildfläche. Ich konnte sie von Anfang an nicht ausstehen, befürchtete aber, es mir mit meinem Bruder zu verderben, also hielt ich die Klappe. Ezra heiratete sie und verschwand wieder eine Weile aus meinem Leben. Die beiden wollten ein Restaurant eröffnen. Für sie begann ein neues Leben. Da war kein Platz für eine verwöhnte kleine Halbschwester, die in Kummer und Verwirrung versank und genau genommen nicht eine einzige Sache benennen konnte, für die sie wirklich brannte.

Ich machte wieder Party und hatte auch jede Menge Bekannte, die mir bereitwillig halfen zu vergessen, wie es war, wenn sich jemand um einen kümmerte, der mich um meiner selbst willen mochte. Weil ich so war, wie ich war.

Ich kramte meinen geheimen Vorrat an Persönlichkeiten hervor und tauchte wieder in die dunkle, deprimierende Welt ab, die mir die wahre Bedeutung von »am Tiefpunkt angekommen« klarmachte. Glitzer, Glamour, Geld und Partys und all die anderen hübschen Belanglosigkeiten, mit denen ich mir in diesen Jahren die Zeit vertrieb, hatten jedoch einen Preis – einen Preis, den ich teuer mit meiner Seele bezahlte.

Ich hatte angenommen, ich wäre bereits ganz unten, und hatte keinen Schimmer davon, wie schlimm es noch kommen würde. Ich hielt mich bereits für verloren, verdorben, eine gescheiterte Existenz. Doch musste ich schnell erfahren, dass die wahre Bedeutung dieser Worte weit schärfere, tödlichere Zähne hatte, die sich, hatten sie erst einmal zugebissen, bis auf die Knochen in mein Fleisch gruben und nicht mehr losließen. Verwundet, blutend und einsam blieb ich zurück.

Schließlich kehrte Ezra zurück, nur dieses Mal brachte er das Kochen mit. Nicht einfach gutes Essen, sondern die Kunst des Kochens. Und wie man daraus ein Geschäft macht.

Und er rettete mich ein zweites Mal.

Von da an habe ich mir noch mehr von ihm abgeguckt. Aus schierer Notwendigkeit. Aus dem Bedürfnis, meinen Fall abzufedern, mein Überleben zu sichern, und damit ich mir eine Wirklichkeit ausmalen konnte, die anders war als die Realität.

Ich suchte verzweifelt nach einem Sinn im Leben. Ich gierte nach etwas, das die gähnende Leere in mir ausfüllte und mir das Gefühl nahm, dass etwas mit mir nicht stimmte.

Mich vergessen ließ, wie tief verletzt ich war.

Als Ezra mich in die Welt des Kochens einführte – in wirklich gute Kochkunst voll Herzblut und Leidenschaft –, saugte ich alles auf wie ein Schwamm. Eigentlich war Kochen gar nicht mein Ding, aber irgendwann, umgeben von Öfen, Hitze und Gewürzen, fand ich zu mir.

Inmitten einer Küche, in Schweiß gebadet und voller Fettspritzer, entdeckte ich, wer ich wirklich war.

Das war das größte Geschenk, das Ezra mir je hatte machen können. Ein Geschenk, für das ich ihm nicht einmal danken konnte, ohne zuzugeben, wie verkorkst ich eigentlich war, und selbst dann würde er nur meine äußere Fassade sehen. Meine Fehler. Nicht mehr die hübsche Schwester, die er so innig liebte, sondern das hässliche verstörte Wrack.

Diese Seite von mir hielt ich gut versteckt, auch wenn das Kochen Balsam für meine Seele war, die Wärme heilend, und die Herdflammen neue Lebensfreude in meinem angeschlagenen Körper entfachte. Und ich schlüpfte in eine letzte Rolle, um all meine Ecken und Kanten zu glätten. Ich wurde die Frau, die vorgab, es ginge ihr immer gut und alles wäre spaßig und toll. Ich schuf mir eine zweite Haut, die den Anschein von Normalität erweckte. Und ich beschloss, sie für den Rest meines Lebens zu tragen.

Ezra gehörten mehrere Restaurants, daher machte ich eine Ausbildung zur Köchin, um für ihn zu arbeiten. Das erschien nur folgerichtig für meine neue Persönlichkeit. Ich wusste, dass er es für vernünftig hielt. Zwar könnte ich niemals all die komplizierten Gründe erklären, warum ich mich ins Kochen verliebte, aber das musste ich ja auch nicht. Ich kam aus einer Familie, in der Essen schon immer eine große Rolle gespielt hatte. Kochen war meine Gegenwart. Und würde auch meine Zukunft sein.

Die meiste Zeit machte es Spaß, für meinen Bruder zu arbeiten.

Aber dieses Mal war er zu weit gegangen.

Er hatte eine Grenze überschritten, verdammt.

»Das schaffe ich nicht«, hauchte ich und schnappte panisch nach Luft. Meine aufgesetzte Frohnatur-Persönlichkeit entglitt mir bereits, aber ich war viel zu perplex, um mich darum zu scheren.

Mein Bruder lächelte vom Empfangspult des berühmt-berüchtigsten seiner Restaurants, dem *Bianca*, zu mir herüber. »Herzlichen Glückwunsch zum Geburtstag, Dillon.«

»Das ist nicht dein Ernst.« Die Worte kamen als Flüstern heraus, und ich hoffte, er hielt meine Reaktion für Überraschung und nicht für das Zischen der Schlange, die in mir zum Vorschein kommen wollte. Mein Geburtstag war zwei Wochen her. Wir hatten Nummer siebenundzwanzig bereits gefeiert. Er hatte mir einen Vakuumgarer für zu Hause geschenkt. Das hier konnte nur ein schlechter Scherz sein.

Sein Grinsen wurde breiter – es war ein wirklich seltener und ungewohnter Anblick, ihn so glücklich zu sehen. »Das ist mein voller Ernst.«

»Ezra, ich kann doch nicht …«

»Ich weiß, was du denkst«, fiel er mir ins Wort. »Aber du bist die optimale Besetzung für diese Küche. Und das Personal arbeitet schon seit über einem Jahr eigenständig ohne Küchenchef. Sie werden dir während des Übergangs helfen, bis du dich in die Position eingefunden hast.«

»Ich habe meinen Abschluss doch gerade erst gemacht. Ich bin noch keine zwei Jahre im *Lilou*.« Mein barscher Tonfall schreckte ihn jedoch nicht ab. Im Gegenteil, in seinen Augen lag dieses gewisse Funkeln, das mir verriet, er würde nicht nachgeben. Nicht jetzt. Niemals. Ich würgte den Kloß aus Zweifeln, Frust und jeder Menge Angst die Kehle hinunter. »Ich habe nicht die leiseste Ahnung, wie man ein Restaurant führt. Ich dachte, du willst das *Bianca* retten, nicht in den Sand setzen!«

»Du wirst es nicht in den Sand setzen«, entgegnete er geduldig.

»Schön. Dann mache ich etwas noch Schlimmeres. Es abfackeln. In die Luft jagen. Auf den verdammten Mond schießen.« Die in mir aufsteigende Hysterie schwappte förmlich aus meinem Mund. »Ezra, ich bin nicht qualifiziert für dieses Restaurant! Bist du völlig verrückt geworden?«

Sein Lächeln erstarb, und sein typisches Stirnrunzeln kam zum Vorschein. »Scheinbar bist du es, die verrückt geworden ist, Dillon! Das ist eine einmalige Gelegenheit.«

Ich widerstand dem Drang, die Augen zu verdrehen. »Ja, eine einmalige Gelegenheit, meine Karriere in Rauch aufgehen zu lassen. Und ich werde es dir nie verzeihen, wenn du mich feuerst. Was unweigerlich passieren wird, denn das schaffe ich nie. Und dann werden wir uns zerstreiten und sind am Ende geschiedene Leute. Willst du das?«

»Du wirst deine Sache gut …«

»Ich bin nicht gut genug fürs *Bianca*, Ezra. Ich will das Restaurant nicht. Jedenfalls noch nicht.«

Bekümmert zog er die Augenbrauen zusammen. »Ich kann aber nicht länger warten. Das *Bianca* braucht einen fähigen Küchenchef, der das Ruder übernimmt. Und ich will dich dafür. Wenn ich jemand anderen dafür auswählen muss, dann wird er kein Lückenbüßer sein. Ich werde mir den besten Chefkoch schnappen, den ich kriegen kann. Wenn du jetzt nicht übernimmst, wirst du die Leitung vielleicht niemals bekommen.«

»Ezra, verdammt noch mal. Lass mich doch erst einmal genügend Erfahrung sammeln, bevor du mir eine so verantwortungsvolle Stelle gibst.«

Er schüttelte den Kopf. »Ich wünschte, das könnte ich.«

Die Tür zur Küche schwang auf, und unsere Freunde schlenderten in den Gastraum. »Herzlichen Glückwunsch!«, riefen sie einstimmig.

Ich hätte am liebsten geheult.

Molly und Vera kamen, Ballons in den Händen, zu mir herüber. Kaya präsentierte mir eine lächerlich teure Flasche Champagner. Wyatt hielt eine gestärkte weiße Kochmütze in der Hand, auf die die Lilie des *Bianca* gestickt war. Killian bildete das Schlusslicht. Er schob einen Wagen mit einer gigantisch großen Torte darauf vor sich her.

Ich blinzelte beim Anblick des Zuckergussalbtraums. »Herzlichen Glückwunsch, Chef Dillon« stand darauf.

»Ist die Torte aus dem Laden?«

Alle brachen in verlegenes Lachen aus. Entschuldigungen, dass so wenig Zeit war und niemand wusste, wer sich tatsächlich darum kümmern würde und welche Geschmacksrichtung ich am liebsten mochte, flogen hin und her.

Es fiel wirklich schwer, sich ein Lächeln zu verkneifen, wenn Freunde den Raum mit ihrem Gelächter erfüllten. Und wenn ich den Blick über das elegante Ambiente schweifen ließ, den offen gestalteten Raum und Biancas Augen in dem atemberaubenden Gemälde, mit dem Molly die breite Wand verschönert hatte, war es fast unmöglich, das Restaurant nicht zu wollen. Wenn ich dabei obendrein an den angeschlagenen Ruf des *Bianca* dachte, und die Schwierigkeiten, in denen es in den vergangenen Jahren gesteckt hatte, konnte ich nicht leugnen, dass ich ihm gern neues Leben einhauchen würde.

Ich wollte das Restaurant.

Ich wollte es unbedingt.

Aber ich war ein Frischling. Noch grün hinter den Ohren. Und in meinen schlimmsten Momenten hoffnungslos ignorant. Ich schipperte immer noch in unbekanntem Fahrwasser, vollauf damit beschäftigt herauszufinden, was ich alles noch nicht wusste.

Zugegeben, ich hatte seit meiner Ausbildung in mehreren Restaurantküchen gearbeitet. Und davor bereits als Kellnerin. Mein Bruder war ein genialer Geschäftsmann und Gastronom. Meine besten Freunde waren Köche.

Wie so oft in meinem Bilderbuchleben verfügte ich über die besten Voraussetzungen für diese Stelle. Mir mangelte es bloß am verdammten Know-how. Wie konnte es Ezra wagen, mir so einen Leckerbissen vor die Nase zu halten, obwohl er wusste, dass ich ablehnen musste?

»Sie will das *Bianca* nicht.« Ezras unwirsche Stimme unterbrach die Heiterkeit im Raum, und im Nu herrschte Frostatmosphäre.

Grundgütiger, er konnte ein echter Mistkerl sein, wenn er es darauf anlegte.

Killian fand seine Stimme zuerst wieder. Sein ungläubiges »Wie bitte?« hallte durch den Raum.

»Sie will das *Bianca* nicht. Es gibt keinen Grund zu feiern.«

Alle Augen richteten sich auf mich. Meine Freunde schauten mich an, als hätte ich nicht alle Tassen im Schrank. Und vielleicht war ich tatsächlich verrückt, diese »einmalige Gelegenheit«, wie Ezra es so unmissverständlich ausgedrückt hatte, auszuschlagen.

Noch verrückter wäre es allerdings, wenn ich die Stelle annähme.

Die Reaktion meiner Freunde traf mich wie eine Faust in den Magen, und mir brannte das Herz vor lauter Verzweiflung, die Menschen, die ich so sehr mochte, zu enttäuschen. Sie kannten mich als Sonnenschein, bei dem immer alles super war. Immer.

In ihren Mienen las ich Verblüffung und Erstaunen. Eigentlich müsste es eine Selbstverständlichkeit für mich sein, den Posten anzutreten und meinen Platz in ihrer Mitte anzunehmen.

Alle waren Küchenchefs oder besaßen ein eigenes Restaurant. Sie alle waren karriereorientiert und ambitioniert. Mit mir im Raum befand sich die Crème de la Crème der Gastronomieszene von Durham. Sie beeinflussten die Gastrokultur in unserem Teil der Welt.

Warum also sollte ich mich nicht ihrer Mission anschließen, einem breiteren Publikum ein Genusserlebnis vom Feinsten zu bieten? Warum wollte ich nicht Teil der Food-Revolution Durhams, North Carolina, werden?

Warum wollte ich meinen Namen nicht in den Hackklotz des Who-is-Who der heiligen Hallen der Gastronomiebranche schnitzen?

Aber es wäre nicht angemessen, mich mit ihnen zu vergleichen. Ich spielte noch nicht einmal in derselben Liga.

Sie waren Meister ihres Fachs.

Und ich hatte immer noch von ihnen zu lernen.

Wie konnte ich da also eine von ihnen werden?

Im Raum herrschte bleiernes Schweigen. Ich öffnete den Mund, um meine Absage zu erklären, zu entschuldigen oder wenigstens irgendetwas zu sagen, aber ich brachte kein einziges Wort heraus.

»Aber wir essen den Kuchen doch trotzdem, oder?«

Alle gerieten gleichzeitig in Bewegung und wendeten sich synchron der Stimme zu, die die angespannte Stille durchbrochen hatte. Vann Delane lehnte lässig an der Wand neben der Schwingtür zur Küche, die Arme über der Brust verschränkt, die Beine an den Knöcheln überkreuzt.

»Ist das dein Ernst?«, giftete Vera.

Er zuckte mit den Schultern und deutete mit seinem glatt rasierten Kinn in Richtung des Metallwagens mit der weiß glasierten Torte. »Ich sag nur, das ist eine tolle Torte. Viel zu schade, um sie in den Müll zu werfen.«

Ich knirschte mit den Zähnen. Aus unerfindlichen Gründen war ich wütend auf diesen Fremden im Raum. Okay, alle anderen kannten Veras Müsli liebenden Bruder gut, ich jedoch nicht. Und das war schließlich meine verdammte Party.

Äh, meine Selbstmitleidsorgie.

Wegen mir konnte er sich die Torte gern in seine Radlerhosen schieben. Was nicht heißen sollte, dass er im Moment Radlerhosen trug. Es sei denn, sie versteckten sich unter seiner engen braunen Hose.

Vera ergriff das Wort, bevor ich meine Meinung laut aussprechen konnte.

»Seit wann magst du Torte?«

»Warum sollte ich keine Torte mögen?«

»Weil da Zucker drin ist«, erinnerte Vera. »Und Gluten. Haufenweise Gluten.«

Er besaß die Frechheit, gekränkt auszusehen. »Ich esse nicht glutenfrei.«

Vera hob die Augenbrauen.

Er zuckte mit den Schultern. »Gut, ich vermeide es, wenn ich kann. Aber ich bin nicht anti Gluten oder so was. Tatsächlich mag ich es sogar. Natürlich nur in Maßen.«

Machte der Kerl Witze?

»Die Torte sieht lecker aus«, fuhr er fort. »Ich sag ja nur, dass wir sie nicht wegwerfen sollten.«

»Niemand wird sie wegwerfen«, erwiderte ich schroff, weil ich mich nicht länger beherrschen konnte. Ich wollte diese unbehagliche Situation beenden. Sie sollten alle verschwinden. Und der Kuchen gleich dazu. Ich wollte nur noch weg.

Ezra und ich würden uns vermutlich ein wenig ausführlicher darüber unterhalten müssen, warum ich sein außerordentlich großzügiges Angebot ablehnen musste. Ich würde mich während des Gesprächs irgendwann zu einer Kugel zusammenrollen und weinen müssen, vermutlich eine existentielle Krise inklusive. Bei all dem wollte ich keine Zeugen, schon gar nicht den tortenbesessenen Vollpfosten in der Ecke.

Vann stieß sich von der Wand ab und stützte die Hände in die schmalen Hüften. »Ich hole Teller«, sagte er, als wäre das die genialste Idee der Welt.

Kaum war er in der Küche verschwunden, hefteten sich die Blicke meiner Freunde und meines Bruders wieder auf mich.

»Warum willst du nicht Küchenchefin im *Bianca* werden?«, fragte Kaya. Sie zog die Augenbrauen unter ihrem leuchtend violetten Pony zusammen. Den knalligen Pixieschnitt, Boss-Bitch, wie sie ihn nannte, trug sie noch nicht lange. Das gesamte Paket, einschließlich der neuen Frisur, passte prima zu ihr und dem *Sarita*.

»Ich will das *Bianca*«, antwortete ich geduldig. »Nur bin ich jetzt noch nicht bereit dafür.« Als alle protestierten, hob ich eine Hand und erklärte: »Hey Leute, ich arbeite erst seit gut einem Jahr in einer richtigen Restaurantküche. Ich bin noch nicht fit genug. Es reicht gerade mal, um für Wyatt zu arbeiten.«

»Stimmt doch gar nicht«, behauptete Kaya. Das war mein Mädchen. Meine Küchenfee, die mit mir durch dick und dünn ging. Meine funkelnde Vampirbusenfreundin. Und die ehrgeizigste Frau, die ich kannte. Kein Wunder, dass sie mein Zögern nicht nachvollziehen konnte. Vermutlich hatte sie sich schon im Mutterleib darauf vorbereitet, es mit der Welt aufzunehmen und Fünfsternemenüs zu kochen. »Du bist eine der besten

Köchinnen, die ich kenne, Dillon. Das *Bianca* kann sich glücklich schätzen, dich zu bekommen.«

»Und ich auch«, bestätigte Ezra. »Jetzt komm schon, Dillon. Ich bin diese eingebildeten Küchenchefs so leid, die meine Restaurants nicht führen können, weil sie sich von ihrem gigantischen Ego leiten lassen, statt von der Vernunft. Oder ihrer Kreativität. Ich brauche jemanden, der frischen Wind reinbringt. Der jung ist. Und Angst vorm Versagen hat.« Er atmete tief durch und setzte seinen unwiderstehlichen Welpenblick schamlos für seine Zwecke ein. »Ich brauche dich, Schwesterherz.«

Es herrschte Totenstille, bis Killian das Schweigen brach: »Irgendwie fühle ich mich jetzt beleidigt.«

»Ich mich auch«, sagte Wyatt.

»Dann sind wir schon drei«, brummte Kaya.

Vera wippte auf den Fußballen hin und her. »Ich habe nie für Ezra gearbeitet«, erklärte sie in die Runde. »Genau genommen habe ich sein Angebot abgelehnt.«

»Ich bin noch nicht so weit«, beharrte ich.

Bevor jemand etwas darauf erwidern konnte, steckte Vann den Kopf durch die Tür. »Ich hätte vorher fragen sollen, aber wo sind noch mal gleich die Teller?«

Ein einstimmiges genervtes Seufzen erfüllte den Raum, aber mir kam die Unterbrechung wie gerufen. »Warte, ich helfe dir.« Ich drängte mich an meinen Freunden vorbei und lief zu Vann in die Küche, in der Hoffnung auf einen ruhigen Moment.

Aber kaum war ich in der Küche, hatte ich schon vergessen, was ich hier wollte. Ich ging zum nächstbesten Küchentresen und legte die Hände auf die kühle Edelstahlfläche. Das Licht war noch ausgeschaltet, und in dem noch unbelebten Raum war nur das Surren der Kühlschränke zu hören.

»Mistkerl«, knurrte ich mit Blick auf meine manikürten Nägel. Ich schloss die Augen vor dem Geist, diesem lebenden, atmenden, hartnäckigen Etwas, das die Küche bewohnte und von jedem Koch Besitz ergriff, der hier arbeitete.

Aber er ging mir unter die Haut und setzte mein Blut in Flammen. Ich atmete tief ein, und meine Lungen füllten sich mit der ansteckenden Sehnsucht, hierbleiben zu wollen.

»Ich hab die hier gefunden«, verkündete Vann und riss mich aus der Gedankenverlorenheit. Ich öffnete die Augen und sah ihn, auf der anderen Seite der Theke stehend, mit einem Stapel großer Hauptspeisenteller in der Hand. Reflexartig verspannten sich meine Muskeln, aus Sorge, dass er sie fallen lassen würde, noch bevor er es damit zur Tür schaffte.

Eine Mischung aus Angst, Beklommenheit und einem Anflug von idiotischer Hoffnung kroch meine Kehle hoch, und ich schaffte es nicht, ihm eine ordentliche Anweisung zu geben. »Warum bist du so versessen auf Kuchen?«

Er stellte die Teller mit mehr Geschicklichkeit auf die Theke, als ich ihm zugetraut hätte, und musterte mich mit herablassender Arroganz. »Deshalb bin ich hier. Und du doch auch, Himmel noch mal.«

Ich schüttelte den Kopf und bestand trotzig auf meine Entscheidung. Meine blond gelockte Mähne tanzte wie Medusas Schlangen um meine Schultern. »Nein, deshalb bin ich ganz und gar nicht hier. Ich hatte keine Ahnung, was auf mich zukommen würde. Ezra hat mich herbestellt, weil er angeblich meinen Rat zu einem neuen Menü haben wollte. Mir die Stelle der Küchenchefin anzubieten, kam aus heiterem Himmel.«

Ich hatte das Gefühl, dass er sich nur mit Mühe ein Augenrollen verkniff. »Aber du hast es doch bestimmt geahnt.«

»Ja, vielleicht«, gab ich zu, weil ich nicht lügen wollte. Ezra hatte seit dem Ende meiner Ausbildung gewisse Andeutungen gemacht. Ich wusste schon länger, dass er mir dieses Restaurant anvertrauen wollte. Und in letzter Zeit wurde mir klar, dass er mir die Stelle lieber früher als später geben wollte. Aber heute? Damit hatte ich nicht gerechnet. Nicht mal innerhalb der nächsten fünf Jahre. »Trotzdem hat es mich überrascht. Ich habe angenommen, er würde mir noch ein paar Jahre Zeit geben, um Erfahrungen zu sammeln, bevor er mir die Chance meines Lebens an den Kopf knallt.«

Dieses Mal verdrehte er tatsächlich die Augen. »Sei ehrlich, du hattest nie vor, die Stelle anzunehmen. Das hättest du ihm gleich von Anfang an sagen sollen.«

Das Feuer in mir verwandelte mich in einen wütenden Drachen. »Wie bitte?«

»Wir sind hier wegen des Kuchens«, wiederholte er. »Du und ich, wir beide.«

»Was genau willst du damit sagen?«

Er schob die Teller in die Mitte der Arbeitsinsel, kam näher und streifte mit seiner Hand über die kühle Metallfläche. »Ich kenne dich nicht, und selbst ich sehe auf den ersten Blick, dass du für diesen Job nicht gemacht bist.«

»Ach, und wie kommst du darauf?«

»Erstens, weil es harte Arbeit ist. Und weil ich von Vera weiß, dass der Küchenchef, der das *Bianca* übernimmt, sowohl privat als auch in der Küche ein hartgesottener Typ sein muss. Dieses Restaurant braucht jemanden, der es wiederbeleben kann. Der es in Schuss bringt. Du bist zu weich dafür.«

»Zu weich?«

Er lächelte, aber es war ein sarkastisches, selbstzufriedenes Lächeln. »Du bist ein nettes Mädchen, Dillon. Sanft. Zartbesaitet. Du hast Angst, die Gefühle anderer zu verletzen. In dieser Küche würdest du bei lebendigem Leib gefressen und wieder ausgespuckt werden. Und das weißt du auch.«

Mir stellten sich die Haare im Nacken auf, und ich hätte schwören können, dass meine Nägel zu Krallen wurden. Am liebsten wäre ich über die Theke gesprungen und hätte ihn erwürgt.

Aber das tat ich nicht.

Immerhin war ich eine Dame mit Manieren.

Was seine Anschuldigungen nur bestätigte und mein Verlangen, ihn zu erwürgen, gleich verdoppelte.

»Ich nehme den Job nicht an, weil ich meinem Bruder damit einen Gefallen tue«, zischte ich, damit er verstand, dass nichts von dem, was er da über mich behauptete, zutraf. »Wenn er noch ein Jahr gewartet hätte, oder drei, hätte ich die Stelle mit Kusshand genommen. Aber die harten Fakten sind nun mal, dass ich erst noch Erfahrung sammeln muss. Das hat nichts damit zu tun, dass ich so ein netter Mensch bin.«

Er schenkte mir ein schmallippiges Lächeln. »Gute Ausrede. Und du brauchst eine gute, wenn du vorhast, sie dir die nächsten dreißig Jahre einzureden.«

Er wollte an mir vorbei, aber ich griff blitzartig nach seinem Arm und grub meine Finger in seinen Bizeps, bevor er abhauen konnte. »Was weißt du denn schon, verdammt noch mal?«

Er drehte sich zu mir um und bedachte mich mit einem fieberhaften Blick aus seinen silbergrauen Augen, der für meinen Geschmack viel zu aufmerksam und eindringlich war. »Ich kenne mich mit netten Mädchen aus.« In seiner Stimme schwang pure Abscheu. »Und du, Dillon Baptiste, bist der Inbegriff eines netten Mädchens.«

Er entzog sich meinem nachlassenden Griff, und seine Worte hallten noch durch die Luft, als er mich einfach in der Küche stehen ließ.

Nun, da ich mit meinen Gedanken und dem Stapel Teller allein war, wurden mir zwei Dinge klar.

Erstens: Vann Delane war ein kompletter Idiot, und ich war dankbar, dass ich mich mit seinen blöden Bemerkungen nicht schon früher hatte herumschlagen müssen.

Und zweitens: Er hatte recht. Das waren genau die Ausflüchte, die ich mir die nächsten dreißig Jahre einreden würde. Ich wusste, Ezra meinte es ernst damit, einen anderen Chef einzustellen. Er würde so lange suchen, bis er den Passenden gefunden hatte, jemanden, der bis zum bitteren Ende durchhielt. Oder zumindest für einen Großteil des nächsten Jahrzehnts.

Wenn ich mir das *Bianca* jetzt nicht schnappte, würde sich die Gelegenheit vielleicht nie wieder bieten. Mochte sein, dass sich unsere Wege in der Zukunft ab und zu kreuzten, aber zwischen uns lägen Welten, und wir würden niemals zusammenfinden und ich nie in dieser Küche arbeiten.

Ich strich über den obersten Teller auf dem Stapel. Könnte ich mit meiner Entscheidung leben, wenn ich die heutige Chance fahren ließe? Könnte ich die Enttäuschung überwinden, niemals Küchenchefin dieses Restaurants zu werden?

Schon seit Anbeginn meiner Kochausbildung war das *Bianca* der Traum, hinter dem ich herjagte. Meine gastronomische Reise hatte mich genau zu diesem Moment geführt.

Gut, ich hätte es vorgezogen, wenn dieser Moment ein paar Jahre später eingetreten wäre, aber das stand nun nicht mehr zur Debatte.

Und Ezra glaubte an mich. Das zählte doch auch etwas, oder nicht? Außerdem konnte er mich nicht so einfach feuern. Wenn er mich zu dieser Stelle überredete, würde er auch die Konsequenzen tragen müssen.

Ob gut oder schlecht, wir saßen beide im selben Boot.

Außerdem hatte das Küchenteam dieses Boot beinahe ein Jahr lang ohne Kapitän über Wasser gehalten. Es ging das Gerücht um, dass sogar Ezra manchmal eingesprungen wäre.

Wenn er diese Küche ohne offizielle Ausbildung und Praxiserfahrung führen konnte, dann ich ja wohl erst recht. Oder?

Auch meine Freunde spielten eine nicht unbedeutende Rolle in diesem Entscheidungsfindungsprozess. Im Gastraum tummelten sich Spitzenköche, die die kulinarische Szene von Durham rockten. Und diese Superstarköche glaubten an mich. Sie waren hergekommen, um mich zu feiern.

Warum stand ich mir also selbst im Weg?

Warum ließ ich den Traum zerplatzen, der mir geholfen hatte, zahllose grässliche Abende durchzustehen, an denen ich für durchgeknallte Egomanen gearbeitet hatte? Warum gab ich die Hoffnung auf, die mir Trost gespendet und über schreckliche Erinnerungen an ein Leben hinweggeholfen hatte, das ich nie wieder führen wollte? Warum wollte ich auf eine tolle Küche und ein hervorragendes Restaurant verzichten, dessen Ruf ausgezeichnet sein könnte? Weil ich Angst hatte?

Warum? Weil ich immer die falsche Entscheidung traf.

Trotz meines guten Elternhauses hatte ich einen grässlichen Geschmack und kein gutes Gespür.

Sechs Jahre Zölibat und Jahre voller Erinnerungen, die ich unbedingt vergessen wollte, belegten dies eindrücklich.

Ich nahm den obersten Teller, umschloss den weißen Porzellanrand mit den Fingern und drückte ihn fest an meine Brust, direkt über meinem Herzen.

Das *Bianca* gehörte mir.

Es war für mich wie geschaffen.

Und ich wäre bescheuert, wenn ich es einem anderen Koch überließe.

Auf dem Absatz meiner Sam-Edelman-Stiefeletten machte ich kehrt, schob mich durch die Schwingtür in den Gastraum und verkündete, den Teller fest umklammert: »Ich habe meine Meinung geändert. Ich übernehme das *Bianca*.«

2. KAPITEL

»Das ging schnell.« Mein Bruder hatte mit Killian und Wyatt die Köpfe zusammengesteckt, zweifellos um zu beratschlagen, wie sie mich doch noch umstimmen könnten.

»Ich habe darüber nachgedacht«, verkündete ich und ignorierte dabei das mulmige Gefühl. »Und mir ist klar geworden, dass das wirklich die Chance meines Lebens ist. Ich befürchte, wenn ich sie ausschlage, zerplatzt ein lang gehegter Traum.«

»Ich werde immer einen Arbeitsplatz für dich haben …«

»Das weiß ich«, fiel ich Ezra ins Wort. »Aber ich will das *Bianca*. Ich habe es schon immer gewollt. Abgesehen davon nehme ich euch alle in die Pflicht, dafür zu sorgen, dass ich es nicht vermassele.«

»Du wirst wundervoll sein«, versicherte Vera.

Gleichzeitig meinte Kaya: »Wir werden schon nicht zulassen, dass du dich blamierst, keine Sorge.«

Ich hoffte, die Wahrheit lag irgendwo in der Mitte.

Ein Schwall Glückwünsche prasselte auf mich ein, und Molly fragte verwundert, ob sie mir den Teller abnehmen dürfte, den ich immer noch umklammert hielt, als hinge mein Leben von ihm ab. Jemand holte die richtigen Kuchenteller, und ein anderer schnitt die Torte auf und reichte mir ein Stück.

Der Champagnerkorken knallte, gefolgt von Gelächter. Vann konnte ich nicht mehr entdecken. Offenbar war er gegangen, bevor die Torte angeschnitten wurde. Ha! Dieser Blödmann.

Ich dachte daran, wie er in dieser eng geschnittenen braunen Hose vor mir gestanden hatte, die ihn eigentlich unmännlich hätte wirken lassen sollen, aber stattdessen den Eindruck vermittelte, dass er für einen Junggesellen einen ziemlich lässigen Style besaß. In Kombination mit dem cremefarbenen Shirt mit Knopfleiste und den teuren Retro-Nikes war sein Look geschmackvoll abgestimmt.

Und das ging mir aus unerfindlichen Gründen gegen den Strich.

Mir wäre es lieber gewesen, er hätte nach Hanföl gerochen und einen kleinen Bierbauch gehabt. In der Küche hatte er meine Gefühle verletzt. Er war auf meinen Träumen herumgetrampelt und hatte mich verspottet. Er hatte das Einzige getan, was ich absolut unverzeihlich fand – er hatte mich nicht ernst genommen.

»Ich wusste gar nicht, dass dein Bruder so ein Idiot ist«, sagte ich zu Vera, als wir die Teller zusammenräumten, nachdem alle erst meckernd im Kuchen herumgestochert hatten, um ihn dann natürlich vollständig wegzuputzen.

»Wer? Vann?«

Ich schaute sie verwundert an. »Hast du noch einen anderen Bruder?«

Lachend spielte sie mit dem Verlobungsring an ihrem Finger. »Nein. Nur den einen.« Sie räusperte sich, und mir ging auf, dass ich sie gekränkt hatte.

»Oh nein. Du bist sauer auf mich. Tut mir leid, Vera! Das sollte nur ein Scherz sein. Ich wollte damit nicht sagen, dass er wirklich ein …«

»Oh, du lieber Himmel«, fiel sie mir ins Wort. »Hör auf, dich zu entschuldigen. Er ist ein Idiot. Vor allem bei Leuten, die er nicht kennt, tritt er häufig ins Fettnäpfchen. Als er seinen Fahrradladen eröffnet hat, haben mein Dad und ich Wetten abgeschlossen, worüber sich die Leute wohl am meisten beschweren würden. Allerdings ist er ziemlich klug. Ich glaube, das ist der Grund, warum er sich manchmal wie ein überheblicher Klugscheißer verhält. Außerdem ist er ein Geizkragen. Seine Sparsamkeit kommt nicht sehr sympathisch rüber. Und ganz ehrlich, was Frauen angeht, ist er die totale Niete. Ich kann mich nicht erinnern, wann er zum letzten Mal ein zweites Date hatte. Die Frauen suchen vor ihm das Weite. Also, nicht sofort natürlich. Er bringt sie immerhin dazu, mit ihm auszugehen. Doch spätestens nach der Getränkebestellung schicken sie SOS-Botschaften, um sich vor ihm retten zu lassen, egal von wem.«

Auch wenn es auf Kosten ihres Bruders war, musste ich unwillkürlich lachen. »Aber du bist ein wunderbarer Mensch«, stellte ich fest.

Sie strahlte mich an. »Ich weiß.«

»Ist er deshalb noch Single? Weil die Frauen sich von ihm einschüchtern lassen?«

Sie verdrehte die Augen. »Ja. Und er hört nicht auf, sich mit Mädchen zu verabreden, die nur nett sind. Die tun ihm nicht gut. Er braucht eine Frau mit Willensstärke. Die Art von Frau, die sich nicht kleinmachen und noch vor dem zweiten Date in die Flucht schlagen lässt. Ich sage ihm ständig, er soll aufhören, nette Mädchen zu daten und sich besser eine Frau mit Vorstrafenregister suchen. Oder zumindest eine, die auch mal Regeln übertritt und ihm die Stirn bieten kann. Aber hört er auf mich? Nein. Das tut er nicht.«

»Na, dann wünsche ich ihm viel Glück«, murmelte ich. *Ich kenne mich mit netten Mädchen aus*, hatte er zu mir gesagt. *Und du, Dillon Baptiste, bist der Inbegriff eines netten Mädchens.*

Ich nagte an meiner Unterlippe, als mir die Beleidigung erneut durch den Kopf ging. Er hatte mir nicht nur unter die Nase gerieben, dass ich als Köchin nicht gut genug für das *Bianca* war, sondern gleichzeitig zu verstehen gegeben, ich wäre auch nicht gut genug für ihn.

Ach, geh zum Teufel, Vann Delane.

Ich bin fantastisch.

Und mehr als qualifiziert fürs Bianca.

Und weitaus besser als jede Frau, die du bisher gedatet hast.

Schluck das.

Ich unterdrückte das dringende Bedürfnis, die Hände vor das Gesicht zu schlagen und laut zu schreien, warf Vera ein wackeliges Lächeln zu und wendete mich den Überresten der Torte auf dem Wagen zu. »Ich hole schnell ein Tuch, um das hier abzuwischen.«

»Ich geh schon!«, bot sie an und lief in Richtung Küche. »Das ist deine Feier. Entspann dich heute. Du wirst noch früh genug bis zum Umfallen schuften.«

Zu früh, dachte ich, hielt aber den Mund.

Wyatt rempelte mich mit der Schulter an, sobald Vera weg war. »Ich brauche von dir eine offizielle schriftliche Kündigung, wenn es dir nichts ausmacht.«

»Das ist jetzt ein Witz.«

»Leider nein.« Er seufzte. »Aber das liegt nicht an mir. Mein Chef ist ein Erbsenzähler, was das Einhalten von Regeln betrifft. Er wird einen handgeschriebenen Brief verlangen, mit nicht weniger als fünftausend Wörtern und obendrein einen Aufsatz über die Vorteile von marktfrischem Fisch im Vergleich zum Einkauf im Großhandel.«

»Was redest du für ein Blech, du Scherzkeks«, sagte ich.

Er grinste. »Lustig ist, dass du denkst, ich mache Witze.«

Ich verdrehte die Augen. »In dem Fall wirst du wohl weiter

mit mir auskommen müssen. Kein Job in der Welt ist diesen Aufwand wert.«

Er lachte schallend. »So leicht gibst du deine schicke neue Stelle auf? Ich dachte, du hättest mehr Mumm in den Knochen, Baptiste.«

Aus seinem Mund war das ein Kompliment. Wenn von allen Frauen, die ich kannte, eine wirklich Mumm hatte, dann war das seine Freundin und meine beste Freundin Kaya. Ich befand mich eher am anderen Ende der Skala.

Kein Mumm. Kein Biss. Ich war innerlich weich wie Pudding.

Ich zuckte lässig mit den Schultern. »Hier geht es nicht um Mumm. Das ist der reine Selbsterhaltungstrieb.«

Sein Lächeln ließ ihn buchstäblich strahlen. Vor wenigen Monaten war Wyatt bloß mein einschüchternder Chef gewesen, dem ich am liebsten aus dem Weg gegangen war. Zum Glück war er total in Kaya verschossen, weshalb ihm meine Fehler in der Küche meist nicht auffielen. Dennoch erzitterten seine Angestellten regelmäßig vor ihm.

Seit er mit Kaya zusammen war, hatte ich ihn auch von seiner anderen Seite kennengelernt. Er führte zwar immer noch ein knallhartes Regiment im *Lilou*, meinem momentanen Arbeitsplatz, aber außerhalb der weiß gekalkten Mauern war er freundlich, großzügig und sogar witzig.

Wir sind gute Freunde geworden. Ein weiterer Grund, das *Lilou* zu verlassen. Nun, da ich wusste, dass er zu den Hunden gehörte, die bellten, aber nicht bissen, nahm ich ihn nicht mehr so ernst, wenn er rumbrüllte und auf Sachen eindrosch. Und das sorgte für Unstimmigkeiten im Team.

Als Kaya uns verließ, um Küchenchefin des *Sarita* zu werden, wurde ich zur Souschefin befördert, die Nummer zwei in der Küche. Wenn ich nun die Augen über Wyatts Ausbrüche verdrehte, meinte die Brigade, sich das auch erlauben zu können.

Dabei war es ganz und gar nicht okay, über Wyatt die Augen zu verdrehen.

»Du wirst ihm guttun«, sagte er. »Ezra, meine ich. Er hört auf dich. Er respektiert deine Meinung. Und ich fürchte, deine einzige Chance, das *Bianca* wieder auf die richtige Spur zu bringen, ist, alles zu ignorieren, was dein Bruder sagt. Er liegt zwar bei fast allen Belangen des Lebens richtig, aber seine Philosophie der Restaurantführung ist aus der Mottenkiste. Ich musste mir meine Unabhängigkeit in der Küche regelrecht erkämpfen. Killian hat gekündigt, um endlich selbst das Sagen zu haben. Kaya fragt erst gar nicht um Erlaubnis. Sie tut einfach, was sie will. Du wirst deine eigene Art finden müssen, um mit ihm umzugehen. Aber du wirst etwas tun müssen, um das Restaurant wieder zu neuem Leben zu erwecken. Ezra hat keine Ahnung davon, wie das zu bewerkstelligen ist.«

»Die Augen waren eine gute Wahl«, sagte ich zur Verteidigung meines Bruders. »Das Wandgemälde hat den Gastraum belebt.«

Er verzog die Lippen zu einem Grinsen. »Mollys Idee. Und selbst sie hat ihm gesagt, er soll sich heraushalten, während sie ihre Arbeit macht. Wie gesagt, er kann supergut mit Geld umgehen. Aber er hat keinen Schimmer, wie man dieses Restaurant wieder an die Spitze bringt. Das liegt allein an dir, Dillon. Mach dieses Restaurant zu deinem. Drück ihm deinen Stempel auf, deinen Stil. Dein … gewisses Etwas. Dann wird alles schon wie von selbst laufen.«

Erneut erfasste mich Panik. »Und wenn ich keinen eigenen Stil habe? Ja, nicht mal weiß, wie ich den Dreh kriegen soll, mir einen zu verschaffen?«

Sein Lächeln wurde nachsichtig, und ein warmes Funkeln

erschien in seinen Augen. »Ich hab dich in der Küche erlebt. Ich habe gesehen, wie du dich verhältst, wenn du das Kommando hast. Ich weiß, du hältst dich für nicht gut genug, aber es gibt zehn andere Köche im *Lilou*, die schon sehr viel länger kochen als du und nicht hinkriegen, was du hinkriegst. Du hast eine ganz besondere, geradezu behutsame Art, mit Speisen umzugehen. Du liebst das Kochen auf eine Weise, die selten ist.«

Ein Aufruhr der Gefühle schnürte mir die Kehle zu, und ich blinzelte Tränen fort. »Ach, Mensch, Chef.«

Er boxte mich leicht an den Arm. »Melde dich bei mir, wenn du irgendetwas brauchst, ja?«

»Okay.«

»Das meine ich ernst«, sagte er und warf meinem Bruder einen säuerlichen Blick zu. »Kaya und ich stehen hinter dir. Diese Aufgabe wird sicher nicht leicht werden. Das weißt du. Was jedoch nicht heißt, dass es nicht der verdammt beste Ritt deines Lebens wird.«

Ich biss mir auf die Unterlippe. Damit hatte er recht. Mit allem.

»Ehrlich, danke, Wyatt.« Er nickte, und ein weiterer Gedanke schoss mir durch den Kopf. »Moment mal, durch wen wirst du mich ersetzen?«

Seine Miene versteinerte, und er schaute verzweifelt zur Decke. »Wenn ich das nur wüsste, verdammt. Ich habe ganz beiläufig Benny den Vorschlag gemacht, und er wäre mir fast ins Gesicht gesprungen. Niemand will den Job.«

»Tja, nun, auch den Job im *Bianca* wollte niemand, aber wie du siehst, hat Ezra einen Trottel gefunden. Ich bin sicher, du findest auch noch einen.«

Er schnaubte. »Na, wir werden ja sehen.«

»In der Tat, das werden wir wohl. Vielleicht solltest du die

Stelle nicht zu rasch neu besetzen. Womöglich komme ich auf allen vieren zurückgekrochen.«

Zum Glück kamen die anderen zu uns herüber, bevor er mir zum millionsten Mal versichern konnte, dass ich meine Sache schon gut machen würde. Ich wusste ja, dass das nicht stimmte. Nicht einmal annähernd. Ich wollte keine weiteren wohlmeinenden Lügen mehr hören, dass ich einen Job super meistern würde, der mit Sicherheit eine Nummer zu groß für mich war.

Ich würde ganz bestimmt nicht toll sein.

Vermutlich nicht mal passabel.

Grundgütiger, worauf hatte ich mich bloß eingelassen?

3. KAPITEL

Am darauffolgenden Morgen wachte ich mit rasenden Kopfschmerzen auf. Ich drehte mich auf den Bauch, vergrub das Gesicht im Kissen und wünschte nichts sehnlicher, als wieder einzuschlafen. Warum war ich wach, wenn nicht mal die Sonne auf war?

Gut aus dem Bett zu kommen, war eine der wenigen Eigenschaften, die ich von meinem Vater geerbt hatte. Ezra war genauso. Genau genommen waren alle Baptistes eine Familie von Frühaufstehern. Getrieben von ehrgeizigen Karrierezielen und dem Bedürfnis, die Welt zu erobern, standen wir früh auf, um uns dem Alltagskampf zu stellen.

Gewöhnlich genoss ich es, früh aufzuwachen. Selbst wenn ich bis spätnachts gearbeitet hatte, zog ich es vor, als früher Vogel den Wurm zu fangen. Heute fühlte sich mein Kopf jedoch so an, als hätte ihn jemand mit einem Presslufthammer bearbeitet, und jeder Muskel im Körper tat mir weh. Eine weitere Stunde Schlaf wäre hilfreich gewesen.

Der Ton meines Handys signalisierte eine eingehende Nachricht, und gleich darauf trudelte eine E-Mail ein. Schon mein ganzes Leben lang hatte ich immer wieder mit Migräneanfällen zu tun. Dieser war zwar nicht so schlimm wie manch anderer in meiner Vergangenheit, aber trotzdem heftig genug, dass ich am liebsten den ganzen Tag im Bett geblieben wäre.

Okay, ehrlich gesagt, war der gestrige Überraschungsangriff, mich mit dem *Bianca* zu betrauen, der wahre Grund, warum ich mich in meiner Dreizimmerwohnung bei vorgezogenen Verdunkelungsvorhängen verkriechen und bis in alle Ewigkeit Serien schauen wollte. Die Migräne war nur eine Nebenwirkung der mir nun auferlegten Bürde als Küchenchefin und dem damit verbundenen Stress.

Ich stöhnte ins Kissen und tastete blind auf dem Nachttisch nach meinem Handy, sodass ich es beinahe zu Boden schmiss. Kaum kriegte ich es zu fassen, fing es auch schon an zu klingeln.

Ohne einen Blick auf die Nummer zu werfen, drückte ich es an mein Ohr und krächzte: »Hallo.«

Nach einem kurzen Zögern hörte ich die Stimme meiner Mutter. »Dillon? Bist du das?«

Ich drehte mich um und schaute zu den Vorhängen, die ich gestern nicht ganz zugezogen hatte. Die frühe Morgensonne schimmerte durch den Spalt. Gleich hinter dem verdunkelten Fenster lag die Innenstadt von Durham, die bald aufwachen würde. Lieferwagen würden ihre Waren zu den nahe gelegenen Geschäften bringen. Frauen und Männer mit Aktentaschen und in Businesskleidung würden die Bürgersteige bevölkern und sich ihren Weg von den Parkhäusern zu ihrem Arbeitsplatz in den hohen Bürogebäuden bahnen. Ein Mann mit einem Handwagen mit Kaffee, frischem Obst und leckeren Pasteten würde an der Straßenecke stehen – wie ein Engel, den man jeden Morgen zur Erde schickt, um die Menschheit mit köstlich knusprigem Buttergebäck für sich zu gewinnen.

Mir gefiel es, mitten in der Stadt zu leben. Ich liebte das hektische Treiben und mein teures Loft mit Ausblick über die Hochhäuser und Straßenschluchten, das eigentlich viel zu groß für meine kleine Wenigkeit war. Ich mochte den Portier, der mich in zweiter Reihe parken ließ und mir mit den Einkäufen half, weil ich ihn großzügig mit den Resten vom *Lilou* bedachte und mit Schokocroissants, die ich jedes Wochenende buk.

Aufzuwachen in dieser Stadt, in meinem riesigen Doppelbett mit den zehn Kissen und der Daunendecke, war für mich die beste Art, den Tag zu beginnen. Und es linderte ein wenig meine Sorgen, was das *Bianca* betraf.

Nicht viel. Aber etwas.

Das Pochen hinter den Schläfen sagte mir jedoch, dass es immer noch genug gab, worüber ich mir Sorgen machen konnte.

»Hallo, Mom«, begrüßte ich meine Mutter. »Du bist aber früh auf. Ist alles in Ordnung?«

Ich hatte erwähnt, dass die Baptistes einen Frühaufsteher-Fimmel hatten. Meine Mutter jedoch nicht. Sie konnte mühelos bis mittags durchschlafen, ohne es zu merken. Die Frau war eine Nachteule. Früher hatte ich sie oft zu nachtschlafender Zeit im Haus herumrumoren hören. Und am nächsten Tag musste ich sie dann immer zum Mittagessen wecken.

»Ist es bei dir früh?« Sie klang abgelenkt. »Ich habe die Zeitverschiebung vergessen.«

Ich kniff die Augen zusammen und kramte in meinem Gedächtnis, ob ich irgendetwas verpasst hatte. Meine Mutter lebte in Durham. Wenn es für mich früh war, war es das auch für sie. »Wo bist du?«

»Dillon, das habe ich dir doch gesagt. Tony und ich verbringen den Sommer in Paris.«

»Das hast du mir nicht gesagt.«

Sie seufzte nachdenklich. »Doch, habe ich. Natürlich habe ich das.«

Ich blinzelte. »Ich glaube, ich würde mich daran erinnern, wenn du mir erzählt hättest, dass du die nächsten drei Monate in Frankreich verbringst.«

»Ja, vielleicht hast du recht.« Sie lachte über sich selbst.

»Tut mir leid, Schatz. Tony und ich verbringen den Sommer in Frankreich, wir machen eine Rundreise. An Thanksgiving sind wir zurück.«

Das war länger als nur der Sommer, aber ich diskutierte nur selten mit meiner Mutter über ihre Logik. »Dann verpasst du ja Killians Hochzeit.«

Ich hörte ein Klatschen am anderen Ende und wusste, dass sie sich gerade mit der Hand an die Stirn geschlagen hatte – eine Angewohnheit, die wir gemeinsam hatten. »Oh, ich hatte völlig vergessen, dass sie die Hochzeit vorverlegt haben.«

»Ja, weil Vera schwanger ist.« Ich gab ein verschwörerisches, scherzendes »Ts, ts, ts« von mir.

»Also eine Zwangsheirat«, scherzte meine Mutter zurück. »Mir war immer klar, wenn Killian überhaupt heiraten sollte, müsste er zu seinem Glück gezwungen werden. Aber ehrlich gesagt habe ich mir schon immer gedacht, wenn es eine schafft, dann Vera.« Sie holte Luft. Wenn ich keine Migräne hätte, hätte ich sie abgewürgt, bevor sie weitersprechen könnte. Aber durch die Kopfschmerzen war ich völlig von der Rolle. »Weißt du, ich habe immer gedacht, dass ihr beide ein Paar werden würdet, Dillymaus. Ich war wirklich überrascht, als du mir erzählt hast, dass er mit einer anderen Frau zusammen ist.«

Ich unterdrückte ein Stöhnen, dieses Gespräch hatten wir locker schon Tausende Male geführt. Vielleicht öfter. Selbst bevor Vera auf der Bildfläche erschien, musste ich meine Mutter ständig daran erinnern, dass zwischen mir und Killian nie etwas laufen würde. Wir waren wie Bruder und Schwester. Klar, ich schaute zu ihm auf. Ich zollte ihm Respekt. Und ich würde sein Angebot, mir bei der Eingewöhnung in die neue Stelle zu helfen, so was von ausnutzen. Aber als Liebespaar passten wir ungefähr so gut zusammen wie ein Kätzchen und ein wild gewordener Elefant.

In diesem Szenario war ich übrigens das Kätzchen.

Das war ja wohl offensichtlich.

»Mom, Vera ist die perfekte Frau für Killian. Sie tut ihm gut und kommt gut mit seinen … Macho-Allüren klar. Für mich sind sie das perfekteste Traumpaar aller Zeiten.« Sie gab ein Räuspern von sich, weshalb ich schnell hinzufügte: »Nach dir und Tony, natürlich.«

Ich konnte sie von Frankreich bis zu mir herüber lächeln sehen. »Du bist süß, Schätzchen.«

Ich lachte, weil sie so schnell eingelenkt hatte, rollte mich auf den Rücken, und der stechende Schmerz in meinem Kopf ließ mich zusammenzucken. Ich brauchte eine Schmerztablette. Dringend. Was bedeutete, dass ich mich aus einem Gespräch herausmogeln musste, das sonst gut und gerne die nächsten vier Stunden dauern könnte.

Meine Mutter und ich telefonierten höchstens einmal in der Woche miteinander, aber wir schrieben uns regelmäßig Nachrichten. Wir telefonierten beide nicht gern, machten aber füreinander eine Ausnahme. Und dann verbrachten wir den ganzen Tag damit, uns auf den neuesten Stand zu bringen und alles zu erzählen, was so los war – bis auf die unmaßgebliche Kleinigkeit einer mehrmonatigen Reise nach Frankreich.

Okay, wir erzählten uns alles, woran wir uns erinnern konnten. Meine Erinnerung war meistens besser als ihre.

Cynthia Troy war zeit ihres Leben schusselig gewesen, und im Lauf der Jahre wurde das nicht besser. Ich liebte ihr umgängliches, unbeschwertes Wesen und ihre Fähigkeit, über sich selbst zu lachen. Aber je älter sie wurde, desto schlimmer stand es um ihre Vergesslichkeit.

Wenigstens hatte sie jetzt Tony. Vor drei Jahren hatten die beiden geheiratet, nachdem sie vorher bereits ebenso lange zusammen gewesen waren. Für beide war es die zweite Ehe.

Mom hatte nur mich, Tony hingegen vier erwachsene Kinder, die übers ganze Land verstreut lebten.

Sie kannten sich aber schon, solange ich denken konnte. Tony war ein Geschäftspartner meines Vaters gewesen. Aber erst nach Dads Tod sprühten zwischen Mom und ihm die Funken. Sie hatten sich zufällig in einem kleinen Weinladen wiedergetroffen, in dem sie beide Kundenmitglieder waren und dafür regelmäßig den Wein des Monats zum Sonderpreis bekamen. Tony war ein sehr erfolgreicher Investmentbanker, und meine Mom liebte Geld. Eine Beziehung, die im Himmel geschlossen wurde.

Zum Glück hatte sich Tony als großartiger Mann entpuppt, obwohl er so viele Jahre mit meinem Vater zusammengearbeitet hatte, und ich freute mich, dass Mom zu guter Letzt einen Mann getroffen hatte, der sie bedingungslos und von ganzem Herzen liebte.

Ich war damit aufgewachsen, mitanzusehen, wie sie den ganzen Mist meines Vaters in Kauf nahm. Nach seinem Tod geriet sie in einen Teufelskreis aus Verabredungen mit Losern, die sich gegenseitig die Klinke in die Hand gaben, immer nach demselben Prinzip: kurz kennengelernt, kaum zusammenkommen, schon von ihr abserviert. Für eine kurze Weile bin ich in ihre Fußstapfen getreten. Und wir haben beide ungefähr zur selben Zeit diesen Teufelskreis durchbrochen. Allerdings aus unterschiedlichen Gründen.

Sie hatte endlich ihren Traumprinzen gefunden, während ich die vergangenen sechs Jahre damit verbrachte, Männern komplett aus dem Weg zu gehen, und mir wünschte, sie machten es mit mir genauso. Inzwischen betete ich nur noch dafür, ich möge meinen Seelengefährten nicht erst mit siebenundfünfzig kennenlernen.

»Bitte, bitte, lass mich nicht noch weitere dreißig Jahre warten müssen«, flüsterte ich mit zur Decke gerichtetem Blick, in der Hoffnung, höhere Mächte würden mein Gebet erhören.

Mir war klar, dass ich nicht so viel Glück haben würde wie meine Mutter, wenn ich so lange warten musste. Ich würde es ohne Botox kaum über die Hürde der Dreißig schaffen. Nach weiteren drei Jahrzehnten wäre ich womöglich ein lebender Warnhinweis, was bei Schönheitsoperationen alles schiefgehen konnte.

Die Küche war wirklich kein guter Arbeitsplatz für Menschen wie mich, die reine Haut und saubere Haare fettigen Strähnen und Pickeln vorzogen. Stundenlang am heißen Herd zu stehen, war in dieser Hinsicht nicht gerade förderlich.

»Ich freue mich, dass du gut in Paris angekommen bist.« Ich hörte Tony im Hintergrund, der sie an irgendwelche Reservierungen erinnerte.

»Ich muss jetzt wohl los«, schmollte sie. »Der Sklaventreiber ruft mich.«

»Hab eine schöne Zeit. Und denk dran, dass ich tierisch neidisch bin und mir jetzt der Tag vermiest ist.«

Sie lachte, und ich stellte mir vor, wie sie ihre langen blonden Haare über die Schulter warf, damit sie an ihrem linken Ohrring herumzupfen konnte, was sie immer tat, wenn sie etwas witzig fand. »Ja, genau, Miss Küchenchefin. Ich bin sicher, dein Leben ist im Moment eine einzige Qual.«

Ich stöhnte. Ich hatte ihr noch gestern Abend die neue Botschaft per SMS gesendet, in einem Zustand zwischen himmelhoch jauchzend und zu Tode erschrocken.

»Oh, hör auf. Das ist doch ein wahr gewordener Traum für dich«, meinte meine Mutter. »Dein Bruder verwöhnt dich viel zu sehr.«

Das stimmte. »Ich hab jetzt schon Kopfschmerzen, und dabei hab ich die Stelle noch nicht einmal angetreten«, erwiderte ich.

»Nimm eine Schmerztablette, bevor du eine Migräne bekommst«, ordnete sie an. »Und dann trink ein Glas Champagner. Danach fühlst du dich besser.«

Sie darauf hinzuweisen, dass es nicht die allerbeste Idee war, am frühen Morgen Schmerztabletten mit Alkohol herunterzuspülen, war zwecklos. Also ließ ich es bleiben. Und eigentlich wusste sie das auch. Sie sprach bloß erst, bevor sie nachdachte.

»Ich hab dich lieb, Mama.«

»Ich dich auch, Dillymaus. Ich ruf dich später an.«

Wir wussten beide, dass das gelogen war, aber in diesem Moment meinte sie es wahrscheinlich sogar ernst.

Nachdem ich aufgelegt hatte, schleppte ich mich in die Küche und folgte ihrem Rat. Zumindest was die Schmerztablette anging. Den Champagner ließ ich aus.

Fürs Erste.

Ich spülte die Tablette mit einem Glas Wasser hinunter und schob ein paar Kekse hinterher, damit mir nicht übel wurde. Dann schleppte ich mich unter die Dusche und drehte das heiße Wasser so weit auf, wie ich es gerade noch ertragen konnte.

Der starke Strahl linderte die Verspannung in den Schultern und im Nacken ein wenig. Ich vollzog mein tägliches Waschritual und ließ das Wasser auf mich niederprasseln, bis meine Finger zu Rosinen verschrumpelten und die Tablette wirkte.

Als ich endlich mit meiner dicken blonden Haarmähne fertig war und Eyeliner und Mascara aufgetragen hatte, herrschte auf meinem Handy schon Hochbetrieb.

Freunde aus der Branche hatten mir bereits ihre Glückwünsche zum neuen Job gesendet. Neuigkeiten verbreiteten sich in den Küchen immer wie der Blitz. Wir liebten Tratsch ebenso sehr wie das Kochen.

Auch mein E-Mail-Postfach quoll fast über. Und Anrufe von Kaya, Vera, Wyatt und Ezra hatte ich auch schon verpasst.

Grundgütiger.

Ich beantwortete die ersten drei Nachrichten und rief meinen Bruder an.

»Danke noch mal«, sagte er putzmunter. »Ich kann dir gar nicht sagen, wie froh ich bin, dass du das *Bianca* übernimmst.«

»Dir auch einen guten Morgen.« Ich klang weniger frisch. Es sei denn, man konnte diese krächzig-heisere Männerstimme, die aus meiner Kehle kam, als frisch und fröhlich bezeichnen.

Er ging nicht auf meinen versteckten Spott ein. »Du bist die Beste, das weißt du doch, nicht wahr?«

»Ja, das weiß ich«, frotzelte ich und seufzte noch obendrein.

»Gut.«

Lächelnd warf ich einen Blick auf mein ungemachtes Bett. »Ich fange trotzdem nicht vor Sonntag an. Darin sind wir uns doch einig, oder?«

»Sonntag ...«

»Ich will noch meine Abschiedsschicht im *Lilou* machen«, erinnerte ich ihn. »Und ein freies Wochenende, bevor ich Küchenchefin werde und nie wieder einen Tag freibekomme. Das Allerletzte, hurra, bevor ich meine Seele verkaufe, um dir den Hintern zu retten.«

Er lachte. »Das würdest du tun?«

Ich schwieg darauf, denn er wusste genau, dass das der Fall war.

Als Souschefin im *Lilou* hatte ich durchaus auch mal frei. Gewiss, ich arbeitete fast Tag und Nacht. Wyatt konnte seine Küche praktisch nicht ohne mich führen, dennoch gönnte er mir ab und zu einen freien Abend.

Im *Bianca* würde mir dieser Luxus nicht vergönnt sein. Vor allem nicht am Anfang, wenn ich mich bemühen musste, den ganzen Schaden wiedergutzumachen, der in den letzten eineinhalb Jahren entstanden war.

Er stöhnte, was mich sofort an meine eigene Reaktion vorhin am Telefon mit meiner Mutter erinnerte. »Okay, also gut. Ich schätze, ich kann bis dahin für dich einspringen.«

»Und für die Hochzeit mit allem Drumherum will ich auch freihaben. Vergiss das nicht.«

»Klar«, bestätigte er rasch. Zu rasch. »Die Hochzeit.«

»Und das Probe-Essen«, erinnerte ich ihn. »Und den Junggesellinnenabschied.«

»Ich weiß nicht, ob ich das schaukeln kann …«

»Ezra, du hast es versprochen!«

»Das glaube ich nicht.«

»Ich glaube, ich kündige.«

»Wie bitte?«

Ich seufzte, als mir klar wurde, dass das wohl ein kleiner Vorgeschmack darauf war, für ihn zu arbeiten. Ezra war echt unmöglich. Wie Molly ihn ertrug, war mir ein Rätsel. »Ich kündige. Unter diesen Bedingungen kann ich nicht arbeiten.«

»Unter diesen Bedingungen? Du hast ja noch nicht mal im *Bianca* angefangen. Darum geht es ja!«

»Dann hättest du mich erst danach einstellen sollen. Diese Festivitäten sind nicht verhandelbar.«

Er fluchte mit Kraftausdrücken vor sich hin, die er mir gegenüber sonst tunlichst vermied. Weil er eben der große Bruder und ich die zarte kleine Schwester war. Mein Einsatz, die Augen zu verdrehen. »Du bist eine Erpresserin, weißt du das?«

Mein Lächeln war echt, als ich witzelte: »Ich habe von den Besten gelernt.«

»Hmpf.«

»Ich habe dich lieb, Ez.«

»Ich hasse es, wenn du mich so nennst.« Er seufzte. »Ich hab dich auch lieb, Schwesterherz.«

Wir legten auf, und ich warf mein Handy aufs Bett. Eine neue Welle der Panik durchströmte mich. Ich war mir nicht sicher, ob Ezra in der Rolle als großer Bruder angerufen hatte, der sich vergewissern wollte, ob es seiner kleinen Schwester gut ging, oder als mein Chef, der seine Interessen schützen wollte.

So war er eben. So sehr ich ihn liebte und zu ihm aufsah, er war auch ein knallharter Geschäftsmann, der immer der Beste in der Stadt sein wollte.

So hohe Ziele hatte ich nicht.

Ja, ich wollte gut sein, in dem, was ich tat. Aber vor allem wollte ich Spaß am Kochen haben. Ich liebte gutes Essen. Und ich liebte es, etwas mit den eigenen Händen zu schaffen. Ich liebte es, etwas so Schlichtes in eine Kunstform zu verwandeln. Und ich verlor mich gern in der Konzentration, die das erforderte. Wenn ich kochte, gab es nur mich und das Essen. Nichts anderes zählte. Nicht, wer ich war oder woher ich kam. Oder wie viel Geld auf meinem Konto lag. Es zählte nur, dass ich scheinbar zufällig zusammengestellte Zutaten zu einem wundervollen, leckeren Geschmackserlebnis kombinieren konnte.

Ich hatte keine solch hochgestochenen Ambitionen wie meine Freunde. Ich war nicht darauf aus, immer die Beste zu sein. Ich wollte nur eine Aufgabe, in der ich mich verlieren konnte, und das Geschenk, in einem Beruf zu arbeiten, den ich von ganzem Herzen liebte.

Der Kopfschmerz kehrte pochend in meine Schläfen zurück.

Das konnte nicht gut ausgehen.

Als ich vier Stunden später meine Schicht im *Lilou* antrat, war ich völlig aufgelöst und ein weinerliches Wrack. Schniefend schlüpfte ich zum letzten Mal in meine schwarze Kochjacke mit dem *Lilou*-Emblem und betrat die Küche, in der bereits reges Treiben herrschte.

Die gesammelte Belegschaft drehte sich zu mir um und klatschte. Ihre Mienen waren voller Stolz und Rührung und so ermutigend. Sie jubelten mir zu, als hätte ich einen großartigen Preis gewonnen.

Ich verlor die Fassung. Tränen strömten mir übers Gesicht, die ich verschämt hinter meinen Händen zu verbergen versuchte.

»Sie ist traurig, weil sie uns verlässt«, erklärte Wyatt in die Runde, »denn sie weiß, dass die Weiße Hexe niemals mit uns mithalten kann.«

In gewisser Weise hatte er recht, aber das durfte ich keinesfalls zugeben. Heute unterstand ich noch seinem Kommando. Ab morgen würden wir Konkurrenten sein.

Ich wischte mir mit dem Handrücken die Tränen weg und lachte erstickt. »Ich weine aus purem Mitleid für dich«, hielt ich dagegen. »Du wirst niemals jemanden finden, der so dumm ist, meinen Platz einzunehmen.«

Er machte ein finsteres Gesicht, als alle lachten. »Das ist nicht witzig«, brummte er. »Wahr, aber nicht witzig.«

»Armer Wyatt«, sagte ich mitfühlend. »Seine Souschefs laufen ihm ständig fort.«

Ein Funkeln erschien in seinen braunen Augen, und er ließ den Blick über die Küche schweifen. »Sie laufen weg, weil sie ihre eigene Küche wollen. Wie es scheint, ist es ein prima Sprungbrett, unter mir als Souschef zu arbeiten, wenn man aus seiner Karriere was machen will.«

Das Ganze als Herausforderung darzustellen war ein geschickter Trick. Den nächsten Souschef, der ihn im Stich lassen wollte, würde er womöglich ermorden.

Okay, vielleicht nicht gleich ermorden, aber zumindest entführen und dazu zwingen, weiter für ihn zu arbeiten.

Alle wichen seinem Blick aus. Benny verzog sich sogar rasch in den Vorratsraum. Ich musste mir ein Lächeln verkneifen. »Oh, bewerbt euch doch nicht alle gleichzeitig.«

Wyatt warf mir einen vernichtenden Blick zu. »Gut, dann wird das durch einen Wettbewerb entschieden.«

Warum schaute er mich dabei an?

»Dillon übernimmt heute Abend das Kommando.«

»Moment mal, was?«

»Sie braucht ein wenig Übung für ihren schicken neuen Job, und wir werden ihr dabei helfen. Und am Ende der Schicht wird sie einen von euch auswählen, der dann ihren Platz einnimmt.«

»Das meinst du jetzt nicht ernst, Wyatt.«

Er zwinkerte mir zu. »Der Auserkorene wird Sous werden. Ende der Diskussion. Es sei denn, mir passt ihre Wahl nicht, dann wird sie einen anderen ernennen.«

Ich boxte gegen seinen Bizeps. »Bist du verrückt geworden?«

Er rieb sich den Arm und schaute beleidigt drein. Ich verzog das Gesicht, denn mir war nicht klar gewesen, dass er steinharte Muskeln unter seinem Jackett verbarg. Meine Hand schmerzte bestimmt viel mehr als sein Arm.

»Du brauchst Praxiserfahrung, Dillon. Und dazu verhelfe ich dir gern.«

»Hat Ezra dich dazu angestiftet?«

Er lachte schallend. »Ich habe mir das gerade erst ausgedacht. Genial, nicht wahr?«

Mein Magen fing an zu rebellieren. Er hatte mir zwar früher schon mal die Verantwortung übertragen, aber nicht für die gesamte Schicht. Ich war noch ein Frischling. Kaya war erst wenige Monate weg.

Ich schaffte das nicht.

Oh, Mist, ich musste es schaffen! Und das ab sofort jeden Abend.

Vielleicht sollte ich mich einfach hier auf der Stelle übergeben, dann käme ich vor Wyatts Probelauf davon, weil der Laden dann für diesen Abend geschlossen werden müsste.

Er beugte sich zu mir, weil er vermutlich meine Panik und den grünlichen Farbton in meinem Gesicht längst bemerkt hatte. »Du schaffst das, Dillon. Du hast das Zeug dazu. Hör auf, an dir zu zweifeln.«

»Schiebung«, zischte ich. »Ezra steht voll auf Klüngelei. Nur deshalb hat er mich gebeten, das *Bianca* zu übernehmen. Er ist nicht ganz bei Trost mit seiner Vetternwirtschaft.«

Wyatt verengte die Augen. »Er hat dein seltenes Talent erkannt und war klug genug, die Gelegenheit beim Schopf zu packen. Zweifel nicht an dir, Chefin. Heute Abend machst du alles so wie an jedem anderen Abend auch. Sei gewissenhaft bei der Sache. Und hau verdammt noch mal rein. Du hast einen Service vorzubereiten.«

Ich schluckte den Kloß in meiner Kehle hinunter und ließ seine aufmunternden Worte sacken. Es stimmte, was er sagte. Ich zweifelte an mir. Und wie. Aber dafür blieb jetzt keine Zeit. Ich musste mich der Aufgabe stellen, zu der ich doch längst Ja gesagt hatte, und ein großes Mädchen sein.

An diesem Abend würde es noch so sein, als lernte ich Fahrradfahren mit Stützrädern. Wyatt war hier, um mir notfalls aus der Patsche zu helfen. Außerdem kannte ich die Speisekarte des *Lilou* in- und auswendig. Die meisten Gerichte könnte ich mit verbundenen Augen kochen.

»Okay«, flüsterte ich. »Aber dann wirst du meinen Posten übernehmen müssen.«

Er rümpfte die Nase. »Na gut.« Nach einem Blick über die Schulter fügte er noch hinzu: »Vermutlich sollte ich Benny daran hindern, davonzulaufen.« Mit gesenkter Stimme drehte er sich wieder zu mir, damit ihn niemand hören konnte, auch wenn uns alle beobachteten. »Du weißt, dass er meine erste Wahl ist, oder?«

Ich unterdrückte ein Lächeln und nickte. Der arme Benny. Es gab nicht genug Küchenchefstellen in der Welt, für die es sich lohnte, unter Wyatt als Souschef zu arbeiten.

Oje. Würde ich mich auch so unmöglich aufführen? Würde ich ins *Bianca* hineinmarschieren und mich in eine egomanische Tyrannin verwandeln, die glaubte, sie könnte mit dem Löffel in der Hand und der Kochmütze als Krone auf dem Kopf ihr Zepter über die Welt schwingen?

Nun, an diesem Abend würde sich das herausstellen.

4. KAPITEL

Zwölf Stunden später, nach der Hektik eines erfolgreichen Abends als Küchenchefin des *Lilou*, kam ich mir jedenfalls wie die Königin der Welt vor. Mir wurde klar, wie schnell einem dieses Glücksgefühl zu Kopf steigen konnte. Der Rausch des Erfolgs strömte durch meine Adern und beschleunigte meinen Puls.

Ich hatte mich nicht nur gut geschlagen, ich hatte die Aufgabe problemlos gemeistert.

Okay, es half, dass Wyatt die Speisen perfekt vorbereitete, bevor die Teller überhaupt zu mir kamen. Tatsächlich hatte sich das gesamte Küchenpersonal an diesem Abend selbst übertroffen. Mir gefiel der Gedanke, dass sie sich allein mir zuliebe so angestrengt hatten.

Aber dann wurde mir bewusst, dass sie jeden Abend Höchstleistungen erbrachten. Sie waren genau die gut geölte Maschine, zu der herausragende Küchenchefs sie gemacht hatten. Zuerst Killian, dann Wyatt.

Sie waren Dreisterne-Ninjas. Der Service lief glatt. Es gab keine Fehler. Kein Hoppla – gerade noch mal gut gegangen. Nicht einmal leicht übergartes Fleisch. Bloß makellose Leistung.

Das machte mir Hoffnung fürs *Bianca*. Würde ich mich auch in meiner eigenen Küche so gut schlagen? Würden wir ebenso reibungslos zusammenarbeiten? Ebenso effizient? Und fehlerfrei?

Logisch!

So schwierig war das gar nicht.

Hm, zumindest an diesem Abend nicht.

Der Sonntag im *Bianca* würde wohl der echte Härtetest werden. Als mein Magen dieses Mal verrückt spielte, war es jedoch aus Vorfreude, nicht aus Angst. Der heutige Abend hatte mir richtig viel Spaß gemacht. Ehrlich gesagt, war es einer der aufregendsten meines Lebens. Und die Vorstellung, meine Zukunft bestünde aus solchen Abenden, weckte wahre Glücksgefühle in mir.

Die anderen verabschiedeten sich allmählich. Sie umarmten mich und nahmen mir das Versprechen ab, sie hin und wieder zu besuchen.

Wyatt kam aus dem Gastraum in die Küche, drei Sektflöten in der einen und eine lachhaft teure Flasche Champagner in der anderen Hand. Mit verschmitzter Miene und hochgezogenen Augenbrauen sah er mich an.

»Ist das für *moi?*«

Er wandte sich Benny zu. »Und meinen neuen Souschef.«

Benny Pfundskerl, wie ich ihn gern nannte, hatte die Statur eines Footballspielers. Groß und bullig, mit unfassbaren Muskelpaketen. Sein rasierter Kopf und sein toughes Auftreten verliehen ihm eine Ausstrahlung, die auf den ersten Blick einschüchternd wirkte – als hätte er mal für die Mafia gearbeitet. Aber wenn man ihn erst näher kennenlernte, bekam man sehr schnell mit, dass er im Tiefsten seines Herzens ein Softie war.

Und ein wenig faul.

Er kochte gerne, wollte aber die verantwortungsvolle Souschefposition nicht. Der Mann ergriff vor allem die Flucht, bei dem er mehr leisten musste als die übliche Schicht. Er wollte keine Stelle, bei der er Überstunden machen musste, für die er nicht bezahlt wurde – nicht mal, wenn die damit einhergehende Lohnerhöhung gigantisch wäre. Außerdem war er nicht gerne der Buhmann. Aus Sorge, dass man ihn nicht mehr mögen könnte, verzichtete er gern auf eine Beförderung.

Zu seinem Pech war er aber ein fantastischer Koch. Da Kaya und ich nun beide nicht mehr zur Verfügung standen, konnte er sich ausrechnen, dass Wyatt ihn nicht noch einmal ungeschoren davonkommen ließ.

Für ihn hieß es entweder Beförderung zum Souschef, oder er würde aus der Küche hinauskomplimentiert.

»Daran bist allein du schuld«, sagte er zu mir und kam von seinem Posten zu uns herüber. »Wegen dir sitze ich nun in der Tinte.«

Grinsend nahm ich das Glas, das Wyatt mir reichte, und prostete Benny zu. »Gern geschehen.«

Leise vor sich hin brummelnd nahm er ein Glas von Wyatt entgegen.

»Auf Köche, die wie verdammte Götter kochen«, sagte Wyatt.

Wir stießen an, und mein Lächeln wurde breiter, als ich einen Schluck Champagner gekostet hatte. »Himmel, ist der lecker.«

Benny konnte sich endlich auch zu einem Lächeln durchringen. »Absolut unfassbar lecker.«

Wyatt zuckte mit den Schultern. »Den hab ich in Ezras Büro gefunden.« Als wir ihn fassungslos anschauten, meinte er: »Aber verpetzt mich bloß nicht bei ihm.«

»Vermutlich hat er sich den für seine Hochzeitsnacht aufgehoben oder so was Ähnliches.«

Wyatt lief rot an. »Daran habe ich nicht gedacht.« Er nahm noch einen großen Schluck und schenkte sich nach. »Mist.«

»Dein Geheimnis ist bei mir sicher«, meinte ich.

»Bei mir auch«, stimmte Benny zu. »Hauptsächlich, weil ich keine Lust habe, jetzt schon ins Gras zu beißen. Dafür atme ich viel zu gern.«

Ich beugte mich mit einem dämlichen Grinsen vor. »Vor allem, wo du doch jetzt so einen schicken neuen Job hast.«

Er presste die Lippen zusammen und schüttelte den Kopf. »Wenn ich so darüber nachdenke …«

»Jetzt sei nicht so ein Waschlappen.« Ich lachte. »Es wird Zeit, den Stier endlich bei den Hörnern zu packen.« Ich drehte mich zu meinem ehemaligen Chef. »Der Stier ist in diesem Szenario übrigens Wyatt.«

Der große, muskulöse Marshmallow schaute zu Wyatt und zog eine Grimasse. »Ich bin kein Waschlappen.«

»Sie hat recht«, sagte Wyatt. »Du bist ein Waschlappen.«

»Von wegen. Ich will nur nicht für dich arbeiten.«

Wyatt schaute ihn verwundert an. »Du arbeitest bereits für mich.«

»Ja, aber nicht so«, beharrte Benny. »Ich möchte unsere Freundschaft nicht gefährden, Bro.«

Wyatt schaute immer noch verwirrt drein, und ich musste lachen. War das so eine Bromance-Sache? Wer hätte das gedacht?

»Manchmal verhält er sich echt wie ein Idiot«, teilte ich Benny mit. »Deshalb darfst du nicht vergessen, dass er eigentlich gar nicht ernst meint, was er in der Küche so von sich gibt. Stell ihn dir einfach als vorübergehend besessen vor, dann wirst du ihm am nächsten Morgen verzeihen können.«

Wyatt schaute so beleidigt drein, dass ich mir ein Lachen verkneifen musste und schnell noch einen Schluck Champagner nahm. Ich fühlte mich beschwipst, obwohl ich gar nicht viel getrunken hatte. Das war der Küchenrausch. Es war fantastisch. Deshalb war ich auf die Gastronomieschule gegangen. Deshalb opferte ich ein Leben als Partygirl und schuftete mir, obwohl ich mehr als genug Geld zum Leben hatte, tagtäglich in einer höllenheißen Küche den Buckel krumm. Und es war der Grund dafür, dass ich Ezras Angebot angenommen hatte, obwohl ich wusste, dass ich dafür noch nicht bereit war.

Diesem Hochgefühl jagte ich nach und würde es wohl immer tun.

»Ich werde mich bemühen, daran zu denken«, murmelte Benny. »Das ist nicht der echte Wyatt. Das ist Wyatt, der Teufel. Nicht Wyatt ist ein kompletter Idiot. Der Teufel Wyatt ist es.«

»Ja, genau«, ermutigte ich ihn. »Du hast es kapiert.«

»Ihr beiden seid hier die Idioten«, grummelte Wyatt.

Benny und ich tauschten ein verschwörerisches Grinsen und stießen an. »Das war vielleicht ein Ritt«, sagte ich, hüpfte rittlings auf eine Arbeitsfläche und lehnte mich, auf eine Hand gestützt, zurück. »Ich werde diese Küche vermissen.«

»Und wir werden dich vermissen«, sagte Wyatt ernst. »Das *Bianca* hat echt Glück.«

Ich lächelte. Der Champagner stieg mir allmählich zu Kopf. Kein Wunder, denn ich hatte während der hektischen Schicht nicht eine Minute Zeit gehabt, auch nur einen Happen zu essen. »Vielleicht stimmt das sogar.«

Wyatts Handy piepte, und er stellte sein Glas ab, um es aus der Tasche zu holen. »Das ist mein Mädchen«, erklärte er und ließ offensichtlich seinen inneren Neandertaler raushängen. Er hielt sich das Handy ans Ohr. »Hey, Babe, machst du gerade Feierabend?«

Ich schaute auf die Uhr und stellte fest, dass es schon nach Mitternacht war. Im *Sarita*, Kayas Restaurant, war die Küche länger geöffnet als im *Lilou*, daher würde sie noch klar Schiff machen und abschließen müssen. Ich wusste, dass Wyatt, wenn wir fertig waren, noch zu ihr fuhr, um ihr zu helfen, bevor sie sich gemeinsam auf den Heimweg machten.

Ein stechender Schmerz durchfuhr mich. Ich nahm noch einen Schluck Champagner, in der Hoffnung, dass der Schmerz wieder verschwinden würde.

Einsamkeit.

Das war das richtige Wort dafür. Ein Gefühl, mit dem ich vertraut war und das mich in letzter Zeit wieder öfter überfiel.

Ich schob all den Verliebten um mich herum die Schuld in die Schuhe. Als würde Amor im Sturm durch Durham ziehen, fest entschlossen, jeden, den ich kannte, mit seinen Pfeilen ins Herz zu treffen.

Nur ich saß immer noch da, zündete jeden Abend allein eine Kerze an und beklagte die fehlende Liebe in meinem Leben. *Hm, nein danke. Mir geht's gut. Ich bin Single. Und mir geht's gut damit, Single zu sein. Lügnerin*, hielt die Stimme meines verwundeten Herzens dagegen.

Es war okay, als Killian sich in Vera verliebte. Ehrlich, ein besseres Paar als diese beiden konnte es auf Erden nicht geben. Die Liebe hatte Killian total verändert, ihn zu einem viel umgänglicheren Menschen gemacht.

Und dann kam Ezra an die Reihe. Natürlich war ich total begeistert, dass mein Bruder endlich eine Frau gefunden hatte, die keine fürchterliche Schreckschraube war. Denn die Liste verrückter Ex-Freundinnen war lang. Ich war wirklich glücklich darüber, Molly an seiner Seite zu wissen. Sie war einfach die Beste. Ich konnte mir keine liebere Schwägerin vorstellen.

Aber ernsthaft, wer hätte gedacht, dass Ezra vor mir die große Liebe finden würde?

Ich jedenfalls nicht.

Und er auch nicht.

Und auch niemand, der uns beide kannte.

Ezra hatte jeden nur erdenklichen Fehler bei der Wahl seiner Frauen begangen. Ich hatte zum Glück nur einen gemacht. Aber dieses Glück bedeutete in meinem Fall tragisches Pech.

Die Loser auszusortieren war einfach, wenn man ohnehin zu jedem Mann Nein sagte. Okay, so ganz stimmte das nicht. Manchmal verabredete ich mich auch zu einem ersten Date. Oder besser gesagt flirtete ich genug, dass meine Freunde annahmen, ich hätte haufenweise Dates.

Ich hielt an meinem Grundsatz fest, es nie über ein erstes Date hinaus kommen zu lassen, solange mir nicht ein Mann begegnen würde, der es wert wäre. Ich war sicher, ich würde den Richtigen schon erkennen, wenn er erst vor mir stünde.

Aber in letzter Zeit schien mich mein innerer Radar, auch nur halbwegs anständige Männer zu orten, immer öfter im Stich zu lassen.

Entweder waren meine Ansprüche gesunken, oder mir gingen allmählich die Optionen aus.

Selbst meine Mom hatte inzwischen die wahre Liebe gefunden.

Und nun auch noch Wyatt und Kaya? Das war einfach zu viel.

Ich war offiziell das fünfte Rad am Wagen. Was mich nicht daran hinderte, die Typen, die ich mir geangelt hatte, nachdem ich eine Einladung zum Essen und ein paar Cocktails aus ihnen herausgeleiert hatte, gleich wieder abzuschießen.

Wyatt dabei zu betrachten, wie er sich mit meiner besten Freundin unterhielt, ein fettes, verliebtes Grinsen im Gesicht, machte die gute Laune des Abends vollends zunichte. Ich trank mein Glas mit dem teuren Champagner in einem Zug leer.

»Ich glaub, ich geh dann mal.« Aus meinem erst vorgetäuschten Gähnen wurde ein echtes. »Ich bin total kaputt.«

Benny blickte in sein Champagnerglas, als sei es eine Wahrsagerkugel, die alle Antworten auf seine Lebensfragen in sich barg.

»Ach ja? Dann ist das jetzt wohl der Abschied.«

Sein sarkastischer Kommentar entlockte mir ein Lächeln. »Sei nicht so ein Pessimist, Benjamin. Wir sehen uns ja wieder.«

Die Art, wie er das Gesicht verzog, machte mir erst deutlich, wie selten das in Zukunft sein würde. Ein weiterer kummervoller Stich durchfuhr mich.

»Oh, hey.« Er schnippte mit den Fingern. »Ein Kumpel hat ein Foto von uns beiden gesehen. Du weißt schon, von letzter Woche, als wir deinen Geburtstag gefeiert haben. Er hat mich gefragt, ob du Single bist und er deine Nummer haben kann.«

Meine Traurigkeit wich sofort einer verwirrenden Mischung aus Neugier und Sorge. »Oh, und was ist das für ein Typ?«

»Mein Freund?«

»Ja, der Kerl, der meine Nummer will. Ist er ätzend?«

Er warf mir einen Blick zu, der klar machte, dass er keine ätzenden Freunde haben konnte. Aber was wusste er schon? Kerle waren blind und taub, wenn es um ihre Kumpels ging. »Er ist nett, Dillon. Glaub mir, du wirst ihn mögen.«

»Wie heißt er denn?«

»Matt.« Ich sah ihn erwartungsvoll an, und er ergänzte: »Matt Brennan.«

Ich speicherte die Information ab, um später ein paar Nachforschungen anstellen zu können. »Und was macht Matt Brennan so beruflich?«

»Er ist Konditor. Ich kenn ihn seit der Ausbildung.«

Ich presste die Lippen zusammen. Nicht etwa, weil mir Konditoren generell gegen den Strich gingen … Ich konnte nur nicht leiden, dass sie glaubten, unsere Arbeit sei auf einer

Augenhöhe. Sie arbeiteten in ruhigen Küchen mit null Druck. Zumindest im Vergleich zu der Hektik und dem Stress, dem wir Abend für Abend ausgesetzt waren. Natürlich hatten auch sie ihren Anspruch auf Perfektion, aber es war einfach nicht dasselbe.

Der Name Matt Brennan hatte jedoch einen schönen Klang. Außerdem hatte ich gerade noch meinen Singlestatus betrauert.

Mein letztes Date war schon eine Weile her. Und ich wollte den Schein von Normalität wahren, damit die Leute denken konnten, ich gäbe mir Mühe, den richtigen Partner zu finden.

Auch wenn das nicht der Fall war.

»Ist er ein Großmaul?«

Benny verdrehte die Augen. »Er ist cool, Baptiste. Es ist doch nur eine SMS. Du musst ja nicht darauf antworten.«

»Verstehe ich richtig, dass du ihn nur nicht enttäuschen willst?«

Er machte ein ertapptes Gesicht. »Er findet dich heiß! Nimm das als Kompliment.«

War das wirklich schmeichelhaft? Oder war Matt Brennan nur verzweifelt auf der Suche nach einer Frau außerhalb seines gewohnten Reviers? Es war ein wenig beunruhigend. Dennoch sagte ich: »Okay, na schön. Gib ihm meine Nummer.«

Er gluckste vergnügt. »Oh, das wird ihn riesig freuen. Fürs Einfädeln kannst du mir später danken.«

Ich stellte mein Glas ab und beschloss, da die Küche nun Wyatt und Benny gehörte, ihnen auch den Abwasch zu überlassen. Ohne großen Abschied winkte ich meinem Ex-Kollegen und Ex-Chef zu und ging zur Hintertür.

Obwohl mir an dieser Küche wirklich etwas lag, machte ich mich schneller aus dem Staub als geplant. Eigentlich hatte ich gedacht, ich würde noch einen letzten Rundgang machen, um die glorreiche Pracht noch einmal in mir aufzunehmen. Und als ich dann in die Nacht hinaustrat, wurde mir schlagartig bewusst: Meine Zeit im *Lilou* war endgültig vorbei.

Ich atmete die laue Luft ein und zog mir die Kochjacke aus, bevor ich ins Schwitzen geriet. Mein Auto stand nicht weit entfernt auf dem Personalparkplatz, trotzdem ging ich den Weg nicht gern allein.

Gewöhnlich ließ ich mich von Wyatt oder Benny zu meinem Auto begleiten. Der Parkplatz war zwar gut beleuchtet, und ich parkte immer unter einer Straßenlaterne, aber allein hier draußen zu sein, verursachte mir ein ungutes Gefühl. Angst kroch mir über die nackten Arme und den Rücken hinunter. Ich eilte zum Auto, kramte dabei in der Tasche nach dem Schlüssel und bemerkte im selben Moment, dass ich versehentlich die Innenbeleuchtung hatte brennen lassen. Das schwache Flackern gegen die Dunkelheit war ein deutliches Zeichen dafür, dass die Batterie bald am Ende war.

Ich konnte mich nicht erinnern, die Lampe eingeschaltet zu haben, aber der Beweis dafür stand direkt vor mir. Verdammt.

Mein Baby, nun ja, Auto, von mir liebevoll Veronica genannt, war unglaublich schnell und atemberaubend schön. Es war mein ganzer Stolz und meine Freude. Ezra hielt sich für einen heißen Typen, weil er einen schnittigen Alfa Romeo fuhr, aber wir wussten beide, mein Auto spielte in einer anderen Liga. Seins war die Sparvariante von schnell. Meins ging richtig ab. Sein Alfa war zwar ganz cool, und eine Menge Leute würden viel dafür geben, ihn fahren zu dürfen. Aber mein Auto war der Hammer.

Schneller.

Schöner.

Teurer.

Ein Rundum-Paket.

Ich fuhr einen Porsche 911, in liebesapfelrot. Mit Hardtop natürlich, weil ich kein Vollpfosten war. Und perfekt in jeder Hinsicht. Aber nun würde er nicht einmal anspringen, weil ich blöderweise das Licht angelassen hatte.

Bei all dem Luxus, mit dem mein Baby ausgestattet war, könnte man meinen, dass es auch einen kleinen Roboter geben müsste, der das Licht ausschaltete, wenn die Fahrerin es vergaß. Der Wagen entsperrte sich automatisch, als ich näherkam. Ich setzte mich auf den Fahrersitz, und meine Finger umschlossen das lederne Lenkrad. Dann steckte ich den Schlüssel ins Zündschloss, drehte ihn um und hoffte, dass der Motor schnurrend auf Drehzahl kam.

Mein Baby ächzte und spuckte nur und gab ein Geräusch von sich, das man bei Menschen als trockenen Husten bezeichnet hätte. Ich hörte auf, weiter zu orgeln, denn ich wusste, dass es völlig vergeblich war.

Verdammt. Ich sah zum *Lilou* hinüber. Wyatt und Benny würden mir sicher helfen. Aber der Parkplatz war verflixt dunkel. Und mir behagte es gar nicht, allein zum Restaurant zurückzulaufen.

So weit war es auch wieder nicht, sagte mir mein Verstand.

Aber weit genug, zischten die Dämonen der Vergangenheit.

Ich konnte mich einfach nicht überwinden, die Sicherheit des Autos zu verlassen. Ich bevorzugte die Stille hier. Die Einsamkeit. Die Abschottung.

Ich ließ den Kopf auf das Lenkrad sinken und startete einen letzten Versuch. Wieder das dramatische Ächzen, Keuchen, Husten, ohne Erfolg.

»Du willst hier wohl auch nicht weg«, murmelte ich. Tränen brannten in meinen Augen. »Das kann ich verstehen. Ich fand's hier auch schön.« Die Tränen strömten mir nun über die Wangen, und ich schniefte. »Aber in der neuen Küche wird es uns sicher auch gefallen. Vielleicht. Eines Tages. Wenn sie uns nicht vorher feuern.«

Ich holte zittrig Luft und wollte gerade in richtiges Schluchzen ausbrechen, als es an die Scheibe klopfte. Erschrocken fuhr ich hoch und schrie mir die Seele aus dem Leib.

Als ich wieder zur Besinnung kam und genug Mut fand, den Eindringling zu identifizieren, entdeckte ich, dass es Veras Bruder war. Vann Delane.

Kein Serienmörder. Kein Vergewaltiger. Kein Räuber.

Nur Vann Delane.

Ich wischte mir schnell mit dem Handrücken übers Gesicht und drückte auf den Knopf für den elektrischen Fensterheber, bis mir einfiel, dass die Batterie keinen Saft mehr hatte. Also öffnete ich die Tür und streckte den Kopf raus. »Ja?«

»Ich wollte dich nicht erschrecken«, sagte er. »Ich dachte, ich hätte das hilflose Schreien einer Katze in Not gehört, aber das war wohl dein Auto.«

Ich presste die Lippen zusammen und fragte mich, ob ihm die Bemerkung versehentlich herausgerutscht war oder er mich beleidigen wollte.

Mein Porsche 911 war kein Kätzchen.

Und mein Baby klang auch nicht so.

Es war eine majestätische Löwin, die ihm den Kopf abreißen würde, wenn ich es zuließ.

Ich beschloss, dass er bloß unbeholfen war und nicht absichtlich unhöflich. »Die Batterie ist tot. Offenbar hat den ganzen Abend die Innenbeleuchtung gebrannt.«

Vann schaute über den Parkplatz zu seinem Fahrradladen *Cycle Life*. »Schöner Mist.«

Ich atmete aus und blickte auf meine Hände. »Ich komm schon klar. Ich werde Wyatt oder Benny bitten, mir Starthilfe zu geben.«

»Sind sie denn noch da?«, fragte er und deutete mit dem Kopf in Richtung des *Lilou*.

»Ja, wir haben eben erst geschlossen.« Ein Gedanke schoss mir durch den Kopf, und ich stieg halb aus, um Vann forschend zu mustern. »Was machst du eigentlich hier? Du hast doch gar nicht so lange auf, oder?«

Er zog die Brauen zusammen. »Nein, hab ich nicht. Ich habe meinen Laptop im Laden vergessen.« Er fuhr sich mit der Hand durch die Haare. »Ich konnte nicht schlafen«, fügte er hinzu, als wäre er mir noch eine Erklärung schuldig. »Und dachte, dann kann ich auch arbeiten. Aber mein Laptop war hier ... Wie auch immer, ich bin hergefahren, und wo ich schon mal da war, habe ich beschlossen, noch ein paar Dinge im Laden zu erledigen.«

Ich betrachtete sein Outfit, während ich mich aus dem Schalensitz stemmte. Er trug ein graues Hoodie über einem weißen T-Shirt mit V-Ausschnitt und eine grau-weiß karierten Pyjamahose. Er sah aus wie aus einer Modewerbung entsprungen.

Der Pyjama passte zu seinem adretten Stil. Dennoch war es seltsam, ihn in dieser Aufmachung zu sehen. Mit Flip-Flops an den nackten Füßen, die unter dem Saum der Schlafanzughose hervorlugten. Ich kannte ihn zwar nicht gut, aber ich hatte ihn oft genug getroffen, um zu wissen, dass diese Seite von ihm nicht viele zu Gesicht bekamen. Ungekämmt, nicht herausgeputzt.

Ich kam mir wie ein Eindringling vor. Als hätte ich ihn in einem sehr privaten Moment gestört. Dabei war doch er derjenige, der auf mich zugekommen war. »Alles klar«, murmelte ich. »Jedenfalls, danke, dass du nach mir gesehen hast.«

Seine Augen wanderten über meine weite schwarze Hose und das enge schwarze Shirt. Ich schob mir eine Haarsträhne aus dem Gesicht, denn sein prüfender Blick machte mich nervös. Ich wusste bloß nicht, warum. Das war meine gewohnte Arbeitskleidung, es sei denn, ich tauschte die weite Hose gegen samtige Leggings. Die Kleidung, die ich trug, war angemessen – im Gegensatz zu diesem Herrn im Schlafrock.

»Ich könnte dir Starthilfe geben«, platzte er heraus, als ob er das gar nicht sagen wollte. »Also, wenn das alles ist, was du brauchst.«

Ich blinzelte und betrachtete sein stoppeliges Kinn und die perfekt geschwungenen Wangenknochen. Jedes Modelabel könnte sich glücklich schätzen, den Kerl als Model zu bekommen. Er besaß Veras Schönheit, in der männlichen Variante. »Und wie?«

Er blickte mich verwirrt an. »Was meinst du?«

»Wie willst du das anstellen?«

Er schaute zu seinem Laden, und ich bekam den Eindruck, dass er sich dorthin zurückwünschte – weit weg von mir. »Mit meinem Auto?« Sein Angebot klang wie eine Frage. Er drehte sich wieder zu mir, und der abschätzige Blick seiner grauen Augen versetzte mir einen Schlag in die Magengrube. »Es sei denn, dein Auto ist anders als normale Autos. Vielleicht brauchst du ja ein Raumschiff, um den Motor zu überbrücken? Energie vom Mond oder so.«

»Energie vom Mond?« Ich verbarg mein Schmunzeln hinter der Hand. »Na klar. Kein Raumschiff nötig. Ich wäre dir dankbar, wenn du mir etwas von deinem Saft gibst.« Meine Hand fuhr an meine Kehle, und ich hoffte inständig, er würde die Zweideutigkeit in der Bemerkung ignorieren.

Vielleicht hing ich zu oft mit Kaya zusammen, aber ich rechnete damit, dass er gleich rief: »Das hat sie jetzt gesagt!«

»Oh, okay. Sicher doch. Ich hol nur schnell …« Er nickte zum Parkplatz auf der anderen Straßenseite. Offenbar war er zu erwachsen für pubertäre Witze. »Ich bin sofort zurück.«

»Gut.«

Ich sah ihm nach, als er die Straße überquerte, ohne den Zebrastreifen zu benutzen. Er joggte einfach über die Straße. Nicht dass um diese nachtschlafende Zeit noch irgendjemand unterwegs gewesen wäre – aber es war schon befremdlich, einen Menschen Regeln brechen zu sehen, von dem ich dachte, dass er sie nie brechen würde.

Der Personaleingang zum *Lilou* öffnete und schloss sich. Benny und Wyatt kamen auf den Parkplatz, lachend und Witze darüber reißend, dass Wyatt nun Bennys Chef sei. Sie entdeckten mich sofort, aber ich erklärte, dass Vann mir schon mit seinem Kabel aushelfen wollte.

»Darauf möchte ich wetten«, neckte Benny.

Und da war er, der Spruch, auch wenn er nicht von Kaya gekommen war. Vielleicht lag es daran, dass wir alle in der Küche arbeiteten und eine gemeinsame Vorliebe für schmutzige Witze hatten.

Ich ignorierte die Anspielung und fuhr mit der Hand über Veronicas Dach. »Wer könnte es ihm verübeln? Die Chance, einen so schönen Straßenfeger anzumachen, bietet sich nicht alle Tage.«

Benny lachte. Wyatt schickte Kaya eine Nachricht, um ihr mitzuteilen, dass er noch warten wollte, bis mein Auto wieder lief. »Ja, ja, ihr Geldsäcke. Wir haben es kapiert. Du hast ein cooles Auto.«

Ich schaute zu Bennys aufgemotztem Nissan und zog die Nase kraus. »Pah, du musst gerade reden.«

Er streckte mir die Zunge raus, dann ging er aus dem Weg, damit Vann seinen Jeep neben meinem Wagen abstellen konnte. Wir starrten ihn erstaunt an, als er aus der Fahrerkabine sprang.

»Was denn?«, fragte er, als er bemerkte, dass uns die Spucke wegblieb.

»Nichts«, erwiderte Wyatt schnell. »Ich hab nur gedacht, du fährst einen Prius oder so.«

»Und ich dachte, du fährst nur Rad«, platzte ich heraus.

Er zuckte mit den Schultern. »Nee. Ich habe ein echtes Auto.« Sein Ton klang etwas gereizt. »Es macht keinen Spaß, im Winter mit dem Rad zur Arbeit zu fahren. Also, ja, ich bin normal. Alle Köche, die ich kenne, glauben, ich lebe in einem Baumhaus mitten im Wald und ernähre mich von dem, was die Natur mir schenkt. In Wahrheit bin ich aber ein ganz normaler Mensch. Ich habe eine Wohnung, esse gezuckertes Müsli und fahre Auto.«

Gezuckertes Müsli? Inwiefern bewies das, dass er normal war?

»Ich muss dann mal los«, sagte Benny und unterbrach das unangenehme Schweigen. Er winkte uns zu und machte sich wie ein Feigling aus dem Staub.

Wyatt schaute verstohlen auf sein Handy. Ich wusste, er wollte zu Kaya, was ihn mir nur noch sympathischer machte. Allerdings hätte ich seine Unterstützung dringend gebraucht. Ich wollte nicht allein mit Vann Delane zurückgelassen werden, der mir ums Verrecken beweisen wollte, wie normal er war.

Das brachte ich jedoch nicht über die Lippen und hörte mich stattdessen sagen: »Verschwinde ruhig, Wyatt, wenn du losmusst.«

Er schaute mich an. »Wirklich?«

»Klar, wir kommen hier schon zurecht, oder?« Ich schaute zu Vann, der bestätigend nickte.

»Machst du mal die Haube auf?«

War das jetzt die Antwort auf meine Frage? Ich schaute zu Wyatt. »Im schlimmsten Fall muss ich einen Abschleppwagen rufen und fahr mit dem Taxi nach Hause. So weit ist es ja nicht.« Wyatt wollte Einwände erheben, doch im Moment sorgte ich mich mehr um meine Freundin als um mich selbst. »Nun geh schon! Mir geht's gut.«

Zweifelnd schaute er zu Vann. »In Ordnung, aber nur wenn du dir wirklich sicher bist.«

»Ich bin mir sicher.«

»Die Motorhaube?«, mischte sich Vann ein. Er klang nun ziemlich genervt.

Ich winkte Wyatt zu. »Wir reden später. Ich werde bestimmt Fragen haben.«

Wyatts Abschiedsworte hörte ich kaum noch, weil ich vornübergebeugt in meinem Auto nach der Entriegelung für die Motorhaube angelte. Zu Vann sagte ich: »Die Batterie ist im Heck.« Mit einem Klicken sprang der Kofferraumdeckel auf, und ich hörte, wie Vann scharf nach Luft schnappte.

Nun begann ich mir ernsthafte Sorgen zu machen, lief rasch zu ihm nach hinten, wo er stand und das Innenleben meines Autos begutachtete. »Stimmt was nicht?«

Er schaute auf, seine grauen Augen leuchtend vor Ehrfurcht. »Du hast ein schönes Auto.«

Das Kompliment haute mich fast um. Ja, ich hatte ein schönes Auto. Das stimmte. Es war nur befremdlich, das aus seinem Mund zu hören. »Du magst Autos?«, fragte ich, aufs Neue überrascht.

»Ich habe früher oft mit meinem Dad an Autos geschraubt«, erklärte er. Er klemmte das Überbrückungskabel an die Batterie. »Er arbeitete viel, daher war das so ziemlich das Einzige, was wir gemeinsam machten. Und es ist immer noch eine unserer Lieblingsbeschäftigungen.«

Ich musterte seinen Jeep. Er war schon älter, mit abnehmbarem Verdeck. Allerdings sah er frisch lackiert aus und hatte neue Reifen. Das ganze Teil glänzte in Graublau.

»Ein 1959er«, erklärte er, als er mein Liebäugeln bemerkte. »Ich hab sie gerade erst frisch restauriert.«

Sie. Er nannte sein Auto eine Sie. Eine solche Kleinigkeit hätte ihn mir nicht sympathischer machen sollen, aber dummerweise tat es das.

»Ich bin beeindruckt«, sagte ich. »Eigentlich habe ich gedacht, du ziehst Zweiräder vor.«

Er schaute auf, einen verwunderten Ausdruck im Gesicht. »Nur weil du mit Kochen deinen Lebensunterhalt bestreitest, heißt das doch nicht, dass du dir jede Mahlzeit selbst kochst, oder? Gehst du nicht auch manchmal zum Essen aus? Vielleicht sogar in Restaurants, die andere Spezialitäten auf der Speiskarte haben als deine?«

»Okay, ich hab's verstanden«, räumte ich ein. »Nein, ich habe auch nicht immer Lust zu kochen.«

»Ich mag Fahrräder«, erzählte er weiter. »Aber mich um ein Uhr morgens draufzuschwingen, um zur Arbeit zu fahren, war mir zu anstrengend.« Ich musste lächeln und schaute ihn an, während ich nach einer schlagfertigen Antwort suchte. »Lässt du mal mein Auto an?« Er warf mir seinen Schlüssel zu, bevor ich etwas sagen konnte.

Reflexartig fing ich ihn auf und ging zum Jeep. Nachdem ich ihn gestartet hatte, standen wir verlegen nebeneinander und warteten. Nach zehn Minuten war ich zuversichtlich, dass Veronicas Batterie genug geladen hatte, um getrennter Wege gehen zu können.

Nachdem der Motor wieder zum Leben erweckt war, stieg Vann in sein Auto, kurbelte sein Fenster runter, blieb aber in seinem Jeep sitzen. Nicht dass ich mit einer Umarmung gerechnet hätte oder so, aber ich hasste das Gefühl, ihm zur Last gefallen zu sein.

Ich kletterte auf das Trittbrett seines Jeeps und legte die

Ellbogen in den Fensterrahmen. »Hey, danke für deine Hilfe.«

Er lächelte so breit wie den ganzen Abend noch nicht. »Ich hätte mir denken können, dass du so ein Auto fährst.«

Meine Dankbarkeit schrumpelte auf Rosinengröße zusammen. »Meinst du so fantastisch?«

Er neigte sich zu mir, als wolle er mir ein Geheimnis verraten. »So angeberisch.«

Ich schaute ihn finster an. Er kapierte hoffentlich, wie wütend ich war. »Keine Ahnung, warum du dir einbildest, dass du mich kennst«, giftete ich. »Du weißt gar nichts über mich.«

Er wich zurück und zuckte mit einer Schulter. »Geld. Du hast jede Menge davon.«

»Und das macht mich zu einem Snob?« Er hatte ja nicht den leisesten Schimmer von Wichtigtuern. Ich könnte ihn in die Welt richtiger Angeber einführen, die ihn mit ihrer Herablassung so erniedrigen würden, dass er unter den Teppich passt. So etwas würde ich ihm nie antun. Ganz egal, was er von mir dachte, ich hielt mich nicht für etwas Besseres. Netter bestimmt. Freundlicher ganz offensichtlich. Graziler, anmutiger und eleganter? Aber so was von. Jedoch nicht besser.

Er schnaubte ungehalten. »Vergiss, dass ich was gesagt habe, okay? Es freut mich, dass ich dir helfen konnte. Wirklich.« Er legte den Rückwärtsgang ein.

Ich sprang vom Trittbrett und überlegte, ob ich noch was sagen oder ihn fahren lassen sollte. »Weißt du, du hast ein ganz schön festgefahrenes Bild von mir. Du bist der voreingenommenste Mensch, den ich kenne, Vann Delane.«

Er lächelte geduldig, als wäre diese Beleidigung nur ein bedeutungsloser Scherz, und ich hätte ihm am liebsten eine gescheuert.

»An deiner Stelle würde ich den Motor erst noch eine Weile laufen lassen«, meinte er, als ob er mir eben keine Breitseite verpasst hätte. »Fahr ein bisschen durch die Gegend.« Er gab Gas.

»Und ich an deiner Stelle würde mich wieder schlafen legen«, rief ich ihm nach. »Vielleicht wachst du ja als netterer Mensch auf.«

Falls er mich gehört hatte, ließ er es sich nicht anmerken. Ich sah hinterher, wie er zum *Cycle Life* zurückfuhr. Als er die Fahrertür öffnete, schwang ich mich schleunigst hinters Lenkrad meines Porsche und machte, dass ich davonkam, bevor er bemerkte, dass ich ihn anstarrte wie ein Serienmörder, der bereits sein Ableben plante.

»Immerhin, er hat dir geholfen«, sagte ich auf direktem Weg nach Hause und missachtete absichtlich seinen Rat, den Motor so lange wie möglich laufen zu lassen. Falls Veronica am Morgen nicht ansprang, konnte ich mir immer noch Hilfe holen. Im Moment war mein Bedürfnis, Vann Delane die Stirn zu bieten, stärker als die Vernunft. »So übel kann er dann nicht sein.«

Angeberisch.

Pah.

Nein.

Er war durch und durch übel.

Arme Vera, sie hatte keine Ahnung, dass ihr Bruder der leibhaftige Teufel war.

5. KAPITEL

Am Sonntagmorgen stellte ich meinen Wagen auf dem winzigen Parkplatz hinter dem *Bianca* ab. In meinem Bauch probten Schmetterlinge den Aufstand. Der letzte Abend im *Lilou* hatte mich mit hoffnungsvoller Vorfreude auf meine neue Aufgabe erfüllt. Die Realität erinnerte mich jedoch daran, dass es eine ganze Weile dauern würde, bis ich am Ziel war.

»Am Ziel« bedeutete in dem Fall, eine souveräne Küchenchefin in einem erfolgreichen Sterne-Restaurant zu sein.

Aber dieser Abend war der Anfang. Und ich begann als unerfahrene Möchtegern-Küchenchefin mit schlotternden Knien in einem mittelmäßigen Restaurant, das nicht besonders gut lief.

Lieber Gott, übernimm das Steuer.

Ezra erwartete mich schon lächelnd an der Tür. In seinem Gesicht machte sich Erleichterung breit. »Du bist da.«

»Hast du gedacht, ich würde kneifen?«

Sein nervöses Lachen verriet ihn. »Ich bin bloß froh, dich zu sehen.«

»Ich hätte nicht gekniffen, ohne dir rechtzeitig Bescheid zu geben, damit du einen Ersatz suchen kannst«, erklärte ich. »Das bin ich dir schuldig.«

Seine Miene wurde säuerlich. »Dann bin ich dir jetzt wohl zu Dank verpflichtet, oder?«

Ich schaute mich in der Küche um. Sie war nicht mit der des *Lilou* zu vergleichen. Meine Hoffnungen, dieses Restaurant bis morgen auf Vordermann gebracht zu haben, schwanden dahin. Okay, das war illusorisch. Aber insgeheim hatte ich diesen kleinen Funken Hoffnung, dass es nicht zu lange dauern oder zu schwierig werden würde, klar Schiff zu machen. Als ich nun den Zustand der Küche mit den Augen einer Küchenchefin betrachtete, traf mich die Enttäuschung mit voller Wucht.

Die Herde waren schmutzig. Die Regale unter den Edelstahlarbeitsflächen unordentlich und vollgestopft. Ich fürchtete mich schon davor, was mich im Kühlraum erwartete.

»Schau morgen früh gleich als Erstes, ob du eine Nachricht von mir hast«, sagte ich. »Nur für alle Fälle.«

Ich konnte förmlich spüren, wie er mir stirnrunzelnd hinterhersah, während ich alles unter die Lupe nahm, bevor die Brigade eintraf.

»Willst du die Karte besprechen?«, fragte er, als ich einen Geschirrspüler öffnete und entdeckte, dass er voll war. Am liebsten hätte ich vor Frust geschrien.

Hatte man ihnen nicht beigebracht, das Geschirr ordentlich vor Schichtende wegzuräumen, damit es nicht muffig roch und keine Wasserflecke bekam?

»Äh, ja vielleicht?« Neben den Gläsern lag ein Messerset, das wohl jemand vergessen hatte. Ich schlug die Rolle auf und musste feststellen, dass die Messer verschmiert und schlecht gepflegt waren. »Vielleicht fange ich besser erst mal hier an, bevor die anderen kommen.« Ich schaute zu Ezra. »Wann kommen sie denn gewöhnlich?«

Er schaute auf seine Armbanduhr. »Gegen zwei oder drei? Ich weiß es nicht mehr.«

»Ist das denn rechtzeitig genug, um den Abendservice vorzubereiten?«

»Sie erledigen schon viel am Vorabend«, sagte er. »Damit sie gleich loslegen können, wenn sie zur Schicht kommen.«

Ich knirschte mit den Zähnen und hätte am liebsten geschimpft wie ein Rohrspatz. Typisch mein Bruder, ganz der rationell denkende Unternehmer. Mich wunderte kein bisschen, dass ihm das vernünftig erschien. Ihm würde der Unterschied zu frisch zubereiteten Sachen nicht einmal auffallen.

Obwohl er sich ziemlich viel auf seine Kochkünste einbildete, hatte er keine Ahnung, wie man eine Küche führte. Was in Ordnung war, wenn er herausragende Köche beschäftigte, die für ihn die Drecksarbeit erledigten. Im Moment hätte ich mir allerdings am liebsten die Haare gerauft. »Wie lange ist das *Bianca* schon ohne Küchenchef?«

»Über ein Jahr«, antwortete er. »Ich hatte allerdings übergangsweise immer mal wieder Ersatz, das heißt, die Küche war nicht ganz ohne Führung. Ich bin auch eingesprungen, wann immer es mir möglich war.«

Ich widerstand dem Drang, die Augen zu verdrehen. »Okay. Ja, also ich lege jetzt mal los. Sobald die anderen eintreffen, komme ich zu dir und wir besprechen die Karte.«

»Ist das für dich auch okay, wenn du allein anfängst?« Er klang zweifelnd.

»Ich komme schon zurecht. Wenn nicht, melde ich mich schon bei dir.«

»Kann ich helfen?«

Ich holte ein Tuch aus einer offenen Schachtel. »Nur wenn du keine Angst hast, dich schmutzig zu machen.«

»Findest du die Küche etwa schmutzig?«

Eine Lüge wäre sinnlos gewesen. Mein Bruder musste der Wahrheit ins Auge sehen: Er hätte besser nicht gewartet, bis ich genügend Erfahrung gesammelt hatte, sondern gleich den erstbesten talentierten Küchenchef einstellen sollen.

Selbst ein Kochschüler im ersten Ausbildungsjahr hätte die Küche besser in Schuss gehalten, als sie im Moment aussah.

»Hier ist alles total verdreckt«, erklärte ich aufrichtig. »Ich wundere mich, dass du nicht längst Probleme mit Ratten hast.«

Er schluckte schwer, sein Adamsapfel zuckte. »Ernsthaft?«

»Dein Personal hat seine Pflichten sträflich vernachlässigt, Ezra. Diese Küche ist ein Schweinestall.«

Er rieb sich übers Kinn. Offenbar war er wirklich überrascht, dass es so schlimm stand. Vermutlich hatte das Personal gerade so viel geputzt, dass es für Ezras Augen reichte.

Wenn ihr letzter Chef eine Niete war und ihnen die richtige Führung fehlte, dann wussten sie vermutlich überhaupt nicht, was ein auch nur akzeptabler Standard in der Gastronomie war, geschweige denn, wie eine gute Küche auszusehen hatte.

Das redete ich mir so lange ein, bis ich dran glaubte.

Ein unangenehmes Gefühl machte sich in mir breit. Ich hätte mir gern Zeit genommen, um die Sache in Ruhe anzugehen und mich langsam an die Pflichten und Verantwortung zu gewöhnen, die ich übernommen hatte. Ich wollte nicht wie eine Abrissbirne hereinspazieren, alles niederreißen und gleich zu Beginn wie ein Diktator mein Personal herumkommandieren und herunterputzen müssen.

Offenbar würde sich dieser Wunsch nicht verwirklichen lassen.

Denn diese Nachlässigkeit erforderte autoritäres Durchgreifen. Auf der Stelle.

Zum zigsten Mal stellte ich fest, wie glücklich ich mich schätzen konnte, Wyatt als ersten echten Chef gehabt zu haben. Er war mehr als penibel, was Hygiene und Ordnung am Arbeitsplatz betraf. Und von uns hat er dasselbe verlangt. Wir mussten hart und lange dafür schuften, um seinen Ansprüchen gerecht zu werden, aber es ist uns in Fleisch und Blut übergegangen und würde uns den Rest unseres Lebens zugutekommen.

In Ezra schien es zu brodeln. Er stand noch ein paar Minuten schweigend da und verschwand dann in den Gastraum. Ich wusste nicht, wohin er wollte oder wann er zurückkommen würde, aber das war mir egal. Ich hatte zu tun.

Ich zog meine Kochjacke und die Mütze aus. Es erschien mir nun geradezu albern, sie überhaupt angezogen zu haben. Dann machte ich mich an die Arbeit. Ich schrubbte. Ich putzte. Ich räumte auf. Ich stellte den Kühlraum auf den Kopf, organisierte ihn um und konnte kaum fassen, wie viele verdorbene Lebensmittel ich wegwerfen musste.

Als ich mir endlich eine Pause gönnte, um einen Schluck Wasser zu trinken, hätte ich schon eine Dusche und ein Glas Wein nötig gehabt. Und es gab immer noch genug zu tun, aber ich beschloss, den Rest der Mannschaft zu überlassen.

Wann immer sie zu erscheinen geruhte.

Ich überlegte, ob ich meinen Bruder suchen und ihm zeigen sollte, was ich geschafft hatte. Aber bevor ich Tacheles mit ihm redete, wollte ich erst noch etwas anderes erledigen.

Ich nahm Mütze und Kochjacke von der frisch polierten Arbeitsfläche und ging nach hinten zu dem kleinen Büro, das meines sein würde.

In allen vier Küchen von Ezras Restaurants gab es zwei Büros. Eines für ihn und eines für den jeweiligen Küchenchef. Er hätte nicht in allen einen eigenen Arbeitsplatz gebraucht, das war lediglich aus Rücksicht auf seine Küchenchefs, damit er ihnen nicht in die Quere kam.

Als ich die Gastronomieschule besuchte und Killian noch Küchenchef vom *Lilou* war, hatte Ezra seinen Hauptarbeitsplatz dort. Nach Killians Weggang zog er aus reiner Notwendigkeit ins *Bianca* um. Seit Kurzem arbeitete er aber immer häufiger von zu Hause aus.

Weil Molly auch von zu Hause aus arbeitete. Für ihn.

Er hatte mir mal erklärt, dass es viel effizienter sei, wenn sie gleich zusammen arbeiteten.

Ich konterte, dass der hauptsächliche Grund wohl eher die Nähe zu einem Bett wäre.

Und trotzdem hatte er mir den Job im *Bianca* gegeben.

Schwesternbonus.

Im Büro war es still, kein Mensch war weit und breit zu sehen. Ich schaltete das Licht ein, das mit einem Surren anging. Es gab keine Fenster, und der Raum war gerade groß genug für einen Schreibtisch, einen Stuhl, ein Regal und einen Aktenschrank. Ein neuerer PC stand auf dem Schreibtisch, die Tastatur war von losen Blättern und handgeschriebenen Notizen bedeckt. Es würde eine Weile dauern, alles durchzuschauen und mir ein eigenes System zuzulegen, aber allmählich fühlte sich der Job real an.

Das war jetzt mein Restaurant. Ich hatte das Kommando. Das hier war der Ort, wo ich mir entweder einen Namen machte oder meinen Ruf völlig ruinierte.

Oh, wie sehr ich mir wünschte, nächstes Jahr meinen Namen auf der »Who is Who«-Liste auftauchen zu sehen, als neues Wunderkind der Gastronomieszene von Durham. Ein glühendes Verlangen, durch meine Kochkunst berühmt zu werden, flammte in mir auf und erweckte neue Träume.

Bisher war ich zufrieden damit gewesen, im Schatten anderer zu stehen, und sie bei der Verwirklichung ihrer Träume zu unterstützen. Aber in diesem Büro, dieser Küche wuchs in mir der Wunsch, nicht nur in der zweiten Reihe zu stehen.

Meine ach so unbeschwerte Frohnatur kam mir immer häufiger abhanden. Ich wollte nicht mehr nur nett sein. Ich wollte nicht bloß normal sein. Ich wollte Ruhm und Anerkennung, für mein Talent geschätzt werden. Ich wollte herausstechen. Ich wollte ganz in meiner Aufgabe aufgehen und mir exzentrische Macken zulegen, wie sie sich nur Ausnahmetalente leisten konnten.

Aber meine alten Gewohnheiten hatten mich fest im Griff. Die neuen Gefühle kollidierten mit dem dauernden Verstecken hinter den Masken meiner Chamäleon-Persönlichkeiten, Jahr um Jahr, wann immer es nötig wurde. Ich atmete tief durch und fühlte mich wieder normal. In Sicherheit. Und doch gehörte die Angst immer dazu.

Ich setzte mich an den Schreibtisch. Der Lederstuhl quietschte unter meinem Gewicht und bollerte gegen die Wand. Ich umklammerte mit den Fingern die Schreibtischkante und zog mich heran. Und wieder erwachten die neuen Gefühle zum Leben, nur ungleich stärker.

Energie vibrierte durch meine Fingerspitzen, und mir schwirrte der Kopf angesichts der Entscheidungen, die getroffen werden mussten. Ein berauschendes Gefühl. Ich schloss die Augen, ließ meinen Schutzwall fallen und gab mich dem hin.

Lächelnd stieß ich ein Stoßgebet aus. Ja, das alles war Angst einflößend. Nein, ich war noch nicht darauf vorbereitet. Aber was soll's, es würde eine aufregende Reise werden.

Die Personaltür schwang auf, und von meinem Platz aus sah ich zwei Köche in die blitzsaubere Küche treten. Ihnen fiel sofort die hygienisch geputzte Umgebung auf. Ich hörte ihre verwunderten Kommentare, denn sie hatten mich noch nicht bemerkt.

Ich wollte einen guten ersten Eindruck machen und ignorierte die Schmetterlinge, so groß wie Flugsaurier, die mit ihren prähistorischen Schwingen durch meinen Magen flatterten. Schnell warf ich mir die Kochjacke über und ging in die Küche.

Als sie meine Schritte hörten, drehten sie sich um. Verlegen lächelnd stellte ich mich vor. »Hallo, ich bin Dillon Baptiste, die neue Küchenchefin.«

Sie musterten mich abschätzend mit scharfen Augen. Ein Mann und eine Frau, beide älter als ich. Die Frau war bestimmt noch mal zehn Jahre älter als der Mann, und beide schienen mehr Erfahrung zu haben als ich.

Okay, man konnte niemandem seine Erfahrung ansehen. Aber sie strahlten ungetrübtes Selbstbewusstsein aus. Was man von mir nicht sagen konnte. Ihr harter Blick schien sagen zu wollen, dass sie sich für etwas Besseres hielten und mich im Vergleich zu ihrer Reife für ein Kleinkind.

Aber was wusste ich schon? Womöglich war das ganze kulinarische Abenteuer für sie eine Art Midlifekrise.

»Hallo«, grüßte die Frau zurück. Sie hatte feuerrote Haare, und ihr Gesicht war von hübschen Sommersprossen überzogen. Sie trug kein Make-up, ein Tuch um den Hals und wirkte ziemlich tough. Was nicht nur an ihrem ungeschminkten Gesicht und dem Funkeln in ihren Augen lag. Ihre ganze Erscheinung strahlte es aus wie ein Leuchtsignal. Sie war kräftig, die Art von Frau, die ich mir auch gut in einer Gefängnisküche vorstellen konnte. »Ich bin Ashlynn Young«, stellte sie sich vor, genauso geradlinig und lapidar, wie ich es erwartet hatte. »Das ist Blaze Ferrand. Ich bin Ihre Souschefin, und er ist mein Stellvertreter.«

Ich brachte eine mattes Lächeln zustande und streckte die Hand aus. Selbstzweifel nagten unvermittelt an mir, und der Umschwung von stolz und energiegeladen zu unsicher und ängstlich hinterließ einen bitteren Geschmack auf meiner Zunge.

Ich hätte den beiden sagen sollen, dass ich mir meinen Souschef noch nicht gewählt hatte. Ich hätte andeuten können, dass ich meinen Sous mitbringe. Zumindest hätte ich ihren Anspruch auf die Position nicht widerspruchslos hinnehmen sollen und lediglich das Thema wechseln.

Aber genau das tat ich. Als sie mir schlaff die Hand gaben, sagte ich: »Schön, euch persönlich kennenzulernen. Ezra hat mir schon viel von euch erzählt. Es kommt mir so vor, als wären wir alte Freunde.«

Sie lachten nicht, zeigten nicht mal ein kleines Lächeln. Abwesend nickten sie und vermieden den Blickkontakt.

Verdammt.

So viel zu meiner Taktik, mit meinem gewinnenden Lächeln eine Beziehung zwischen Personal und Chef herzustellen.

»Wo ist Mr Baptiste?«, fragte Ashlynn. »Uns war nicht klar, dass wir heute schon mit Ihnen arbeiten müssen.«

Blaze, der jünger als Ashlynn, aber immer noch älter als ich war, starrte mich mit verschränkten Armen wortlos an. Er war ganz attraktiv und mir anfangs freundlicher vorgekommen als Ashlynn mit ihrer Ausstrahlung einer Mafia-Mutter. Es machte ihn nicht sehr sympathisch, dass er bisher eisern geschwiegen hatte. Sein Versuch, mich einzuschüchtern, war bestenfalls kindisch, im schlimmsten Fall arrogantes Mobbing. Und es ärgerte mich, dass ich mich davon beeindrucken ließ! Am liebsten hätte ich mich ins Büro geflüchtet und die Tür hinter mir zugeknallt.

Kein Wunder, dass Ezra bisher niemandem den Posten schmackhaft machen konnte.

»Er ist vorne im Gastraum«, sagte ich. »Gehen wir zu ihm.«

Ich schob mich zwischen den beiden durch, weil ich dieser unangenehmen Spannung unbedingt entfliehen wollte. Ich wusste nicht, was ich erwartet hatte, aber ganz sicher nicht das. Die beiden kamen mir vor wie Kleinkinder, die zu lange ohne Aufsicht waren – verwöhnt, trotzig und grundlos wütend.

Und mir wurde schlagartig klar, dass ich auch noch Öl ins Feuer ihrer Trotzaktionen gegossen hatte.

Am liebsten hätte ich mir mit der Hand gegen die Stirn geschlagen und mich laut verflucht. Stattdessen machte ich eine Kehrtwendung, was die beiden fast ins Straucheln brachte, um nicht mit mir zusammenzustoßen.

»Es tut mir leid«, sagte ich und bedauerte sofort, ihnen mit meiner Entschuldigung ein Anzeichen von Schwäche gegeben zu haben. *Sei stark, Dillon. Spiel die harte Chefin, du kannst das.* »Ich habe keine Lust, ihn jetzt zu suchen. Er wird später ohnehin zu uns kommen.«

Sie blinzelten und schienen durch die Planänderung völlig aus der Bahn geworfen. Freundlicher wirkten sie trotzdem nicht, aber augenscheinlich hatten sie auch nicht damit gerechnet, dass ich das Ruder allein in die Hand nehmen würde.

»Bevor wir Ezra einschalten, möchte ich zunächst mit Ihnen über Küchenhygiene sprechen. Ich habe die Küche vorhin in einem katastrophalen Zustand vorgefunden. Wäre zufällig ein Kontrolleur vom Gesundheitsamt aufgetaucht, hätte er uns wegen unzähliger Hygieneverstöße eine Abmahnung geben können.« Das war ein wenig übertrieben, aber ich hoffte, dass sie den Ernst der Lage erkannten. »Ich weiß, dass hier seit einer ganzen Weile die Führung einer festen Hand fehlt, aber das heißt nicht, dass man seine alltäglichen Pflichten vernachlässigen kann.«

Sie blickten mich finster an, ganz offensichtlich verärgert, weil ich ihre Führungsqualitäten anzweifelte. Blaze wippte auf den Zehen, verschränkte wieder die Arme und beschloss, Löcher in den Boden zu starren. Ashlynn schob ihre Zunge in die

Wange und hob die Augenbrauen, als ob sie erwarte, dass ich meine Anschuldigungen zurücknahm.

Ich wurde nervös, es kam mir so vor, als würde jemand mit meinem Knochengerüst Mikado spielen. Ich drückte die Beine zusammen, damit meine Knie nicht zitterten. Nichtsdestotrotz musste ich Autorität zeigen.

Zugegeben, ich hatte mich nicht gleich als Chef aufspielen wollen, aber ich durfte sie auch nicht in dem Glauben lassen, dass ich ein Schwächling war. Oder nicht qualifiziert genug.

Obwohl beides zutraf.

»Ich habe versucht, so gut wie möglich Ordnung zu schaffen, bevor Sie kamen«, fuhr ich fort. »Doch für die Zukunft werde ich eine Liste schreiben, was alles zu tun ist, damit wir leichter den Überblick behalten. Jeder wird für die Sauberkeit und Ordnung seines Postens selbst verantwortlich sein. Wenn wir zusammenarbeiten, ist die Arbeit schnell und gründlich erledigt.« Ich hatte zwar noch keinen genauen Plan, aber wir hatten eine solche Liste im *Lilou*. Die würde ich einfach übernehmen.

Ich erwartete, dass sie sich dazu äußern würden, aber es kam nichts. Ashlynn knirschte mit den Zähnen, und Blaze starrte immer noch auf seine Füße.

»Wann kommt der Rest der Belegschaft für die Vorbereitungen?«, fragte ich, bemüht um einen höflichen, heiteren Ton.

Ashlynn zuckte mit den Schultern. »Bald.«

»Gibt es einen offiziellen Schichtbeginn?«

Wieder zuckte sie mit den Schultern.

»Auch das wird sich ändern«, erklärte ich ruhig. Im *Lilou* hatten wir nicht nur einen festgelegten Schichtbeginn, wir waren sogar immer vor der Zeit dort. Wyatt führte sein Schiff nach dem Motto »Wenn du pünktlich bist, bist du zu spät dran«. Offenbar würde ich auch dieses Prinzip übernehmen. Ich räusperte mich. »Wir werden die Vorbereitungen zukünftig nicht mehr am Vortag erledigen. Ich will, dass alles frisch zubereitet wird. Beliefert Jo das Restaurant?«

Ashlynn schaute mich verständnislos an. Blaze schwieg immer noch.

Die Lieferantenfrage konnte ich später mit Ezra klären, oder besser gleich, angesichts der flammenden Abneigung, die mir entgegenschlug. »Heute Abend werde ich mir in erster Linie einen Überblick verschaffen, wie Sie arbeiten«, erklärte ich. »Allerdings werde ich das letzte Wort haben, bevor die Teller die Küche verlassen.«

Ashlynn verdrehte die Augen. Blaze sah endlich auf, aber nur, um seiner Kollegin einen genervten Blick zuzuwerfen.

Ich räusperte mich erneut. »Da ich mit der Karte vom *Bianca* noch nicht vertraut bin, werde ich in den nächsten Wochen Ihre Hilfe brauchen und wäre dankbar für Ihre Kooperation und Unterstützung«, gab ich zu, in der Hoffnung, wenn ich eine Schwäche eingestand, würden sie dieses sture Pitbull-Verhalten aufgeben.

Ein unangenehmes Schweigen breitete sich aus, bis schließlich Blaze das Wort ergriff. »Sind Sie fertig?«

Seine Respektlosigkeit ließ mich die Zähne zusammenbeißen. Ich hatte von beiden einen angemesseneren Ton erwartet. Sie hätten mich mit Chef ansprechen und mir die nötige Achtung entgegenbringen müssen.

Doch in ihren Mienen war nur Verachtung und Groll zu lesen.

Ich saß ziemlich in der Tinte. Instinktiv griff ich mir an den Hals, da mir fast die Luft wegblieb. Ich kratzte meinen letzten Rest Würde zusammen und nickte so hoheitsvoll wie möglich. »Sie können gehen.«

Kaum hatten sie mir den Rücken zugedreht, machte ich auf dem Absatz kehrt und stürmte aus der Küche, als stünde sie in

Flammen. Tränen brannten in meinen Augen, aber ich blinzelte dagegen an. Ich wollte mich nicht schon am ersten Tag unterkriegen lassen.

Schamesröte stieg mir in die Wangen vor lauter Verlegenheit. Himmel, was hatte ich mir nur gedacht? Warum hatte ich mich darauf eingelassen? Warum hatte ich mich von Ezra dazu überreden lassen?

Ein bitterer Geschmack breitete sich in meinem Mund aus, als mir aufging, dass nicht Ezra mich dazu überredet hatte, die Stelle anzunehmen. Meine Verärgerung über Vann Delane hatte mich dazu gebracht. Sein unverhohlener Zweifel an mir hatte an meinem Stolz gekratzt. Der törichte Versuch, ihm das Gegenteil zu beweisen, hatte mich verleitet, Ezra in der falschen Hoffnung zu wiegen, ich käme mit dieser Verantwortung klar.

Wenn mein erstes Zusammentreffen mit dem Personal ein Hinweis auf meine Fähigkeiten war, dann war ich dieser Position sichtlich nicht gewachsen. Oder den Menschen, die für mich arbeiten sollten.

Ich musste den Schaden begrenzen, bevor es zu spät war. Ich könnte mit Ezra reden, bevor die restliche Küchenbrigade eintraf. Ich könnte einfach wieder meine Schicht im *Lilou* übernehmen. Wyatt würde mich sicher wieder für sich arbeiten lassen. Benny wäre begeistert, wenn er die Pflichten eines Souschefs wieder loswerden könnte.

Nicht dass ich die Stelle als Küchenchefin nicht mehr wollte. Denn ich wollte sie. Zumindest glaubte ich das. Aber nicht heute. Irgendwann mal. Heute war ich nicht dazu in der Lage.

Ich war keine Küchenchefin, schon gar nicht vom knallharten Typ. Ich war nicht die Richtige, um das *Bianca* zu retten.

Ich wäre eher der Dolch, der dem Restaurant den letzten Stoß versetzte.

Ezra saß an einem Tisch, direkt unter den Augen, die Molly

an die Wand gemalt hatte, und schrieb etwas am Laptop. Ich war ihm dankbar, dass er mir Raum und Zeit gegeben hatte, mich mit der Küche vertraut zu machen, und hier draußen arbeitete, statt in seinem Büro. Diese fürsorglich brüderliche Geste beschwichtigte meine Panik und mein überemotionales Herz, und ich war in der Lage, meine Gangart von Sprint zu Spaziertempo herunterzuschalten, bevor er mich bemerkte.

Er lächelte, als er mich sah. »Hey, ich wollte gerade zu dir. Wie läuft es bisher?«

Schrecklich. Grässlich. Ich möchte kündigen. »Deine Souschefs sind gerade aufgetaucht.«

Er zog die Brauen zusammen, aber sein stolzes Grinsen wurde breiter. »Du meinst, deine Souschefs.«

Uh, sein selbstzufriedener Ton war wie ein Tritt in den Hintern. »Sie sind ganz schön eigen, nicht wahr?«

Seine Miene wurde ernst, und er betrachtete mich eingehend, als ich ihm gegenüber Platz nahm. »Vielleicht, aber sie sind auch gut. Du wirst es zu schätzen wissen, wie hart sie jeden Abend arbeiten. Du wirst sie mögen, wenn du sie erst mal besser kennst.«

Ich nagte an meiner Unterlippe und überlegte, wie ich ihm sagen sollte, dass ich sie gar nicht näher kennenlernen wollte. Ich wollte auch nicht sehen, wie sie in der Küche arbeiteten. Ich wollte mich einfach aus dem Staub machen.

Bevor ich jedoch den Mund aufmachen konnte, stieß Ezra ein Seufzen aus, als machte sich jahrelanger Kummer und herbe Enttäuschung Luft. »Himmel, ich wünschte, Dad könnte uns sehen.« Die Bemerkung kam aus heiterem Himmel, weshalb mir meine Gesichtszüge entgleisten. Er lachte. »Wir haben es geschafft, Dillon. Siehst du das nicht? Er hat gedacht, wir wären verwöhnte Gören, die sich auf dem Polster ihres Treuhandvermögens ausruhen. Und hier sind wir nun. Wir haben sein Geld für erfolgreiche Karrieren eingesetzt. Macht dich das nicht auch unglaublich stolz?«

Ich versuchte zu schlucken. Das »Ich kündige« blieb mir im Hals stecken. »Du hast dein Treuhandvermögen für eine erfolgreiche Karriere eingesetzt. Ich bin immer noch dabei, meinen Mist klarzukriegen.«

Sein Tausend-Watt-Lächeln strahlte wieder. »Ach komm schon, Dillon! Ich weiß, dass das *Bianca* im Moment seine Probleme hat, aber du bist Küchenchefin von einem verdammten Sternerestaurant. Nimm's zur Kenntnis. Sei stolz auf das, was du erreicht hast.«

Mit einer ausladenden Handbewegung fegte ich sein Kompliment beiseite, um es gar nicht an mich heranzulassen. »Das ist nicht mein Verdienst. Vetternwirtschaft war es, die mir die Stelle verschafft hat. Ich habe gar nicht die nötige Erfahrung und das Renommee dafür, Ezra.«

Er verdrehte die Augen. »Hör auf, so zu tun, als hätte ich dir einen großen Gefallen getan. Du bist diejenige, die mir aus der Klemme hilft!«

»Oh, jetzt mach aber halb…«

»Ernsthaft, Schwesterherz. Glaubst du etwa, ich hätte mich nicht erkundigt? Du glaubst, du hast die Stelle nur bekommen, weil du meine Schwester bist. Traust du mir das wirklich zu? Ich bin doch kein Volltrottel.«

»Was soll das denn heißen?«

»Ich hab mit Killian geredet und ihn gebeten, dich einzuschätzen. Dann war ich bei Wyatt und Kaya und hab sie ausgequetscht, bis sie meine Nummer blockiert haben. Zur Hölle noch mal, ich habe die ganze Mannschaft im *Lilou* ins Verhör genommen und Vera dazu gebracht, für mich zu spionieren und deine Fähigkeiten auf die Probe zu stellen. Das ist keine Entscheidung aus einer Laune heraus, Dillon. Ich habe dich auf Herz und Nieren geprüft. Du hast einen sehr intensiven, anspruchsvollen Bewerbungsprozess durchlaufen, und du hast bestanden.«

Meine zahlreichen Ausreden lagen mir wie Steine im Magen. Ich hielt mich am Tisch fest und konnte seine Worte kaum verarbeiten. »Was?«

Den Blick, den er mir zuwarf, kannte ich schon mein ganzes Erwachsenenleben lang. Einer, der keinen Zweifel daran ließ, dass er es besser wusste und ich ihm einfach glauben sollte, denn am Ende liefe es ohnehin darauf hinaus, dass er recht hatte und ich mich irrte.

»Du hilfst mir, Dillon. Nicht andersrum.« Er beugte sich vor und senkte die Stimme. »Und gerade rechtzeitig noch dazu.« Er schaute sich im Gastraum um und räusperte sich. »Ganz unter uns, inzwischen steht es so schlecht um das Restaurant, dass ich schon überlegt habe, es zu schließen.«

Ich schnappte nach Luft, weil die Bürde dessen, was er mir abverlangte, mich schier erdrücken wollte. »Im Ernst?«

»Das Restaurant verbrennt Geld. Ich musste Geld aus den Gewinnen der anderen Restaurants nehmen, um es am Laufen zu halten. Und die letzten Kritiken sind unterirdisch. Ich habe versucht, den Schaden zu begrenzen und so vielen Kritikern wie möglich eine Absage erteilt. Aber ich riskiere damit den Ruf des Restaurants, und das Interesse der Öffentlichkeit lässt auch nach.« Er drückte mir die Hand. »Ich brauche dich, Dillon. Ich weiß, es ist unfair, so viel von dir zu verlangen. Aber du musst das Ruder hier übernehmen. Nicht nur weil du meine Schwester bist, sondern weil du alle Eigenschaften besitzt, die nötig sind, um den Ruf des *Bianca* zu retten. Frisch, neu in der Gastronomieszene, ein aufgehender Stern. Wenn dieses Restaurant jemand retten kann, dann du. Das weiß ich.« Sein Lächeln war entschuldigend. »Ich verlasse mich ganz auf dich.«

Ich versuchte zu lächeln, aber es gelang mir nicht. Wie sollte ich nach solch einer herzergreifenden Rede noch kündigen? Außerdem hatte er Dad ins Spiel gebracht. Wenn es irgendjemanden gab, dem ich gern mein Können bewiesen hätte, dann meinem Mistkerl von Vater.

»Sag doch was«, bat er, und in seinen Augen lag dieselbe Angst und Nervosität wie an dem Tag, als wir uns kennenlernten.

»Ich hab nur nachgedacht«, sagte ich und gab mir Mühe, meine Stimme fest klingen zu lassen. »Jetzt ergeben Veras seltsame Schwangerschaftsgelüste einen Sinn. Sie hatte gar keinen Hunger auf gefüllte Eier mit Foie gras und Zitronengras. Oder auf Rote Bete mit Senf-Aioli. Sie hat mich getestet.«

Er warf den Kopf in den Nacken. Sein schallendes Lachen gab mir neuen Mut, zumindest genug, um diesen Abend zu überstehen.

»Sie ist wirklich ein teuflisches Genie, nicht wahr?«

»Ja, absolut.«

»Möchtest du die Karte besprechen?«

Ich nickte, weil ich nicht wusste, was ich sagen sollte. Jetzt konnte ich nicht mehr kneifen. Allerdings war es auch schön zu hören, dass er tatsächlich an mich glaubte und ich die Stelle nicht bekommen hatte, nur weil ich mit ihm verwandt war.

Jetzt musste ich nur noch an mich selbst glauben.

Ezra und ich verbrachten die nächste Stunde damit, die am häufigsten verlangten Gerichte auf der Karte durchzugehen. Er stellte mir kurz seine Vision für zukünftige Menüs vor und wollte meine Meinung dazu wissen.

Als ich mich wieder auf den Weg in die Küche machte, war meine Laune deutlich besser, weil er mir bedenkenlos vertraute.

Kaum angekommen, erlosch jeglicher Hoffnungsfunke auf einen Schlag, denn hinter den Schwingtüren erwartete mich eine Meuterei. Blaze und Ashlynn hatten die wenigen anderen Köche mit ihrem Unmut und ihrer Abneigung angesteckt.

Vielleicht aber auch nicht. Vielleicht waren alle einfach aus Prinzip so ablehnend drauf.

Jedenfalls war es der schlimmste Abend, den ich je in einer Küche verbracht hatte. Schlimmer als mein erster Abend im *Lilou*. Schlimmer als die Abschlussprüfung in der Schule. Und schlimmer noch als der Tag, an dem ich das erste Mal für Wyatt einspringen musste und dabei meine Regel, eine Migräne und eine faustgroße Blase an der Ferse hatte.

Niemand hörte mir zu. Ich hätte auch genauso gut den ganzen Abend die Klappe halten können, weil niemanden interessierte, was ich sagte oder zu wem. Die Bestellungen kamen rein, und das Personal führte sie aus. Ohne sich mit mir abzusprechen. Ohne meine Vorschläge auszuführen. Ohne meine Kritik anzunehmen.

Bei Küchenschluss war ich so niedergeschlagen, dass ich mir nicht mal mehr die Mühe machte, mit ihnen die Putzroutine durchzugehen. Ich ließ sie gehen und machte es selbst.

Gegen drei Uhr morgens fiel ich in meinen Arbeitsklamotten ins Bett und weinte mich in den Schlaf. Ich redete mir ein, dass es am nächsten Tag besser werden würde, aber ich wusste, dass ich mich selbst belog.

Das würde die härteste Aufgabe werden, die ich je gehabt hatte.

Aber Ezra zuliebe würde ich mich ihr stellen.

Auch wenn das meinen Ruf ruinierte.

Selbst wenn er das Restaurant doch noch schließen musste.

Ich wollte ihn nicht im Stich lassen. Ich konnte mich nicht davor drücken. Ich wollte nicht für den Tod seiner Träume verantwortlich sein, nur weil ich Angst vor ein bisschen harter Arbeit hatte.

6. KAPITEL

Ich parkte Veronica auf dem Parkplatz vor dem *Lilou* und vergewisserte mich, dass ich abgeschlossen hatte, bevor ich zum Personaleingang lief. Ich zog an der Tür, aber es tat sich nichts. Stirnrunzelnd sah ich nach der Uhrzeit auf meinem Handy.

Wo steckte Wyatt?

Er hätte längst hier sein sollen. Um sich meine Sorgen anzuhören. Und um meine Probleme zu lösen. Gut, ich war eine Stunde vor Schichtbeginn da, aber ich wollte mit ihm reden, bevor ich im *Bianca* sein musste.

Ich hätte ihm wohl besser eine Nachricht geschickt. Oh Mann, warum hatte ich nicht daran gedacht?

Und warum hatte ich nicht zuerst Kaya angerufen? Oder Vera? Oder auch Killian?

Oh, die Antwort auf diese Frage kannte ich. Ich wollte nicht, dass sie mir falsche Hoffnungen machten. Schließlich waren sie meine Freunde und wollten, dass ich Erfolg hatte. Und das machte sie so fantastisch.

Im Moment aber brauchte ich die ungeschönte Wahrheit. Und Wyatt war der aufrichtigste Mensch, den ich kannte.

Seine Ehrlichkeit war zwar brutal, aber ich war gewappnet und hatte mein geschundenes Herz auf dieses Gespräch vorbereitet.

Und nach einer Woche emotionalem, verbalem und einmal sogar körperlichem Schlagabtausch – ich war einem Tablett auf dem Weg aus der Küche in die Quere gekommen – war ich ziemlich sicher, dass mich nichts mehr umhauen konnte.

Wyatts offene Kritik würde sich vermutlich sogar wunderbar anfühlen.

Meine Bemühungen, das Ruder im *Bianca* an mich zu reißen, wurden jeden Abend aufs Neue vereitelt. Nicht dass ich nicht alles versucht hätte. Im Gegenteil. Ich war hartnäckig. Ich war tough. Ich war ein totales Arschloch. Dann versuchte ich es mit Freundlichkeit, Verständnis und Professionalität. Einen Abend hatte ich es sogar mit völliger Unberechenbarkeit probiert, in der Hoffnung, der Rollenwechsel zwischen genialem Wahnsinn und gesundem Menschenverstand würde das Personal derart verwirren, dass sie mir endlich zuhörten.

Nichts hatte funktioniert.

Kaum hatte ich in einem Bereich Fortschritte gemacht, etwa die Kellner dazu zu bringen, mich endlich einen Blick auf die Teller werfen zu lassen, bevor sie die Küche verließen, tauchte ein neues Problem auf. Das Spülpersonal gestattete sich absurd lange Pausen, während sich unterdessen die dreckigen Teller stapelten und ich das Dessert auf Menütellern und Vorspeisen auf Desserttellern servieren musste, um die Gäste nicht warten zu lassen. Und als ich den Beikoch endlich überreden konnte, meine Risotto-Technik auszuprobieren, beschloss der Koch am Saucierposten, tatsächlich jedes Stück Fleisch zu übergaren.

Ezra hatte vergessen, mir mitzuteilen, dass ich die Desserts alle zwei Tage bei unserem Konditor nachbestellen musste. Und keiner der Köche hatte mich darüber informiert, als die Vorräte knapp wurden. Aus diesem Grund konnten wir einen

Abend lang nur Vanille-Eiscreme als Nachspeise anbieten, wenn auch aus echten Schoten. Himmel, ich verbockte die Sache wirklich gründlich.

Ich brauchte Rat. Oder einen Mentor. Oder besser noch den gottverdammten Mr Miyagi aus Karate Kid.

Und das absolut Schlimmste war, dass Ezra so wahnsinnig stolz auf mich war. Wie oft er allein Nachrichten schickte, um mir das mitzuteilen, oder während des Abendservice in der Küche vorbeikam, nur um mich mit erhobenen Daumen anzugrinsen. Vermutlich dachte er, weil die Küche noch nicht in Flammen stand, machte ich meine Sache phänomenal gut.

Tatsächlich bekam ich bereits graue Haare darüber und ein Magengeschwür in der Größe eines Fußballs.

Ich lief zum Haupteingang des *Lilou* und probierte mein Glück dort. Aber auch hier waren die Türen verschlossen. Ich joggte zum Personaleingang zurück. Immer noch verschlossen. Wutentbrannt versetzte ich der Tür einen Tritt.

Für einen Moment verlor ich die Nerven und rüttelte unablässig wie eine Irre am Griff, obwohl ich wusste, dass sie sich keinen Zentimeter bewegen würde.

»Geh verflixt noch mal auf!«, brüllte ich. Im selben Moment rutschten meine Hände ab und ich flog rückwärts, verzweifelt mit den Armen rudernd auf der Suche nach Halt, um nicht auf meinem Hinterteil zu landen.

Schon auf den schmerzhaften Aufprall gefasst, packten mich urplötzlich starke Arme von hinten und fingen mich auf. Überrascht schnappte ich nach Luft.

»Hoppla!«, raunte eine sonore Männerstimme in mein Ohr, die klang, als wollte sie ein scheuendes Pferd beruhigen. »Langsam.«

Vann.

Vann Delane.

Seine flüsternde Stimme und sein Atem auf meiner nackten Haut machten mir erst bewusst, wie bescheuert ich mich aufgeführt hatte. Wieder Boden unter den Füßen, richtete ich mich auf und machte mich aus seinen Armen los.

Rasch zog ich mein weißes Shirt herunter, das bei der Rettungsaktion hochgerutscht war, versuchte möglichst ungerührt und professionell dreinzuschauen und drehte mich zu ihm um. »Danke«, sagte ich gelassen.

»Alles in Ordnung?« Er wirkte belustigt, als könne er nicht glauben, dass ich über mein verrücktes Verhalten einfach hinweggehen wollte.

Ich warf einen kurzen Seitenblick zum Personaleingang. Himmel, was würde ich nicht alles geben, wenn ich mich jetzt dort hineinflüchten könnte. Mir wurde klar, dass es nicht nur darum ging, mit Wyatt zu sprechen. Ich wollte einfach in der sicheren, vertrauten Umgebung sein. Ich wollte den Geruch dieser Küche wieder in der Nase haben, da drinnen am Herd stehen, mit den Händen über die glatte Edelstahlfläche streichen und mich zu Hause fühlen.

Tränen traten mir in die Augen. Ich schielte weiter in Richtung Tür, aber so, dass Vann es nicht bemerkte. »Nein, eigentlich nicht«, antwortete ich ehrlich, denn es wäre vergebliche Liebesmühe, so zu tun, als ob nichts wäre. »Ich, äh, ich muss dringend mit Wyatt reden.«

»Gibt es einen Notfall?«, fragte Vann. »Ich kann ihn für dich anrufen.«

»Ich hab seine Nummer«, erwiderte ich schnippisch und wischte mir mit dem Handrücken eine Träne von der Wange. »Ich wollte … ach, was soll's.« Ich räusperte mich. »Offen gestanden wollte ich einfach kurz ins *Lilou*. Ich habe die ganze Woche im *Bianca* gearbeitet, und das war … schwierig. Ich muss unbedingt mal eine vertraute Umgebung schnuppern.«

»Ich habe dich für einen Einbrecher gehalten.«

Der belustigte Unterton seiner Stimme ließ meine Tränen versiegen.

»Was?«

»Ich habe von der anderen Straßenseite aus diese Verrückte gesehen, die wie wild an der Tür rüttelt, und dachte ernsthaft, da will jemand einbrechen. Daher bin ich hergerannt, um …«

Er rieb sich über den Mund und schaute zu Boden, daher hakte ich nach. »Um was?«

»Um dich dingfest zu machen«, sagte er mit gepresster Stimme und verkniff sich scheinbar nur mühsam ein Lachen. »Ich wollte dich zu Boden reißen wie im Film und dann die Polizei anrufen.«

Ein Glucksen saß in meiner Kehle, weil die Situation tatsächlich lächerlich war. Meine emotionale Labilität hatte die Oberhand gewonnen, und als ich mir vorstellte, wie Vann sich auf mich stürzte, um mich davon abzuhalten, die schwere Metalltür mit den Fäusten einzuschlagen, prustete ich einfach los. »Oh mein Gott!«, keuchte ich. »Du musst mich für total durchgeknallt gehalten haben.«

»Für eine verwirrte Obdachlose, um genau zu sein.« Sein heftiges Lachen klang wie der Donner eines Frühlingsgewitters. »Ich hätte dir etwas zu essen gekauft, wenn du gewollt hättest, aber die Polizei hätte ich in jedem Fall gerufen.«

Ich wischte mir die Lachtränen weg. »Ich bin völlig durch den Wind, das stimmt. Hilfe, ist das peinlich.«

»Ich bin nur froh, dass ich nicht mit einer Verrückten ringen und dabei gleichzeitig die Polizei anrufen musste. Auf dem Weg hierher ist mir eingefallen, dass es klüger gewesen wäre, sie erst anzurufen, bevor ich versuche, den Einbrecher aufzuhalten.«

Ich schaute ihn entgeistert an. »Zum Glück hast du das nicht getan! Das hätte mir gerade noch gefehlt. Dass die Mannschaft vom *Lilou* gerade rechtzeitig eintrifft, um Zeuge davon zu werden, wie man mich auf den Rücksitz eines Polizeiautos schubst.«

Er kicherte wieder und konnte überhaupt nicht mehr aufhören. »Und dein Bruder hätte dann aufs Revier gemusst, um die Kaution zu stellen.«

Wir brachen in schallendes Gelächter aus. Ich hielt mir den Bauch und bekam kaum noch einen Ton heraus, in der Vorstellung, Ezra zu erklären, dass ich nicht einbrechen, sondern lediglich ein letztes Mal den Duft des *Lilou* einatmen wollte. Er hätte mich garantiert in eine Anstalt einweisen lassen.

»Au Mann«, stöhnte ich, als ich mich an unseren Streit erinnerte. »Du lagst übrigens richtig. Ich tauge nicht zur Küchenchefin. Schau nur, was das mit mir gemacht hat! Völlig Fremde müssen mich in Hinterhöfen niederringen, um mich an einem Einbruch zu hindern. Oh mein Gott, was passiert nur gerade mit meinem Leben?«

»Ich bin kein völliger Fremder«, rief er mir ins Gedächtnis und klang ein wenig beleidigt. Einen Moment herrschte Schweigen, weil ich nicht wusste, was ich sagen sollte, nachdem ich mich schon um Kopf und Kragen geredet hatte. Und ihm schien auch nichts mehr einzufallen. Dann fragte er jedoch: »Du hast also den Job im *Bianca* übernommen?«

Ich deutete auf mein weißes Shirt und die weiße Hose, als ob er den Unterschied zwischen den Uniformen von Ezras Restaurants kennen müsste. »Gegen besseres Wissen, ja«, antwortete ich.

Seine grauen Augen strahlten an diesem Morgen besonders intensiv und nahmen mich fest ins Visier. Ich wich aus und starrte auf die andere Straßenseite zu seinem Laden. »Aber nun stecke ich bis zum Hals drin. Mein Bruder denkt, ich könnte sein sinkendes Schiff retten, aber ich bin mir ziemlich sicher, dass ich den Untergang nur noch beschleunige.«

»Bist du keine gute Köchin?« Seine ungeschminkte Offenheit ließ mich zusammenzucken. »Vera kann dir sicher helfen …«

»Daran liegt es nicht«, giftete ich, verärgert über die Unterstellung. Ich gab nicht gerne mit meinen Fähigkeiten an, aber dieser Kerl schaffte es immer wieder, meinen Kampfgeist zu wecken. »Ich bin eine gute Köchin. Ich war die Beste meiner Klasse. Wyatt hat mich nach Kayas Weggang zur Souschefin befördert. All meine Freunde haben Ezra empfohlen, mich fürs *Bianca* anzuheuern.«

»Okay, und wo liegt das Problem?«

Es irritierte mich, wie unerschütterlich gelassen er mir gegenüber war. Weder mein Aussehen noch mein Vermögen oder Auto schienen ihn irgendwie zu beeindrucken. Ich hatte keine Ahnung, ob er wusste, wie vermögend ich war, aber ich war Ezras Schwester, das sollte ihm einen Anhaltspunkt liefern. Es schien ihm auch nichts auszumachen, wenn ich ihn anmotzte. Nichts schien diesen Kerl aus der Ruhe zu bringen. Er war die Gelassenheit in Person.

Was mich nur noch mehr ärgerte.

»Das Personal ist das Problem«, platzte ich heraus, wobei ich wieder ernsthaft an meinem Verstand zweifelte, weil ich mich ihm anvertraute. »Sie hassen mich.«

Er wägte meine Worte ab. Ich spürte förmlich die Kraft seiner analytischen Fähigkeiten. »Du wirkst auf mich nicht wie ein Mensch, der vor einer Herausforderung zurückschreckt. Wenn sie dich hassen, sorg dafür, dass sie dich mögen.«

»Das funktioniert nicht so einfach«, schmollte ich. Immerhin hatte ich das schon probiert und gefühlt hundert andere

Taktiken dazu. »Sie hören mir nicht zu. Ich stehe in der Küche, sage ihnen, was sie tun sollen, und sie behandeln mich wie Luft. Es ist so, als wäre ich ein Geist und sie könnten mich nicht sehen.« Ich räusperte mich, weil die Bitterkeit dieses Eingeständnisses mir die Kehle zuschnürte. »Sie wollen mich nicht.«

»Hmm …«

»Und ich will mich nicht bei meinem Bruder darüber beschweren«, erklärte ich, noch bevor er fragen konnte. »So eine will ich nicht sein, die Sorte Frau, die nicht für sich selbst einstehen kann und bei jeder Gelegenheit, wenn ihr etwas nicht passt, zu ihrem Bruder rennt und petzt. Sie halten mich eh schon für unqualifiziert und glauben, Ezra hätte mir den Job nur aus Mitleid gegeben. Ziehe ich ihn in diesen Kampf mit hinein, bestätigt das nur ihre Meinung. Und dann werden sie mich nie respektieren.«

Ich wusste, dass er jedes meiner Worte gehört hatte, aber er schwieg so lange, dass mich die Neugierde packte. Ich drehte mich wieder zu ihm, um zu sehen, ob wenigstens sein Gesicht etwas verriet. Er stand vor mir, in Khakihose und einem kurzärmeligen, olivgrünen Polohemd, die Arme vor der Brust verschränkt, so dass sein gut trainierter Bizeps gleich ins Auge fiel. Offenbar hatte er sich auch vor Kurzem die Haare schneiden lassen. Oben waren sie leicht länger als an den Seiten. Seitlich der Schläfe waren Streifen einrasiert. Trendig, aber ungewohnt ausgefallen für seinen sonst so streberhaften Look. Die Nachdenklichkeit stand ihm förmlich in sein markantes Gesicht geschrieben – die Stirn gerunzelt und die Augenbrauen zusammengezogen.

Mir stockte der Atem, als mir schlagartig bewusst wurde, wie gut er aussah. Auch schon früher war mir nicht entgangen, dass er nicht gerade zu den hässlichen Typen gehörte, aber dieses Gefühl der ... Anziehung war neu. Er war für mich kein völliger Unbekannter. Sein Gesicht hatte ich schon öfter gesehen. Es war nicht so, dass mir sein Anblick nicht gefiel. Nur hatte ich bisher keinerlei Interesse für ihn verspürt. Just bis zu diesem Moment.

Was nicht hieß, dass ich ihn jetzt unbedingt näher kennenlernen wollte ... nur etwas war anders. Zumindest auf eine gewisse Weise. Er war mir nicht mehr völlig fremd, was er gerade eben ja auch schon betont hatte.

Er hatte mich zu der Überzeugung gebracht, die Stelle im *Bianca* anzutreten. Er war es, der meinem Auto vor ein paar Tagen Starthilfe gegeben hat. Und nun hörte er sich meine Probleme an.

Wir waren keine Freunde. Aber wir waren auch nicht mehr nur flüchtige Bekannte.

»Hören sie denn gar nicht auf dich?«, wollte er wissen.

»Nein. Kein Einziger von ihnen. Ich konnte gerade mal die Kellner davon überzeugen, dass ich das Sagen habe. Das Küchenpersonal meutert und mauert.«

Er hob den Blick, und seine stürmischen grauen Augen zogen mich völlig in den Bann. Hätte ich mich nicht zusammengerissen, wäre ich in Ohnmacht gefallen. Oder hätte mir zumindest Luft zufächeln müssen.

»Dann feuere jemanden«, sagte er.

Ich steckte mir die Haare hinters Ohr, aus Sorge, seine Augen hätten mich so sehr abgelenkt, dass ich ihn nicht richtig verstanden hatte. »Was?«

»Schmeiß jemanden raus. Gleich heute Abend. Den Ersten, der nicht auf dich hört, dir Widerworte gibt oder dich ignoriert, den feuerst du.«

Sein Rat lag so außerhalb meiner Vorstellungsmöglichkeit, dass ich Mühe hatte, ihn überhaupt zu verdauen. Es war, als hätte er in einer mir völlig unbekannten Sprache gesprochen. »Dein Vorschlag, wie ich das Personal dazu bringe, mich zu respektieren und meine Anweisungen zu befolgen, ist also, dass ich jemanden feuern soll? Einfach so? Ich gehe in die Küche und drücke jemandem die Kündigung in die Hand?«

»Das sind nicht deine Leute, richtig?« Als ich ihn verwirrt anblickte, fuhr er fort: »Du hast sie nicht eingestellt, oder? Sie waren doch schon im Restaurant?«

»Ja. Ezra hat sie eingestellt. Oder der frühere Küchenchef. Ich habe mit der Stelle auch das Personal übernommen.«

»Aha, also haben sie auch keinen Grund, dir gegenüber loyal zu sein. Du bist der Außenseiter, nicht sie. Und vermutlich bist du auch noch jünger als sie, nicht wahr?« Ich nickte, auch wenn mir seine ungeschönte Zusammenfassung nicht schmeckte. »Und du hast weniger Erfahrung?«

Ich zuckte mit den Schultern, weil ich das nicht eingestehen wollte. »Das weiß ich nicht.« Sein unnachgiebiger Blick forderte eine ehrliche Antwort von mir. »Aber ja, vermutlich schon. Ich bin noch ziemlich neu in der Branche.«

»Und obwohl du das Können für diesen Job mitbringst, nehmen sie an, dass du ihn nur wegen deines Bruders bekommen hast.« Als ich Einwände erheben wollte, erinnerte er mich: »Das hast du selbst gesagt.«

»Okay, ja.«

»Dann feuere jemanden. Den Ersten, der dir blöd kommt, setzt du vor die Tür.«

»Ich verstehe, worauf du hinauswillst, aber hältst du diese Maßnahme nicht für ein wenig zu drastisch?«

Er zuckte mit den Schultern. »Ehrlich gesagt kommt das darauf an, wie ablehnend die Leute dir gegenüber weiter gesinnt sind. Dann bleibt dir womöglich nichts anderes übrig, als noch mehr auf die Straße zu setzen.«

Über seinen aberwitzigen Vorschlag musste ich tatsächlich lachen und kam zu dem Schluss, dass ich wohl nicht die Einzige am Rande des Wahnsinns war. »Du schlägst mir also vor, dass ich die Küche alleine schmeißen soll?«

»Ich schlage vor, dass du tust, was nötig ist, um das Kommando in dieser Küche, deiner Küche, zu übernehmen. Es ist offensichtlich, dass du so nicht weitermachen kannst. Und das solltest du auch nicht. Du bist die Chefin.«

Seine flammende Rede wirkte so überzeugend, dass ich unwillkürlich wiederholte: »Ich bin die Chefin«, als würde ich es zum ersten Mal realisieren.

»Du bist die Chefin«, betonte er noch mal. »Läuft das immer so ab, wenn ein neuer Chef eine Küche übernimmt? Dass er erst mal alle dazu bringen muss, seine Anweisungen zu befolgen?«

Ich dachte kurz darüber nach. »Nicht immer. Manche bringen ihren eigenen Souschef mit. Aber meistens wird jemand aus der bestehenden Brigade befördert, das heißt, die Mitarbeiter respektieren ihn bereits. Ich war noch nie Küchenchefin, also habe ich keinen Sous, den ich mitbringen kann, und ganz offensichtlich handelt es sich bei mir nicht um eine interne Beförderung.«

»Dann hast du keine Wahl«, stellte er klar. »Du musst jemanden feuern.«

Ich wurde zappelig, weil mir der Gedanke nicht gefiel. »Also, ich weiß nicht.«

»Natürlich kannst du sie auch alle feuern und ganz neu anfangen. Sicher hast du Freunde in der Branche, die gerne für dich arbeiten würden.«

Ich dachte über seinen Vorschlag nach, und eines wurde mir schnell klar: Wenn ich Köche abwerben würde, die gerne für mich arbeiten würden, dann wären das die Köche meiner Freunde. Und das kam für mich nicht infrage.

Ganz neu anzufangen war ohnehin keine Option, wenn ich das *Bianca* in absehbarer Zeit wieder auf Spur bringen wollte. Ich brauchte Leute in der Küche, die wussten, was sie taten, die mit der Philosophie des Restaurants bereits vertraut waren und das Beste für das *Bianca* wollten. Ich brauchte Leute, denen das *Bianca* am Herzen lag, die aber auch auf mich hörten.

»Himmel, mir ist schlecht«, murmelte ich, mir langsam eingestehend, dass Vanns Vorschlag durchaus vernünftig war. Jemandem kündigen? Ich? Dazu brauchte ich Mumm. Und zwar jede Menge.

Für wen hielt ich mich? Gordon Ramsay? Marke ungehobelter Starkoch? Nein, ich stauchte keine Leute zusammen. Ich versuchte, sie mir zu Freunden zu machen, damit sie freiwillig taten, was ich wollte, wenn ich sie höflich darum bat. Es entsprach nicht meiner Natur, einfach in eine mir feindlich gesinnte Küche hineinzuspazieren und gleich jemanden auf die Straße zu setzen, nur damit die anderen aufwachten und nach meiner Pfeife tanzten.

»Kann ich sie danach auch wieder einstellen?«, fragte ich.

Überrascht hob Vann das Kinn. »Was meinst du damit?«

»Du weißt schon, mir Respekt verschaffen und nachdem dann alle wissen, dass es mir ernst ist, den gekündigten Koch wieder einstellen.«

Er schüttelte so bedächtig den Kopf, als müsste er meine Frage zunächst mal verkraften. »Das würde dem ganzen Ziel und Zweck dieses Vorhabens zuwiderlaufen.«

Er hatte recht, aber das konnte ich ihm schlecht sagen. Sein Ego war auch so schon groß genug.

»Du schlägst also vor, ich soll den Erstbesten feuern, der meine Anweisungen missachtet?«

»Oder dir Widerworte gibt, die Augen verdreht oder auch nur falsch atmet. Aber ja, das ist die Idee.«

»Und sobald ich das Leben dieses Menschen ruiniert habe, werden alle anderen wie durch ein Wunder meine Anweisungen befolgen?«

»Du ruinierst niemandem das Leben. Du machst deinen Job. Und genau das sollten die Idioten, die für dich arbeiten, auch tun. Sie ruinieren sich ihr Leben selbst, indem sie sich wie besserwisserische Arschlöcher verhalten. Du bist die Chefin. Es ist völlig egal, wie du die Stelle bekommen hast oder ob sie denken, dass du sie verdient hast oder nicht. Du bist der verdammte Boss. Was bedeutet: Entweder halten sie sich an deine Regeln, oder sie müssen sich einen neuen Job suchen. Hat einer von ihnen bei dir den Eindruck hinterlassen, er sehe sich nach einer neuen Beschäftigung um?«

Ich dachte angestrengt darüber nach. War das so? Alle waren demonstrativ die ganze Woche zu spät gekommen. Sie waren permanent nachlässig, aufsässig und stellten sich absichtlich begriffsstutzig. Aber sie waren alle zuverlässig jeden Tag aufgekreuzt.

Mein Eindruck war eher, dass sie keinen anderen Job wollten, sondern es darauf anlegten, mich aus ihrer Küche zu ekeln.

Wenn ich jedoch anfing, willkürlich Leute zu feuern, würden sie ihre Meinung womöglich ändern.

Ehrlich gesagt, war ich diese Meuterei inzwischen gründlich leid, allerdings konnte ich die Küche auch nicht allein stemmen.

»Hast du diese Taktik je selbst benutzt?«, fragte ich und hoffte auf eine ehrliche Antwort.

Er schwieg einen Moment, bevor er zugab: »Das musste ich nie. Meine Angestellten haben mich immer respektiert.«

Seine Worte trafen mich wie Messer, die die frischen Wunden noch weiter aufrissen. »Oh.«

»Aber es gab durchaus schon Leute«, fuhr er fort, »die mich nicht ernst genommen haben. Ich weiß, wie es ist, wenn man sehr jung ins Geschäft einsteigt. Es ist schwer, sich Respekt zu verschaffen, vor allem bei Profis aus derselben Branche. Manchmal benehmen sich die Leute, wie es sich gehört, dann läuft auch alles korrekt. Und manchmal muss man eben nachhelfen und auf den Tisch hauen, um sich den nötigen Respekt zu verschaffen. Das ist nicht einfach, aber die Sache wert.« Er schaute mich eindringlich an. »Wenn du deine Arbeit gern machst, ist es auf jeden Fall die Sache wert.«

Der Funke, den er in mir entfacht hatte, flammte zu einem Feuer auf, geschürt von einer Sehnsucht und Leidenschaft, deren Ausmaß mir gar nicht bewusst war. Ja, ich wollte diese Stelle. Mehr als alles andere.

Zugegeben, ich hatte ein sehr privilegiertes Leben, und mir hatte es bisher nie an irgendetwas gefehlt. In materieller Hinsicht. Trotzdem konnte ich anpacken und hart arbeiten. Ich wollte nicht länger darüber nachdenken, dass ich zum ersten Mal etwas wirklich begehrte und es nicht so leicht bekam.

Lügnerin, wisperte meine innere Stimme. *Du wolltest, dass dein Dad dich liebt, und was ist daraus geworden?*

Du wolltest, dass dein Leben mit Anfang zwanzig anders verläuft, als es das tat.

Ich wusste nicht, ob ich mich je von diesen Jahren erholen würde.

Ich ignorierte die schmerzliche Erinnerung, dass mir keinesfalls alles, was ich mir je gewünscht hatte, auf dem Silbertablett präsentiert worden war, und legte mir mental meine stählerne Rüstung an. Ich hatte Mumm, verflucht.

»Du hast recht«, sagte ich.

Seine Mundwinkel zuckten, dass man fast von einem Lächeln sprechen konnte. Geflissentlich übersah ich, wie attraktiv sein sonst so mürrisches Gesicht dadurch wirkte. »Wie bitte?«

Ich verdrehte die Augen, damit er verstand, wie ungern ich mich wiederholte. »Ich sagte, du hast recht. Wenn ich will, dass sie mich respektieren, dann muss ich ihnen Feuer unterm Hintern machen. Ich darf mich von ihnen nicht länger terrorisieren lassen. Ich muss den Stier bei den Hörnern packen und ihn reiten.«

»Wow, das waren aber jede Menge Metaphern.« Als ich ihn finster anblickte, grinste er mich frech an. Ich konterte mit einem noch finstereren Blick. »Aber ich glaube, du hast es begriffen.« Scheinbar hielt er seine Aufgabe hier für erledigt, denn er machte sich auf den Weg zurück über die Straße zu seinem Laden, den er die letzten zwanzig Minuten unbeaufsichtigt gelassen hatte. »Du wirst doch hoffentlich keinen Backstein durchs Fenster des *Lilou* werfen, sobald ich weg bin?«

Ich presste die Lippen zusammen, um mir ein Schmunzeln zu verkneifen. »Ich muss nicht mehr rein.«

Sein Lächeln wurde weicher, verführerisch geradezu, und fuhr direkt in meinen Unterleib. »Viel Glück, Baptiste. Richte heute Abend kein zu großes Gemetzel an. Denk dran, du kannst die Küche nicht alleine schmeißen.«

»Sollte was schiefgehen, rufe ich dich an, dann musst du in die Bresche springen. Es macht nichts, wenn du nicht kochen kannst. Aber dann habe ich dich wenigstens als Leumundszeugen, wenn die Cops Fragen stellen, was passiert ist.« Sein Lachen erfüllte mich mit einem berauschenden Triumphgefühl. Im letzten Moment erinnerte ich mich an meine Manieren. »Und danke, Vann.«

Er winkte ab, als sei es keine große Sache. Vielleicht war es das auch nicht. Vielleicht war er gar nicht so freundlich und einfühlsam, wie ich ihn mir gerade ausmalte. Vielleicht hatte er nur einer seelisch labilen Frau gut zugeredet, damit sie nicht durchdrehte.

Aber das spielte keine Rolle. Egal, aus welchem Grund er sich Zeit für mich genommen hatte, sein Rat war genau das, was ich brauchte. Und ich würde ihn befolgen.

In den nächsten drei Stunden, die mir noch blieben, musste ich nur noch den Mut dafür zusammenkratzen. Natürlich war ich in der Lage, jemanden rauszuschmeißen. Ich würde das schon schaffen.

Hoffentlich.

Einen kurzen Augenblick überlegte ich, doch noch auf Wyatt zu warten oder Ezra nach seiner Meinung zu fragen. Dann schlug ich mir den Gedanken gleich wieder aus dem Kopf, lief zu meinem Auto und stieg ein.

Es gab keine Veranlassung mehr dafür. Vann hatte mir einen guten Rat gegeben, und ich war schon gespannt zu sehen, was dabei herauskam.

7. KAPITEL

Irgendwo auf dem Weg zum *Bianca* blieb meine Zuversicht, die ich durch das Gespräch mit Vann gewonnen hatte, auf der Strecke. Kaum hatte ich die Küche betreten, verließ mich gänzlich der Mut.

Man brauchte schon eine gewisse Kaltblütigkeit, um jemanden zu feuern, ihm jegliche Träume und Zukunft zu nehmen und ihn auf die Straße zu setzen. Und ehrlich gesagt glaubte ich nicht, dass mir das lag.

Und was machst du dann hier?, wisperte meine innere Stimme.

Eine berechtigte Frage, über die ich eine Weile nachdachte.

Die wenigen Mitarbeiter, die ausnahmsweise einmal pünktlich waren, nahm ich kaum wahr, ging in mein Büro und warf meine Tasche auf den Tisch. Was machte ich hier?

Wenn mir so etwas Grundlegendes, wie meine Mannschaft in den Griff zu kriegen, nicht gelang, hatte ich hier wohl nichts verloren.

Was wollte ich?

Also wirklich und von ganzem Herzen?

Wollte ich einen Job serviert bekommen, bei dem mir der Erfolg gleich mit in den Schoß fiel? Oder wollte ich mir durch Blut, Schweiß und Tränen einen guten Ruf in der Branche verschaffen?

Würde ich schon beim ersten Hindernis aufgeben?

Oder würde ich die Zähne zusammenbeißen, durchgreifen und mir Gehör verschaffen?

Die Antwort lag auf der Hand.

Auch wenn mir der Weg geebnet worden war, würde mir niemand etwas schenken.

»Schluss mit dem bescheuerten Hin und Her«, unterbrach ich meinen inneren Zwist.

Ich drehte mich um, knöpfte die Kochjacke zu und marschierte in die Küche. Ich hatte die Nase endgültig voll. Damit der kommende Abend lief, mussten Entscheidungen getroffen werden, und ich war es leid, alle wie mit Samthandschuhen anzufassen. Allerdings war ich auch noch nicht so weit, wahllos Leute zu kündigen.

Das wird schon irgendwie über die Bühne gehen, redete ich mir gut zu und hoffte, dass es nicht gleich am Anfang meiner zweiten Woche im *Bianca* dazu kommen musste.

Ich nahm das Klemmbrett vom Kühlschrank und ging den Zeitplan durch. Ich hakte die Leute von der Liste ab, die nach und nach zu ihrer Schicht eintrudelten. Allmählich kehrte mein Optimismus zurück.

Um kurz vor zehn waren alle da. Mit Ausnahme von Ashlynn. Die Souschefin und damit Zweite der Küchenhierarchie, schlenderte ungelogen erst um Viertel vor elf zur Tür herein, und das war schon eine enorme Verbesserung im Vergleich zur vergangenen Woche.

Sie blitzte mich wie üblich böse an, während sie in ihre Kochjacke schlüpfte und begann, sie zuzuknöpfen. Ich hielt ihrem Blick stand, ohne mit der Wimper zu zucken.

»Da wir jetzt alle da sind«, rief ich in bestmöglichem Befehlston, »können wir ja anfangen.« Ich zog den Kuli aus meinem Haarknoten und teilte die Posten und Aufgaben zu.

»Noch eine letzte Sache«, sagte ich und kämpfte um die letzte Aufmerksamkeit. »Wir haben keine Ente mehr für das Confit.« Missbilligendes Gemurmel ging durch die Reihen. Es war ein beliebtes Gericht, quasi Standard, und ich hatte zu wenig eingekauft. Das war mein Versäumnis, allerdings war ich auch noch nicht mit allen Abläufen vertraut. »Daher werden wir heute Abend Roastbeef mit in Entenfett gebratenen Pommes frites und einem Mango- und Wassermelonen-Chutney anbieten.«

»Das können Sie nicht machen«, richtete Ashlynn zum ersten Mal an diesem Tag das Wort an mich, eigentlich zum ersten Mal seit zwei Tagen.

Erstaunt über die Vehemenz in ihrer Stimme, fragte ich: »Was kann ich nicht machen?«

»Sie können nicht kurzfristig einfach die Karte ändern«, erwiderte sie schnippisch und verschränkte die Arme vor der Brust. »Das ist geschmacklos.«

Ihre Beleidigung brachte meinen ganzen Körper in Habachtstellung. »Das ist nicht geschmacklos«, korrigierte ich. »Das ist eine Lösung.«

»Wir bräuchten keine Lösung, wenn Sie das Problem nicht in die Welt gesetzt hätten.« Auch wenn sie nicht unrecht hatte, redete man aber in diesem Ton nicht mit seinem Chef. »Und jetzt, wo Sie uns in die Klemme gebracht haben, sollen wir das Problem für Sie lösen, indem wir auf die Schnelle irgendwelchen Mist zubereiten? Das ist lachhaft.«

Ich atmete tief durch, um nicht die Beherrschung zu verlieren. Ich versuchte, an ihre Vernunft zu appellieren. »Das Gericht ist nicht schwierig. Ich werde die Schritte mit Ihnen durchgehen. Das Chutney kann im Voraus zubereitet werden, und für die Pommes frites verwenden wir das vorhandene Entenfett, das für das Confit vorgesehen war. Ich glaube, das wird eine großartige Ergänzung für die Abendkarte sein.«

Hätte sie jetzt die Klappe gehalten, hätte ich so tun können, als sei nichts geschehen. Allerwenigstens hätte sie mich um ein Gespräch unter vier Augen bitten können. Aber offenbar war sie zu wütend und verbittert, um klar denken zu können. Davon ging ich jedenfalls aus, nachdem sie mir an den Kopf schleuderte: »Das ist doch der totale Bockmist.« Sie gab ihrer Stimme einen weinerlichen, schrillen Ton, der ganz zweifellos mich imitieren sollte.

Und da war er, der Tropfen, der das Fass zum Überlaufen brachte.

Himmel, wie ich es hasste, dass Vann wieder recht behielt. Unerfreulich war auch, dass es ausgerechnet Ashlynn traf. In einer von Männern dominierten Branche fand ich es nicht besonders toll, ausgerechnet eine Kollegin feuern zu müssen.

Doch sie war eindeutig zu weit gegangen. Sie hatte meine Autorität auf unverschämteste Weise vor der gesamten Brigade untergraben.

Sie ließ mir einfach keine Wahl.

Bevor mein nachgiebiges, weiches Herz dazwischenfunken konnte, brüllte ich: »Das reicht jetzt endgültig. Sie sind entlassen!«

Alle im Raum erstarrten. Zehn Augenpaare fixierten mich. Schwer zu sagen, ob sie mich überhaupt ernst nahmen. Es wäre durchaus möglich, dass Ashlynn mich einfach ignorierte und zur Tagesordnung überging. Dann hätte ich Ezra rufen müssen.

Oder die Polizei.

Es kostete mich große Mühe, nicht die Hände vors Gesicht zu schlagen und aufzustöhnen.

Oder die Hand auszustrecken und mich bei ihr zu entschuldigen.

Aber ich machte keinen Rückzieher, sondern nahm all meine Kraft zusammen und sah sie wütend an.

Man hätte eine Stecknadel fallen hören können, und alle wichen einen Schritt zurück, als sie endlich das Wort ergriff. »Was haben Sie gesagt?«

Ich stützte meine Hände auf die Theke, beugte mich vor und sah ihr direkt in die Augen. »Ich habe Ihre Respektlosigkeit satt, Ashlynn. Und nun der Gipfel. Sie stellen meine Position vor der gesamten Brigade infrage und weigern sich, meine Anweisungen zu befolgen. Sie sind entlassen.«

»Sie können mir nicht kündigen«, warf sie ein und klang ein wenig hysterisch.

»Das habe ich gerade.«

»Sie sind ja nicht mal der Chef hier, verdammt!«, brüllte sie. Ihre Stimme hatte nun eine etwas dämonische Tonlage, die gleichzeitig schrillend hoch und ungeheuer tief klang.

Ich hatte befürchtet, sofort nachzugeben, sobald sie meine Entscheidung auch nur anzweifelte, aber es fiel mir überraschend leicht, die Ruhe zu bewahren, je wütender sie wurde. Vor allem, weil sie sogar jetzt noch jeden Respekt mir gegenüber vermissen ließ. »Oh doch, ich bin hier die Chefin«, versicherte ich ihr, so gelassen, als würde ich es zu mir sagen. »Und Sie sind gefeuert.«

»Sie kindisches Miststück!«, keifte sie los. »Sie sind ein verdammtes Kleinkind! Völlig grün hinter den Ohren! Sie können nicht einfach hier in mein Restaurant latschen und jedes Mal ausrasten, wenn Ihnen was nicht passt. Ich habe eine Nachricht für Sie: Wir mögen Sie nicht, aber wir führen uns deswegen nicht wie Babys auf.« Sie drehte sich Beifall heischend zu Blaze. »Das ist unglaublich. Absolut unfassbar.«

Mit meiner Entscheidung hatte ich in ein Wespennest gestochen, und das behagte mir gar nicht. Am liebsten hätte ich meine Worte zurückgenommen, mich entschuldigt und mit Ashlynn Frieden geschlossen. Ich wollte auf Nimmerwiedersehen verschwinden und mich nie wieder mit diesen Leuten, der Verantwortung und Ezras Erwartungen an mich herumschlagen müssen.

Warum hatte es nicht Blaze sein können? Warum um alles in der Welt war ich gezwungen, der Frau zu kündigen, die die meiste Erfahrung im Team hatte, und damit der Einzigen, die in der Lage war, diese Küche zu leiten, wenn ich nicht da war?

Insgeheim wusste ich jedoch, dass ich die richtige Entscheidung getroffen hatte – nach ihrer Reaktion ohnehin. Vann hatte richtig gelegen. Ich musste mir Respekt verschaffen. Ich musste diesen Leuten zeigen, dass es mir ernst war.

Und vor allem musste ich die negativen Schwingungen aus dieser Küche beseitigen.

Die Atmosphäre war vergiftet. Und je länger ich das zuließ, desto mehr Menschen würden sich davon anstecken lassen. Ashlynn musste gehen. Das war mir nun glasklar.

»Das ist nicht Ihr Restaurant«, erwidere ich ruhig und fast ohne Zittern in der Stimme. »Ich habe das Sagen in dieser Küche. Und wenn ich sage, dass Sie hier nicht mehr arbeiten, dann ist das so. Packen Sie Ihre Messer zusammen, holen Sie Ihre Sachen und verschwinden Sie.«

»Sie werden den Service heute Abend ohne mich nicht überstehen«, zischte sie, und mit jedem Wort flog Spucke aus ihrem Mund. »Sie brauchen mich. Ohne mich bekommen Sie hier gar nichts hin.«

Ich war nur noch genervt. »In dieser Küche arbeiten einige der besten Köche der Stadt. Sehen Sie sich um, Ashlynn. Die brauchen Sie nicht. Die brauchen auch mich nicht. Diese Brigade ist monatelang ohne Küchenchef zurechtgekommen. Ich wage sogar zu behaupten, dass es den anderen kaum auffallen wird, wenn Sie nicht mehr da sind.«

Ihr Gesicht verzerrte sich vor Wut. Sie wusste, dass das stimmte. Sie wusste, wie lange die Mannschaft die Küche ohne Führung gestemmt hatte und das im Notfall auch weiterhin täte.

Gut, die Karte würde sich nicht ändern, und die Qualität würde leiden, aber diese Leute waren keine Idioten. Sie brauchten nur die richtige Führung.

Und Ashlynn war dafür ganz gewiss nicht die Richtige.

Ich fragte mich, ob Ezra sie deshalb nicht befördert hatte, weil er wusste, dass sie nicht mehr alle Tassen im Schrank hatte.

Ich ließ den Blick zu den anderen wandern, die, zu Salzsäulen erstarrt, keinen Mucks mehr von sich gaben, und hob herausfordernd die Augenbrauen. »Ich erwarte, dass Sie mir den nötigen Respekt erweisen. Wenn Sie weiterhin in dieser Küche kochen wollen, dann ändern Sie besser etwas an Ihrem Verhalten, hören mir zu und machen das, was ich sage. Falls nicht, haben Sie jetzt die Gelegenheit zu gehen. Ich werde Ihnen sogar ein gutes Zeugnis ausstellen, vorausgesetzt, Sie beleidigen mich nicht auf dem Weg nach draußen.« Ein Kichern durchbrach die Stille, aber ich wusste nicht, woher es kam. »Ich meine es ernst«, versicherte ich. »Wenn Sie nicht unter meiner Leitung kochen wollen, wenn Sie mein Alter stört, meine Verwandtschaft zum Chef oder mein Aussehen oder was zum Teufel auch sonst, dann verschwinden Sie, verdammt noch mal. Ersparen Sie mir die Kopfschmerzen, und machen Sie, dass sie verschwinden. Denn wenn ich mir noch länger diesen Sie-hat-die-Stelle-nicht-verdient-Scheiß von Ihnen anhören muss, werde ich Sie rauswerfen. Mir ist völlig egal, was Sie denken. Ob Sie keinen Schimmer haben oder bereits zu wissen glauben, wie ich zu der Stelle gekommen bin, und was immer Sie von mir halten – es interessiert mich nicht. Ich bin hier, um gutes Essen zuzubereiten. Verdammt gutes Essen. Ich bin es leid, dass das *Lilou* und *Sarita* immer die Lorbeeren kassieren. Ich habe die Nase voll davon, dass wir stets schlechter abschneiden als sie. Und das *Chophouse*. Und das *May Bistro*. Und egal wer noch. Das hier ist eine der besten Küchen der Stadt. Es ist an der Zeit, dass wir uns auch so verhalten.«

Ich presste die Lippen zusammen und wartete. Als mir meine Worte noch mal durch den Kopf gingen, fielen mir sofort zehn weitere Dinge ein, die ich besser hätte erwähnen sollen, aber dafür war es nun zu spät. Entweder hielten sie es mit mir aus, oder sie gingen.

Das Risiko einer Meuterei war groß.

Himmel, ich konnte mich gerade noch beherrschen, mir nicht die Unterlippe zu zerbeißen, denn nichts war wichtiger, als den Eindruck aufrechtzuerhalten, dass ich alles unter Kontrolle hatte. Sonst würden alle erfahren, dass ich den verdammten Verstand verloren hatte, den Rat eines Fahrradladenbesitzers anzunehmen, den ich noch nicht mal besonders mochte.

Oh mein Gott, was hatte ich getan?

Zu meiner Überraschung rührte sich niemand. Tatsächlich standen sie geradezu in Positur. Blaze stellte sich breitbeinig hin und verschränkte die Arme vor der Brust – das allgemeingültige Zeichen für »Du bringst mich hier nicht weg.«

Gut, womöglich galt das nicht für alle, aber seine Absicht war klar zu erkennen.

Die anderen taten es ihm nach, niemand würdigte Ashlynn auch nur noch eines Blickes.

Auch sie verstand die Botschaft. »Ist das euer Ernst?«, wollte sie wissen. »Nach allem, was wir gemeinsam durchgestanden haben?« Sie wandte sich an Blaze. »Von dir habe ich nichts anderes erwartet«, blaffte sie. »Seit drei Jahren schon willst du meinen Job. Du kannst ihn gern haben. Viel Glück.«

Er drehte sich weder zu ihr um noch sah er sie an, als er sagte: »Vergiss nicht, warum du gehst, Ashlynn. Das war nicht deine Entscheidung. Sie hat dich gefeuert.«

Ich schaute nach links und sah die anderen Männer in einer Reihe stehen und nicken. Dasselbe geschah zu meiner rechten Seite.

»Ich wollte sowieso ins *Red Oak*. Das weißt du«, erwiderte sie matt.

Ich musste fast schon lachen über ihren Plan des Seitenwechsels zum ältesten Steak House der Stadt. Wenn sie glaubte, die Arbeitsatmosphäre wäre dort angenehmer, dann würde sie ein böses Erwachen erleben. Der Küchenchef dort, Trent Shepherd, war berüchtigt für seine fiese Art. Er war ein Egomane und totales Arschloch.

Niemand kam ihr zu Hilfe oder machte Anstalten, sich ihr anzuschließen. Sie blieben alle stehen und warteten, dass sie ihre Sachen packte.

Mein schlechtes Gewissen meldete sich, und ich wollte schon anfangen, mir Sorgen um sie zu machen. Hatte ich ihr die Chancen auf einen anderen Job vermasselt? Hatte ich ihre Hoffnungen und Träume zunichtegemacht und dafür gesorgt, dass sie nie wieder so eine angesehene Stelle bekam wie im *Bianca*? Hatte ich ihre Karriere zerstört?

Da aber beugte sie sich nach vorn und spuckte mir vor die Füße. Der glibberige Geifer tropfte durch die münzgroßen Löcher der Antirutschmatten.

»Das hat Stil«, sagte ich barsch.

Sie schnappte sich ihre Messertasche von der Theke, machte einen Schritt in Richtung Tür und reckte ihr Kinn. »Ich kann es gar nicht erwarten zu sehen, wie Sie baden gehen.«

Darauf fiel mir nichts ein. Vielleicht behielt sie recht. Ich wusste nicht, ob ihr Rausschmiss den Untergang des Restaurants beschleunigen würde, aber das spielte keine Rolle. Sie war eine gute Köchin, doch sie hatte einen bösartigen Charakter, der sie von innen her auffraß.

»Ihre Jacke«, verlangte eine eiskalte Stimme hinter mir.

Als ich Ezras Stimme hörte, zog ich automatisch den Kopf ein. Er war sauer. Stinksauer. Diesen harten Ton schlug er nur an, wenn er vor Wut kochte.

Und ich wusste nicht, ob er wegen mir oder Ashlynn wütend war.

Ashlynn war so schlau, sich unterwürfig zu zeigen. »Meine Jacke?«

»Wenn ich richtig verstanden habe, arbeiten Sie hier nicht mehr«, meinte Ezra ungerührt. Sein frostiger Ton ließ einen eisigen Wind durch die Küche wehen. »Lassen Sie Ihre Jacke hier.«

Mit zusammengebissenen Zähnen wägte sie die Möglichkeiten ab, die ihr noch blieben. Ezra ergriff nicht nur Partei für mich, er stand mir sogar zur Seite, holte sie von ihrem hohen Ross herunter und rief ihr kurz in Erinnerung, für wen sie eigentlich gearbeitet hatte.

Sie biss so fest die Zähne zusammen, dass ich befürchtete, es könnte einer abbrechen. Dann knallte sie die Messer auf die Theke und knöpfte ihre Kochjacke auf.

Ich fragte mich unwillkürlich, ob sie stolz gewesen war, hier zu arbeiten. Das wenig entgegenkommende Verhalten und ihre Pflichtvergessenheit gegenüber jeglicher Autorität sprachen nicht dafür. Allerdings war sie seit Eröffnung des *Bianca* vor fünf Jahren hier, hatte Marcel überlebt, der offenbar ein totaler Albtraum als Chef gewesen war, und nach seinem Weggang das Ruder übernommen. Bis ich kam.

War sie schon immer so gewesen, oder hat sie die unsichere Zukunft der Küche erst im Lauf der Zeit dazu gemacht?

Würde auch mich diese Küche verändern, bis mir alles irgendwann gleichgültig war?

Oder würde ich es schaffen, die anderen letztendlich auf meine Seite zu bringen?

Uh, warum war es nur so schwer, Chef zu sein?

Nun war es Ezra, den Ashlynn vernichtend anstarrte, während sie ihre Jacke auszog, mit spitzen Fingern in die Luft hielt und dann fallen ließ. »Fahren Sie zur Hölle«, blaffte sie, bevor sie aus der Küche stürmte.

Sobald die Tür hinter ihr zufiel, stieß ich einen erleichterten Seufzer aus. Mir war gleich, ob ich vor der Belegschaft wie ein Schwächling dastand. Jesses, das war ziemlich heftig zur Sache gegangen.

Ezra legte mir eine Hand auf die Schulter und drückte sie bekräftigend. »Ich bin stolz auf dich, Dillon.«

Sein Zuspruch trieb mir die Tränen in die Augen. Ich war drauf und dran, komplett die Beherrschung zu verlieren. Ich reckte das Kinn und kratzte meine restliche Würde zusammen. Dann richtete ich mich an die anderen. »Es tut mir leid, dass Sie Zeuge dieser Szene werden mussten, aber ich hoffe, von nun an können wir professionell zusammenarbeiten und haben alle das Beste fürs *Bianca* im Sinn. Und falls in Zukunft Fragen oder Bedenken Ihrerseits bezüglich meiner Leitung auftauchen sollten, reden Sie bitte mit mir. Unter vier Augen.« Ich entzog mich Ezras Hand und musste mich beherrschen, nicht sofort in die Sicherheit meines Büros zu rennen. »Ich bin gleich zurück, um die Menüänderungen für den heutigen Abend zu besprechen. Fangen Sie doch schon mal mit den üblichen Vorbereitungen an.«

Ich wartete nicht erst auf eine bestätigende Reaktion, sondern ging mit entschlossenem Schritt durch die Küche direkt in mein Büro. Ezra folgte mir dicht auf den Fersen.

Leise schloss ich die Tür hinter ihm und warf mich schluchzend in seine Arme. »Es tut mir leid!«, schniefte ich und drehte den Kopf zur Seite, um sein blütenweißes Hemd nicht mit Tränen und zerlaufendem Make-up zu ruinieren.

Er drückte mich an sich, ganz der große Bruder, den ich so liebte. »Was tut dir leid?« Seine Stimme klang leicht belustigt.

Eigentlich wusste ich nicht mal, wofür ich mich entschuldigte oder ob die Entschuldigung überhaupt Ezra galt. Vielleicht war sie eigentlich für Ashlynn gedacht, aber er war nun mal greifbar.

Bevor ich zugab, selbst nicht zu wissen, was ich damit meinte, sagte ich: »Das war ja irre. Sie ist verrückt.« Ich holte schniefend Luft. »Was für ein beschissener Start in den Montag.«

Er lachte. »Ganz ehrlich, ich hab gehofft, dass du sie rauswirfst. Sie hat allen das Leben hier zur Hölle gemacht.«

Ich machte mich aus seiner Umarmung los und konnte mich kaum zurückhalten, ihn zu boxen. »Was? Du wusstest, dass sie eine Furie ist, und hast es mir überlassen, sie zu feuern?«

Er zuckte mit den Schultern, als hätte er darüber gar nicht richtig nachgedacht. »Ohne sie hätte ich das *Bianca* nicht halten können«, gab er zu. »Deshalb war es mir auch so wichtig, dass du die Stelle übernimmst.«

Finster blickte ich meinen Bruder an. »Du hast mich eingestellt, damit ich die Drecksarbeit für dich übernehme?«

Er riss die Augen auf und tat unschuldig. »Ich habe eine gute Küchenchefin eingestellt, damit ich Ashlynn endlich loswerden kann.«

Ein Klopfen an der Tür rettete ihm das Leben. Ich hatte gerade beschlossen, ihn zu erwürgen.

Er öffnete die Tür, Blaze steckte den Kopf herein und richtete sich an mich. »Wir haben eine Lieferung.«

Ich lächelte und hoffte, nicht allzu derangiert aus der Wäsche zu gucken. »Danke.«

Nachdem er gegangen war, wandte ich mich an Ezra. »Kannst du das übernehmen? Ich brauch noch ein paar Minuten.«

»Du hast das Richtige getan«, versicherte er mir. »Ich bin stolz auf dich.«

Ich verdrehte die Augen. »Warn mich das nächste Mal vor, wenn du weißt, dass so etwas in der Art passieren kann.«

»Ich wusste ja nicht, dass …«

»Was, wenn ich stattdessen gekündigt hätte?«, fragte ich, bevor er mir eine lahme Entschuldigung unterjubeln konnte. »Was, wenn ich einfach gegangen wäre?« Meine Bemerkung traf ins Schwarze, er klappte den Mund zu. Ich wiederholte meine Ansage mit Nachdruck. »Das nächste Mal, warne mich vor.«

Als ich schließlich allein im Büro war, ließ ich mich vornüber sinken, schlug die Hände vors Gesicht und stöhnte auf. So blieb ich sitzen, bis mein ganzes Blut im Kopf war und ich wusste, dass der Abdruck meiner Finger Spuren hinterlassen würde.

Ich hatte mit einem Strom von Tränen gerechnet, um meine kleine Mitleidsparty zu feiern. Aber meine Augen blieben trocken. Langsam, aber sicher sank der Adrenalinpegel, dafür kamen wieder Panik und Wut in mir hoch, weil ich immer noch nicht wusste, was ich eigentlich tat.

Ohne darüber nachzudenken, griff ich nach meinem Handy und suchte im Internet nach der Telefonnummer des *Cycle Life*. Ich hatte die Nummer schon gewählt und das Handy ans Ohr gedrückt, bevor ich auch nur die Öffnungszeiten gelesen hatte.

An meinem Daumennagel knabbernd wartete ich, dass jemand ranging.

Ein paar Sekunden vergingen, dann meldete sich Vann. »*Cycle Life.*«

Meine Kehle war wie ausgedörrt, und ich hatte keine Ahnung, was ich nach dieser knackigen Begrüßung sagen sollte. Wenn auf jemanden zutraf, dass die Stimme seine Persönlichkeit und seinen Stil perfekt spiegelten, dann war das Vann.

Allein der Klang dieser zwei Worte ließ unwillkürlich Vann vor meinem inneren Auge erscheinen, in eng anliegender Hose und kurzärmeligem Poloshirt – seiner Uniform.

»Ist Vann da?« Ich musste die Frage stellen. Wenn ich zugab, dass ich seine Stimme erkannt hatte, würde ich wie eine Stalkerin klingen.

»Am Apparat«, antwortete er schlicht.

»Hallo, hier ist Dillon«, verkündete ich, da wurde mir schlagartig klar, dass ich gar keinen Plan hatte, was ich sagen wollte. Oder auch nur eine vage Idee, warum ich ihn angerufen hatte. »Also Dillon Baptiste.«

»Hallo, Dillon.«

Ich überging seinen verwirrten Ton und gab mir beherzt einen Schubs. »Ich rufe nur an, um dir zu sagen, dass …« Lieber Himmel, warum rief ich ihn an? »Dir zu sagen, dass …« *Lass dir was einfallen, Dillon! Jetzt oder nie.* »Danke für deinen Rat. Ich hab ihn befolgt.«

Aus seiner Verwirrung wurde Fassungslosigkeit. »Du hast ihn befolgt? Jetzt schon? Du hast jemanden gefeuert?«

Sogleich zweifelte ich wieder an meiner Entscheidung und leckte mir über die trockenen Lippen. »Du hast doch gesagt, sobald mir jemand Widerworte gibt.«

Er lachte. Das tiefe Kollern schallte an mein Ohr, als läge

keine Entfernung zwischen uns. »Ich hab dich unterschätzt, Baptiste.«

Ich biss mir auf die Unterlippe, lehnte mich auf meinem Stuhl nach vorn und wagte einen kühnen Vorstoß. »Sogar zwei Mal.«

»Was meinst du?«

»Du hast mich schon zwei Mal unterschätzt«, erklärte ich. »Zuerst mit der Stelle. Jetzt mit der Kündigung.«

Es folgte ein langes Schweigen, bevor er zugab: »Du hast recht.«

Ich musste unwillkürlich lächeln. Auch wenn es nicht danach klang, aber das sollte wohl ein Kompliment sein. Und das aus dem Mund eines so arroganten und selbstsicheren Mannes, der gewöhnlich … Ja, da war es absolut das höchste Lob.

»Jedenfalls, danke«, wiederholte ich, damit er auch mitbekam, wie sehr ich seinen Rat zu schätzen wusste. Und die Zeit, die er sich genommen hatte, um mich zur Vernunft zu bringen. »Das war genau die Wahrheit, die ich hören musste.«

»Deine Probleme sind also gelöst? Und in Zukunft läuft alles glatt?«

Mir platzte ein ironisches Lachen heraus. »Wohl kaum. Aber ich hoffe, dass diese eine Kündigung die Sache ein wenig erleichtert.«

»Bestimmt«, versicherte er. »Vor allem, wenn du weiterhin auf mich hörst.«

Ich lächelte wie eine Vollidiotin meinen Schreibtisch an. »Ach ja?« Wo kam plötzlich diese rauchige Stimme her? Flirtete ich etwa? Mit Vann Delane? »Dann sollte ich dich wohl öfter um Rat bitten.«

Mit seiner tiefen Stimme geschah dasselbe, sie bekam diesen heiseren, sexy Unterton. »Das solltest du wohl.«

Noch bevor ich mich von Vann verabschieden konnte, war es wieder Blaze, der klopfte und den Kopf ins Büro steckte. Ich sprang erschrocken auf und nahm das Handy vom Ohr.

Reiß dich zusammen, Dillon. Du bist eine erwachsene Frau. Und du sprichst mit einem erwachsenen Mann. Dann benimm dich auch so.

»Wir brauchen Sie, Chef«, sagte Blaze.

Zum ersten Mal redete er mich mit Chef an, was mich fast umhaute.

Oh mein Gott, ich war die Chefin.

Das war meine Küche.

Und es fühlte sich verdammt gut an, Chefin genannt zu werden.

»Ich komme gleich«, sagte ich zu Blaze. Und zu Vann: »Die Pflicht ruft.«

»Sag mir Bescheid, wenn du heute noch jemanden feuerst«, scherzte er.

Ich lachte. Wer war dieser Mann? »Du erfährst es als Erster.«

»Tschüss Dillon«, murmelte er leise.

Mein Magen schlug einen Purzelbaum, so vertraut klang mein Name aus seinem Mund.

»Tschüss, Vann.«

Ich legte auf und deponierte das Handy in der Schreibtischschublade. Ich hatte eine Küche zu leiten und keine Zeit, über Vann Delane und seinen überraschend guten Rat nachzudenken. Oder seinen wahnsinnig knackigen Hintern.

Ich schlug die Hand vor den Mund, um mein Lächeln zu verbergen. Dann ging ich in die Küche, krempelte die Ärmel hoch und machte mich an die Arbeit.

8. KAPITEL

Ich war fünfzehn Minuten zu früh dran, weil ich ungern zu spät kam, vor allem zu ersten Dates. Ich hasste das unangenehme Gefühl, auf jemanden warten zu müssen, weshalb ich auch niemanden auf mich warten ließ.

Und was war die unweigerliche Folge meiner Überpünktlichkeit? Ich saß einsam und verlassen in dem kleinen trendigen Coffeeshop und wartete, dass Matt Brennan, der Konditor, endlich auftauchte.

Wie angekündigt hatte Benny meine Nummer an seinen Freund Matt weitergeleitet, der sich kurz darauf bei mir gemeldet hatte. In den vergangenen zwei Wochen hatten wir miteinander gechattet und schließlich einen freien Samstag gefunden, um uns auf einen Kaffee zu treffen. Das hatte sich ziemlich kompliziert gestaltet. Unsere Arbeitszeiten waren völlig entgegengesetzt. Wenn Matt Feierabend hatte, irgendwann nachmittags nach einer Zwölfstunden-Schicht, steckte ich schon mitten in den Vorbereitungen für den Abendservice. Und machte ich frühmorgens Schluss, musste er schon bald wieder aufstehen und zur Arbeit.

Wenn unsere banalen Gespräche irgendwann tatsächlich zu einer Beziehung führen sollten, blieben täglich ungefähr vier Stunden übrig, die wir miteinander verbringen könnten. Und die lägen mitten in der Nacht.

Daher klang ein gemeinsamer Kaffee an diesem Morgen vielversprechend.

Männern, die Verständnis für meine Arbeitszeiten und die langen Schichten aufbrachten, begegnete ich eher selten. Matt wusste, wie hart man als Küchenchef arbeiten musste, war er doch selbst Küchenchef in einer Konditorei. Immerhin, es gab theoretisch ein paar Gemeinsamkeiten, trotz des entgegengesetzten Terminkalenders.

Zumindest wollte mein unverbesserlich optimistisches Herz daran glauben.

Matt arbeitete für eine aufstrebende Konditorei, von der er behauptete, sie wäre die beste Adresse für Backwaren in ganz Durham. Da Ezra seit Jahren dieselbe Konditorin beauftragte, kannte ich mich in der Backszene nicht besonders gut aus.

Gebäck gehörte nicht zu meinem Spezialgebiet, ausgenommen Schokocroissants – die aß ich für mein Leben gern. In meiner Küche achtete ich bei Nachspeisen lediglich darauf, ob sie gut aussahen und auch so schmeckten, mehr nicht.

Die Süßspeisen wurden im *Bianca* grundsätzlich außer Haus hergestellt. Wir schnitten Torten und Gebäck in hübsche Stücke und richteten sie extravagant an, sodass es aussah, als wüssten wir, was wir taten. Denn keiner meiner Köche konnte so ein feines Dessert zaubern wie Ezras Konditorin.

Nervös trank ich einen Schluck von meinem Latte. Ich hätte noch nicht bestellen sollen, denn die Warterei auf Matt hatte den Kaffee inzwischen lauwarm werden lassen. Allerdings behielt ich am liebsten die Kontrolle und ließ mich nicht gern aushalten – auch ein Grund, warum ich so rechtzeitig kam.

Ich sah mich in dem in Grün- und Brauntönen gehaltenen Café um und war insgeheim ganz angetan von Matts Wahl. Für ein erstes Date schien mir das genau der richtige Ort zu sein.

Allerdings fehlten mir, erste Dates betreffend, die Vergleichsmöglichkeiten. Zwar übte ich mich beruflich darin, Verantwortung zu übernehmen, und hoffte, dass sich davon auch etwas auf mein Privatleben übertrug und half, die dunkle Wolke über mir zu vertreiben. Aber ich vermied meist, mich mit Männern allein zu treffen, sei es auch in der Öffentlichkeit. Im Zweifelsfall käme bei diesem Treffen wenigstens herum, dass ich einen netten Coffeeshop kennengelernt hatte.

Ich würde wiederkommen, um hier an der Herbstkarte fürs *Bianca* zu arbeiten, mich mit meinem Laptop in eine der runden Sitznischen am hinteren Fenster verkriechen und mir die köstlichsten Speisen ausdenken, die Durham je gekostet hatte. Und für den Laden sprach nicht nur die Inneneinrichtung. Der Kaffee war ausgezeichnet.

Selbst lauwarm.

Ich vertrieb mir die Wartezeit mit dem Handy, schrieb Vera, dass sie zu ihrer Junggesellinnenabschiedsparty nächste Woche auf mich zählen konnte und beantwortete noch einige Mails. Meine Nerven fuhren bereits Achterbahn, jedenfalls fühlte sich das Auf und Ab in meinem Bauch so an.

Die letzten ungezwungenen Treffen, zu denen ich mich verabredet hatte, waren alle nach demselben Muster abgelaufen – Blind Dates, arrangiert von gut meinenden Freunden. Und diese Treffen als ungezwungen zu bezeichnen, war mehr als geschmeichelt. Im Grunde aßen wir nur zusammen, bemühten uns angestrengt um eine Unterhaltung, und danach machte ich mich vom Acker, bevor der Mann auch nur nach einem zweiten Date fragen konnte.

Seit Jahren war ich nicht mehr mit einem Mann ausgegangen, der mich wirklich interessierte. In der Highschool war ich, dank meines guten alten Herrn, gezwungen gewesen, mit der sogenannten Elite zu verkehren. Die Jungs, mit denen ich mich in dieser Zeit traf, waren der Inbegriff eines Albtraums. Entweder gingen sie schon nach drei Minuten davon aus, dass man mit ihnen ins Bett stieg, oder sie waren langweilig und antriebslos.

Klar wollten sie Geld verdienen, aber ohne dafür Opfer bringen zu müssen. Ihnen fehlte jeglicher Ehrgeiz. Warum auch, wenn Daddy ihnen bereits den beruflichen Weg geebnet hatte? Sie brauchten sich nur noch ins gemachte Nest zu setzen, das von ihren Treuhandfonds finanziert wurde.

Was Treuhandfonds anging, musste ich mir allerdings an die eigene Nase fassen.

Was mich zur nächsten Sorte Mann brachte, mit denen ich mich verabredete – Männer, die es nur auf mein Geld abgesehen hatten.

Ehrlich gesagt war das zum Teil auch mein Fehler. Nach dem Tod meines Vaters und dem Ende der Highschool konnte ich frei über das Vermögen verfügen, das er mir hinterlassen hatte – was ich auch tat. Ich führte ein … nun ja, ziemlich wildes und ausschweifendes Leben. Ich durfte mich nicht darüber beschweren, dass die Kerle hinter meinem Geld her waren, wenn ich so gut wie jeden Abend damit um mich warf.

Das waren wirklich dunkle Zeiten. Ich war außer mir vor Trauer, völlig verwirrt und fühlte mich in einer Welt ohne meinen Dad verloren. Ich fing an, mich mit Drogen, Alkohol und Partys zu betäuben.

Das funktionierte eine Weile und bewahrte mich davor, darüber nachdenken zu müssen, was für ein Mistkerl mein Vater gewesen war, und half über die Schuldgefühle, die ich empfand, weil ich ihn trotzdem vermisste. Ich brauchte mir keine Gedanken zu machen, was ich mit meinem Leben anfangen wollte, geschweige denn, worin der Sinn meines Lebens bestand. Die Leute, mit denen ich abhing, versorgten mich mit allem, was nötig war, um mich zu betäuben – vor allem Männer waren es, die mir sehr bereitwillig zur Seite standen.

Oder sich ohne Einverständnis einfach nahmen, was sie wollten.

Diese Zeit der Partys nahm das schrecklichste Ende, das man sich vorstellen kann, und ich rutschte in eine tiefe Depression. Dort gab es keine Männer. Es gab überhaupt niemanden. Nur mich, meine Reue und den Hass auf mich selbst.

Und jede Menge Panikattacken.

Die Kochausbildung hatte mich aus dem schlimmsten Loch der Hoffnungslosigkeit herausgeholt, weil ich lernte, mich für etwas anzustrengen. Ich machte die Erfahrung, dass Arbeit, vor allem Arbeit, die ich liebte, mir sehr viel besser über die schwere Zeit der Vergangenheit hinweghalf, als jede Party es gekonnt hätte.

In diesen wilden Tagen war die Trauer ein ständiger Begleiter gewesen. Ich konnte nie das Gefühl der Einsamkeit abschütteln. Ich fühlte mich isoliert. Deprimiert. Völlig allein.

Durch das Kochen erfuhr ich, wie wundervoll man sich nach einer anstrengenden Schicht fühlen konnte. Wie zufrieden. Energiegeladen. Wohlig erschöpft.

Aber das führte auch zur nächsten Dating-Phase – nämlich der, die gar nicht existierte, weil ich keine Zeit dafür hatte.

Ich bezeichnete die Phase gern als mein selbst verordnetes Zölibat. Und mir ging es gut dabei. Ich war glücklich mit meinem Singlestatus. Meistens jedenfalls. Zumindest war ich froh, dass ich die Angst aus meinem Leben verbannt hatte.

Die größten Ängste zumindest.

Wollte ich überhaupt eine feste Beziehung? Das war die Preisfrage.

Offen gesagt war ich meilenweit davon entfernt, mir Kinder mitsamt dem ganzen Familienschlauch zu wünschen. Mir ging jedoch langsam auf, wie einsam ich eigentlich war. Am Ende eines anstrengenden Tages hätte ich gern jemanden zum Reden gehabt, jemanden, den ich zum Weihnachtsessen bei meiner Mutter mitbringen konnte. Ich wollte Kribbeln im Bauch, dieses prickelnde Gefühl, das sich nach einem ganz speziellen Anruf in mir breitgemacht hatte. Ich wollte den Stich in der Brust loswerden, den ich jedes Mal verspürte, sobald ich an meine glücklichen Freunde dachte oder auch nur Pärchen sah, die Händchen haltend durch den Supermarkt liefen.

Zu beobachten, wie sich mein Bruder Hals über Kopf in Molly verliebt hatte, war herzergreifend gewesen. Ebenso bei Killian und Vera. Und jetzt auch bei Kaya und Wyatt.

Ich kam nicht dagegen an. Ich wollte auch so glücklich sein wie sie. Ich hatte bloß nicht genügend Zeit, all die Stadien zu durchlaufen, die dafür nötig waren. Und ich war auch nicht zäh genug, um das durchzustehen.

Zehn Minuten nach der verabredeten Zeit öffnete sich die Tür, und Matt Brennan schlenderte endlich herein. Jedenfalls ein Mann, der aussah wie Matt Brennans Profilbild.

Ich machte das schon lange genug. Noch war nicht völlig ausgeschlossen, dass der Typ ein Fake war. Ich hoffte jedoch das Beste.

Ich stand auf und winkte ihm zu. »Hallo, Matt, hier.«

Sein Blick schweifte über meinen tief ausgeschnittenen olivfarbenen Hosenanzug und die cremefarbene Strickjacke, und seine Augen leuchteten anerkennend auf. Zum ersten Mal seit Wochen trug ich das Haar offen, und urplötzlich fühlte es sich auf Schultern und Rücken viel zu warm und schwer an. Nach kurzem Zögern gab ich dem dringenden Bedürfnis nach, mich mehr zu bedecken und zupfte nervös das Oberteil zurecht. Hätte ich mir doch nur etwas Konservativeres angezogen. Meine alten Ängste wollten wieder Oberhand gewinnen, und ich verfluchte mich sofort dafür. Mir gefiel mein Outfit. Ich sah klasse aus. Wen kümmerte es, was er dachte? Ich schob mir die Haare von der Schulter und streckte die rechte Hand aus. »Schön, dich persönlich kennenzulernen.«

Er ergriff meine Hand und zog mich in eine Umarmung. Mein linker Oberschenkel prallte gegen den Tisch, als ich mit einem Ruck an seiner Brust landete. »Wir stehen uns doch näher als einen Handschlag, nicht wahr?«, meinte er.

Nein. Taten wir nicht. Mir stellten sich sämtliche Haare auf wegen des überraschenden Körperkontakts, und ich musste langsam durch die Nase atmen, um nicht gleich Reißaus zu nehmen.

Himmel, ich hoffte, dieser Typ war lediglich überfreundlich und nur unfähig, die körperlichen Signale anderer zu verstehen. Sonst würde mein Knie ohne viel Federlesen den Weg zu seinen Kronjuwelen finden.

Gewöhnlich machten mir Umarmungen nichts aus. Meine Freunde würden mich sogar als umarmungsfreudig beschreiben. Aber diese unfreiwillige Nähe war mir unangenehm. Ich fühlte mich überrumpelt. Unter Druck gesetzt. Ein einfaches Händeschütteln wäre mir lieber gewesen, und selbst das war mir schon zu viel Körperkontakt.

Ich lachte gezwungen, machte mich von ihm los und gab acht, nicht wieder gegen den Tisch zu stoßen, als ich mich setzte. »Ich hoffe, es macht dir nichts aus. Ich war früh dran und hab mir schon was geholt.«

Er betrachtete stirnrunzelnd die Tasse auf dem Tisch. »Eigentlich wollte ich das für dich übernehmen.«

Keine Entschuldigung fürs Zuspätkommen? Keine Anerkennung dafür, dass ich ihm diese Situation so leicht wie möglich machen wollte?

Ich überging lächelnd seinen Kommentar. »Schon in Ordnung. Wie schon gesagt war ich früh dran.«

Er hob die Augenbrauen und wirkte so, als wäre ihm ein Licht aufgegangen. »Du bist also eine von denen, was?«

»Was meinst du?«

»Typ A. Du weißt schon, immer pünktlich, spielst gern den Chef, willst alles selber machen.«

Uh! Ich wusste nicht, wie ich auf diese Liste kaum verschleierter Beleidigungen reagieren sollte. »Ich bin Chef, falls du das meinst.«

Er ließ sich in den Sessel mir gegenüber sinken. »Stimmt ja. Ich vergesse immer wieder, dass du Küchenchefin bist. Das ist cool.«

Ich zwang mich zu einem Lächeln und tat so, als sei ich erfreut über sein Kompliment. »Ja, es ist … äh … interessant. Mir macht die Arbeit Spaß, aber der Einstieg war nicht ganz einfach.«

Matt sah gut aus. Er war groß und stämmig, hatte schokoladenbraune Augen und einen Dreitagebart, was ihm einen sympathisch zerzausten Look verlieh. Er erinnerte mich an einen Teddybären. Die Männer, mit denen ich mich zuletzt verabredet hatte, waren total von ihrem Aussehen besessen gewesen. Sie verbrachten die Hälfte ihrer Zeit entweder beim Krafttraining oder vor dem Spiegel, was okay war. Ich wollte allerdings jemanden, der nicht so viel Aufsehen um seine Erscheinung machte.

Matt schien ein gesundes Mittelmaß gefunden zu haben.

»Wieso nicht?«, fragte er und schaute zum Tresen. Wollte er einen Kaffee? Er sollte sich ruhig einen holen. Ich würde warten. Er schaute wieder zu mir und lächelte.

»Es lag hauptsächlich am Küchenteam«, erklärte ich. »Sie waren mir gegenüber nicht gerade entgegenkommend.« Ich sah ihm in die Augen, und die Erinnerung versetzte mir einen kleinen Stich. »Ich musste bereits nach der ersten Woche jemandem kündigen. Das hat mir in den letzten Wochen ganz schön zugesetzt.«

Er runzelte die Stirn. »Ernsthaft?«

Ich legte mir die Hand vor die Augen. »Ich weiß. Ich bin schrecklich.«

»Knallhart«, lachte er. »Du bist also ein richtiges Biest von einer Chefin.«

»Nein, gar nicht! Das ist es ja. Normalerweise bin ich gutmütig und viel zu nachgiebig. Ich kann selbst nicht glauben, dass ich dazu imstande war.«

Er bedachte mich mit einem Blick, der mich bis zu den Haarwurzeln erröten ließ. Ein Blick, der besagte, dass er mir nicht glaubte. »Dann wäre es für dich kaum so ein Kinderspiel gewesen, gleich in der ersten Woche jemandem zu kündigen. Für mich klingt das so, als wärst du ziemlich despotisch.«

War das seine Vorstellung von einem Flirt? Das war nicht im Entferntesten so lustig wie unsere scherzhaften Wortgefechte beim Chatten.

Vielleicht kamen die Scherze in unserem Chat ja auch nur von meiner Seite. Das ließ sich schwer feststellen, wenn man den Menschen nicht persönlich kannte.

Ich lächelte, aber es war wackelig und unsicher. Kopfschüttelnd meinte ich: »Nein, ich bin nicht despotisch. Ich will nur, dass das Restaurant Erfolg hat. Das vergangene Jahr war schwierig.«

»Welches Restaurant?«

»Das *Bianca*.«

Scheinbar blitzte eine Erinnerung in ihm auf. »Oh, ja klar. Das hast du ja erzählt.« Eine Woge der Enttäuschung durchströmte mich, weil er sich nicht mal die winzigste Info aus unseren Chats gemerkt hatte. Seine nächste Bemerkung ließ die Woge zu einem Tsunami heranwachsen, und ich fragte mich, was zum Teufel ich hier eigentlich machte.

»Ich habe nichts Gutes über das Restaurant gehört«, meinte er. »Ich glaube, es ist …« Er machte eine kreisende Abwärtsbewegung mit einem Finger. Ich wusste nicht genau, was er damit andeuten wollte, aber vermutlich, dass das Restaurant den Bach runterging. »Hältst du das wirklich für eine schlaue berufliche Entscheidung? Das Ruder auf einem sinkenden Schiff zu übernehmen?«

Ich nahm einen Schluck meines kalten Kaffees und hielt mich an der Tasse fest, damit er nicht sehen konnte, dass meine Hände vor Wut zitterten.

»Das Restaurant gehört meinem Bruder«, entgegnete ich schroff und hoffte, das würde die Sache für ihn ins richtige Licht rücken. »Er hat mich gebeten, die Stelle zu übernehmen und ihm zu helfen, das Restaurant zu retten.«

Er lehnte sich zurück und setzte sich breitbeinig hin. »Ah ja«, sagte er lachend. »Jetzt hab ich es kapiert.«

Ich beugte mich vor, bemüht, Ruhe zu bewahren. »Was hast du kapiert?«

Er zwinkerte mir zu. »Na, dein Job. Warum du den bekommen hast.«

»Kannst du dich vielleicht etwas klarer ausdrücken?« Oh, ich wünschte, mein Kaffee wäre noch heiß. Es wäre viel befriedigender, ihm zischend heiße Flüssigkeit in den Schoß zu kippen.

»Das *Bianca* war wie lange ohne Küchenchef? Niemand wollte die Stelle. Du hilfst deinem Bruder aus der Klemme. Das finde ich bewundernswert.«

Seine Erklärung schien immerhin so wohlwollend, dass ich die Klauen wieder einzog.

Aber dann fügte er noch hinzu: »Es erklärt auch, warum du die Stelle überhaupt bekommen hast.«

Mir fiel die Kinnlade herunter. Seine ganze Attraktivität hatte sich auf einen Schlag in Rauch aufgelöst. Wortlos stand er auf und ging zur Theke. Kein »Entschuldige mich bitte einen Moment«. Er ließ mich einfach da sitzen und ging.

Hätte er mich und meine Familie nicht gerade zutiefst beleidigt, hätte ich seinen Mangel an Manieren noch als Schrulligkeit abgetan und mir einzureden versucht, der tollpatschige Abgang wäre niedlich. Vielleicht sogar auf gewisse Weise charmant.

Im Moment aber wollte ich nichts lieber, als es ihm gleichtun: einfach aufstehen und gehen. Ohne Erklärung.

Leider war ich gut erzogen.

Statt das Weite zu suchen, schaute ich aus dem großen Fenster rechts von mir und ließ den Blick über dieses künstlerisch angehauchte Viertel von Durham schweifen. Es lag in der Nähe des Bauernmarktes, auf dem Jo ihre Waren verkaufte. Wenn ich dieses Date zu einem raschen Ende brachte, schaffte ich es vielleicht noch vor Marktende zu ihr.

Ich wollte mit Jo über das *Bianca* reden und auch noch für mich einkaufen. Im Moment lebte ich von Rührei mit Trockenfleisch und Salztomaten.

Das schmeckte tatsächlich besser, als es klang.

Matt kam zurück an den Tisch, stellte klirrend einen Teller ab und setzte sich. »Hast du schon was gegessen?«

Ein Teller mit Gebäck stand als Friedensangebot zwischen uns. Vielleicht ließ sich dieser Morgen doch noch retten.

»Ist das für uns beide?«, fragte ich und beäugte ein Schokocroissant, bei dessen Anblick mir das Wasser im Mund zusammenlief.

»Nein, das hab ich nur für mich geholt.« Sein ätzender Sarkasmus machte ihn nicht attraktiver. Während er über seinen Witz lachte, schaute ich ihn bloß an und versuchte, meinen verletzten Stolz zu überwinden. »Natürlich ist das für uns beide. Das hab ich gebacken.« Vermutlich wirkte ich verwirrt, denn er setzte zu einer Erklärung an. »Das ist aus der Konditorei, in der ich das Sagen habe. Wir sind hier Lieferant.«

»Oh!« Das ergab Sinn. Ich nahm das Buttermesser vom Tisch und schnitt das Croissant in zwei Hälften, noch nicht bereit, ihm meine wahre, ewige Leidenschaft für diese Köstlichkeit einzugestehen. Bei Schokocroissants verließ mich ab und zu die Vernunft. Besser, er wusste nicht, wie schwach ich bei diesem Gebäck wurde, nur für den Fall, dass er es gegen mich verwendete, um sich ein zweites Date zu erschmeicheln. »Das sieht fantastisch aus. Wie heißt eigentlich die Konditorei, in der du arbeitest?«

»*Green Patisserie*«, antwortete er. »Es ist ganz okay dort. Die Eigentümerin ist zwar ein Biest, aber die Konditorei ist über die ganze Stadt bekannt.«

Ich schluckte einen Bissen und war überrascht, wie trocken das Croissant war. Wo steckte die Schokolade? Und die Butter? Unverzeihlich. Außerdem missfiel mir, wie oft er in der kurzen Zeit, die wir hier saßen, Frauen schon als Biest bezeichnet hatte. Ich versuchte, ihn wieder auf neutrales Terrain zu bugsieren. »Ich kenne mich in der Gastronomieszene hier noch nicht so gut aus. Ich habe auf der CAI in Charlotte gelernt.«

»Ach wirklich?«, fragte er, und es klang angewidert. »Eine interessante Wahl.«

Hatte er nun auch noch ein Problem damit, wo ich meine Ausbildung gemacht hatte? Himmel, dieser Mann war ganz schön voreingenommen.

Ich trank noch einen Schluck Kaffee und versuchte, mir sein Verhalten schönzureden. Vielleicht sollte ich nicht so hart über ihn urteilen. Womöglich war ich überempfindlich, weil ich selbst mit mir haderte. Vielleicht war er völlig in Ordnung und einfach nur nervös?

»Wo hast du gelernt?«, fragte ich ihn, entschlossen, meine immer stärker werdende Abneigung gegen ihn zu ignorieren und diesem Date noch eine Chance zu geben.

»Oh, in einer kleinen Konditorenschule, dem *Le Petit Paris*. Das ist die beste Konditorenschule in ganz Amerika.«

Ich hatte noch nie davon gehört. Aber ich war ja auch kein Konditor.

»Ah, cool.«

»Ja, das ist wirklich eine Auszeichnung. Deshalb bin ich auch ziemlich enttäuscht von meiner jetzigen Stelle. Aber ich betrachte es als Sprungbrett. Ich muss ja Referenzen sammeln, nicht wahr?« Er kniff die Augen zusammen. »Auf dich trifft das natürlich nicht zu, auf uns Normalsterbliche schon.« Dann lachte er laut.

Ich seufzte und schaute mich nach einer Fluchtmöglichkeit um. Vielleicht würde die Espressomaschine ja auf magische Weise Feuer fangen und mir den Grund liefern, hier laut schreiend herauszurennen. Oder es gäbe eine Überflutung auf den Toiletten, die sich in eines dieser Rette-sich-wer-kann-Szenarien verwandelte. Womöglich bräche auch die Apokalypse los, die Zombies fielen ein, und ich könnte all diese tollen Tricks anwenden, die ich im Verteidigungskurs und bei endlosen Wiederholungen von »Buffy – Im Bann der Dämonen« gelernt hatte.

Leider blieb alles ruhig. Keine Chance für Drehungen, Sprünge und atemberaubende, halsbrecherische Moves meinerseits.

»Ja, nicht jeder kann so viel Glück haben wie ich«, murmelte ich, fühlte mich allerdings kein bisschen glücklich. Dieser Kerl hatte keinen blassen Schimmer, wie hart mein Job war. Ich hatte ihm gesagt, dass ich schon jemandem kündigen musste, aber offenbar schnallte er gar nichts.

Er nahm einen großen Bissen von einem Obsttörtchen. »Das ist mal sicher«, stimmte er mir mit vollem Mund zu und spuckte beim Reden Krümel durch die Gegend.

Das Klimpern der Glocken über der Eingangstür konnte nur bedeuteten, dass jemand hereingekommen war. Ich schaute auf und hoffte auf Zombies. Stattdessen war es Vann Delane, der in den Coffeeshop spazierte.

Mir fiel der Rest vom Schokocroissant in den Schoß.

Sein Blick hatte mich sofort erfasst. Als er mich mit großen Augen musterte, war mir klar, dass er genauso überrascht war, mich zu sehen, wie ich ihn.

Verflixt.

Verflixt und zugenäht.

Warum begegneten wir uns immer ausgerechnet dann, wenn ich keine gute Figur abgab?

Ohne groß nachzudenken, was ich tat, lehnte ich mich zu Matt herüber und lachte, als hätte er gerade etwas unglaublich Witziges gesagt und nicht das Schlimmste, was ihm hätte über die Lippen kommen können.

Vann zog erstaunt die Brauen zusammen. Ich winkte ihm zu. Sehr lässig. Preisverdächtig lässig.

Matt warf einen Blick über die Schulter, um festzustellen, wer meine Aufmerksamkeit in Anspruch nahm. »Kennst du den Typen?«, fragte er, als er sich gerade wieder ein Stück Kuchen in den Mund schob.

»Ich bin mit seiner Schwester befreundet«, erklärte ich und nahm rasch einen Schluck aus meiner Tasse, weil ich keinen der beiden anschauen wollte.

Vann stellte sich für einen Kaffee an, und ich versuchte,

mein Gespräch mit Matt zu retten. »Ein Sprungbrett also. Wohin?«

»Was meinst du?«

»Du hast gesagt, dass deine jetzige Stelle nur ein Sprungbrett ist. Was sind deine Karrierepläne?«

»Meine eigene Bäckerei.«

Endlich etwas, das wir gemeinsam hatten. Unwahrscheinlich, dass ich je ein eigenes Restaurant haben würde, aber Küchenchefin zu sein, war immerhin nahe dran.

»Wie aufregend«, sagte ich und freute mich aufrichtig für ihn.

»Ja, ich bin diese Arbeitszeiten so leid. Sie bringen mich noch um.«

Okay, einen Augenblick. »Gibt es Konditoreien mit anderen Arbeitszeiten?« Ich hatte angenommen, dass grundsätzlich alle Bäcker und Konditoren vor dem Morgengrauen auf den Beinen waren, um die Kundschaft mit Frühstück zu versorgen. Was hatte er vor? Donuts zum Abendessen verkaufen?

Grundsätzlich keine schlechte Idee, aber dennoch …

»Klar«, sagte er. »Ich bin mir aber noch nicht sicher, ob ich eine Bäckerei mit allem Drum und Dran eröffnen soll. Vielleicht biete ich auch nur Kuchen an. Kuchen sind einfacher. Dann könnte ich arbeiten, wann ich Lust dazu habe, und ausschlafen. Und an den Wochenenden Party machen. Diese unmöglichen Arbeitszeiten und das frühe Aufstehen nerven mich total. Mein Privatleben geht ja völlig vor die Hunde.«

Ich nagte an meiner Unterlippe und wusste nicht, was ich darauf erwidern sollte. Einerseits verstand ich ihn. Auch mein Privatleben litt unter meinen Arbeitszeiten. Aber wir hatten uns dieses Leben schließlich ausgesucht. Zumindest auf mich traf das zu. Ich hatte offenen Auges und in vollem Bewusstsein, worauf ich mich einließ, diesen Beruf gewählt.

Meine Arbeit war mir wichtig. Sie gab meinem Leben einen Sinn. Sie erfüllte mich. Sie war der Grund, warum ich morgens aufstand und die Energie aufbrachte, den harten anstrengenden Tag durchzustehen. Ja, es war anstrengend. Aber das war ja nichts Schlechtes.

Allerdings war das auch nicht jedermanns Sache.

Vielleicht war ich ja verrückt.

Und all meine Freunde auch.

Ich hätte seine Bemerkung einfach durchwinken können. Ich dachte zwar nicht mehr im Geringsten daran, dass zwischen Matt und mir noch irgendetwas laufen könnte. Aber ich verachtete ihn nicht dafür, dass er ein Leben neben seinem Job haben wollte, auch wenn es ihn mir nicht sympathischer machte. Aber er setzte noch einen drauf: »Abgesehen davon habe ich bereits reichlich Kunden durch meinen jetzigen Job. Da wäre es total einfach, was Eigenes aufzumachen.«

»Du willst deiner Chefin die Kunden abwerben? Um was Eigenes aufzumachen?« Die Wörter sprudelten mir förmlich aus dem Mund. Und nicht in einem freundlichen Ton. Ehrlich gesagt, ich klang ziemlich vorwurfsvoll.

Das kriegte sogar Matt mehr als deutlich mit.

Er ging sofort in Abwehrstellung. »Nicht gleich morgen. Ich rede von der Zukunft. Wie ich schon sagte, ich sammele Referenzen.«

Ohne Rücksicht auf seine momentane Arbeitgeberin. Uh, dieser Kerl war ein Idiot.

»Das kommt mir vor, wie 'ne ziemlich üble Nummer.«

»Mag sein. Aber Leute gleich in der ersten Woche als Chefin zu feuern, ist natürlich total cool.«

»Ist das dein Ernst?« Grundgütiger, der Typ war ein echtes Arschloch. Meine Nervosität war endgültig verflogen, und mir drehte sich der Magen um.

Er schob trotzig sein Kinn vor und zuckte wortlos mit den Schultern.

»Wie schön, dich zu sehen, Dillon.«

Zu unser beider Überraschung stand Vann urplötzlich an unserem Tisch. Wir drehten langsam die Köpfe in seine Richtung. Mir stand sicher ein »Was zum Teufel?« ins Gesicht geschrieben. Und Matt wirkte auch nicht gerade erfreut. Das konnte jetzt wirklich nicht wahr sein.

»Ach ja?«, hörte ich mich sagen.

Er warf mir einen Blick zu, der sagen wollte »Spiel mit«, nur war nicht klar, bei welchem Spiel eigentlich.

»Ey, können wir dir helfen, Mann?«, fragte Matt, was ihm wahrlich bei mir auch keine Bonuspunkte einbrachte.

»Ja, danke, *Mann.*« Vann lächelte und zeigte dabei seine Zähne. »Ich wollte dich heute sowieso anrufen, Dillon, wie praktisch, dass wir uns hier über den Weg laufen«, meinte er zu mir. »Hast du ein paar Minuten?« Als ich zögerte, fügte er schnell hinzu: »Ich wollte mit dir diese Sache durchgehen, über die wir neulich gesprochen haben.«

»Diese Sache?«, fragte ich. *Himmel, Dillon, sei cooler.*

»Komm schon«, drängelte er, bevor ich weiter verwundert Fragen stellen konnte. Er drehte sich um und ging zu einem Tisch auf der anderen Seite des Restaurants.

Ich lächelte Matt entschuldigend an. »Ich bin gleich wieder zurück.«

»Das ist jetzt ein Witz, oder?« Er warf genervt die Arme in die Höhe.

»Wir arbeiten zusammen«, erklärte ich und kriegte endlich die Kurve.

Er schaute auf Vann. »Der Typ ist Koch?«

»Berater«, berichtigte ich.

»Hattest du nicht gesagt, er ist der Bruder deiner Freundin?«

Ich stand auf, bevor er noch mehr Fragen stellen konnte, schnappte mir meine Tasche und mein Handy und lief mit großen Schritten zu Vann.

»Hast du was mit dem?«, fragte Vann fassungslos, als ich mich auf die Bank ihm gegenüber schob.

Ohne ihm in die Augen zu sehen, antworte ich: »So was in der Art.«

Ich spürte den skeptischen Blick, obwohl ich mit meiner Tasche herumhantierte. »Was meinst du mit »in der Art«?«

Schließlich hob ich den Kopf und sah ihn an. »Blind Date«, gestand ich. »Ein ziemlich mieses, nein, ein ganz übles Blind Date.«

Es sah fast so aus, als würde ihn das amüsieren. »Der Typ ist ein absolutes Arschloch.«

Ich ließ mit einem Seufzer meinen Frust der letzten halben Stunde ab. »Ganz offenkundig hält er mich für eines.«

Vann schnaubte, trank einen Schluck Kaffee und sah zu Matt hinüber. »Dann ist er auch noch ein Idiot. Kein Wunder, dass er Single ist.«

Ich lachte, erstaunt über sein hartes Urteil. »Ich bin auch Single!«

Er nahm noch einen Schluck Kaffee, sein breites Lächeln hinter der Tasse verbergend. »Ich wohl auch.«

Das brachte mich noch mehr zum Lachen, und mir fiel seltsamerweise auf, dass es das Erste war, an diesem Morgen, das von Herzen kam.

»Wir sind bloß Singles, weil wir uns mit solchen Optionen wie diesen herumschlagen müssen«, erklärte ich und lachte immer noch.

Er sah mich groß an. »Ganz genau. Neulich war ich mit einer Frau zum Essen, die ihren Lebensunterhalt mit dem Ausführen von Hunden verdient.«

»Das ist eine ehrliche Arbeit«, sagte ich und kriegte einfach das Grinsen nicht aus dem Gesicht.

»Ja«, setzte er hinzu und hielt einen Finger hoch, »aber sie macht das nur, damit sie ihren Traum, Influencerin zu werden, verwirklichen kann.« Voller Erstaunen riss er die Augen auf. »Ich musste erst mal nachschauen, was das ist.«

Ich musste mir den Bauch festhalten, so weh tat schon das Lachen. »Vermutlich ist sie nächstes Jahr schon Millionärin.«

In verschwörerischer Manier stützte er die Ellbogen auf und beugte sich verschwörerisch zu mir. »Aber die Hunde waren niedlich.«

Seit wann besaß er Sinn für Humor? »Wir haben uns wohl den falschen Beruf ausgesucht.«

Er schüttelte den Kopf. »In Selfies bin ich hundsmiserabel.«

»Es kommt auf den richtigen Winkel an«, belehrte ich ihn. »Du musst nur die Kamera richtig halten.«

Er nahm sein Handy vom Tisch und hielt es gerade vor sich. »Ich hab gehört, so ist es gut.«

»Ja, der Winkel ist perfekt, wenn du dein Doppelkinn zeigen willst.«

Er rubbelte mit der freien Hand über seinen Hals. »Glaubst du, das verhilft mir zu mehr Dates?«

Ich schmunzelte und nagte an meiner Unterlippe. »Ja?«

»Wenn man vom Teufel spricht … hier kommt dein Date.«

Matt stolzierte wortlos an uns vorbei, in Richtung Toiletten. Er warf mir im Vorübergehen einen derart ungehaltenen Blick zu, dass ich am liebsten auf Vanns Schoß gesprungen wäre, damit er mich rettet.

Dabei hatte er das längst getan. Genauer betrachtet war es sogar schon zu seiner Gewohnheit geworden, mir aus der Klemme zu helfen.

Kaum war die Toilettentür hinter Matt ins Schloss gefallen, schnappte ich mir meine Tasche und stand auf. »Das ist meine Gelegenheit.«

Vann schaute über seine Schulter. »Nutze sie.« Bevor ich mich davonmachen konnte, warf er noch schnell ein: »Übrigens finde ich, die Kündigung ausgesprochen zu haben, macht dich zu einer klugen Chefin, nicht zu einem Biest.«

»Wie …?«

»Ich hab zufällig aufgeschnappt, dass er dich echt in die Mangel genommen hat. Er ist ein Vollpfosten. Lass dir von ihm kein schlechtes Gewissen einreden, nur weil du das getan hast, was für dein Restaurant am besten ist.«

Ich blinzelte, weil mir überraschend die Tränen kamen. »Danke.«

Die Toilettentür öffnete sich quietschend, und wir zuckten beide zusammen. »Lauf, Dillon.«

Mit einem Dauerlächeln im Gesicht verließ ich schnellen Schrittes den Coffeeshop. Das Lächeln hatte ich allerdings nicht meinem Date zu verdanken.

9. KAPITEL

»Hier kommt die Braut!«, riefen Kaya und ich von der Sitzecke aus, in der wir auf die beiden anderen warteten, um Veras Junggesellinnenabschied zu feiern.

Vera und Molly setzten sich uns gegenüber. Molly war ganz in Schwarz gekleidet, so wie wir es zuvor beschlossen hatten, und Vera trug ein schönes türkisfarbenes Rüschentop und schwarze Ripped Skinnyjeans. Von dem Schleier, den wir ihr besorgt hatten, keine Spur.

»Du trägst kein Weiß«, meckerte Kaya sofort los, kaum dass sie saßen.

»Und wo ist die Brautzilla-Schärpe?«

Molly beugte sich vor und zog bedeutungsvoll die Augenbrauen hoch. »Sie ist heute extrem schwierig.«

Vera gab ein gekränktes Lachen von sich und verpasste Molly einen Klaps auf die Schulter. »Hör auf damit.« Sie schaute zu Kaya und mir. »Ich hab nichts Weißes, das mir noch passt, sondern nur noch die Wahl zwischen diesem Top oder einem Müllbeutel. Wer hätte gedacht, dass Brüste so groß werden können!«

Molly verdrehte die Augen. »Du tust uns ja so leid mit deinen riesigen Brüsten.« An uns gewandt meinte sie: »Übrigens sah sie in allem, was sie anprobiert hat, toll aus. Sie ist einfach nur megaanspruchsvoll.«

»Dann werden wir uns die hübsche Unanständigkeit wohl für deine Junggesellinnenparty aufheben müssen, Molly«, meinte Kaya grinsend.

Mollys Wangen wurden feuerrot, was die Aussicht, sie mit Schleier, Schärpe und einer Kette aus winzigen Penissen durch Durham zu schleifen, nur noch verlockender machte!

Okay, sie würde vermutlich ihren Tod vortäuschen und auf die Caymaninseln auswandern, ehe sie sich mit einer »Gliederkette« in der Öffentlichkeit zeigte, aber es wäre sicher lustig, ihre Reaktion zu beobachten, wenn ich sie hervorholte.

»Ich finde immer noch, der heutige Abend sollte als Doppel-Brautparty zählen«, warf Molly ein. »Da wir beide hier sind, ist das doch ein Aufwasch. Und wir müssten nicht noch einmal all unsere Terminpläne unter einen Hut kriegen.«

Zu ihrer Ehrenrettung – es war ein wahrer Albtraum gewesen, einen Abend zu finden, an dem wir alle vier freihatten. Den Hochzeitsempfang zu planen war zwar auch ein Kraftakt gewesen, da Kaya im *Sarita* an den Wochenenden nun Brunch anbot und die Restauranteröffnung von Killian und Vera kurz bevorstand, aber das war kein Vergleich mit dieser Herausforderung.

»Kommt überhaupt nicht infrage«, widersprach Vera vehement. »Du verdienst deinen eigenen Abend der Peinlichkeiten und zügellosen Ausschweifungen.«

Molly verzog das Gesicht. »Zügellose Ausschweifungen? Muss das sein?«

Vera schaute Kaya und mich erwartungsvoll an. »Eine von uns muss den unanständigen Teil übernehmen. Und ich bin's ganz sicher nicht.«

Molly verdrehte die Augen. »Und warum du nicht?«

Vera deutete auf ihren Bauch. »Nun … weil ich schwanger bin. Schon vergessen? Ich kann doch das Baby keinen anstößigen Sachen aussetzen. Das wäre unverantwortlich.«

»Hm, dann muss ich wohl auch darauf verzichten«, schloss sich Molly an. »Ich bin vielleicht schwanger.«

Wir starrten sie mit großen Augen an. Sie spitzte den Mund und schüttelte den Kopf. Das war also nur ein Scherz. Ich atmete erleichtert auf, denn für die Rolle der Tante war ich noch nicht bereit.

Ein Baby nach dem anderen.

»Beim Thema Zügellosigkeit bin ich auch draußen«, sagte Kaya und seufzte sehnsüchtig. »Meine bessere Hälfte hat was dagegen, welche Überraschung.«

Die drei drehten die Köpfe zu mir. Vera grinste. »Dann bleibst nur du übrig, Dillon. Du bist die Einzige, die nach Lust und Laune über die Stränge schlagen kann.«

»Ha! Ich mach das nicht allein«, widersprach ich nachdrücklich. »Entweder wir ziehen an einem Strang, oder wir lassen es. Ganz oder gar nicht.«

Sie zuckten mit den Schultern. Der heutige Abend lief wohl auf »oder gar nicht« hinaus.

»Und schon ist er futsch, mein schöner Plan von einem spaßigen Abend mit Lapdancern im Stripclub«, zog ich sie auf. Tatsächlich hatten wir vor, in einem kleinen Lokal zu essen, dem Geheimtipp für die angeblich besten Nachos mit Guacamole der Stadt, wenn nicht im ganzen Bundesstaat. Oder auf der Welt. Dazu Margaritas und einen alkoholfreien Limettencocktail für die werdende Mutter. Für das Dessert wollten wir weiterziehen in das nächste kleine Lokal, in dem es das beste Tiramisu des Universums und eine hervorragende Prosecco-Auswahl gab. Und als zweiten Nachtisch noch Kaffee mit einem Schuss Baileys, für die, die keinen Nachwuchs ausbrüteten, und Himbeereis und Eiscremesandwiches mit Mascarpone für alle. Aber zuerst waren Cocktails und Appetizer in diesem zauberhaften Hipsterlokal dran, dem *Craft*, das für seine ausgezeichnete Bar und die hausgemachten Vorspeisen bekannt war.

Bei den Brautpartys, auf denen ich bisher war, gab es immer einen heimlichen Wettbewerb, wer am wenigsten essen und am meisten trinken konnte. Am heutigen Abend ging es vor allem darum, wer sich bei unserem endlosen Gelage das größte Polster anfuttern konnte.

Deshalb mochte ich meine Mädelsgang so sehr. Sie waren die Busenfreundinnen, auf die ich mein ganzes Leben lang gewartet hatte. In ihnen hatte ich meine Seelenverwandten gefunden.

Meine Freundinnen aus der Highschool waren allesamt Vorzeigefrauen und abschreckende Beispiele. Meine Freunde von der Kochschule stachen sich gegenseitig in passiv-aggressiven Wettbewerben aus, nur um den anderen niederzumachen und bloßzustellen. Diese Mädels jedoch waren echt. Authentisch. Schwestern im Geiste, die sich gegenseitig und ohne jeden Eigennutz unterstützten – hundert Prozent, bei Tag und Nacht.

Ich konnte mir keine besseren Freundinnen vorstellen. Oder eine schönere Brautparty.

Vera hatte sich gewünscht, ganz entspannt im kleinen Kreis zu feiern, um all ihren Schwangerschaftsgelüsten zu frönen. Molly, Kaya und ich waren sofort Feuer und Flamme.

»Gut!« Vera klatschte in die Hände. »Ich hab nämlich die Jungs eingeladen.«

»Was?« Meine Stimme klang einen Hauch zu schrill.

Veras Miene wurde mit einem Schlag ernst. »War das nicht okay?«

Ich versuchte, mein Gesicht unter Kontrolle zu bekommen und schluckte die Einwände, die mir auf der Zunge lagen, hinunter. »Schon gut«, versicherte ich. »Alles gut.«

»Zweimal gut hintereinander«, stellte Kaya fest. »Dann ist definitiv nichts gut.«

Ich rempelte sie mit der Schulter an und suchte nach einer Ausrede, aber mir wollte partout nichts einfallen.

»Bist du wirklich sauer?«, fragte Vera zerknirscht.

Ich ergriff ihre Hand und drückte sie. »Nein, ich bin nicht sauer. Das ist dein Abend, und ich will alles, was auch du willst.«

Sie kniff die Augen zusammen. »Dillon.«

Alle starrten mich erwartungsvoll an. Ungewollt entschlüpfte mir die Wahrheit, denn ich mochte sie zu sehr. Ich konnte einfach nicht so tun, als sei alles okay. »Es ist hart für mich, okay? Es ist hart, das fünfte Rad am Wagen zu sein oder besser, das …« Ich zählte rasch durch, wie viele Pärchen es an diesem Abend geben würde. »… das siebte.« Abwehrend hob ich die Hände. »Ich will hier nicht die einzige Loserin sein, die keinen Freund hat.«

»Ich hab keinen Freund. Ich hab einen Verlobten«, entgegnete Molly in gespielt arrogantem Ton. Sie schaute Vera fragend an. »Hast du etwa einen Freund?«

Vera reckte das Kinn vor und rümpfte die Nase. Mit herablassender Stimme sagte sie: »Ich doch nicht. Ich habe einen werdenden Vater.«

Unfreiwillig musste ich lachen. Zumindest meinten sie es gut. »Und ich habe eine ganze Reihe mieser Dates hinter mir. Beim letzten habe ich mich aus dem Coffeeshop geschlichen, während er auf dem Klo war.« Sie sahen mich mit offenen Mündern und hochgezogenen Augenbrauen an, und ich musste zugeben: »Ja, das war keine meiner Sternstunden.«

»War er ein Schleimer?«, fragte Kaya.

»Es war neun Uhr morgens, und dementsprechend hielten sich seine Anzüglichkeiten in Grenzen, falls du das meinst. Es hat nur nicht … klick gemacht.«

»Es muss klicken«, stimmte Molly zu.

»Mit ihm zu chatten war nett«, fuhr ich fort. »Aber als wir uns dann trafen, hat die Chemie einfach nicht gestimmt. Mit Vann habe ich in zwei Minuten mehr gelacht, als mit ihm während des ganzen Dates.«

»Vann?«, hakte Vera erstaunt nach, aber ich konnte merken, wie sehr die Frage allen auf der Zunge brannte.

Genau in diesem Moment entschied sich der Kellner dafür, endlich an unseren Tisch zu kommen, um unsere Bestellung aufzunehmen. Eine Weißweinschorle für Molly, eine Paloma für Kaya, ein Gurkenwasser für Vera und meine neueste Vorliebe: ein Old Fashioned mit Buffalo Trace Bourbon. Und einer extra Kirsche. Recht herzlichen Dank.

Wenn es sein musste, trank ich auch Champagnercocktails und andere Chichi-Getränke, aber eigentlich war Whiskey mein Ding. Amerikanischer. Im Fass gereift. Zwölf Jahre alt. Amen.

Außerdem bestellten wir eine Charcuterie-Platte, sauer Eingelegtes nach Art des Hauses, und von der Bar Brezeln und Nüsse in allen Variationen und Geschmacksrichtungen.

»Hast du eben Vann gesagt?«, wiederholte Vera, als wir wieder allein waren.

Hatte ich?

Verdammt.

Kaum war ich mit diesen drei Frauen zusammen, platzte ständig die ungeschminkte Wahrheit aus mir heraus.

»Oh. Ja. Das war wirklich ein seltsamer Zufall. Er kam genau zu dem Zeitpunkt in den Coffeeshop, als ich dort mit diesem höllischen Date saß, und am Ende hat er mich gerettet.« Sie schauten mich an, als hätte ich gerade Chinesisch gesprochen. »Du kennst doch deinen Bruder.« Ich winkte ab und hoffte, ich hätte seit Neustem die magische Fähigkeit, mit einer schnellen Handbewegung das Thema Männer vom Tisch zu wischen.

»Sieht offensichtlich so aus, als kenne ich meinen Bruder nicht«, erwiderte Vera. »Bitte erzähl mir mehr von ihm. Und dir. Und diesem Date, vor dem er dich gerettet hat.«

»Vera, das ist dein Abend. Es kommt mir vor, als würde ich sämtliche Aufmerksamkeit in Beschlag nehmen. Genug von meinen Fehlgriffen. Feiern wir lieber dein glückliches Liebesleben!«

Kaya beugte sich vor. »Netter Versuch, Blondie. Wir wollen Einzelheiten. Raus mit der Sprache.«

Hilfe suchend sah ich Molly an. Sie hob abwehrend die Hände. »Er ist praktisch auch mein Bruder. Und ich bin genauso neugierig.«

»Uh.«

»Spuck's aus«, befahl Vera.

Das tat ich, beginnend mit Bennys Frage, ob er mich mit Matt verkuppeln dürfte, bis hin zum krönenden Abschluss des scheußlichsten Kaffee-Dates aller Zeiten und wie mir Vann zur Flucht verhalf. Natürlich ließ ich all die wichtigen Details, wie sein Lächeln und dass er mir von seinem mindestens ebenso miesen Liebesleben erzählt hatte, weg. Genauso wie die Tatsache, dass er mir bereits zum dritten Mal aus der Patsche geholfen hatte.

Ich hatte damit gerechnet, dass sie sofort ihre Kommentare ablassen würden, doch alle drei lehnten sich schweigend zurück, bis der Kellner uns eine Minute später unsere Cocktails brachte.

»Das war sehr nett von ihm«, sagte Vera schließlich.

»Hab ich doch gesagt, dass er so nett war, mir aus der Klemme zu helfen.«

»Er hat im Übrigen genug von netten Mädchen«, fügte sie hinzu.

»Ich weiß. Das hat er mir erzählt.«

Sie machte ein Gesicht, pfiffig wie eine Feldmaus. »Stört dich das?«

Dagegen sah ich sie jetzt an wie eine Katze vorm Mauseloch. »Warum sollte mich das stören?«

»Du bist ein nettes Mädchen«, betonte sie.

»Ich will deinen Bruder aber nicht daten.«

Nun wirkte sie beleidigt. Verflucht, konnte sie sich mal entscheiden?

Ob dieses Hin und Her an der Achterbahnfahrt ihrer Hormone lag?

Bestimmt, oder?

Vielleicht sollte ich später Killian danach fragen, wo er uns ja offenbar Gesellschaft leisten würde.

Ich wählte eine neutrale Antwort. »Danke. Ich finde dich auch nett, Vera.«

Molly gab sich die allergrößte Mühe, uns von diesem verminten Terrain wegzulotsen. »Was hat sich Benny dabei gedacht? Er müsste doch wissen, was sein Freund für ein Typ ist. Also wirklich.«

»Vann kommt heute auch, oder?«, fragte Kaya.

Aus purer Höflichkeit verkniff ich mir, die Augen zu verdrehen. »Darf ich euch daran erinnern, dass es in der Geschichte nicht um Vann ging. Ich habe über mein Pech mit Männern geredet. Vielen Dank, dass ihr mir das unter die Nase reibt.«

Ich war zwar kein bisschen beleidigt, musste aber etwas tun, um sie vom Thema »Vann« abzulenken.

Kaya stieß mich mit dem Ellbogen an. »Ich glaube, du hast Vera um den Verstand gebracht.«

»Überhaupt nicht wahr!«, verteidigte sie sich. »Höchstens die Schwangerschaft bringt mich um den Verstand. Dillon hat mich nur überrascht. Ich wusste gar nicht, dass ihr euch so gut kennt.«

»Tun wir ja auch nicht«, versicherte ich. »Zumindest nicht richtig. Wir sind uns nur zufällig begegnet. Das Ganze hat nicht länger als fünfzehn Minuten gedauert.« Mir wurde klar, dass sich Vera nicht mit kargen Fakten zufrieden geben würde. Sie brauchte eine Geschichte, die in ihrem hormongesteuerten Hirn einen Sinn ergab. »Wir sind uns zu oft über den Weg gelaufen, als dass er mich nicht erkennen würde. Und dann hat er zufällig unser Gespräch aufgeschnappt und sich eingemischt, weil sogar ihm aufgefallen ist, wie unangenehm mir die Situation war.«

In diesem Moment kam Killian. Er schob sich neben Vera an den Tisch, sodass sie an Molly gedrängt wurde. Dann grinste er Kaya und mich an. »Hallo, Ladys.«

Oh, Mann!

Bevor wir darauf reagieren konnten, tauchte Ezra auf, wie immer geschniegelt und gebügelt und nicht gerade in aufgeräumter Stimmung. Schließlich schlenderte auch Wyatt von der Bar herüber, tätowiert, locker und lässig – das genaue Gegenteil von Ezra. Und dann kam der Mann der Stunde. Vann.

Er trug eine Version von dem, was ich sein Alltagsoutfit nennen würde, zusammen mit trendigen Sneakers. Gemächlich schlenderte er hinter den anderen her.

Ich quetschte mich aus der Sitzecke, damit Wyatt neben Kaya sitzen konnte, war dadurch zwischen Ezra und dem Tisch eingeklemmt und wollte plötzlich nur noch weg. Warum hatte ich nicht die Klappe gehalten? Was hatten überhaupt Männer auf einem Junggesellinnenabschied zu suchen?

Der Plan hatte vorgesehen, dass wir uns die Bäuche mit gutem Essen vollschlugen, bis uns die Hosen- oder Rockknöpfe abplatzten, und uns zum Abschluss des Abends mit Meg-Ryan-Filmen auf meine gigantische Ledercouch fläzten.

Wir alle hatten uns das Wochenende freigenommen, um die bevorstehende Hochzeit unserer Freunde zu feiern. Wir alle hatten die Verantwortung für unsere Küchen unseren Angestellten übertragen. Für das ganze Wochenende. Das bedeutete, dass Blaze im Moment im *Bianca* das Zepter führte. Allein. Ohne meine Aufsicht.

Ich brauchte Alkohol, um meine angeschlagenen Nerven zu beruhigen und den Mut aufzubringen, dieses freie Wochenende durchzustehen. Und ich brauchte meine Freunde. Ich wollte eine tolle Zeit erleben. Außerdem hatte ich keine Lust darauf, dass sie sich Fantasien ausmalten, was zwischen Vann und mir lief, und sich womöglich falsche Hoffnungen machten, die zu Staub zerfallen würden.

»Dillon«, sagte Ezra in seiner ihm eigenen Art, die weder ein »Hallo« noch ein »Hey« oder ein »Wie geht's?« als Begrüßung enthielt.

»Ezra«, erwiderte ich förmlich. »Hältst du das Wochenende auch durch?« Killian, Vera und Molly hatten ihm befohlen, die Arbeit liegen zu lassen, ganz egal, was passierte.

Seine Hand zuckte bereits, wie ich feststellte. Vermutlich wünschte er sich nichts sehnlicher, als sein Handy auf Mails zu checken. Er würde nicht mal dreißig Minuten durchhalten.

Allerdings war ich auch nicht besser.

Ezra musterte mich ernst. »Das hängt davon ab. Wird mein Restaurant dieses Wochenende überstehen?«

Ha. *Touché!* Ich zuckte die Schultern. »Hoffentlich?«

Sein finsterer Blick brachte mich dazu, die Bar aufzusuchen. Noch während des Gehens trank ich mein Glas auf ex, wohl wissend, dass einen guten Whiskey in einem Schluck herunterzuspülen in der Bourbon-Gemeinschaft als echtes Sakrileg galt. Aber besondere Zeiten erforderten besondere Maßnahmen oder so ähnlich. Mein Gang war etwas wackelig, wahrscheinlich nur deshalb, weil ich schon seit Monaten keine hohen Absätze mehr getragen hatte, vielleicht sogar länger.

Die Schönheiten mit den roten Sohlen gehörten früher zu meinem Partygirloutfit, aber seit ich einen Sinn in meinem Leben gefunden hatte, trug ich meist bequeme Sneakers mit Einlegesohlen.

Manchmal sogar Crocs.

Oh, wenn mich meine Highschool-Freunde so sehen könnten.

»Ich glaube, du schuldest mir einen Drink«, hörte ich Vanns zurückhaltende Stimme neben mir.

Er war mir, ohne dass ich es merkte, gefolgt. Ich warf ihm einen Seitenblick zu, als ich mich über die Bar beugte und mein Dekolleté aufblitzen ließ. Nicht für Vann. Es galt dem Barkeeper, damit ich nicht zwanzig Minuten warten musste, bevor er geruhte, mich wahrzunehmen.

Ja, ich bin für Gleichberechtigung und Feminismus und will mir aufgrund meines Talents in der Branche einen Namen machen und nicht mit Hilfe meiner Titten. Aber die Bar war brechend voll, und ich schreckte nicht davor zurück, meine Vorzüge einzusetzen, um schneller an etwas Hochprozentiges zu gelangen als die Studentengruppe am anderen Ende der Theke.

Vann lehnte sich an die Bar und drehte sich zu mir. »Dir zu helfen wird allmählich zur schlechten Angewohnheit. Ich finde, dafür habe ich eine Entschädigung verdient, dann sind wir quitt.«

»Da denkt wohl jemand irrtümlich, er hätte die Gabe, immer zufällig zur rechten Zeit am rechten Ort zu sein.«

Er lachte laut. »Vielleicht hast du ja das Talent, immer zur falschen Zeit am falschen Ort zu sein. Hast du darüber mal nachgedacht?«

Darüber hatte ich tatsächlich schon nachgedacht. Mein ganzes Leben schien unter diesem Motto zu stehen.

Doch schaffte ich es wie durch ein Wunder, die Wahrheit für mich zu behalten, und schenkte ihm ein flirtendes Lächeln. »Du meinst, so wie jetzt?« Ich trat hinter ihn und legte die Hand auf seine Schulter. Als ich mit den Fingerspitzen seinen Rücken hinunter strich, fühlte ich mich kühn und mutig. Der Old Fashioned tat offenbar seine Wirkung.

»Nur ein Scherz«, flüsterte ich ihm ins Ohr.

Er drehte sich nach mir um, als ich weiterging. »Hey, und was ist jetzt mit meinem Drink?«

Ich wirbelte dank des glatten Parketts auf den Zehenspitzen herum wie eine Ballerina. »Ich glaube, ich geb dir lieber noch mal die Chance, mich zu retten.«

Ein überraschter Ausdruck huschte über sein Gesicht, dann brach er in schallendes Gelächter aus. »Dieses Mal, Baptiste, hast du mich reingelegt. Glaub nicht, dass dir das noch mal gelingt.«

»Wir werden sehen«, rief ich ihm zu, bevor ich an den Tisch zurückging. Falls ich den Abend mit Vann verbringen musste, weil sich die anderen wie liebeskranke Turteltäubchen benahmen, würde es wenigstens unterhaltsam werden. Zwischen uns sprühten definitiv Funken der Freundschaft.

Vielleicht sogar mehr als Freundschaft.

Womöglich war es aber auch nur eine Laune, gepaart mit Alkohol.

Seine geheimnisvoll grüblerische Ausstrahlung war jedenfalls sexy und frustrierend zugleich.

Stimmt, ich redete mir gern ein, dass ich mit den meisten

Dingen alleine klarkam. Ich brauchte keinen Mann, der mir die Reifen wechselte oder Glühbirnen austauschte. Allerdings hatte Vann eine Art, mir seine Hilfe anzubieten, die mich dahinschmelzen ließ wie Butter, anstatt Gift und Galle zu spucken.

Auch war die Art und Weise, wie er mich ansah und behandelte, überhaupt nicht verletzend. Vann war erschreckend offen und ehrlich. Er sprach aus, was er dachte. Nicht alles davon war nett. Aber irgendwie wurde mir seine schonungslose Aufrichtigkeit immer sympathischer.

10. KAPITEL

Drei Stunden später kamen wir bei Dessertstopp *Numero uno* an. Ich war froh, dass ich bequeme Leggings und eine weite Tunika trug, denn die brauchte ich auch.

Dieser Abend war wie Thanksgiving, Weihnachten und der Tag nach Valentinstag, wenn Süßigkeiten zum Schleuderpreis verkauft werden, in einem. Meine Freunde konnten kräftig zulangen.

Und trinkfest waren sie auch.

Ich plante bereits eine doppelte Yogastunde am nächsten Morgen, sonst würde ich in zwei Tagen zu Veras Hochzeit rollen müssen.

Als mir klar wurde, dass das Wochenende erst begonnen hatte und mir noch ein dekadentes Brautfrühstück, das Probe-Essen und der Hochzeitsempfang bevorstanden, musste ich aufstöhnen.

»Was ist los?«, fragte Kaya. Sie hatte sich an Wyatt gekuschelt, der sie fest in seinem tätowierten Arm hielt.

»Ich werde an diesem Wochenende locker 300 Pfund zulegen.«

Molly hob die Augenbrauen. »Ich habe gerade dasselbe gedacht. Ich werde mir wohl wieder diesen verfluchten Spinningkurs antun müssen, sonst passe ich nie in mein Brautjungfernkleid.«

»Spinningkurs?« Das klang interessant. Schon seit Monaten dachte ich darüber nach, in dasselbe Fitnessstudio zu gehen wie Molly und Vera, da meines inzwischen wegen Reichtum geschlossen hatte. Seitdem besuchte ich zwar noch meine Yogaklasse, aber ein wenig Kardiotraining könnte mir nicht schaden. Meine Glieder waren zwar gelenkig, aber Fitness bedeutete mehr, als zwanzig Minuten auf dem Kopf stehen zu können.

Mir gefiel der Gedanke, mit meinen Freundinnen zusammen zu trainieren. Auch wenn ich die beiden wohl nicht oft dazu bringen würde. Aber vielleicht könnte ich Vera, wenn das Baby erst mal da war, zu ein wenig Zumba oder Radfahren überreden.

Dass Molly sich einen Spinningkurs antun wollte, war eine völlig neue Seite an ihr, von der ich nicht mal wusste, dass sie existierte.

Sie verdrehte die Augen. »Vera hat mich vor einer Weile mit einer fiesen List in den Kurs gelockt. Ich habe aufgehört, nachdem sie schwanger wurde, weil … weil es die reinste Folter war. Aber nachdem ich heute Abend, grob geschätzt, mein eigenes Gewicht in Form von Salsa und Gebratenem gefuttert habe, bleibt mir wohl keine andere Wahl.«

»So schlimm ist es nicht«, erwiderte Vann und deutete mit dem Zeigefinger auf sie. »Du jammerst nur gern.«

Sie beugte sich vor und senkte verschwörerisch die Stimme. »Jedes Mal, wenn ich von dem verfluchten Rad gestiegen bin«, erklärte sie, »habe ich gedacht, es wäre mir ein Essen schuldig. So sehr ging mir der 45-Minuten-Kurs ans Eingemachte.«

Das brachte mich zum Lachen, doch ein Blick in ihre Augen verriet mir, dass sie es ernst meinte.

»Es ist echt heftig«, stimmte Vera zu. »Aber es hat funktioniert. Ich würde Mollys faule Knochen immer noch jeden

Morgen dorthin schleifen, wenn mich die Schwangerschaft nicht auf Trab halten würde.«

»Sag so was nicht«, stöhnte Molly. »Ich habe das gar nicht nötig. Es ist völlig okay, wenn die fünftausend Kalorien vom heutigen Abend auf meinen Hüften landen. Ich habe ja einen Mann.« Ezra lächelte sie an und drückte ihre Hand, bis sie hinzufügte: »Ich kann mich gehen lassen.«

»Was, Moment?«, rief Ezra, und wir alle lachten.

Als das Gelächter verklang, lehnte sich Vann zu mir, seine Schulter stieß gegen meine. »Isst du sonst nicht so viel wie heute?«

»Was meinst du damit?«

Er zuckte mit den Schultern, und sein Arm landete dabei wie aus Versehen näher an meinem. »Ihr seid Köche. Gute Köche. Ich habe angenommen, dass bei euch täglich Drei-Gänge-Menüs auf den Tisch kommen.«

»Tatsächlich ist das Gegenteil der Fall«, erklärte ich. »Wir sind gewöhnlich so damit beschäftigt, für andere zu kochen, dass wir zu müde sind, uns selbst noch was zu machen.«

»Oder wir sind den Kram so satt, dass ich nicht mal den Gedanken ertragen kann, ihn selbst zu essen«, fügte Kaya hinzu.

»Ja, stimmt«, sagte ich. »Wenn man etwas ungefähr dreihundert Mal an einem Abend sieht, verliert es irgendwann seinen Reiz.«

»Interessant«, meinte Vann.

»Abende wie dieser machen das aber wieder wett«, sagte ich. »Du weißt schon, mit Freunden ausgehen, die einen guten Geschmack haben und buchstäblich alles auf der Karte probieren wollen. Da kommt man in Versuchung zu sagen ›Oh, ich glaube, das will ich auch‹. Morgen früh werde ich einen Fresskater haben.«

Er lächelte, aber mit einem ulkigen Zug um den Mund, als wäre er selbst überrascht darüber, wie witzig er mich fand.

Der Kellner kam wieder zum Tisch, und Killian bestellte eine Runde Limoncello für alle. Wir waren in diesem kitschigen kleinen italienischen Lokal, in dem es ein Tiramisu gab, das im Himmel gemacht worden sein musste. Wir hatten schon Prosecco und Negronis getrunken und gingen nun offensichtlich zu Dessertgetränken über.

Killian rieb sein bärtiges Gesicht an Veras Hals, was sie zum Kichern brachte. »Tanzen wir?«, fragte er. Ich hatte ihn zwar vom anderen Ende des Tischs aus nicht hören, ihm aber von den Lippen lesen und dabei zusehen können, wie sie errötete.

Gleich darauf standen sie auf und gingen zu der kleinen Tanzfläche, wo sich bereits drei ältere Paare im Wechselschritt zu den Rhythmen der Frank-Sinatra-Coverband wiegten.

»Sieht nach Spaß aus«, sagte Molly zu Ezra. Er ergriff ihre Hand und zog sie mit sich.

Ich schaute Kaya mit einem Blick an, der sagen wollte: »Lass mich hier bitte nicht mit Vann allein!«

Sie hob die Augenbrauen und deutete mit dem Kinn zur Tanzfläche. Ich schüttelte leicht den Kopf. Als sie auch noch die Stirn runzelte, wollte ich sie mit einem Laserblick durchbohren. Dafür trat sie mir unter dem Tisch ans Schienbein.

Dann mischte sich der blöde Wyatt ein und nahm ihre Hand. »Möchtest du tanzen, wenn du mit deinen Zuckungen fertig bist?«

Sie lächelte mich verschmitzt an. »Nichts lieber als das.«

Ich ließ mich in das Rückenpolster plumpsen, während die beiden zur Tanzfläche schlenderten. »Verräterin!«, murmelte ich.

»Was für ein Klischee«, meinte Vann und klang ähnlich gereizt, wie ich mich fühlte. »Findest du nicht auch?«

Ich drehte mich zu ihm. »Das Tanzen?«

»Sinatra, die Paare, alles. So was ist mir zuwider.«

Unwillkürlich musste ich schmunzeln. Er sagte nie das, was man von ihm erwartete. »Stimmt. Sie könnten glatt Werbung für Happy Ends machen.«

»Oder Erektionsstörungen«, sagte er.

Fast hätte ich mich an meiner eigenen Spucke verschluckt. »Wie bitte?«

»Ist dir diese Werbung noch nie aufgefallen? Verkauft wird immer mit einem Bild wie diesem: Pärchen beim Essen mit Freunden. Pärchen, die romantisch tanzen. Pärchen, die ins Bett fallen, doch dann tritt etwas Unerwartetes ein. Keine Sorge, diese blaue Pille hilft, wenn Not am Mann. Solange die Wirkung nicht länger als vier Stunden anhält, dann sollten Sie sich Sorgen machen.«

Ich konnte nicht anders als loszuprusten. »Viel mehr Sorge macht mir, dass du dich damit so gut auskennst.«

Verlegen lächelnd nippte er an seinem Cocktail, obwohl der ihm offenbar nicht besonders schmeckte, denn er süffelte schon eine geschlagene halbe Stunde daran und rümpfte bei jedem Schluck die Nase. »Diese Spots laufen ständig.«

»Mhm. Klar.«

»Hast du mal ein Footballspiel gesehen? Oder die Nachrichten? Ernsthaft, man kommt gar nicht daran vorbei. Die Werbung ist überall.«

»Offensichtlich.«

Ich stand darauf, wie betont genervt er das Gesicht verziehen konnte. Er wurde nicht gern missverstanden. Manchmal kam er dadurch arrogant rüber, aber irgendwie war es auch süß.

»Bei mir gibt es untenrum keine Probleme«, versicherte er. »Alles funktioniert bestens.« Er hob den Daumen und schnalzte mit der Zunge. »Allzeit bereit.«

Ich riss die Augen auf und machte ein erschrockenes Gesicht. »Ist das etwa ein Angebot?«

»Oh mein Gott, nein!« Er stützte den Kopf in die Hände. »Da gibt's etwas, das ich noch nie an dir mochte. Vielleicht so was, wie das jetzt.«

Lächelnd nahm ich noch einen Schluck von dem köstlichen Cocktail. »Ich weiß nicht, wovon du redest.«

Der Kellner kam und stellte die Limoncellos ab. Ich verteilte sie am Tisch und kippte schnell den Rest meines Negroni runter.

Vann betrachtete das kleine geriffelte Glas mit der neongelben Flüssigkeit misstrauisch. »Was ist das?«

»Zitronenlikör«, erklärte ich. »Der schmeckt köstlich. Du wirst ihn lieben.«

»Der sieht nicht danach aus, als würde er mir schmecken. Ich stehe mehr auf Bier.«

»Ach ja? Sicher bekommst du hier auch ein Frischgezapftes.«

Er schüttelte entschieden den Kopf. »Ich habe schon geguckt. Die haben keins, das ich mag.«

»Du hast hohe Ansprüche, was?«

Er seufzte ungeduldig, um mir sogleich und in aller Ausführlichkeit seine Biervorlieben zu erläutern. Er war begeistert von den kleinen Brauereien, die überall in Durham und Charlotte aus dem Boden schossen. Sein absoluter Favorit war deren India Pale Ale, ein Starkbier mit doppeltem Hopfengehalt. Es war im New-England-Stil gebraut und sah wohl eher wie Orangensaft aus. Das Bierangebot der meisten Lokale, in denen wir heute Abend gewesen waren, hatte ihn enttäuscht. Mit Ausnahme des *Craft*, dem einzigen Lokal, das seine Zustimmung fand.

Er zuckte mit den Schultern. »Ich bin nicht anspruchsvoll. Ich weiß nur, was ich will und was ich mag.«

»Ich weiß auch, was ich mag. Ehrlich, dieses Mal täuschst du dich, sag ich dir.«

»Was diesen Fusel betrifft?«

Ich schaute ihn an. »Ja, diesen Fusel.«

»Nein, entschuldige. Im Leben nicht.« Er beäugte kritisch das einladende Limoncello-Glas. »Das sieht sauer aus, bitter und etepetete noch dazu.«

Ich schmunzelte. »Das klingt ja fast so, als hättest du ernsthafte Berührungsängste.« Ich schob ihm das Glas hin. »Keine Sorge, es ist es nur ein Getränk. Ganz ohne Verpflichtungen.«

Er schüttelte den Kopf. »Du willst mich ums Verrecken dazu bringen, dieses Zeug zu trinken.«

Ich streifte die Schuhe ab, schob mir die Beine unter den Hintern und brachte mich in Zuschauerposition. Wie bei einem Sportevent erwartete ich gespannt Vanns erste Begegnung mit Limoncello. »Also ich persönlich habe keine Probleme mit etepetete.« Ich klimperte unschuldig mit den Wimpern.

Er ließ seinen Blick über mich schweifen, begann mit meinem Gesicht und nahm jedes noch so kleine Detail, jede Linie in sich auf. Er ließ ihn tiefer wandern, über meine nackten Schultern, einen Moment an meinem Dekolleté innehaltend, das meine schwarze Lieblings-Spitzentunika subtil skandalös zur Geltung brachte, und immer weiter nach unten, bis ich das Gefühl hatte, das selbst meine Knöchel sexy sind. In meinem Magen flatterten überrascht Schmetterlinge auf.

Wie gelähmt von seinem Blick, der nun wieder den Likör ins Visier nahm, hielt ich den Atem an, als seine langen Finger den dünnen Stiel des Glases umschlossen. Er setzte es an die Lippen und trank es in einem Zug aus.

Erschrocken riss ich den Mund auf. »Den muss man langsam trinken.« Doch meine Warnung kam zu spät.

Angewidert verzog er das Gesicht. »Verflucht«, keuchte er.

Ich konnte mich kaum halten und wäre vor Lachen fast zusammengebrochen. Ich hatte ihm spaßeshalber einen neuen Drink nahebringen wollen. Natürlich schmeckte der scheußlich, wenn man ihn sich auf ex hinter die Binde goss.

»Wolltest du mich reinlegen?« Er sah mich fragend an, während ich, halb über ihm hängend, keuchend nach Atem rang. »Absichtlich?«

»Ich hatte keine Ahnung, dass du den einfach runterkippen würdest!«, beharrte ich. »Du solltest nur daran nippen. Schluck für Schluck.« Ich setzte mich auf, mir war schwindelig vom Alkohol und seiner Nähe. Ich stützte mich mit einem Ellbogen auf seine Schulter und spürte die Wärme seiner Haut unter dem weichen Stoff seines Hemdes.

In meiner jetzigen Position, mit den Füßen unter meinem Po, war ich ein wenig größer als er. Er schaute zu mir hoch, und seinen Augen konnte man ansehen, dass sich ein Sturm unausgesprochener Gedanken zusammengebraut hatte. »Du hättest mich warnen sollen.«

Ich rückte näher an ihn, sehnsüchtig nach mehr von seiner Wärme und den Gefühlen, die er in mir weckte. »Du hast mir keine Chance gelassen!«

Er betrachtete mich eine ganze Weile so forschend, als versuchte er, schlau aus mir zu werden, und ich bekam eine Gänsehaut. »Ich hatte recht.«

»Mit was?«

»Sauer. Bitter. Und extrem etepetete.«

Ich beugte mich vor, nahm mein Glas und führte es ihm an die Lippen. »Probier's noch mal.« Die Art, wie er mich trotzig ansah und die Lippen zusammenpresste, war geradezu entzückend. »Dieses Mal nur kleine Schlucke.« Als er sich nicht rührte, wollte ich schon härtere Geschütze auffahren. Sei kein

Feigling, lag mir auf der Zunge, aber im letzten Moment sagte ich einfach: »Bitte?«

Es funktionierte. Er nahm mir das Glas aus der Hand, trank vorsichtig einen Schluck und gab es mir wieder. Auch ich nippte noch mal daran, um sicherzugehen, dass der Likör wirklich was taugte. Der Geschmack von zehn Zitronen breitete sich mit voller Wucht auf meiner Zunge aus und öffnete meinen Gaumen. Genüsslich verzog ich den Mund.

»Und?«, fragte ich.

»In geringer Dosierung definitiv besser«, gab er zu.

»Wie unsere Freundschaft«, neckte ich.

Er sah mich an, und seine Augen waren kristallklar. Wie graue Seen. Das Meer bei Morgendämmerung. »Sind wir denn Freunde?«

Ich setzte mich wieder normal auf den Hosenboden und schmiegte mich noch näher an ihn. Es war fast, als würde ich mich an ihn kuscheln. »Ich glaube, drei lebensrettende Ereignisse überbrücken die Kluft zwischen Fremden und Freunden.«

Er lachte, dass sein ganzer Körper vibrierte. Mich überkam der merkwürdige Drang, ihm durch die Haare zu wuscheln. Seine Frisur erschien mir zu starr, zu perfekt. Er war gar nicht der glatte, adrette Strebertyp, der er vorgab zu sein. Er war dominant, zielstrebig und leidenschaftlich. Keine Spur von Unterwürfigkeit oder Zurückhaltung. Hinter dem kantigen Gesicht und den Bügelfalten steckte mehr. Er nahm zwar kein Blatt vor den Mund, aber hinter seiner Direktheit verbarg sich ein feiner Sinn für Humor.

»Kein Wunder, dass ich so wenige Freunde habe. Ich habe nicht genügend Leben gerettet«, meinte er.

Wieder konnte ich mir das Lachen nicht verkneifen. Hatte ich jemals mit einem Mann so viel gelacht? »Vielleicht solltest du dich öfter in Coffeeshops herumtreiben und miese Dates unterbrechen, falls du dir mehr Freunde wünschst.«

Er nickte ernst. »Vor allem, wenn dieser Trottel von deinem letzten Date wieder auftaucht. Hast du noch mal was von ihm gehört?«

»Er hat mir geschrieben, wie unhöflich es von mir gewesen sei, ihn dort sitzen zu lassen. Ich habe versucht, ihm weiszumachen, dass es einen Notfall in der Küche gegeben hätte, aber er hat die Ausrede durchschaut. Unser gemeinsamer Freund Benny hat mir später wegen meiner schlechten Manieren Vorwürfe gemacht.«

Vann schnaubte. »Hast du Benny erzählt, dass sein Freund ein Vollpfosten ist?«

»Das habe ich. Mit exakt diesen Worten.«

Er lächelte mich an, dass mir fast der Atem stehen blieb. Dieses breite Strahlen hatte ich so noch nie an ihm gesehen. Zumindest nicht in der kurzen Zeit, die wir uns kannten. Gewöhnlich wirkte Vann grimmig, grüblerisch und eher abwägend – kaum etwas konnte ihm ein Lächeln entlocken.

Wie gebannt starrte ich auf seinen Mund, während ich mein wild hämmerndes Herz zu beruhigen versuchte.

Er sah gut aus. Kein Wunder, dass ich sein Lächeln verführerisch fand. Seine perfekten maskulinen Züge und die gebräunte Haut wurden nur noch übertroffen von seinen blendend weißen Zähnen, die allerdings nur aufblitzten, wenn sich seine vollen Lippen auf atemberaubende Art öffneten.

War es meine weibliche Natur, die dank des Alkohols aus mir hervorbrach und mir die Sinne raubte? Denn meine Anatomie kam nicht dagegen an, von seiner Anatomie völlig hingerissen zu sein.

Er war auch Veras Bruder und mir eigentlich noch weitgehend fremd. Obendrein war er nicht der Richtige für mich.

Okay, Dillon, fragte ungeduldig die zukünftige Katzenmutter in mir, wenn er nicht der Richtige ist, wer dann?

Jemand, der ähnliche Arbeitszeiten hat, erklärte ich der verzweifelten inneren Stimme. Jemand, der mich nicht für eine Vollidiotin hält. Jemand, der …

Oh, wem wollte ich was vormachen? Furcht stieg in mir auf, drückte mir die Kehle zu und drohte, mich zu ersticken. Die Erinnerungen von vor sechs Jahren kehrten wieder und bedrohten die glückliche Stimmung des Abends. Ich wollte keine Beziehung.

Ich wollte nicht mal männliche Aufmerksamkeit. Oder doch. Oder nicht so richtig.

Die Wunden von damals taten inzwischen nicht mehr ganz so weh. Die Erniedrigung und der Schmerz hatten nachgelassen. Der Nebelschleier, der über jenem Abend lag, hatte sich jedoch nie gelichtet. Und dennoch …

Dennoch dieses verfluchte Lächeln.

Es brachte mich dazu, noch einen Versuch zu wagen. Die Spezies Männer noch nicht ganz aufzugeben.

Und im Nu war es wieder verschwunden, weil ich ihn so lange anstarrte, dass es schon peinlich war. Er neigte sich mir zu, offenbar in demselben Bann gefangen wie ich.

»Gut«, sagte er leise, aber ich hatte vergessen, worüber wir geredet hatten. »Du solltest vorsichtiger sein, wenn du dich mit solchen Idioten triffst. Ich kann nicht bei jedem miesen Date da sein, um dich zu retten.«

Ich musste kurz den Kopf schütteln, um überhaupt einen Ton herauszubringen oder gar Konversation machen zu können. »Oh, das wäre nicht die schlechteste Idee«, sagte ich und erkannte meine Stimme kaum wieder, so sinnlich klang sie. »Gewöhnlich benutze ich eine Nachricht von meiner Mom als Ausrede.«

Nun lächelte er wieder. »Und was sagst du?«

»Dass sie mit dem Rettungswagen ins Krankenhaus musste«, beichtete ich. »Ich bin schrecklich.«

Dieses unwiderstehliche Lächeln war in sein Gesicht zurückgekehrt. »Zumindest musst du nicht bis zum bitteren Ende sitzen bleiben, weil du derjenige bist, der das Essen bezahlt.«

»Himmel, das klingt fast wie umgekehrter Sexismus.«

Sein Blick heftete sich wieder auf meinen Mund. »Das ist mein Ernst, Dillon. Du kannst jederzeit während des Dates vorgeben, du hättest eine Nachricht erhalten. Ich dagegen habe die Kavalierspflicht, bis zum Ende auszuharren und die Rechnung zu übernehmen. Ganz gleich, wie mies der Abend verläuft, ich kann nicht einfach mittendrin weglaufen und sie auf der Rechnung sitzen lassen.«

Da hatte er nicht ganz unrecht. »So habe ich das noch nie gesehen. Vielleicht sollte ich doch nicht so schnell meinen Kaffee stehen lassen, nur weil mein Date mich beleidigt und mir zu verstehen gegeben hat, was für ein schrecklicher Mensch ich doch bin.«

Aus seinem Lächeln wurde Lachen aus tiefem Herzen. Mein Körper erwachte zum Leben, ein heißes Prickeln durchflutete mich. Ich konnte mich nicht satthören an dem Klang seines Lachens, nicht sattsehen an seiner belustigten Miene.

Und das Beste? Er stimmte mir zu. »Wenn ich noch mal darüber nachdenke, dann hat er es verdient, auf der Rechnung sitzen zu bleiben.«

Ich schlug mir an die Stirn und stöhnte. »Tatsächlich habe ich meinen Kaffee an dem Morgen selbst bezahlt. Er kam zu spät, und ich brauchte meine Dosis Koffein.«

»Dieser Kerl war wirklich übel.«

»Heißt das, du hättest mich nicht für meinen Kaffee bezahlen lassen?«

»Und gewiss nicht warten lassen«, sagte er.

Ich war schon kurz davor, ihn zu küssen, weil er so absolut unwiderstehlich war, da beschlossen meine Freunde, zum Tisch zurückzukehren und mir damit ganz nebenbei mein Leben zu ruinieren. Ihr Gelächter und das Scharren der Stühle ließen uns erschrocken auseinanderfahren, als hätte man uns bei irgendetwas erwischt, das zu innig für die Öffentlichkeit war.

Nervös schaute ich zu Vera und stellte erleichtert fest, dass Killian sie im Arm hatte, beide tief in ein Gespräch versunken. Ezra hatte offenbar auch nichts bemerkt. Und falls doch, dann wusste er es nicht zu deuten. Mein armer, ahnungsloser großer Bruder.

Gerade wollte ich aufatmen, als mich Kayas durchdringender Blick traf. Sie hob die Augenbrauen und nickte mit dem Kopf in Richtung Vann.

Ich winkte ab und schnappte mir mein Limoncelloglas.

Sie blieb jedoch hartnäckig. »Was haben wir verpasst?«, fragte sie für alle hörbar.

»Ach nichts«, antwortete ich viel zu laut. »Vann und ich haben nur Geschichten über unsere miesesten Dates ausgetauscht.«

Vera lachte. »Davon hatte er reichlich.«

»Dillon auch«, sagte Ezra.

Kayas Augen funkelten verschmitzt. »Wie wär's, Dillon, erzähl uns doch von deinem letzten Date?«

Diese neugierige, kleine Mistkröte. Ich trat unter dem Tisch nach ihr. »Wie wär's stattdessen, wenn wir anstoßen?« Ich erhob mein Glas auf Killian und Vera. »Auf das glückliche Paar. Möge euch jeder Tag daran erinnern, warum ihr euch ineinander verliebt habt.«

»Aaah«, seufzte Vera und lehnte den Kopf an Killians Schulter. Er gab ihr sein Glas, damit sie einen Schluck von seinem

Limoncello trinken konnte, und küsste sie ganz süß auf den Kopf, sodass ich dahinschmolz vor Freude für die beiden und mir klar wurde, dass auch ich so geliebt werden wollte.

Ich bekam kaum einen Schluck hinunter, so groß war der Kloß in meiner Kehle. Himmel, warum fiel es mir so schwer, glücklich verliebte Paare anzuschauen? Der Anblick brachte mich noch völlig um den Verstand. Dabei wollte ich noch nicht mal eine Beziehung. Oder irgendwas Dauerhaftes. Ich wollte nichts anderes, als auf die Reihe zu kriegen, wie ich das *Bianca* zu führen hatte und dabei nicht in der Verantwortung untergehen, mit der ich eigentlich überfordert war.

Warme Finger berührten meine Hand, die sich um das Likörglas klammerte. Vann löste sanft meinen Griff. »Darf ich?«, fragte er leise, sodass niemand am Tisch ihn hören konnte. »Auf diesen Wunsch stoße ich gerne mit an.«

Ich sah zu, wie er das Glas an seine Lippen führte, beugte mich vor und murmelte ihm ins Ohr: »Ich weiß, du magst das, aber denk dran, kleine Schlucke.«

Das Glas war halb leer, als er es mir zurückgab und sich zu mir lehnte. Seine Lippen streiften meine Schläfe, und ich spürte seinen Atem. »Ich habe das Gefühl, du wirst mich für alles, was etepetete ist, begeistern, noch bevor der Abend vorüber ist.«

Seine tiefe Stimme und die Berührung seiner Lippen auf meiner Haut ließen mich erschauern, und ich genoss das überraschende Gefühl, dass etwas zwischen uns passierte.

Wenn das mal nicht in die Hose ging …

11. KAPITEL

Ich eilte in die Küche des *Bianca*, obwohl ich wusste, dass mich das eine halbe Stunde kosten würde, aber ich konnte nicht anders. Ich konnte das Restaurant nicht ein ganzes Wochenende unbeaufsichtigt lassen. Das war verrückt.

Und ich war doch nicht verrückt.

Die meisten Tage jedenfalls nicht.

Obwohl ich mich an diesem Morgen reichlich neben der Spur fühlte. Nach einem Abend, zwar ohne unanständige Ausschweifungen, aber mit reichlich Alkohol, war ich zwei Stunden zu spät aufgewacht. Ich hatte weder meinen Wecker gehört noch mitgekriegt, dass ich die Schlummerfunktion gedrückt hatte. Geschweige denn, dass ich den Alarm ausgeschaltet hatte.

An jedem anderen Tag hätte ich mir jetzt einfach das Duschen gespart, auf die Schnelle Trockenshampoo ins Haar gesprüht und fertig. Aber heute sollte das Probe-Essen stattfinden. Ja, genau. Fast der ganze Tag war Vera und Killian und ihrer Hochzeitsfeier gewidmet.

In fünfzehn Minuten waren wir zum Brautbrunch verabredet, und danach würden wir uns mit den Männern im *Salt* treffen, Veras und Killians Restaurant, um Vorspeisen, Desserts und einige Specials für den morgigen Tag vorzubereiten. Vera hatte sich gewünscht, dass die Feier ihres großen Tages und die

Eröffnung des *Salt* zusammen stattfinden sollten – damit würde gleichzeitig auch ihre Küche eingeweiht werden.

Zum Glück hatte das Brautpaar viele hilfsbereite Freunde, die ihnen beim Catering ihrer Hochzeit zur Hand gehen konnten.

Benny und ein Team von Aushilfen, die sie in der ganzen Stadt aufgegabelt hatten, würden die Hauptarbeit in der Küche übernehmen, aber das zukünftige Ehepaar Quinn ließ es sich nicht nehmen, ihrer Hochzeit eine eigene kulinarische Note zu geben.

Das war eine bezaubernde Idee und eine schöne Geste für ihre Gäste. Und ich freute mich auf den Spaß, den Nachmittag über gemeinsam mit den Freunden, die ich am meisten liebte, zu kochen.

Am Abend stand dann die Probezeremonie an, die ebenfalls im Restaurant stattfinden sollte. Der Tag würde erst beendet sein, wenn wir mit der Zubereitung des Menüs für die Hochzeitsgesellschaft, die Familie und den Pastor fertig wären.

Schon seit Langem erwartete ich mit Spannung diesen Tag und war hingerissen von all den besonderen Extras, die sich Braut und Bräutigam für das Wochenende ausgedacht hatten. Und ich konnte kaum erwarten, dass es endlich losging.

Zuerst aber musste ich mich um meine eigenen Angelegenheiten kümmern. Ein Teil von mir wünschte sich, Ezra hätte mich erst nach diesem Wochenende zu meinem Traumjob gezwungen. Dann hätte ich mich ausschließlich auf Vera und die Feier konzentrieren können, ohne die dauernde Sorge im Hinterkopf, ob im *Bianca* während meiner Abwesenheit die Hütte brannte.

Aber nachdem ich Ashlynn gefeuert und mich die vergangenen Wochen jeden Abend mit zahllosen Schwierigkeiten beim Abendservice herumgeschlagen hatte, war mir eins klar geworden.

Ezra hatte nicht länger warten können.

Was mich nur noch nervöser machte, weil ich mir nicht sicher sein konnte, ob Blaze und das Team klarkommen würden.

Als ich die Küche betrat, war ich äußerst erfreut, ein reges Treiben vorzufinden. Wenigstens hielt sich die Brigade an den von mir eingeführten früheren Arbeitsbeginn und achtete mehr auf Hygiene, Ordnung und Sorgfalt. Insgeheim hatte ich befürchtet, die Küche verlassen vorzufinden.

Blaze nickte mir zu, während er weiter Zwiebeln schnitt. »Ich dachte, Sie haben das Wochenende frei, Chef.«

»Ich wollte nur mal kurz nach dem Rechten sehen.« Ich ging zu seinem Arbeitsplatz in der Mitte der Küche, der sonst meiner war. Wollte Blaze meinen Job? Wartete er nur darauf, dass ich versagte, damit er übernehmen konnte?

Ich wusste rein gar nichts über ihn, nur dass er den Führungswechsel besser aufgenommen hatte, als seine frühere Souschef-Kollegin. Das hieß aber noch lange nicht, dass er mich mochte. Es konnte lediglich bedeuten, dass er das Spiel besser verstand ... und womöglich nur auf den richtigen Augenblick wartete.

Ich nahm eine Zwiebel und fing an, die Schale mit den Fingern abzupellen, obwohl ich wusste, dass er ein Messer bevorzugte. Er hielt den Blick starr auf seine Zwiebel gerichtet, die er gewissenhaft in feine Streifen hackte.

»Wir haben das schon ein- oder zweimal auch ohne Küchenchef hingekriegt. Wegen uns müssen Sie sich keine Sorgen machen. Genießen Sie Ihr freies Wochenende.« Er gab sich Mühe, sachlich zu klingen, aber ich spürte, dass ihn mein Kontrollbesuch nervte.

Zum zweiten Mal seit Betreten der Küche fragte ich mich, ob er Hintergedanken hatte. Allerdings mochte es niemand, ständig kontrolliert zu werden. Darauf würde wohl jeder gereizt reagieren.

»Das weiß ich«, sagte ich deshalb. »Es hat auch mehr mit mir zu tun als mit Ihnen.« Er schaute nun auf und sah mich mit seinen dunkelgrünen Augen fragend an. Ich zuckte mit den Schultern. »Meine erste Stelle als Küchenchefin ... Ich bin noch nicht ganz sicher, was alles dazugehört. Ich wollte mich bloß vergewissern, dass das Restaurant nicht mitten in der Nacht von einem Meteor zertrümmert worden ist.« Ich gab mehr preis, als ich eigentlich wollte.

»Sie hätten anrufen können«, meinte er. »Oder mir eine Nachricht schicken.«

Wieder zuckte ich mit den Schultern. »Sehen heißt glauben.« Er schwieg dazu, denn ein Koch kam, um mich zu fragen, wie ich das Boeuf bourguignon zubereitet haben wollte. Bei der Erinnerung an unsere altbackene Speisekarte rümpfte ich unwillkürlich die Nase.

Stöhnend streckte ich die Arme nach hinten und dehnte mich. »Liebe Güte, dieses Restaurant braucht dringend eine Modernisierung.«

Blaze schnaubte. Ob aus Zustimmung oder Ablehnung konnte ich nicht sagen. »Viel Glück damit. Wir haben es wirklich schon versucht. Ezra ... äh Mr Baptiste hat was gegen Veränderungen.«

Ich lächelte. Eine Idee keimte in mir auf, schlug Wurzeln und wuchs zu einem Plan heran, der dieses sinkende Schiff retten könnte. »Am Montag, wenn ich wieder da bin, sollten wir beide mal ein Brainstorming abhalten.«

Er ließ das Messer fallen und schaute mich an. »Glauben Sie wirklich, er lässt Sie die Karte verändern? Er hält das verdammte Ding für den Grund, warum das *Bianca* nicht längst pleite ist.«

»Wir werden ihn einfach nicht nach seiner Meinung fragen«, erklärte ich ihm verschwörerisch. »Was meinen Bruder angeht, ist es besser, ihn später um Verzeihung zu bitten als vorher um seine Erlaubnis.« Mir ging auf, dass ich gerade meinen Spielplan verraten hatte. Wenn Blaze ein Auge auf meinen Job geworfen hatte, könnte er diese Information gegen mich verwenden.

Was ihm allerdings nicht viel nützen würde.

Sollte mir Ezra heute oder morgen verbieten wollen, die Karte zu ändern, würde sich schnell herausstellen, auf wessen Seite Blaze stand.

Jedenfalls kicherte Blaze über die Strategie, mit der ich meinen Willen durchsetzen wollte. »Sie sind die Chefin.«

Das stimmte. Ich war die Chefin.

Eine Weile blieb ich noch und beobachtete, wie die Köche hin- und hereilten, um die Vorbereitungen für den Abend zu treffen. Wenn man von Ashlynn einmal absah, schienen sie ein gutes Team zu sein. Alle wussten, was sie taten, und brauchten wohl keine Anweisungen. Aber vielleicht täuschte mein Eindruck auch, weil ich keine Erfahrung in Personalführung hatte.

Ich atmete langsam aus und beschloss, mir für den restlichen Abend keine Gedanken mehr zu machen. Dafür bliebe am Montag noch genügend Zeit, wenn wir die Karte aufmöbelten und ich der Brigade bei der Umsetzung helfen musste.

Nach einigen Minuten konnte ich das eiserne Schweigen meines Souschefs nicht mehr aushalten. »Woher kommt der Name Blaze eigentlich? Es klingt, als hätten Sie Stuntdouble oder Spion werden sollen.«

Er lächelte, ohne den Kopf zu heben oder seine Arbeit zu

unterbrechen. »Meine Eltern hielten den Namen für originell. Meine jüngere Schwester heißt Ember.«

»Mir gefällt das«, sagte ich. »Blaze und Ember. Lodernde Glut und glühende Asche. Das ist schon clever.«

»Danke.«

Er nahm sich die letzte Zwiebel von der Theke, die er in Sekundenschnelle geschält hatte. Zwiebelschneiden war eigentlich nichts, worum er sich hätte kümmern müssen. Er war der Chef, wenn ich nicht da war, und hätte das leicht delegieren können.

»Eigentlich ist es sogar der perfekte Name für einen Chefkoch.« Ich ließ mir den Namen auf der Zunge zergehen. »Blaze Ferrand. Ehe man es sich versieht, werden Sie Michelinsterne abräumen.«

Er lächelte, ohne mich anzuschauen. »Irgendwann mal vielleicht.«

Da die Zwiebeln nun aus dem Weg waren, nutzte ich die Gelegenheit und setzte mich auf die Theke, um ihm ins Gesicht schauen zu können.

»Loyalität.« Das Wort kam aus meinem Mund, bevor ich wusste, was ich eigentlich sagen wollte. Meine Stimme klang gerade scharf genug, dass er sein Messer beiseitelegte und sein Augenmerk auf mich richtete. »Was ist damit?«

»Ich will sie«, erklärte ich. »Von Ihnen.« Er stemmte die Hände auf die Arbeitsplatte, neigte den Kopf und hob die Schultern. Ich fuhr fort, bevor er mir das Einzige verweigern konnte, was ich von ihm wollte. »Ja, ich weiß, ich hab sie mir noch nicht verdient. Mir ist klar, dass Sie denken, ich hätte Glück gehabt und die Stelle nur, weil meinem Bruder das Restaurant gehört. Dass ich mir so eine verantwortungsvolle Position noch gar nicht verdient habe. Aber ich bekäme gern die Chance, mich zu beweisen, bevor Sie mich abschreiben.

Und die bekomme ich nicht, wenn Sie nur darauf warten, dass ich kündige. Oder versage. Oder Schlimmeres. Wie auch immer, ich brauche Ihre Loyalität. Andernfalls sollten Sie kündigen.«

Wir beide waren überrascht über den nachdrücklichen Ton, in dem ich gesprochen hatte. Seit Ashlynns Kündigung war ich weder streng noch unnachgiebig zum Team gewesen. Im Gegenteil, ich verhielt mich überaus nett und höflich, als hätte ich etwas wiedergutzumachen.

»Ich vertraue Ihnen nicht.« Sein ehrliches Geständnis war noch schockierender als mein Ultimatum. »Sie haben sich mein Vertrauen noch nicht verdient.«

Tatsächlich? Was hatte ich erwartet? Nach so kurzer Zeit der Zusammenarbeit in einer Position, die, egal wie man es drehte und wendete, nach Vetternwirtschaft roch, war es zu viel verlangt, dass er mir blind vertraute.

Das bedeutete aber nicht, dass er sich erlauben konnte, respektlos zu sein. Zumindest, bis ich mich auf die eine oder andere Weise bewiesen hatte.

»Zugestanden«, sagte ich. »Dennoch will ich Ihre Loyalität.«

Er legte den Kopf zur Seite und musterte mich. »In Ordnung. Sie haben meine Loyalität. Schauen wir mal, was Sie damit anfangen.«

Wie es aussah, würde er es mir nicht gerade leicht machen.

Merkwürdigerweise war das für mich in Ordnung. Ich wusste seine Bemühungen um eine Zusammenarbeit zu schätzen und auch, dass er mir offen die Meinung sagte, ohne beleidigend zu werden. Und ich rechnete es ihm hoch an, dass er seine Arbeit gut machte, obwohl er mir noch nicht traute.

»Ich gehe jetzt und überlasse Ihnen die Führung.« Ich hoffte, er würde in meinem Ton zumindest einen Hauch von Unbeschwertheit erkennen.

Er rang sich ein sparsames Lächeln ab. »Klingt gut.«

Ich hüpfte von der Theke und klopfte mein Hinterteil ab, für den Fall, dass Zwiebelschalen daran hängen geblieben waren. »Danke, Blaze. Ich weiß zu schätzen, dass Sie hier übernehmen, damit ich zu der Hochzeit gehen kann.«

Sein Lächeln wurde freundlicher. »Ist doch klar.« Bevor ich gehen konnte, fügte er noch hinzu: »Es war die richtige Entscheidung, Ashlynn zu feuern. Sie war hier schon lange unglücklich. Vielleicht wird sie Ihnen eines Tages sogar dankbar dafür sein.«

Ich lachte überrascht. »Höchst unwahrscheinlich.«

Er hob eine Schulter. »Okay, vermutlich nicht. Trotzdem war die Entscheidung richtig.«

»Danke, Blaze.«

»Bis dann, Chef.«

Ich blieb auf dem Weg nach draußen noch bei ein paar anderen Köchen stehen und war viel zu angetan davon, dass mich alle Chef nannten. Als ich endlich an meinem Auto war, grinste ich über beide Backen und hatte das berauschende Gefühl, dass die Küche, die ich gerade verlassen hatte, wirklich meine war.

Konnte ich Blaze trauen? Noch nicht. Aber ich hegte auch kein völliges Misstrauen mehr. Vielleicht ging es ihm ja genauso. Zumindest saßen wir im selben Boot.

Im Moment kam mir allein die anstehende Änderung der Speisekarte vor wie ein unbezwingbarer Berg. Dem Restaurant wieder Leben einzuhauchen und ihm zu früherem Ruhm zu verhelfen, war eine einschüchternde Aufgabe, gelinde ausgedrückt, und sie wäre leichter mit einem loyalen Team an meiner Seite, das sich für mich einsetzte und mit mir sein Bestes gab.

Erst die Zukunft würde zeigen, ob ich Erfolg haben würde.

Zunächst aber musste ich schleunigst zu einem Brautbrunch.

Ich kam mit dreißig Minuten Verspätung vor dem süßen kleinen Bistro an, in dem wir uns verabredet hatten. Molly und Kaya schlürften bereits Mimosas, und Vera nuckelte an einem Strohhalm von ihrem Gurkenwasser.

Sie hatten sich einen Tisch draußen auf der Terrasse gesucht, der dazu einlud, die warmen Sonnenstrahlen zu genießen. »Ihr wirkt wie aus einer Werbung entsprungen«, sagte ich mit Blick auf ihre großen Sonnenbrillen und Hüte. Kaya hatte sich ein Bandana um ihre kurzen Haare gewickelt und sah aus wie ein Pin-up-Girl aus den Fünfzigern.

Sie setzten sich in Pose, als ich durch das Schmiedeeisentor schlüpfte und mich zu ihnen gesellte.

»Nun sag schon«, verlangte Vera, bevor ich mich setzen konnte.

Ich blinzelte meine Mädels an und hoffte, sie wollten etwas anderes von mir wissen, als eine gewisse Vorahnung mir eingab. Ezras Kindheitsgeheimnisse zum Beispiel. Oder meine Sozialversicherungsnummer.

»Was läuft zwischen dir und meinem Bruder?«

Klar, die Sozialversicherungsnummer war es nicht. »Was meinst du?« Sich dumm zu stellen, soll ja manchmal helfen, oder?

Sie beugte sich vor und knallte das Wasserglas auf den Tisch. »Ich meine damit, dass ihr gestern den ganzen Abend nicht die Finger voneinander lassen konntet. Und dass er dich angehimmelt hat, völlig hin und weg von dir. Damit meine ich, dass du über seine lahmen Witze gelacht und, als wir vom Tanzen zurückkamen, praktisch auf seinem Schoß gesessen hast.«

»Ach das.«

Sie musterte mich mit zusammengekniffenen Augen. »Ja, das.«

»Vera, Schätzchen«, sagte ich beschwichtigend. »Heute wollen wir doch nicht über mich reden. An diesem Wochenende geht es nur um dich.«

Kaya schnaubte. »Interessante Taktik.«

»Hey!« Ich sah sie finster an. »Ich dachte, du seist auf meiner Seite.«

Veras Kopf fuhr zu ihr herum. »Wehe, du kneifst. Wir waren uns einig, dass wir sie von drei Seiten in die Zange nehmen.«

»Ihr wollt mich in die Zange nehmen?«

Kaya hob abwehrend die Hände. »Niemand will dich in die Zange nehmen! Natürlich geht es dieses Wochenende allein um Vera. Und die will nun eben wissen, was zwischen dir und ihrem Bruder läuft. Ich bin dafür, du gibst ihr, was sie will, bevor sie sich in Brautzilla verwandelt und dir den Kopf abreißt.«

»Hätten wir nur die Schleife hier«, meinte Molly.

»Echt diplomatisch, wie du dieses tückische Gewässer umschipperst«, sagte ich zu Kaya. Aus meinen Worten triefte purer Sarkasmus. »Du solltest Politikerin werden.«

Kaya grinste. »Ich weiß.«

Vera richtete ihre Aufmerksamkeit wieder auf mich. »Kaya liegt da ganz richtig. Ich werde dir den Kopf abreißen, wenn du mir nicht sofort sagst, ob ihr was miteinander habt.«

»Da läuft nichts«, erwiderte ich rasch, aber alle schauten mich nur genervt an. »Wirklich. Wir sind nur Freunde.« Ich rutschte nach vorn auf die Stuhlkante und hob beteuernd die Hand. »Nein, nicht einmal das. Wir lernen uns gerade erst kennen und sind auf dem Weg, Freunde zu werden. Und wer könnte uns das verübeln, wo wir als einzige Singles unter hochverliebten Paaren immer das fünfte Rad am Wagen sind und die einzigen Menschen im Raum, die nicht in irgendwelchen dunklen Ecken herumknutschen.«

»Jetzt gib nicht uns die Schuld«, warnte Molly. »Wenn gestern Abend jemand in dunklen Ecken herumgeknutscht hat, dann ja wohl du und Vann.«

»Wir haben nicht herumgeknutscht«, erwiderte ich geduldig. Als Vera die Lippen spitzte und mich mit bohrendem Blick anschaute, meinte ich rasch: »Wir haben uns wirklich nicht geküsst. Ehrlich, das war rein freundschaftlich. Sonst nichts.«

Vera lehnte sich zurück. »Das ist vermutlich auch besser so. Er ist nicht unbedingt der netteste Kerl, wenn es um Frauen geht. Ich habe bisher nicht eine seiner Freundinnen kennengelernt. Ich glaube, feste Beziehungen sind nicht sein Ding.«

Dass sie mir damit unterstellte, ich wollte eine dauerhafte Beziehung, ging mir auf die Nerven. »Wer sagt denn, dass ich das will? Gut, wir haben vielleicht nach dem Genuss von reichlich Kohlenhydraten und Alkohol ein wenig geflirtet, aber das heißt noch lange nicht, dass ich ihn heiraten will. Behalt dein Hochzeitsfieber für dich, Vera. Er ist witzig. Ich unterhalte mich gerne mit ihm. Das ist alles.«

»Er ist nicht witzig«, warf sie ein. »Er ist ein Muffel, reiner Vernunftmensch und der größte Geizkragen, der herumläuft.«

Ich zuckte mit den Schultern. »Okay.«

Die drei betrachteten mich prüfend.

»Ihr seid komplette Gegensätze«, stellte Kaya klar. »Du bist weder muffig noch vernünftig und ganz bestimmt nicht geizig.«

Sie hatte mitten ins Schwarze getroffen, und ich musste lachen. »Na, seht ihr? Wir würden gar nicht zusammenpassen. Was ein Glück, dass nichts zwischen uns läuft! Können wir jetzt das Thema wechseln?«

»Na schön.« Vera seufzte. »Ich würde mich trotzdem freuen, wenn er mit jemandem zusammenkäme, den ich mag.«

»Vielleicht kannst du ihn mit Jo verkuppeln«, schlug ich vor. »Sie ist miesepetrig, vernünftig und geizig.«

Kaya schnaubte. »Aber so was von.«

»Liebe Güte, sie sind wie füreinander geschaffen«, stöhnte Vera.

Wir lachten und wechselten endlich das Thema. Den Rest des Brunches verbrachten wir damit, uns bei Cocktails über das Wochenende und all die aufregenden Dinge in Veras Leben zu unterhalten.

Die Hochzeit, die Restauranteröffnung und das Baby in fünf Monaten – all das brachte viel Stress mit sich, aber etwas Besseres hätte sie sich nicht wünschen können.

Und ich freute mich sehr für sie und Killian. Ihr Leben würde nicht einfach werden, aber sicherlich verdammt schön.

Wieder spürte ich diesen Stich in der Brust, der mich daran erinnerte, dass ich auch so glücklich sein wollte. Nicht gleich morgen, versuchte ich mir einzureden, aber es fühlte sich verlogen an.

Wer würde sich das nicht wünschen? Vera machte die Aussicht verlockend und wundervoll.

Ebenso wie Molly.

Und Kaya.

Umgeben von so viel Liebe war es schwer, nicht zu merken, wie sehr sie in meinem Leben fehlte.

Aber dem war nun mal so.

Nach dem Brunch fuhren wir zum *Salt.* Dort ging es zu wie in einem Taubenschlag. Es wimmelte nur so vor Menschen. Floristen schmückten das Restaurant für den großen Tag. Handwerker nahmen letzte Arbeiten vor, damit auch alles funktionierte. Ich sah einen Elektriker, ein paar Klempner und

Gärtner, die sich um den Hof und die Pflanzen vor dem Gebäude kümmerten.

In einer Ecke des Restaurants wies Ezras Oberkellner eine Schar Kellner ein. In einer anderen lieferten sich Veras Hochzeitsplaner und ihr Geschäftsführer einen heißen Kampf. Beide fuchtelten mit ihren Klemmbrettern wie mit Schwertern in der Luft herum.

»Hier geht es zu wie im Zirkus«, stellte Molly fest, als wir einem über und über mit weißer Farbe bekleckerten Maler, mit Schutzbrille und Mundschutz bewaffnet, aus dem Weg springen mussten.

»Killian ist mit der Koordination des Endspurts beschäftigt. Ich habe ihm gesagt, es muss nicht perfekt sein, aber er besteht darauf, dass alles bis morgen an seinem Platz zu sein hat.« Als wir den Gastraum durchquerten, warf sie noch einen Blick zurück und konnte sich eine bissige Bemerkung nicht verkneifen. »Solange wir keine Campingtoiletten benutzen müssen, bin ich zufrieden.«

»Wir kümmern uns schon drum, Ma'am«, rief ein Mann im Overall, als wir vorübergingen.

Vera blieb stehen, um mit ihm zu reden, doch wir anderen liefen weiter, denn unsere Arme waren voll beladen mit Gemüse von Jo und Fleisch von Veras Lieblingsmetzger. Die Männer hatten den Rest der ewig langen Einkaufsliste zu besorgen.

Molly schob sich durch die Schwingtür und hielt sie für Kaya und mich auf. Wir waren die Ersten, und mein Wettkampfego machte einen Freudensprung.

»Wir haben gewonnen!«, jubelte ich.

»Was haben wir gewonnen?«, fragte Molly verwirrt.

Kaya hatte mich verstanden. »Wir waren schneller als die Jungs.«

Molly stellte ihre Einkaufstaschen auf eine glänzende Arbeitsfläche. »War das ein Wettrennen?«

Kaya und ich murmelten vage »vielleicht«, während wir die Taschen mit den besten Lebensmitteln auspackten, die man für Geld kaufen konnte. Wenige Minuten später betraten Wyatt und Killian die Küche.

»Verflucht«, stöhnte Wyatt.

Killian stellte seine Einkaufstüten neben unsere. »Ich habe dir ja gesagt, wir hätten keinen Stopp für die Burritos einlegen sollen.«

»Also doch ein Wettrennen«, stellte Molly fest.

Die Arme. Sie war keine Köchin, daher konnte sie es nicht verstehen. Strenggenommen arbeitete sie zwar in der Gastronomiebranche, denn sie war für die Werbung von Ezras Unternehmen zuständig, aber sie war ihr eigener Chef. Sie musste sich niemandem beweisen.

Der Rest von uns trug sprichwörtlich einen lebenslänglichen Wettkampf aus. Wir waren zwar gute Freunde und mochten uns sehr, aber wir wollten auch gewinnen. Immer.

So waren wir eben gestrickt.

Eine Minute später stieß Ezra die Tür auf, mit Vann und Vera auf den Fersen.

»Ich habe gleich gesagt, die Burritos waren ein Fehler«, meinte Ezra zu Killian.

»Nicht du auch noch«, murmelte Molly und blickte ihren Verlobten entsetzt an.

Mein Bruder betrachtete seine zukünftige Braut mit dem verwirrtesten Gesichtsausdruck, den ich je an ihm gesehen hatte. »Was?«

Sie schüttelte nur den Kopf.

Wie selbstverständlich nahmen wir unsere Posten ein. Killian und Vera arbeiteten zusammen und Ezra direkt neben ihnen, sowie Wyatt und Kaya mit mir an ihrer Seite. Molly und Vann standen in der Mitte des Zimmers ohne die geringste Ahnung, was sie mit den Unmengen von Lebensmitteln anfangen sollten.

»Ich dachte, du kommst erst später«, meinte Vera zu Vann.

Mit einem Achselzucken hüpfte er rittlings auf eine der Theken und schob einen Karton mit hundert Wachteleiern beiseite. »Ich hatte nichts weiter vor. Da dachte ich mir, ich schaue, ob ihr Hilfe braucht.«

»Du kannst aber nicht kochen«, erinnerte Vera ihn.

Er zuckte wieder mit den Schultern, würdigte mich aber keines Blickes. Auch ich fragte mich, warum er hier war. Andererseits leistete uns auch Molly Gesellschaft, und sie konnte, gelinde ausgedrückt, definitiv nicht kochen.

Tatsächlich war sie eine absolute Katastrophe in der Küche. Wir gingen schon ein Risiko ein, sie überhaupt ins Gebäude zu lassen.

»Ich kann irgendwas schneiden oder so«, verteidigte sich Vann. »Oder Sachen überwachen und umrühren.« Er rieb sich über das glatt rasierte Kinn. »Und ich schaffe es auch, Flüssigkeiten in Messbecher zu schütten.«

»Oh, das kann ich auch!«, rief Molly. »Ich kann auch Zutaten schneiden. Und umrühren.«

»Wie es aussieht, haben wir zwei Souschefs, Leute«, meinte ich.

Endlich schaute Vann mich an. Seine grauen Augen funkelten belustigt, aber auch voll vertrauter Wärme. Himmel, er sah aber auch extrem gut aus in seinem grauen T-Shirt und den dunkelroten Shorts.

Er salutierte. »Wir stehen euch zu Diensten.«

Ohne den Blick abzuwenden, verkündete ich: »Dann beordere ich Vann zum Dienst.«

»Moment mal«, rief Killian vom anderen Ende der Küche. »Sollte Vera nicht die erste Wahl haben? Immerhin ist es ihre Hochzeit.«

Verflixt. »Oh, es ist nur ... Ich dachte, weil Molly die erste Brautjungfer ist und so ...«

»Vann ist mein Bruder«, erwiderte Vera. »Vermutlich sollte ich mich in dem Fall für die Familienbande entscheiden.«

»Hey!« Molly stützte die Hände in die Hüften. »Das klingt wie eine Beleidigung.«

Vera und ich tauschten schuldbewusste Blicke.

Vann nickte mir zu. »Schon in Ordnung, Vera, du brauchst meine Gefühle nicht zu schonen. Ich weiß ja, dass du lieber Molly im Team hättest.«

Vera stand der Mund offen. Offenbar hatte sie nicht damit gerechnet, dass ihr Bruder sie derart im Stich lassen würde. »Oh, äh, wie nett von dir. Danke.«

Molly schüttelte den Kopf. »Ich spüre hier immer noch keine Liebe, Leute!«

Kaya vergrub ihr Gesicht an Wyatts Schulter, um ihr Kichern zu verbergen, während wir anderen betreten an die Decke schauten.

»Du kannst mir helfen«, sagte Ezra, und seine Stimme war voller Liebe für sie. »Ich will dich in meinem Team.«

Molly ging zu ihm, aber mit hängenden Schultern. »Solltest du ihnen nicht sagen, wie viel besser ich inzwischen geworden bin? Letzte Woche habe ich Toast gemacht. Erinnerst du dich? Und ihn nicht anbrennen lassen.«

»Das stimmt«, sagte Ezra geduldig. »Du hast nicht mal den Toast anbrennen lassen.«

Nun brachen wir alle in schallendes Gelächter aus. Aber Killian setzte dem ganzen Blödsinn ein schnelles Ende, und wir machten uns an die Arbeit.

Obwohl es ein Nachmittag unter Freunden war, beobachtete ich haargenau, wie Killian spielend das Heft in die Hand nahm. Ich musste mir seinen Führungsstil abschauen. Ich wollte in der Lage sein, eine Küche – jede Küche – ebenso mühelos zu leiten.

Mir sollte Achtung entgegenschlagen, sobald ich den Raum betrat.

»Ich muss dir etwas beichten«, flüsterte Vann, nachdem ich alle Zutaten, die wir benötigen würden, zu unserer Station geholt hatte.

Ich schaute ihn an und war gleich wieder von seiner lässigen Aufmachung in den Bann gezogen. Da war eine Anziehung zwischen uns, ein leises Knistern lag in der Luft. »Was denn?«

Er kam nah an mein Ohr, und unsere Wangen berührten sich kurz. »Meine Küchenerfahrung beschränkt sich hauptsächlich auf Kaffeekochen und Müsli anrühren. Wahrscheinlich wärst du mit Molly besser dran gewesen.«

Genau in diesem Moment, im Angesicht seines verschwörerisch charmanten Lächelns und seiner funkelnden grauen Augen, verliebte ich mich in Vann Delane.

Hals über Kopf.

Wie alt war ich? Vierzehn?

Es schien so, denn am liebsten hätte ich Kaya in den Vorratsraum gezogen und ihr sofort davon erzählt. Mir war ganz schwummrig und albern zumute, sobald ich nur an ihn dachte. Und so nah beieinander zu stehen, war die reinste Folter.

Okay, ich war keine vierzehn mehr. Mit vierzehn hatte ich noch nicht so viel Fantasie wie jetzt.

Wenn ich mich damals verliebt hatte, blieb es bei der Schwärmerei. Vielleicht stellte ich mir so was wie Händchen halten vor und allerhöchstens einen Kuss. Aber mit Vann nah an meiner Seite und dabei auch noch so gut riechend, kam mir eher in den Sinn, ihn auf die Theke zu schubsen und mich über ihn zu schmeißen. Oder ihn in den Kühlraum zu zerren, um der ganzen Sache Feuer zu machen … sozusagen.

Oh Mann, nun dachte ich auch noch in Kalauern.

Ich räusperte mich, packte ihn am Ärmel und streifte mit den Fingern seinen Bizeps. »Versuch nicht, mir die Sache jetzt noch auszureden. Komme, was wolle, wir sitzen beide im selben Boot.«

Seine grauen Augen versprühten Funken wie Blitze in einem Gewitter. »Okay, Baptiste. Dann zeigen wir ihnen mal, was wir draufhaben.«

12. KAPITEL

Sechzehn Stunden später wurde ich wach und klappte die Augen auf – das war nicht mein Bett.

Das war auch nicht meine Wohnung. Es dauerte einen Moment, bis ich mich schemenhaft daran erinnern konnte, wo ich mich befand und was passiert war.

Ein warmer Arm lag um meine Hüfte, und dessen Besitzer schnarchte leise in mein zerzaustes Haar.

Vorsichtig, ganz vorsichtig legte ich eine Hand über meine Augen, denn der Strudel lückenhafter Erinnerungen wollte mich vor Scham in einen Abgrund reißen.

Mit den Vorspeisen hatte es angefangen. Vann und ich sollten für dreißig Leute schottische Eier mit Wasabi und Burrata zubereiten, angerichtet auf köstlichem Bauernbrot mit einem Klecks Kartoffelpüree und selbst gemachter Apfelbutter.

Und es gab Alkohol.

Reichlich Alkohol.

Dem unterhaltsamen Nachmittag, an dem Vann und ich heftig flirteten, während ich ihm die Grundkenntnisse in der Küche beibrachte, folgte eine himmlische Probezeremonie, und Vann war ganz gerührt, seine Schwester zum ersten Mal den Gang zum Altar hinunterschreiten zu sehen. Der Abend war dem paradiesischen Menü gewidmet. Neben unseren Vorspeisen gab es noch knusprig panierte Hähnchenhappen auf Miniwaffeln, wofür Vera eine Art Wiedergutmachung forderte, was ich nicht verstand, und Austern mit einer unglaublich leckeren grünen Chimichurrisoße. Als Hauptgang kam Surf and Turf auf den Tisch. Muscheln mit Süßkartoffeln und geröstetem Wurzelgemüse. Rippchen auf butterweicher Polenta, gebackener Tintenfisch und Shrimpscurry mit Hafergrütze, Kokosnussraspeln und gehackten Pistazien. Und dem noch nicht genug, dazu noch gegrillter Schweinebauch mit eingelegten roten Zwiebeln und gedünstetem Kohl. Alles begleitet von knackigem Rosenkohl, geschmortem Brokkoli und Butternusskürbis-Hummus.

Ganz zu schweigen vom Dessert. Verschiedene Schüsseln Schokoladenmousse, Apfelbrotpudding und meinem derzeitigen absoluten Lieblingsdessert *Affogato al caffè* – Karamelleiscreme, die in heißem Espresso schwimmt.

Es war köstlich. Und mächtig. Vermutlich hatte ich dreißig Pfund zugelegt. Diese schreckliche Vorstellung ertränkte ich dann in Alkohol. Warum auch immer, aber gestern Abend schien mir das noch das einzig Sinnvolle zu sein.

Ich hatte ziemlich viel getrunken. Champagner, Gin Fizz, Old Fashioned, und irgendwann gab es wohl auch Tequila. Vermutlich hatte Wyatt den angeschleppt.

Und nun lag ich nackt in den Armen eines Mannes und hatte keine Ahnung, wie ich dahin gekommen war.

Mein Trauma schlug mit voller Wucht zu. Ich war nicht zum ersten Mal neben jemandem in einem fremden Bett aufgewacht, den ich kaum kannte, mit nur verschwommenen Erinnerungen an den Abend zuvor. Nur beim letzten Mal … an jenem gewissen Abend, hatte ich mich allein und entblößt wiedergefunden …

Grundgütiger, allein beim Gedanken daran kam's mir hoch.

Zu feige, um mich umzudrehen und dabei versehentlich den Mann neben mir zu wecken, kniff ich die Augen zusammen und versuchte, die Bruchstücke zusammenzusetzen.

Wir hatten gekocht.

Getrunken.

Dann die Probezeremonie.

Noch mehr getrunken.

Dann gegessen.

Und getrunken.

Und getanzt.

Oh Gott, das Tanzen.

Dann musste der Tequila ins Spiel gekommen sein.

Mir ging ein Licht auf, und ich stöhnte so laut, dass sich der Mann neben mir rührte und mich enger an sich zog.

Kurz ging die Fantasie mit mir durch, als mir auffiel, wie fit und muskulös er sich anfühlte. Seine Brust war wie in Stein gemeißelte Männlichkeit, der Arm, der um meine Mitte geschlungen war, gebräunt und seine Haut perfekt. Und dann seine Hüfte, die sich an meinen Hintern schmiegte – ich wollte im Moment lieber nicht darüber nachdenken, wie gut sich das anfühlte.

Ich wollte gar nicht daran denken.

Ahem.

Ab sofort.

Und noch mal ging ich den gestrigen Tag durch, in der Hoffnung, dass sich der Nebel lichten würde, je wacher ich wurde.

Vann und ich beim Kochen.

Vann und ich trinkend beim Kochen.

Vann und ich nebeneinander als Ehrengarde des Brautpaars auf dem Weg zum Altar.

Vann und ich, Champagner stibitzend, während Vera und Killian die Einzelheiten der Zeremonie planten.

Vann und ich, flirtend am Tisch und voll gegenseitigen Lobs für unsere fantastischen Vorspeisen.

Lachend und scherzend an der Bar.

Vann und ich tanzend.

Wyatt, der uns Tequilagläser reichte.

Das gemeinsame Anstoßen auf das glückliche Paar.

Und noch ein Tanz. Mit Vann.

Vann. Oh mein Gott. Vann. Er war es, der neben mir lag. Das war seine Wohnung. Sein Arm schlang sich um mich.

Ich drehte mich auf den Bauch, wodurch ich etwas Abstand zwischen uns schuf, und vergrub das Gesicht im Kissen.

Keine gute Idee. Es roch nach ihm.

Ich versuchte, mich an die schmutzigeren Einzelheiten der Nacht zu erinnern, aber auch die bekam ich nicht so recht auf die Reihe. Das reinste Chaos in meinem Kopf: seine Hände um meine Taille, wie er mich an seinen nackten Körper zieht. Wie ich über meine Shorts stolpere bei dem Versuch, sie auszuziehen. Mein Schuh, zurückgelassen im Flur. Wie ich im besten Sinne nach Luft schnappte.

Das waren die einzigen Fetzen der Erinnerung, die ich noch zusammenbekam. Alles war wie vom Wind verweht.

Verdammt.

Ich musste hier raus.

Zum Glück war ich Profi, was den Morgen danach anging, auch wenn ich nach sechs Jahren Zölibat etwas eingerostet war. Mein Kater machte mir die Glieder schwer. Dennoch gelang es mir, mich geräuschlos aus dem Bett zu schieben.

Falls Vann jetzt aufwachen würde, sähe ich mit dem verschmierten Make-up übers ganze Gesicht aus wie ein Panda.

Nicht gerade so hübsch, wie er es wahrscheinlich gerne gesehen hätte.

Ich hielt Ausschau nach meinem Handy auf dem Nachtisch, konnte es aber nirgends entdecken. Mist.

Ich konnte mich düster erinnern, mit einem Taxi hergekommen zu sein. Also würde ich mir auch eines für den Heimweg bestellen. Kein Problem. Ich war Taxiprofi.

Vorausgesetzt, ich fand mein Handy.

Ehrlich gesagt robbte ich nicht zum ersten Mal auf Knien aus dem Schlafzimmer eines Mannes, bevor die Sonne aufging. Ich hatte ein paar wilde Jahre hinter mir. Na ja, vermutlich mehr als nur ein paar.

Bis die Kochausbildung begann, die genauso gut hätte in einem Kloster stattfinden können. Damals gab ich alles auf. Die Partys. Das Serientrinken. Die Drogen. Vor allem die Drogen. Die One-Night-Stands mit Mistkerlen.

Und schon gar nicht nahm ich Getränke, deren Herkunft und Inhalt ich nicht genau kannte, von irgendwelchen Typen an.

Ich ließ den Kopf auf das Parkett sinken und versuchte, mich zusammenzureißen. Ich dachte nicht gerne an diese Zeit zurück. Ich hasste die Erinnerung an das Mädchen, das ich gewesen war, und all die Fehler, die ich begangen hatte.

Ich hatte mich völlig zum Narren gemacht. Eine Vollkatastrophe. Und das Schlimmste war, dass ich, als meine Welt zusammenbrach, nicht mal überrascht war. Es hatte sich unausweichlich angefühlt.

Meine Therapeutin versicherte mir, dass Selbstvorwürfe nicht unüblich wären, mich aber keine Schuld träfe. Trotzdem erschien es so folgerichtig. Wer sich in dumme Situationen brachte, musste das auch selbst ausbaden.

Eine Woge der Übelkeit wallte in mir hoch. Ich schluckte dagegen an. Angeblich sollte das dieses pelzige Gefühl im Mund vertreiben und den Magen beruhigen.

Als hätte ich einen Klumpen Baumwolle im Mund, schluckte und schluckte ich, bis die Übelkeit endlich nachließ. Himmel, war ich wirklich so tief gesunken und wieder in der von Alkohol vergifteten Morgen-danach-Hölle angekommen?

An meinem einundzwanzigsten Geburtstag hatte ich mir geschworen: Genug ist genug. Höchste Zeit, mein Leben in Ordnung zu bringen. Ich wollte nie wieder in Angst aufwachen. Ich wollte nach vorne schauen, die Vergangenheit zurücklassen, die mich kaputt gemacht hatte, und aus den Fehlern lernen, um ein besserer Mensch zu werden.

Was mir zum Teil auch gelungen war.

Bis zum gestrigen Abend, an dem ich mich, wie früher, betrunken und gegen jede Vernunft wieder von der Klippe in die tückischen Gewässer der Partyhölle gestürzt hatte.

Natürlich war ich gern mit meinen Freunden zusammen, trank auch mal was und hatte Spaß. Aber ich wollte die Kontrolle behalten.

Schon gar nicht stand auf meinem Plan für ein neues besseres Leben, dass ich mit dem Bruder meiner Freundin schlief.

Oh. Mein. Gott.

Ich las auf dem Weg aus dem Schlafzimmer meine Kleidung vom Boden auf und arbeitete mich leise bis zur Küche in der Nähe der Haustür vor, aber mein BH blieb spurlos verschwunden.

Zum Glück hatte ich mehrere davon zu Hause.

Ich schloss die Augen und kämpfte gegen die Panikattacke an. Mich nach einem One-Night-Stand heimlich aus einer fremden Wohnung davonzustehlen und dabei meinen BH zu vergessen, war eine Sache. Ich würde dem Mann ja nie wieder begegnen. Von mir aus konnte er meine Unterwäsche in seinem Trophäenschrank ausstellen. Oder seiner neuen Freundin schenken. Oder sie verbrennen.

Das hier war eine ganz andere Sache. Diesen Mann würde ich wiedersehen und zwar schon in einigen Stunden … scheußlich.

Himmel, die ganze Sache war dermaßen bescheuert. Warum nur? Warum hatte ich die Beherrschung verloren?

Das lag sicher an dieser dämlichen Verliebtheit. Vann war neuerdings so charmant. Und hilfsbereit. Und für den Hauch einer Sekunde hatte ich geglaubt, ich bräuchte jemanden, der sich um mich kümmerte.

Zumindest wünschte ich mir jemanden.

Das genau war es. Ich war es so leid, alles immer allein machen zu müssen. Vor allem, weil ich es so oft vermasselte.

Verflucht, es gab so viele wichtige Entscheidungen zu treffen, so viel zu tun, wo ich doch nun die Verantwortung für eine Küche trug, und Vann war so wundervoll gewesen, als ich ihn brauchte, und ich … konnte mich nicht einmal mehr an den vergangenen Abend erinnern! Warum nicht? Was war passiert? Was … *Atme, Dillon. Verdammt noch mal, atme. Eine Panikattacke bringt dich auch nicht weiter.*

Ich fand meine Tasche auf der Küchentheke, und, oh Wunder, mein Handy lag darin. Es hatte sogar noch genug Akku, um ein Taxi zu bestellen.

Vann gab einen lauten Schnarcher von sich, und erschrocken fuhr ich herum. Er lag immer noch in der Mitte des Bettes, den einen Arm auf der Seite, wo ich eben noch war, den anderen über sein Gesicht gelegt. Lediglich sein Schoß war von der Decke verhüllt, und ich konnte einen Blick auf den Rest seines perfekt gebauten Körpers erhaschen. Oh ja, dieser Mann achtete verdammt gut auf sich.

Bei diesem Gedanken ließ ich meine Augen durch die Wohnung schweifen. Die Einrichtung war sehr maskulin. An der Wand, zwischen zwei deckenhohen Fenstern, hing der größte Fernseher, den ich je gesehen hatte, flankiert von einem Fitnessrad auf der einen und einem Laufband auf der anderen Seite. Auf dem Boden entlang der Wand lag eine Reihe Hanteln. Ein monströs großes L-förmiges Sofa aus dick gepolstertem, abgewetztem Leder beherrschte die Mitte des Raumes. Auf dem Tisch lag ein Roman, zwischen dessen Seiten ein Lesezeichen hervorblitzte.

Grundgütiger, bei dem Anblick wäre ich törichterweise am liebsten gleich wieder zu ihm ins Bett gekrochen.

An der Wand neben der Tür hingen drei Räder, arrangiert wie ein Kunstwerk, aber so wie die platten Reifen und der verbeulte Rahmen aussahen, waren sie vorher gefahren worden.

Und zwar oft.

»*Cycle Life*«, murmelte ich. »Das ist wirklich sein Lebensstil.«

Auch in der Küche schlug sich der praktische Charme eines Gesundheitsfanatikers nieder. Ein teurer Mixer stand direkt neben einer Heißluftfritteuse und einem riesigen Behälter mit selbst gemischtem Müsli und neben dem Spülbecken eine große Dose Proteinpulver.

Abgesehen davon, dass er auf seine Gesundheit achtete, gefiel mir die Einrichtung seiner Wohnung. Ich fühlte mich wohler als bei mir – heimeliger sogar.

Er lebte hier. Das konnte man sehen.

Er trainierte hier. Er aß hier. Bestimmt war es auch manchmal unordentlich.

Meine Wohnung diente nur als Zwischenaufenthalt. Ich schlief dort, nahm eine Dusche, und manchmal kochte ich sogar. Aber ich konnte mich nicht erinnern, wann ich das letzte Mal einen Fernsehabend gemacht hätte.

Mit dem Handy in der einen und meinen Schuhen in der anderen Hand blieb ich einen Moment an der Tür stehen und warf einen letzten bewundernden Blick auf die Wohnung und den ahnungslosen Mann im Bett.

Er war genauso betrunken gewesen wie ich, oder?

Es könnte peinlich werden, wenn wir uns nachher wieder begegneten und uns in die Augen sehen mussten, nach allem, was passiert war. Ich musste mir sofort einen Termin bei meiner Therapeutin besorgen. Ich würde drüber hinwegkommen. Wir beide würden die ganze Sache einfach vergessen.

Vielleicht brächte er mir sogar meinen BH mit.

Vielleicht würden wir darüber lachen und dem Tequila mit Wyatt abschwören. Niemals wieder.

Oder wir konnten als Freunde auseinandergehen.

Ich schlüpfte aus der Tür, lief die Treppe nach unten und ignorierte den Anflug von Hoffnung, der ohnehin sogleich von einer Woge der Verzweiflung abgelöst wurde, die mir geradezu Übelkeit verursachte. Wollte ich überhaupt mit Vann befreundet sein?

Der Taxifahrer unterzog mich keiner genaueren Überprüfung. Er ließ mich einsteigen und fuhr einfach los zu meiner Wohnung. Offenbar erfüllte ich die Anforderungen für Fahrgäste zu dieser Stunde.

Fünf Minuten später war ich zu Hause und verkroch mich in meiner Wohnung. Bis jetzt war mir nicht klar gewesen, wie nah Vann und ich beieinander wohnten, und wieder wallte Traurigkeit in mir auf.

Himmel, ich war ein emotionales Wrack. Ganz zu schweigen von der Tatsache, dass ich zum ersten Mal wieder mit einem Mann geschlafen hatte, seit …

Ich ging in die Küche, schmiss eine Handvoll Kopfschmerztabletten ein und spülte sie mit einem Glas Wasser herunter. Ich stützte mich mit den Händen auf die Theke und versuchte, nicht in einem Strudel von Schamgefühlen zu versinken.

Frauen meines Alters schliefen mit Männern. Das war total normal. Und wenn auch noch Alkohol mit im Spiel war …

Oh, das kennst du doch nur zu gut, erinnerte mich die finstere Stimme meines Gewissens.

Aber diesmal war es nicht so, erwiderte ich. *Das war harmloser Spaß. Gegenseitige Anziehung. Einvernehmlich.* Meine Therapeutin wäre sicherlich stolz auf mich.

Sie schlug mir schon seit einer Weile vor, dass ich es noch einmal probieren sollte. Und das hatte ich jetzt davon. Ich hatte es probiert. Und mir war zum Heulen zumute. Oder nach Flucht auf eine einsame Insel, wo ich den Rest meiner Tage als exzentrische Eremitin verbringen konnte.

Ich ließ den Kopf sinken. Eine Träne landete auf dem glänzenden Granit der Arbeitsplatte. Und dann noch eine.

Aber ich konnte meiner Emotionen nicht Herr werden, sank zu Boden, rollte mich wie ein Embryo zusammen und wurde von Schluchzern geschüttelt, heftiger, als in der Nacht vor sechs Jahren. Es waren gleichzeitig Tränen der Freude und der Trauer, der Erleichterung und der Niedergeschlagenheit. Siehe da, ich hatte Sex, und ich hatte es überlebt.

Ich weinte, weil ich erfahren hatte, dass ich immer noch betrunken wilden Sex haben konnte, ohne dass mich jemand mit Drogen vollgestopft hatte, um die Situation auszunutzen.

Ich weinte, weil es mich fertigmachte, dass es sich doch noch ähnlich anfühlte wie das letzte Mal – das wollte und würde ich nie wieder zulassen.

Und ich weinte auch, weil mir bewusst wurde, dass meine Verliebtheit in Vann unwiederbringlich gestorben war.

Als ich mir all die verwirrenden Emotionen aus der Seele geweint hatte, stellte ich fest, dass ich mich nüchterner und deprimierter fühlte, als mir lieb war.

Würde es je besser werden? Oder leichter?

Würde ich je darüber hinwegkommen?

Oder war das mein wahres Ich? Die Frau, die sich durch die Betten schlief. Die Frau, die aus ihrem Leben eine Party machte, weil sie sich für nichts anstrengen musste.

Die Frau, die vergewaltigt worden war.

13. KAPITEL

»Wir haben uns schon gefragt, ob du heute auftauchen wirst«, begrüßte mich Molly, als ich ein paar Stunden später in die betriebsame Küche des *Salt* schlüpfte. Sie hatte eine Charcuterie-Platte in den Händen und grinste mich an. »Geht es dir gut?«

Nein, zum Teufel, mir ging es alles andere als gut.

Aber ich tat so als ob, lächelte und klaute mir eine Olive von der Arbeitsfläche. »Alles wunderbar.« Ein Koch, der Uniform nach aus dem *Sarita*, warf mir einen verärgerten Blick zu.

Sie nickte mit dem Kopf in Richtung Büro. »Komm, lass uns eine Kleinigkeit essen, bevor die Haar- und Make-up-Leute kommen.«

Mit meinem Kleidersack über dem Arm folgte ich ihr, nach allen Seiten grüßend, durch die Küche zu dem großen Büro, das Vera und Killian sich eingerichtet hatten.

Im Vergleich zu meinem war es ziemlich luxuriös, aber sie hatten ja als Besitzer und Küchenchefs in Personalunion auch die doppelte Verantwortung. Zurzeit herrschte dort ein einziges Drunter und Drüber aus Hochzeitszubehör, mittendrin die strahlende Braut, ihre Brautjungfer Kaya und weißer Tüll, so weit das Auge reicht.

»Da ist sie ja!« Vera grinste, in den Händen eine Pinzette und einen Vergrößerungsspiegel. »Du bist die Letzte. Ich habe, mir Sorgen gemacht, ob du den Termin vergessen hast.«

»Niemals!« Ich ließ mich in den nächstbesten Sessel fallen. Eine Woge der Panik stieg in mir hoch. Hatte ich mich gestern komplett zum Narren gemacht? Hatte ich mich blamiert? Hatten sie mich mit Vann weggehen sehen?

»Wieso siehst du so gut aus?«, wollte Kaya wissen. Ihre heisere Stimme verriet, wie verkatert sie war.

Lächelnd kramte ich in meiner Tasche und brachte einen Berg von Kosmetik zum Vorschein. Ich warf ihr Augenpads zu, mit Kollagen, grünem Tee und was sonst noch drin, das Wunder wirkte. »Hier, das hilft.«

»Oh! Ich will auch«, rief Vera.

»Ich habe genug dabei.« Ich drehte mich im Sessel, kippte den Inhalt der Tasche auf Veras Schreibtisch und begann zu verteilen.

»Jetzt verstehe ich«, flüsterte Molly ehrfürchtig.

Ich blinzelte verwirrt. »Was verstehst du?«

»Ich habe dich immer für ein Alien gehalten«, gestand sie.

Kaya nickte heftig. »Weil du so hübsch bist. Und so schlank. Eigentlich hassen wir deine hübsche, dünne Figur schon aus Prinzip.«

»Wie bitte?«

»Aber jetzt kenne ich dein Geheimnis.«

Ich verdrehte die Augen. »Mein teures Geheimnis. Aber mal im Ernst. Das Zeug hilft wirklich. Das A und O natürlicher Schönheit ist eben gute Hautpflege.«

»Mit anderen Worten, natürlich ist da gar nichts natürlich?«, hakte Vera nach.

Ich lächelte geduldig. »Wäre ich im Mittelalter geboren, ohne meinen Vorrat an Retinol, würde ich bestimmt die perfekte Dorfhexe abgeben.«

Kaya schmiss mit den Augenpads nach mir. »Lügnerin!«

»Okay, gut.« Ich seufzte. »Die Dorfsäuferin.«

Sie lachten über meine Selbstironie.

»So schlimm warst du nicht«, versicherte Vera. Als ich sie fragend ansah, ergänzte sie: »Wir alle haben gestern schlimm über die Stränge geschlagen. Aber wir hatten jede Menge Spaß!«

»Das beste Probe-Essen aller Zeiten«, stimmte Kaya zu.

»Hat dich Vann gut nach Hause gebracht?«

Ich tat so, als fühlte ich mich nicht angesprochen und suchte angestrengt nach meiner Feuchtigkeitscreme, die passenderweise *Drunk Elephant* hieß.

Meine Herrn, genauso fühlte ich mich.

»Hallo!« Molly schnippte mit den Fingern vor meinem Gesicht. »Möchtest du uns vielleicht etwas sagen?«

»Wer? Ich?«, tat ich verwirrt.

Vera verdrehte die Augen. »Ja, du. Hat dich mein Bruder gestern gut nach Hause gebracht?« Sie wackelte mit den Augenbrauen. »Wenn du verstehst, was ich meine.«

»Oh, hat Vann mich gestern nach Hause gebracht?« Ich räusperte mich und spielte die Ahnungslose. »Meine Erinnerung ist, ehrlich gesagt, reichlich verschwommen.«

Die drei warfen sich vielsagende Blicke zu, bevor Kaya verkündete: »Ach komm schon, ihr habt förmlich aneinandergeklebt!«

Meine Wangen wurden flammend rot. Ich könnte ihnen erzählen, was passiert war. Alles zugeben und sie bitten, mir durch dieses gefährliche Fahrwasser zu helfen.

Aber dann müsste ich auch die andere Sache beichten. Und sie würden ihren Männern davon erzählen. Und einer dieser Männer war mein Bruder, der andere war wie ein Bruder, und der dritte war mein ehemaliger Chef.

Ich würde ihnen nie wieder in die Augen sehen können, wenn sie Bescheid wüssten.

Vorerst wollte ich, dass die Sache, die mit der Flucht aus

Vanns Wohnung endete, zwischen ihm und mir blieb. Ausschließlich. Wenigstens würde er nach diesem Wochenende so gut wie ganz aus meinem Leben verschwunden sein.

»Ja, du bist gestern mit Vann gegangen«, bestätigte Vera. »Wir waren ziemlich sicher, dass du auch mit ihm aufwachen würdest, *ehrlich gesagt*.«

Ich ignorierte den Wink mit dem Zaunpfahl, zuckte mit den Schultern und sah sie ausdruckslos an. »Nee. Ich bin heute Morgen in meinem Bett aufgewacht.« Das war nicht mal gelogen.

Ich war in meinem leeren Bett in meinem großen leeren Apartment aufgewacht. Es hatte kein peinlich berührtes »Guten Morgen« oder gemeinsames Frühstück gegeben. Nicht mal eine verwirrte Nachricht.

Es war fast so, als wäre die gestrige Nacht nie geschehen und neben Vann aufzuwachen und mich aus seiner Wohnung zu schleichen, nur ein Traum gewesen.

Meine Freundinnen konnten ihre Enttäuschung kaum verbergen. Zum Glück traf schon wenig später eine ganze Schar von Stylisten ein, die ihr Bestes gab, alle Spuren unseres Katers zu beseitigen, und uns strahlend aussehen ließ.

Sie hatten beeindruckende Arbeit geleistet. Als ich schließlich mein bodenlanges rotes, schulterfreies Kleid mit Herzausschnitt trug, war ich zu Recht von meinem Anblick völlig überwältigt. Meine Haare waren in einem Zopf und einigen losen Locken über eine Schulter frisiert und mit einem Blumenkranz geschmückt. Ich sah aus wie ein Hipster-Supermodel.

»Das hier ist wirklich Zauberei«, sagte ich zu Kaya und Molly, denen ebenso die Fassungslosigkeit in ihren schönen Gesichtern geschrieben stand.

»So hübsch habe ich noch nie ausgesehen«, verkündete Kaya. »Nie.« Als die Stylistin ihr widersprechen wollte, schüttelte Kaya heftig den Kopf. »Ernsthaft, noch nie. Gewöhnlich trage ich ein Bandana, kein Make-up und zwei Kilo Entenfett. Wyatt wird mich nicht wiedererkennen.«

Unwillkürlich musste ich lächeln. Womöglich hatte sie recht. Nicht dass sie mit Bandana, ohne Make-up und mit zwei Kilo Entenfett nicht toll aussah. Denn das tat sie. Jeden einzelnen Tag. Aber mit Make-up und ihren violetten Haaren in leichten Wellen sah sie wirklich hinreißend aus.

Schließlich drehte sich Vera um, stand auf und raubte uns vollends den Atem. Sie sah aus wie eine Göttin, in ihrem romantischen Vintage-Hochzeitskleid mit durchsichtiger Spitze, die, übersät von Blumenapplikationen, über mehreren Schichten weißen Stoffs lag. Das tiefe V ihres Rückenausschnitts endete in einer langen Reihe Knöpfe fast bis zu ihrem Po. Die hauchzarten Spitzenärmel wurden durch durchsichtige Bänder seitlich an ihren Schultern gehalten. Sie waren kurz und fast glockenförmig und dennoch unglaublich schmeichelhaft. Fast wäre ich neidisch auf sie geworden. Auch ihr Dekolleté zierte ein V-Ausschnitt, der an ihrem Brustbein endete, immer noch elegant und trotzdem ein Hingucker. Ihre braunen Haare waren im gleichen Stil frisiert wie meine, nur dass bei ihr die Blumen eingeflochten waren und sie keinen Blumenkranz trug. Ihr zartrosa Make-up setzte gekonnt Highlights, und sie wirkte wie ein Model aus einem Brautkleidkatalog – auch mit der kleinen Wölbung ihres Bauches.

Genauso musste eine Braut aussehen. Ein Inbild von Vertrauen in die Zukunft und ewiger Glückseligkeit. Mein Herz schmerzte vor Sehnsucht, dieses Glück auch eines Tages zu erleben. Das zu haben, was sie hatte. So zu lieben, wie sie liebte. Mir zu erhoffen, worauf auch sie hoffte.

Wieder tauchten verschwommene Bilder der Nacht mit Vann vor meinem inneren Auge auf. Grundgütiger, was für ein Fehler. Ich wollte alles und verbrachte doch die Nächte allein. Außer der gestrigen. Und dann konnte ich nicht mal die Bruchstücke der Erinnerung zusammensetzen.

Vann gehörte zwar nicht in die Kategorie von Losern, die mich in der Vergangenheit umschwirrt hatten wie Motten das Licht. Aber der perfekte Partner meiner Träume war er auch nicht. Abgesehen davon sendete er keine Signale in meine Richtung.

Zumindest keine der Art, die Hochzeitsglocken und einen Ehevertrag verhießen.

Ich biss mir auf die Lippe. War ich der Typ von Frau, der auf einen Ehevertrag bestünde, wenn es so weit käme? Bei meinem Vermögen wäre das durchaus klug. Und ich wollte klug sein.

Und weise.

Und erwachsen.

Und ein Ehevertrag war definitiv klug, weise und erwachsen.

Allerdings wusste ich, dass Ezra nicht vorhatte, sich bei Molly derart abzusichern. Nach dem Grund gefragt, hatte er erklärt, dass er sich bestimmt nicht in sie verliebt haben würde, wenn er sich schon vorher hätte Sorgen über einen Ehevertrag machen müssen.

Ich glaubte ihm aufs Wort. Vor Molly hatte es viele Frauen in seinem Leben gegeben. Er hatte jede Menge aus seiner ersten Ehe gelernt. Doch nun hatte er endlich die Frau gefunden, die ihm gewachsen war.

»Dillon, alles in Ordnung?«, fragte Vera und riss mich aus der Trance. Sie fuchtelte nervös vor mir herum, denn ich musste sie in meiner Gedankenverlorenheit die ganze Zeit angestarrt haben.

Ich brachte ein Lächeln zustande und wischte mir schnell ein paar ungewollte Tränen weg. »Du siehst bezaubernd aus«, flüsterte ich. »Es tut mir so leid, du bist der Inbegriff der perfekten Braut und das … hat mich ins Grübeln gebracht.« Ich winkte ab. »Entschuldige, dass ich so durcheinander bin. Wenn wir das nächste Mal ausgehen, darf ich mich nicht wieder zu Wyatts Tequila-Shots überreden lassen.«

»Vielleicht sollten wir eine Petition starten«, grummelte Kaya.

»Du siehst bezaubernd aus, Vera, ernsthaft. Killian wird bei deinem Anblick dahinschmelzen«, versicherte ich.

»Hm, ich glaube, es wird ihm eher die Sprache verschlagen«, erwiderte sie und kämpfte nun selbst gegen Tränen. »Doch vielleicht verdrückt auch er ein, zwei Tränen.«

Danach füllte sich das Zimmer. Die Blumenmädchen trafen ein, der Ringträger und all die anderen Helfer. In der Küche tummelten sich Köche und Kellner, die den eleganten Empfang vorbereiteten. Champagnerflöten wurden herumgereicht, und wir stießen auf unsere Freundin und die bevorstehende Feier an, dann auf unsere Freundschaft und die Liebe. Und je öfter die Gläser klirrten, desto größer wurde mein Mut, das befremdliche Gefühl flatternder Schmetterlinge in meinem Bauch zu vertreiben.

Ganz verschwand es nicht. Ich würde noch Mollys und Ezras Hochzeit durchstehen müssen – und vermutlich auch Kayas und Wyatts –, bevor ich einen festen Freund für solche Anlässe auch nur gefunden hätte.

Ich war praktisch wie beim Militär auf den Unterarmen aus Vanns Wohnung gerobbt, weil eine feste Beziehung ungefähr das Letzte war, was ich wollte. Der Karriere wegen und der Ziele, die ich in Zukunft erreichen wollte. Und wollte ich nicht reisen? Vor allem aber wegen des generellen Gefühls, mein Leben erst mal selbst auf die Reihe bekommen zu müssen, bevor ich es mit jemandem teilte.

Im Moment aber fühlte ich mich entsetzlich allein – so offensichtlich als Single. Alle anderen hatten wundervolle, geradezu perfekte Beziehungen, ich hingegen nur ein einsames Apartment und eine ungewisse Zukunft im *Bianca*.

Meine Augen füllten sich mit Tränen, weil mir dieses Gefühl so bekannt vorkam. Es hatte sich nicht erst kürzlich in mein Leben geschlichen, nur weil meine Freunde alle ihre Traumpartner gefunden hatten.

Diese Leere … dieses deprimierende Gefühl der totalen Vereinsamung trug ich schon mit mir herum, so lange ich denken konnte.

Deshalb hatte ich mich damals überhaupt erst dazu hinreißen lassen, mit der Highschool-Clique um die Häuser zu ziehen, alles auszuprobieren, was man mir vor die Nase setzte, und mit jedem ins Bett zu steigen, der nur wollte. Deshalb hasste ich das Haus meines Dads, wo mich die Einsamkeit förmlich zu ersticken drohte. Nur deshalb fiel es mir schwer, zu Hause bei meiner Mutter zu sein, denn sie war der Spiegel meiner Gefühle.

Das alles war der Grund, warum ich die Laufbahn als Köchin eingeschlagen hatte. Ich spürte das Gemeinschaftsgefühl der Leute und sehnte mich nach deren Freundschaft und einer Verbindung, wie mein Bruder sie mit ihnen hatte.

Und genau darum hatte ich mich gestern auf Vann eingelassen. Er hatte sich wie ein Teil dieses unerreichbaren Traums angefühlt, und ich wollte wenigstens für ein paar Minuten eine kleine Kostprobe davon.

Nur waren nach dem Aufwachen die romantischen Gefühle von Verbundenheit verschwunden. Die harte Realität erwischte mich eiskalt, und ich fühlte mich plötzlich einsamer als in meinem eigenen Bett.

Weil er keine richtige Beziehung wollte, sondern lediglich einen One-Night-Stand.

Nein, wir beide hatten das gewollt.

Und nachdem es vorbei war, war wieder jeder für sich. Es gab ihn. Und es gab mich – dieselbe Frau, dieselben Probleme, dasselbe Leben.

Ich quetschte mich durch die Menge hinaus aus dem Büro – mit all den Leuten war es unglaublich warm geworden – und flüchtete mich über den Flur in Richtung Toiletten. Fragte mich jemand, wohin ich ging, würde ich sagen, dass ich mich frisch machen wollte, aber niemand hielt mich auf.

Aus dem Augenwinkel sah ich schattenhaft ein Heer schwarzer Anzüge in einem Meer von Blumen. Die Luft roch nach Honig und Lavendel und lauem Sommerabend.

Die Toilettentür konnte gar nicht schnell genug hinter mir ins Schloss fallen. Ich stützte mich aufs Waschbecken. Alles war neu, glänzte und roch nach frischer Farbe. Mir war zum Heulen zumute, aber ich wollte das Make-up nicht ruinieren. Außerdem, so redete ich mir ein, gab es überhaupt keinen Grund zum Heulen.

Nur weil jeder um mich herum seinen Traumpartner gefunden hatte, bedeutete das nicht, ich würde meinem nie begegnen. Schließlich war das kein Wettbewerb im Glücklichsein. Im richtigen Leben ergab nicht alles einen Sinn, falls überhaupt. Das hieß aber nicht, dass es nicht schön sein konnte.

Oder dass ich nicht auch ohne Mann glücklich werden konnte.

Ich konnte mir das Schicksal nicht zurechtbiegen. Das Leben verlief in seinem eigenen Tempo. Mir blieb nichts anderes übrig, als auf den richtigen Zeitpunkt zu warten oder eine günstigere Konstellation der Sterne, wenn Merkur rückläufig war.

Oder war es umgekehrt, und Merkur musste sich in mein Sternbild begeben?

»Du glaubst ja nicht mal an den Quatsch«, erklärte ich meinem Spiegelbild.

»Woran glaubst du nicht?«

Ich wirbelte herum und stieß mit der Hüfte ans Waschbecken. »Ich glaube, du hast hier nichts zu suchen«, sagte ich zu Vann, völlig überrumpelt, weil er mir auf die Damentoilette gefolgt war.

Völlig gelassen beugte er sich vor und kontrollierte mit einem schnellen Blick unter die Kabinentüren, ob Füße hervorlugten. Die Mühe, mir zu widersprechen, machte er sich nicht. Seine hochgezogenen Augenbrauen sagten bereits alles. *»Wir sind allein. Wieso spielt das eine Rolle?«* Nachdem er sich wieder aufgerichtet hatte, verschränkte er die Arme vor der Brust, was sein weißes Hemd und die Smokingjacke zerknitterte. »Was bist du, die One-Night-Stand-Fee? Ich habe heute früh gar nicht mitbekommen, dass du gegangen bist.«

Oh, er wollte also offen darüber reden. Über alles. Die Schamesröte stieg mir ins Gesicht, und mir wurde so heiß, als breitete sich ein Steppenbrand auf meiner Brust und den Schultern aus.

Solche Unverblümtheit war ich nicht gewohnt. Ich stammte aus einer Welt, in der passiv-aggressiv zu sein zur Kunstform erhoben worden war. Wir sagten nicht, was wir dachten. Wir sagten, was unser Gegenüber hören wollte. Und ich würde niemals auf die Idee kommen, jemanden wegen eines One-Night-Stands so direkt zur Rede zu stellen.

Himmel noch mal, Vann. Was zum Teufel soll das?

Ich räusperte mich, um den fetten Frosch in meiner Kehle runterzuschlucken, und reckte das Kinn, in der Hoffnung, so gefasst und gelassen wie er zu wirken. »Ich, äh, schlafe nicht so gut, wenn ich nicht in meinem eigenen Bett liege.«

Das war eine Lüge.

Und das wusste er auch.

Er zog die Augenbrauen zusammen, und ich konnte nicht anders, als die perfekten Proportionen seines Gesichts zu betrachten. Liebe Güte, wie umwerfend er aussah, in diesem Smoking und mit den zurückgestylten Haaren. Ein Bild tauchte vor meinen Augen auf – seine starken Arme, die mich umfingen, seine breite, nackte Brust, von Schweiß überströmt, die Konturen seiner Muskeln, seine Hüften an meine gepresst. *Ich werde dich vor weiteren Blind Dates bewahren, Dillon.*

Ich erschauerte und fragte mich, ob die Erinnerung echt war oder nur meiner blühenden Wunschfantasie entsprungen.

Ich war an einem Punkt, an dem ich mich über nichts mehr wundern würde.

Vann legte den Kopf schräg und betrachtete mein Brautjungfern-Outfit. »Ich hätte dich zur Tür gebracht.«

Ich machte ihn nach und verschränkte die Arme. Doch während er wirkte wie ein vor Testosteron strotzender Tiger kurz vor dem Sprung, fühlte ich mich wie ein verunsichertes Kätzchen voller Selbstzweifel.

Ich schluckte und überlegte, wie ich mein Handeln erklären sollte. »Ich wollte dir keine Unannehmlichkeiten bereiten.«

»Denkst du das wirklich? Dass du mir Unannehmlichkeiten bereiten würdest?« In seinen Worten lag eine Wärme und Vertrautheit, die der vergangenen Nacht zu verdanken war. Aber diese Nähe war mir abhandengekommen, weil ich mich an so gut wie nichts erinnern konnte. Ich zuckte mit den Schultern und gab die Coole. »Du weißt schon, was ich meine.«

»Nein, weiß ich nicht.«

Ich lachte, um die angespannte Situation aufzulockern. »Hör zu, wir haben beide gestern viel getrunken, und ich wollte einfach nicht, dass du … dass es für dich peinlich wird. Es war ein Fehler, und ich wollte uns nur ersparen, dass …«

»Die vergangene Nacht war ein Fehler? Willst du damit sagen, dass du bereust, was passiert ist?«

Sieht ganz so aus. Dieses Gespräch war mir höllisch unangenehm, und ich hätte alles gegeben, um es zu beenden. Also ja, ich bereute, mit ihm geschlafen zu haben, vor allem jetzt, da er mir deswegen die Daumenschrauben anlegte.

Und doch wieder nicht. Nein, ich bereute nichts.

Wieder ein Erinnerungsfetzen. Dieses Mal lag Vann über mir, und ich klammerte mich an seine Brust, wölbte mich ihm entgegen, als mich seine Leidenschaft wie eine Flutwelle ergriff und mitriss.

Klar und deutlich sah ich es vor mir und – oh mein Gott – wo war die Pausentaste, um die unerwünschten Erinnerungen zu stoppen, bevor ich an Ort und Stelle einen Orgasmus bekam?

Ach du grüne Neune, ich steckte bis über beide Ohren drin.

»Ich bereue nicht, was passiert ist«, sagte ich schnell. »Überhaupt nicht.« Ich räusperte mich wieder. »Ich wollte damit bloß sagen, dass wir uns kaum kennen. Und du bist Veras Bruder, was die Sache verkompliziert. Klar hatte ich gestern eine tolle Zeit mit dir, aber ich wollte … das Unvermeidliche nicht hinauszögern.«

Er hob fragend sein Kinn. »Das Unvermeidliche?«

»Wir haben miteinander geschlafen«, erklärte ich und hob matt eine Schulter. »Und das war's.«

Seine Miene versteinerte, seine Lippen waren zu einem schmalen Strich zusammengepresst. Es war, als hätte sich eine undurchdringbare Mauer zwischen uns errichtet. Er starrte mich so lange schweigend an, bis ich ganz zappelig wurde, dann zuckte auch er mit den Schultern. »Das war's.«

Ich hoffte inständig und mit einer gewissen Erleichterung, dass dieses Gespräch damit beendet war. Ich lächelte leicht. »Genau. Du hast es erfasst. Es ist aus.«

Seine Wangenmuskeln zuckten. Die Erleichterung verschwand auf der Stelle und mit ihr all meine Sicherheit. Er erinnerte mich an eine glänzende Pistolenkugel, die im Magazin darauf wartete, abgefeuert zu werden.

Und zugleich überlief mich ein Schauer der Erregung, denn das Bild von eben schoss mir wieder in den Kopf. Ich war nervös. Aber ich war auch verdammt angetörnt.

Er ging einen Schritt auf mich zu und lächelte schief. Aber es war kein freundliches Lächeln, sondern eher, als hätte er den Finger am Abzug. »Nur, um das klarzustellen …« Er tat noch einen Schritt nach vorn. »Wir haben gestern beide ein wenig zu viel getrunken und deshalb miteinander geschlafen.«

Ich nickte. »Ich würde mal sagen, wir haben weit mehr als nur ein wenig zu viel getrunken. Mein Urteilsvermögen war eindeutig beeinträchtigt.« Ich wollte lachen, aber es blieb mir im Hals stecken.

Vann kam noch näher. »Du willst mir also sagen, dass wir gestern eine leichtsinnige Entscheidung getroffen haben.«

»Leichtsinnig. Das ist die passende Bezeichnung.« Ich wich zurück, bis mein Hintern gegen das Waschbecken stieß. Vann schien all meine Signale, dass er mir vom Leib bleiben sollte, nicht zu bemerken.

Was womöglich daran lag, dass die Signale, er möge mir auf den Leib rücken, weitaus stärker waren.

Denn er rückte noch ein Stück näher. »Und weil wir nicht besonders nüchtern überlegt haben, ist alles, was immer auch zwischen uns war, nun vorbei.«

Mein Versuch, zu lachen, ging wieder völlig daneben. »Sagtest du das nicht gerade?«

Er stand nun direkt vor mir, und ich konnte seine Wärme spüren, seinen paradiesischen Duft riechen. Seine Hände legten sich um meine Hüften. Die Berührung der weichen Seide seines Smokings auf der bloßen Haut meiner Arme ließ mich erschauern.

»Nein«, widersprach er mit ungerührter Miene, die nichts verriet. »Das habe ich überhaupt nicht gesagt.«

Mir stockte der Atem, dass ich kaum schlucken konnte. Ich war wie gelähmt. Wollte er noch mal mit mir schlafen? Vielleicht nüchtern dieses Mal? Oder lieber wieder betrunken? Wollte er einfach eine Affäre? Oder etwa mit mir durchbrennen?

Was zum Teufel hatte das alles zu bedeuten?

Aber anstelle der Fragen brachte ich nur ein schwaches, kaum hörbares »Oh« heraus.

Er nickte, als hätte er genau die Reaktion erwartet. »Ja, oh.« Er richtete sich auf und ging auf Abstand, sodass es mich fröstelte. Dann wandte er sich zur Tür, blieb aber noch einmal stehen. »Du hast etwas an dir, Baptiste.« Er sah mich fest an, mit einem glühenden Blick, der keinen Widerspruch duldete und das Grau seiner Augen in blitzendes Silber zu verwandeln schien. »Ich weiß noch nicht, was es ist, aber über eines bin ich mir sicher: Das hier ist nicht das Ende, sondern erst der Anfang.«

Nachdem er gegangen war, brauchte ich volle fünf Minuten, um die Fassung zurückzugewinnen. Ich lehnte mich gegen das Waschbecken und hoffte, das Kleid dadurch nicht zu ruinieren, fühlte mich aber zu schwach, um mich darum zu scheren.

Als ich meinen zittrigen Beinen endlich wieder zutraute, mich zurück zum Büro zu tragen, war meine Röte einer gespensterhaften Blässe gewichen, die mich aussehen ließ wie eine Leiche.

Was One-Night-Stands anging, war ich ein Profi. Er schätzte mich richtig ein. Ich war wirklich die Fee für eine Nacht. Ich machte keine Gefangenen. Hinterließ keine Zeugen. Ich ging rein. Und wieder raus. Ich holte mir, was ich wollte. Und lebte danach wieder mein Leben.

Zumindest war das früher so gewesen. Und ich war entschlossen, es diesmal wieder so zu halten.

Das war es doch, was Männer mochten – keine Verpflichtungen. Zumindest alle Männer, mit denen ich mich eingelassen hatte. Und nicht nur die.

Mein Dad war so und mein Bruder bis vor Kurzem auch. Alle Männer, die ich kannte, zogen One-Night-Stands den Szenen einer schlechten Beziehung vor.

Mein Verstand hielt dagegen und flüsterte meinem verletzten, schwach klopfenden Herzen Mut zu. *Tony, der Mann deiner Mutter, ist nicht so. Killian ist nicht so. Wyatt auch nicht.*

Okay, das stimmte zwar, aber sie waren in der Minderheit im Vergleich zu den Männern, mit denen ich es zu tun gehabt hatte.

Und nach den Spielchen in der vergangenen Nacht bezweifelte ich offen gestanden – tut mir leid, Vera –, dass Vann zu dem einen Prozent anständiger Männer gehörte.

Wir hatten Spaß. Wir hatten zu viel getrunken. Und dann hatten wir uns himmlisch ausgiebig vergnügt.

Nun aber war es Zeit, wieder getrennte Wege zu gehen. Überdies war der heutige freie Abend der letzte für die absehbare Zukunft. Ab morgen würde ich mit meinem Restaurant verheiratet sein.

Und Vann ... Vann würde in sein Leben zurückkehren.

Er würde für mich immer eine schöne, wenn auch verschwommene Erinnerung bleiben. Und ich wohl für ihn. Hoffentlich würde ich mich eines Tages einfach damit zufriedengeben, den nächsten Mann für eine Nacht, an die ich mich nur vage würde erinnern können, meiner Liste hinzuzufügen.

Ende. Aus.

14. KAPITEL

Trotz meiner festen Entscheidung, dass Vann und ich getrennte Wege gehen würden, musste ich immer noch mit ihm den Gang zum Altar hinunterschreiten. Der Gedanke daran war mir schon vor unserem kleinen Gespräch in der Toilette unangenehm gewesen, jetzt aber war mir die Vorstellung hochnotpeinlich.

Am liebsten hätte ich die ganze Sache abgeblasen.

Konnten auch Brautjungfern Fracksausen bekommen und durchbrennen?

Falls nicht, könnte ich die erste sein. Ich war gerne Pionierin.

Statt meinem Instinkt zu folgen, hatte ich mich jedoch brav neben Vann in die Reihe gestellt und mich bei ihm untergehakt. Zwar kam er mir nicht besonders nahe, aber er ging auch nicht deutlich auf Distanz. Die Wärme seines Körpers und den weichen Smokingstoff zu spüren, brachte meinen Verstand sofort durcheinander. Und meine Entschlossenheit ins Wanken.

Ich nahm seinen Duft wahr – er roch fantastisch. Bedachte man, dass er wahrscheinlich weder Berge von Pflegeprodukten benutzte noch eine Armee von Make-up-Künstlern über ihn hergefallen war, um die Spuren des vergangenen Abends aus seinem Gesicht zu zaubern, sah er erstaunlich unverkatert aus.

Himmel, war dieser Mann attraktiv.

Herzlichen Glückwunsch an die Delane-Sprösslinge. Sie hatten gute Gene.

Wir waren die Ersten und hatten unsere Plätze außen im Brautgefolge. Mir gefiel, dass ich näher bei Vera saß als Kaya, aber das lag natürlich daran, dass Kaya mit ihrem Freund den Gang hinunterschreiten würde und somit den einzigen Singles der Hochzeitsgesellschaft nichts anderes übrig blieb, als nebeneinander zu laufen.

Killian hatte Jo auf den Platz der Bräutigammutter gesetzt, und ich unterdrückte ein Schniefen. Es fiel mir leichter, Vann auszublenden, als mir klar wurde, dass ich all meine Kraft brauchen würde, wenn ich die Zeremonie überstehen wollte, ohne die Beherrschung zu verlieren und in lautes Schluchzen auszubrechen.

Vann beugte sich zu mir, gerade als ich vorgab, mich am Auge zu kratzen, ignorierte aber meine mit Tränen benetzten Fingerspitzen. »Bist du bereit dafür?«

»Wir haben die leichte Aufgabe«, flüsterte ich.

Ich spürte, wie er mir den Kopf zuwendete. Sein Blick glitt über mein Kleid. »Nein, du lässt es nur einfach aussehen.« Er lehnte sich zu mir, und seine Lippen streiften mein Ohrläppchen. »Du bist so schön, Dillon, dass es mir schwerfällt, dich anzusehen.«

Bevor ich antworten konnte, stimmte das Bluegrass-Quartett das Vorspiel an, und er führte mich den Gang hinunter. Seine Worte brachten mich ins Stolpern, als hätten sie mir den Boden unter den Füßen weggezogen, sodass ich für einen Augenblick selbst die einfachsten Dinge vergaß – wie man geradeaus ging … atmete … oder auch nur blinzelte. Aber ich erholte mich schnell.

Wir schritten an den Bänken vorbei, voll besetzt mit Gästen, die sich alle erwartungsvoll nach der Braut die Hälse verrenkten. Vermutlich kannte ich viele von ihnen, aber der Zauber des Moments verklärte meinen Blick. Ich war so gefangen genommen, dass mich von Kopf bis Fuß und bis in die Fingerspitzen und Haarwurzeln ein Kribbeln überlief.

Weiße und rosa Pfingstrosen hingen in hübschen Arrangements von der Decke, schmückten die Wände und die Stühle entlang des Ganges, über dessen Ende sich ein schmiedeeiserner Bogen wölbte. Der offene Innenhof direkt dahinter, beschienen von der Nachmittagssonne, und die Geräusche der Stadt bildeten die perfekte Kulisse.

Dort trennten sich unsere Wege. Aber wie zum Abschied ließ Vann noch seine Finger über meine streifen.

Vielleicht war es auch nur ein Versehen.

Liebe Güte, diese Hochzeit beeinträchtigte mein Urteilsvermögen.

Ich wartete auf die anderen Brautjungfern, die sich zu mir in die Reihe gesellen würden. Dann kamen die Blumenmädchen und der Ringträger. Die Kleinen waren bezaubernd außer Takt und hatten ein verschmitztes Grinsen im Gesicht. Der Pastor bedeutete allen aufzustehen, dann wechselte die Musik und Vera betrat am Arm ihres Vaters den Raum. Killian gab ein ersticktes Geräusch von sich, und gerade als ich zu ihm schaute, rollte eine einzelne Träne seine Wange hinunter.

Als wäre das ein Zeichen, flossen nun überall Tränen. Ich war eine starke Frau, aber auch ich konnte nicht mehr an mich halten, als Killian, der praktisch wie ein Bruder für mich war und einer der klügsten, stärksten, eigensinnigsten Kerle, die ich kannte, seine Braut so verliebt anhimmelte.

Die Tränen wollten nicht enden. Nicht, als der Pastor über die Heiligkeit der Ehe und des lebenslangen Gelübdes sprach, das sich das glückliche Paar geben würde. Nicht, als Mollys

Mutter einen Psalm über Liebe aus der Bibel vorlas und Veras Cousine einen Song der Lumineers sang, während die Traukerze angezündet wurde. Auch nicht, als sie mit erstickten Stimmen das Ehegelübde sprachen und Vera schluchzend ihr Jawort gab. Und schon gar nicht, als der Pastor sie zu Mann und Frau erklärte und sie sich ihren ersten Kuss als frisch Verheiratete gaben.

Danach wurde richtig gefeiert.

Vera und Killian, die frisch verheirateten Mr und Mrs Quinn, tanzten den Gang hinunter. Wir folgten jubelnd und wischten uns Tränen aus dem Gesicht, weil wir diese Menschen mehr liebten, als wir für möglich gehalten hätten.

Mein Gefühl der Einsamkeit verschwand, weil ich mich so sehr für meine Freunde freute. Sie waren einfach wie füreinander gemacht, und heute war ihr besonderer Tag.

Die Gäste wurden zur Bar gebeten, während das Personal das Restaurant für das Festmenü herrichtete. Die engere Hochzeitsgesellschaft eilte nach draußen, um die Nachmittagssonne für den Fotomarathon zu nutzen.

Eineinhalb Stunden lang schoss der Fotograf Bilder von dem glücklichen Paar und seinen Gästen. Vann und ich wurden immer wieder vor die Kamera gezerrt und waren gezwungen, uns zu berühren, uns nahe zu sein. Aber wir meisterten die Situation wie Profis.

Auch wenn seine Hand dafür auf meinem Rücken liegen musste, sich für die besonders enge Pose seine Brust an meinen Rücken presste, oder er einen Arm um meine Schultern legte und mich an sich zog.

Aber das war ja der Sinn von Fotos – dass wir alle aussahen, als kannten und mochten wir uns. Und als hätten Vann und ich letzte Nacht miteinander geschlafen.

Oh, Moment, Letzteres besser nicht.

Ich wäre nicht überrascht, wenn Vera das Hochzeitsalbum überreicht bekam, und ich hätte auf der Hälfte der Fotos die Hand vors Gesicht geschlagen.

Dass ich jedes Mal, wenn Vann mich berührte, an das Prickeln und die Momentaufnahmen der gemeinsamen Nacht denken musste, machte die Sache nur noch schlimmer.

Als wir wieder ins Restaurant zurückkehrten, brauchte ich etwas Hochprozentiges. Und zwar dringend. Die anderen Gäste saßen schon, und Vera und Killian bahnten sich ihren Weg an den Tischen vorbei zu ihrem Ehrenplatz.

Ich bog vom Kurs ab und rutschte auf einen Barhocker. Ich hatte den Mann hinter der Bar schon ein paar Mal gesehen, war mir aber sicher, dass er nicht im *Salt* arbeitete. Nach einem überraschten Blick kam er lächelnd zu mir herüber.

»Was kann ich dir bringen?«

»Was Starkes«, antwortete ich prompt. Doch dann fiel mir natürlich die vergangene Nacht wieder ein, mit all den fragwürdigen Entscheidungen, die ich getroffen hatte, und änderte meine Meinung. »Nur ein Scherz, irgendwas Mildes. Am besten alkoholfrei. Einen Virgin Daiquiri, falls du den hast.«

Er lachte über mein wirres Geplapper. »Willst du wirklich einen Virgin Daiquiri?«

Ich stützte meinen Kopf auf die Hand. »Nein, eigentlich will ich einen Old Fashioned.« Mein Blick schweifte über die Flaschen im Regal. »Am besten mit dem Bulleit Rye Whiskey.«

Sein Grinsen wurde breiter, was ihn teuflisch charmant aussehen ließ. Dieser Mann war ein Herzensbrecher. Und er wusste es. »Braves Mädchen, gute Wahl.«

»Lass mich die Entscheidung bloß nicht bereuen«, sagte ich, als er mir schon den Rücken zugedreht hatte und nach der Flasche suchte.

»Den Genuss von gutem Whiskey sollte man nie bereuen.«

Er holte die Flasche aus dem Regal, suchte aber noch nach etwas anderem. Mit einem entschuldigenden Blick über die Schulter meinte er: »Tut mir leid, das ist nicht meine Bar.«

»Dachte ich mir. Du kommst mir zwar bekannt vor, aber hier habe ich dich, glaube ich, noch nicht gesehen.«

Als er alles gefunden hatte, was er zum Mixen brauchte, nickte er. »Stimmt. Mir gehört das *Craft*.« Er sah mich erwartungsvoll an und wollte offenbar wissen, ob ich das Lokal kannte.

»Ich war gerade erst dort!«, sagte ich. »Am Freitag. Es war toll.«

»Schön zu hören. Wir haben noch nicht lange auf. Aber da Killian die Hälfte meines jetzigen Personals dazu gebracht hat, ihre gut bezahlte Arbeit aufzugeben, um für mich zu arbeiten, habe ich ihm angeboten, bei seiner Hochzeit die Bar zu übernehmen.«

»Du weißt, dass das von Anfang an sein Plan war, oder?«

Er lachte, aber sein Blick blieb auf das Glas in seinen Händen gerichtet. »Ja, klar. Ich glaube, die ganze Küchenbrigade ist aus demselben Grund hier.«

»Ganz genau«, erwiderte ich ernst. »Deshalb hat die Planung der Hochzeit auch so lange gedauert. Es musste erst ein hochqualifiziertes Team fürs Catering zusammengestellt werden, das den Ansprüchen zweier hervorragender, aber sehr pingeliger Köche gerecht wurde.«

»Und denen ihrer Gäste«, ergänzte er mit verschmitztem Lächeln.

Ich lachte. »Und denen ihrer Gäste. Die auch fast alle Köche sind.«

Er zog eine Grimasse. »Keine leichte Aufgabe. Ich glaube, am Ende haben sie sogar jemanden aus Kalifornien einfliegen lassen.«

»Vermutlich war es sicherer, Externe zu engagieren.«

Jemand schob sich auf den Hocker neben mir. Es war Vann. Er würdigte den Barkeeper keines Blickes. Er hatte nur Augen für mich.

»Sie suchen nach dir«, sagte er mit gesenkter Stimme, direkt auf den Punkt.

Ich leckte mir über die Lippen und versuchte, nicht auf seinen Mund zu schauen. Vielleicht sollte ich auf den Drink besser verzichten. »Wer?«

»Die Mädchen«, erklärte er. Namen waren nicht nötig. »Ich glaube, sie wollen, dass du auf deinem Platz sitzt, bevor das Essen serviert wird.«

»Oh, okay. Tut mir leid. Ich wollte mir nur zuerst noch was zu trinken holen.«

Im selben Moment schob mir der Barkeeper den Old Fashioned zu. Auf den ersten Blick konnte man sehen, dass er gut war. Die Orangenzeste kringelte sich perfekt, und er hatte mir zwei Kirschen dazugegeben.

»Wie viel schulde ich dir?«, fragte ich, als mir plötzlich aufging, dass ich gar keine Geldbörse dabei hatte.

Er zwinkerte mir zu. »Für Freundinnen der Braut sind die Getränke frei.«

Schönere Worte hatte ich nie gehört. »Das hättest du mir nicht sagen sollen.«

Sein Lachen war herzlich und tief. »Vergiss nicht, was ich dir über Whiskey gesagt habe.«

Dass man ihn ohne Reue trinken sollte. Womöglich war da was Wahres dran. Die schlechten Entscheidungen des vergangenen Abends waren auf Tequila zurückzuführen. Vielleicht würde mich ein Whiskey-Schwips vernünftiger handeln lassen.

Allerdings hatte ich nicht vor, mich drei Abende in Folge zu betrinken. Diese Zeiten waren endgültig vorüber.

Eine kleine Stärkung zur Beruhigung der Nerven war jedoch in Ordnung. Vor allem, solange Vann mir mit seinem Blick Löcher in den Kopf bohrte. »Danke noch mal …«

»Will«, sagte er. »Will English.«

»Danke, Will English. Es war mir ein Vergnügen.«

Bis ich schließlich aufstand, war Vanns Miene eingefroren. Offenbar war er an diesem Abend in jeder Hinsicht mein Begleiter, denn er wich mir auch nicht von der Seite, als ich am äußeren Rand des Raumes entlang zum Ehrentisch lief. »Wer war das?«

»Will English.« Verwundert schaute ich ihn an. »Das hat er uns doch gerade gesagt.«

»Ich meine, wer ist er? Woher kennst du ihn?«

Ich zuckte mit den Schultern und hätte gerne gewusst, warum er sich plötzlich so komisch verhielt. »Ich kenne ihn nicht. Wir haben uns gerade erst kennengelernt. Er hat mir meinen Cocktail gemixt.« Ich hielt mein Glas hoch, damit er sich selbst davon überzeugen konnte.

»Hm.«

»Was soll das denn heißen?« Sein unterschwelliger Ton gefiel mir nicht.

»Ich dachte, du wärst ein nettes Mädchen. Das sollte es heißen.«

Das klang wie eine Beleidigung. »Wie bitte?«

»Ich habe mich immer nur mit netten Mädchen verabredet. Das ist nie gut gegangen. Also habe ich damit aufgehört.«

»Ja.«

»Und dann habe ich dich getroffen. Ich habe zwar angenommen, du wärst ein nettes Mädchen, war aber bereit, eine Ausnahme zu machen. Extra für dich. Und dann erzählst du mir, dass es aus zwischen uns ist. Ich lag so was von falsch. Du bist überhaupt nicht nett.«

Ich blieb stehen und stützte eine Hand in die Hüfte. »Ich bin ein nettes Mädchen. Sogar ein sehr nettes. Das netteste, das dir je begegnen wird.«

Er beugte sich zu mir und verzog den Mund überraschend zu einem schiefen Lächeln. »Nein, Dillon, bist du nicht.« Gerade als ich überlegte, ihm eine zu scheuern, fügte er hinzu: »Aber keine Sorge, ich glaube, ich stehe drauf.«

Er drehte sich um und lief zu seinem Platz. »Du glaubst was?«, murmelte ich, aber er war bereits fort. Was sollte das wieder bedeuten? Worauf stand er? Auf mich?

Ich nahm einen großen Schluck von meinem Old Fashioned, obwohl ich sonst immer wartete, bis das Eis geschmolzen war. War das nur Zufall oder Vanns Gesellschaft, die mich zum Trinken trieb? Und das nicht einmal, sondern immer wieder.

Drei Stunden später platzte mir fast der Bauch von all den köstlichen Speisen, der leckeren Hochzeitstorte – einer Kombination aus Honig, Vanille und Lavendelbuttercreme – und reichlich Gelächter.

Das Menü war eines der besten, die ich je gegessen hatte. Die Reden von Ezra und Molly waren herzerwärmend und bewegend gewesen, das Anschneiden der Torte ein magischer Moment, und Kaya hatte den Brautstrauß gefangen – den Vera direkt in ihre Richtung geworfen hatte, noch während sie saß.

Seit einer Stunde tummelte ich mich abwechselnd mit meinen Freunden und einer Reihe unverheirateter Männer, die mir keine Pause gönnten, auf der Tanzfläche und hatte jede Menge Spaß. Außerdem hatte ich mir nur noch einen Cocktail gegönnt und war deshalb erfreulich nüchtern.

Diese Nacht könnte in die Geschichte eingehen.

Und ich freute mich für Vera und Killian, die bis zu ihrem Lebensende diese wunderbaren Erinnerungen haben würden.

Schließlich verließ ich die Tanzfläche, um mich ein wenig auszuruhen und ein paar Minuten mit meinem Bruder zu plaudern. Ezra hatte zwei linke Füße und hasste Tanzen, wenn es kein Stehblues war, bei dem er sich nur hin- und herwiegen musste. Auf dem Weg zu ihm stieß ich beinahe mit einer anderen Frau zusammen, die sich Vann praktisch an den Hals warf.

Die Situation traf mich so unvorbereitet, dass ich einen Moment innehalten musste, um mich zu sammeln.

Ehrlich gesagt hatte ich ihn den ganzen Abend nicht aus den Augen gelassen. Was nicht heißen sollte, dass ich mich wie eine lästige Stalkerin aufführte. Aber nach der vergangenen Nacht und dem heutigen Tag war ich mir seiner Gegenwart deutlich bewusst. Ich konnte nichts dagegen tun. Schließlich war ich auch nur eine Frau.

Und ich hatte wohl einen Radar dafür, alle ledigen, attraktiven und geheimnisvollen Männer im Raum auszumachen.

Zumindest bei Vann Delane schlug dieser Radar an.

Aber darüber wollte ich lieber nicht genauer nachdenken.

Gut, vielleicht war ich extra auf diese Seite von der Tanzfläche gegangen, weil er dort stand. Und vielleicht hatte ich absichtlich so getan, als hätte ich ein heiteres Gespräch mit Molly geführt und gar nicht bemerkt, dass er in meiner Nähe war. Und vielleicht, nur vielleicht und gegen jede Wahrscheinlichkeit, hatte ich gehofft, dass er mich abpassen und ansprechen würde.

Seit unserem Gespräch vor dem Essen hatte er kein Wort mehr mit mir gewechselt, und mir gefiel es gar nicht, dass auch er den Unnahbaren spielte.

Es war okay, wenn ich das tat. Aber er? Das ging mir, offen gesagt, auf den Geist.

Und noch dazu, seit wann hatte ich mich in eine Frau verwandelt, die nach der Aufmerksamkeit eines Mannes heischte? So war ich doch gar nicht. Ich war ausgeglichen. Unabhängig. Zufrieden mit meinem Singledasein.

Woher kamen plötzlich all diese Emotionen, und wie sollte ich mit ihnen umgehen? Ich wollte sie weder akzeptieren noch mich mit ihnen auseinandersetzen.

Und nun stand diese Frau vor mir, die mir absichtlich den Weg versperrte, um Vanns Aufmerksamkeit für sich allein zu beanspruchen, und ich hatte Mordgelüste. Es war höchste Zeit für einen nächsten Drink und eine Schnitzeljagd nach meinem Verstand.

»Entschuldigung«, sagte ich so höflich wie möglich. Okay, einigermaßen höflich.

Sie hielt es nicht mal für nötig, mir den Kopf zuzuwenden, sondern redete weiter wild gestikulierend auf Vann ein. Bei dem Versuch, um sie herumzugehen, erwischte mich fast einer ihrer herumfuchtelnden Arme.

Ich sprang in Sicherheit und warf einen Blick auf Vann. Der verflixte Kerl verkniff sich ein Lachen. Er sah mich an, und in seinen grauen Augen blitzte Belustigung.

Er genoss die Situation.

»Entschuldigung«, sagte ich lauter.

Endlich besaß die Frau die Gnade, sich umzudrehen, ein spöttisches Grinsen verunzierte ihr sonst hübsches Gesicht. »Was denn?«

Gut, das brachte das Fass zum Überlaufen. Ich hatte versucht, freundlich zu sein. Oder wenigstens höflich. Und ich konnte sogar zugeben, zumindest mir gegenüber, dass ich ein Spiel mit Vann spielte, aber das wusste sie ja nicht. Nun ging sie mir bloß noch auf die Nerven.

Ich schob mich an ihr vorbei, schnappte mir Vanns Hand

und zog ihn zu mir. »Ich brauche ihn mal kurz«, sagte ich zu dem pampigen Weibsstück. »Nur eine Sekunde.«

Vann ließ sich von mir auf die Tanzfläche ziehen und ignorierte die anmaßende Frau mitsamt ihrem vernichtenden Blick.

»Die ist ja schrecklich«, bemerkte ich, als wir uns schon wie selbstverständlich im schnellen Rhythmus der Musik bewegten.

Sein Schmunzeln brach nun ganz durch. »Sie hat doch kaum was zu dir gesagt.«

Ich knurrte ungehalten und war froh, dass er es wegen der hämmernden Bässe nicht hören konnte. »Das musste sie auch nicht«, erklärte ich. »Die Art ihres Auftretens reicht völlig.«

In seinen Augen sah ich gespieltes Verständnis. »Ach, jetzt kapier ich.«

»Danke.«

Er strich mir eine Haarsträhne über die Schulter. »Hab ich's nicht gesagt?«

Ich kniff die Augen zusammen. »Was hast du gesagt?«

»Dass du kein nettes Mädchen bist.«

»Doch, das bin ich«, erwiderte ich. »Diese Tussi hatte es nicht anders verdient.« Zu spät fiel mir etwas Furchtbares ein. »Oh nein, es tut mir leid. Sie war doch hoffentlich nicht deine Hochzeitsbegleitung oder deine neue Freundin?«

Er machte große Augen, was mich sehr beruhigte. »Sie? Nein. Nein. Und nochmals nein.«

Drei Neins reichten mir als Bestätigung, dass er nicht an ihr interessiert war. Das hätte mich eigentlich nicht so glücklich machen sollen, wie es das tat.

»Wenn du lieber mit ihr tanzen willst …«

Er verdrehte die Augen und schlang einen Arm um meine Hüfte, um mich an sich zu ziehen. »Ich tanze genau mit der Frau, mit der ich tanzen will.«

Er war bei allem geradeheraus, so unverblümt direkt und völlig unerschrocken. Das war seltsam. Oder zumindest anders als bei den Männern, mit denen ich vorher zusammen war. Selbst mein Bruder neigte dazu, bei Problemen um den heißen Brei zu reden. Ezra befürchtete immer, dass die Wahrheit mich verletzen würde. Als wäre ich eine zarte Blume, deren Blütenblätter abfallen könnten.

Ehrlich gesagt, dagegen knallte Vanns Art richtig rein. Wie Schläge in den Bauch. Aber ich fing an, das zu schätzen. Ich mochte gar nicht wie ein rohes Ei behandelt werden. Vanns Verhalten mir gegenüber schien viel … respektvoller zu sein. Er vertraute darauf, dass ich eine erwachsene Frau mit eigener Meinung und eigenem Willen war.

Und das war eine Wertschätzung, die ich so nicht erwartet hätte.

Meine Eifersucht wurde langsam besänftigt.

Plötzlich veränderte sich das Tempo der Musik. Der DJ hatte irgendwas von Wunsch gefaselt und einen langsamen Song aufgelegt, aber das Einzige, was ich wahrnehmen konnte, war der schnelle Schlag meines Herzens, als Vanns Hände meine Taille umfingen. Wie von selbst schlangen sich meine Arme um seinen Nacken.

Er schaute mich unter halb gesenkten Lidern an. »Du erinnerst dich kaum an die vergangene Nacht, oder?«

Ich schüttelte den Kopf. Das Eingeständnis der Wahrheit trieb mir die Schamesröte auf die Wangen. »Da war zu viel Tequila im Spiel. Die Erinnerung kommt zwar allmählich wieder, aber es bleibt ein einziger und ziemlich anzüglicher Wirrwarr.«

Seine Mundwinkel hoben sich zu einem Lächeln. »An ein paar anzügliche Momente kann ich mich auch erinnern.«

Ich ließ den Kopf sinken und verbarg mein Gesicht an seiner Brust. »Oh mein Gott.«

Ich konnte sein Lachen spüren und schloss die Augen, weil mein Herz so wild hämmerte, dass mir schwindelig wurde. Verdammt, ich mochte das Gefühl viel zu sehr.

Er legte seine Wange an meine Stirn. »Es war eine schöne Nacht, Dillon. Ich bin enttäuscht, dass du dich nicht daran erinnerst. Das verunsichert mich.«

Ich drückte mich fester an ihn und konnte ihm nicht in die Augen sehen. Seine Worte brachten mich dazu, meine Entscheidung in Frage zu stellen, aber das konnte ich ihm nicht eingestehen. Ich hüllte mich in meine erprobte Alles-ist-super-Persönlichkeit wie in einen schützenden Mantel. Mir ging es gut. Der letzte Abend war schön. Alles war gut. »Es liegt nicht an dir. Ernsthaft, normalerweise habe ich die Sache mit dem Alkohol besser im Griff.«

»Ich habe gar nicht mitbekommen, dass du zu betrunken warst, um dich zu erinnern.« Der scherzende Tonfall war verschwunden, und pure Besorgnis klang aus seiner Stimme.

Ich zuckte mit den Schultern und hielt mich bedeckt. »Das gehört zu meinen Superkräften. Gewöhnlich bin ich aber vorsichtiger.«

Schweigend tanzten wir eine Weile, jeder in seine eigenen Gedanken vertieft. Ich hatte schon Mühe, das Durcheinander in meinem Kopf klarzukriegen. Was er dachte, konnte ich nicht mal erahnen.

Es gab viel, worüber ich nachdenken musste und so viel, wofür ich mich schämte. Von allem zu viel.

»Ich habe nicht vor, dich heute Abend nach Hause zu bringen«, verkündete er.

Ich beugte mich ein wenig zurück, denn ich musste sein Gesicht sehen, um abzuschätzen, ob er das ernst meinte. »Machst du jetzt Witze?«

Seine grauen Augen bekamen einen silbernen Glanz, den

ich nicht deuten konnte. »Ich will nicht, dass du dir ein falsches Bild von mir machst. Gewöhnlich bin ich nicht … so leicht zu haben.«

Mir fiel die Kinnlade herunter. War das ein Seitenhieb gegen mich? Ich hatte keinen blassen Schimmer. Unwichtig, was ich bisher von diesem Mann gedacht hatte. War er wirklich so offen und ehrlich? Er war ein Rätsel. Ein großes Mysterium. Wer war er? »Hast du mich gerade beleidigt?«

Lachend zog er mich an sich. Seine Lippen berührten mein Ohr. »Nein, das war keine Beleidigung.«

Wir tanzten schweigend. Ich war wie hypnotisiert von der Nähe seines Körpers, seinem Mund an meinem Ohr, seinem Atem, der über meine nackte Haut strich. Ich war froh, dass er nicht daran dachte, mich gleich an zwei Abenden hintereinander ins Bett zu kriegen. So was machte ich nicht.

Hauptsächlich deshalb, weil ich mit überhaupt niemandem mehr schlief und eigentlich wie eine Nonne lebte.

Er musste auch nicht wissen, wie froh und gleichzeitig enttäuscht ich über seine Worte war. Wie war das überhaupt möglich?

Denn ein Teil von mir wünschte sich, wieder mit ihm in seiner Wohnung zu sein und sich dieses Mal an alles zu erinnern.

Ich musste einfach wissen, ob es mit ihm wirklich so schön war, wie die nebligen Erinnerungsfetzen mir weismachen wollten.

Ich hob den Kopf und suchte nach den richtigen Worten. »Ich muss morgen sowieso arbeiten.«

Fragend runzelte er die Stirn.

»Du hast an diesem Wochenende das völlig falsche Bild von mir gewonnen. Als sei ich draufgängerisch und leichtsinnig. Aber ich schwöre, gewöhnlich bin ich ruhig und verantwortungsbewusst. Morgen muss ich wieder arbeiten, und mein Arbeitspensum wird fürchterlich. Was ich damit sagen will …«

»Ja, bitte erzähl's mir. Was genau willst du mir sagen?«

Sein ungeduldiger Ton ließ mein Herz einen Schlag aussetzen. Tat ich das Richtige? Ich tat das einzig Mögliche. »Ich will dir sagen, wie dankbar ich bin, dass du mir dieses Wochenende immer zur Seite gestanden bist, damit ich mir nicht so allein und wie die totale Loserin vorgekommen bin.« So, das sollte reichen. Es war ein Kompliment, direkt und auf den Punkt. Das sollte er verstehen.

Und das tat er. Bloß fühlte es sich kein bisschen richtig an, sondern absolut schrecklich.

Er hob mit erstaunten Augen das Kinn. »Du servierst mich einfach ab?«

Eine ziemlich fiese Art, das so auszudrücken. »Nein! So meine ich das doch gar nicht.«

»Wie denn dann?«

Ich nagte an meiner Unterlippe und suchte verzweifelt nach den richtigen Worten, um mich verständlich zu machen. Das wäre jetzt übrigens der ideale Zeitpunkt für ein Erdbeben gewesen. Oder die Apokalypse. Eine Alieninvasion würde es auch tun. Ich war da nicht wählerisch. Mir käme jede Art von Weltuntergang gelegen.

»Ich habe unmögliche Arbeitszeiten«, erklärte ich vorsichtiger. »Ich will nur sagen, dass in meinem Leben zurzeit kein Platz für eine feste Beziehung ist. Ich muss das *Bianca* wieder auf Vordermann bringen und irgendwie damit zurechtkommen, allein eine Küche zu führen. Ich versuche nur gut in meinem Job zu sein, muss meine Rechnungen bezahlen können und will ab und an ins Fitnessstudio gehen. Es liegt nicht an dir, Vann. Ich finde dich fantastisch und witzig. Du hast mir in so vielerlei Hinsicht geholfen. Ich will nur nicht … dass du dir falsche Hoffnungen machst.«

Am liebsten hätte ich meine Worte wieder eingefangen und mir zurück in den Mund gestopft. Himmel, wie blöd muss man sein?

War ich nicht diejenige, die sich am Wochenende nicht im Griff gehabt hatte? Und nun gab ich dem einzigen anständigen Mann, der mir seit Jahren, wenn nicht in meinem ganzen Leben, begegnet war, einen Korb wegen meiner unmöglichen Arbeitszeiten?

Ich wollte mir die Haare raufen.

Außerdem kannte mein Herz die Wahrheit. Es nannte mich gerade eine Lügnerin.

Nicht meine Arbeitszeiten waren der Grund, warum ich Vann nicht wiedersehen wollte – es war die nackte Angst.

Ich hatte Angst vor ihm und dem, was er sich als Beziehung wünschte. Offenbar nichts für eine Nacht. Und sicher nicht die Variation mit K.-o.-Tropfen, wo er anschließend über mich herfallen könnte. Das brachte uns auf bisher unbekanntes Terrain, und das zu betreten, dafür fehlte mir im Moment schlicht die Kraft.

Er lächelte gequält. »Ich hab's kapiert. Ich habe auch viel zu tun. Ich war nicht … Ich hoffe, du hast nicht gedacht, wir wären jetzt ein Paar. Offenbar war es eine einmalige Sache. Und ich wollte auch bloß sagen, dass es eine schöne Nacht gewesen ist. Wenn du mal wieder Zeit hast, sollten wir das wiederholen.«

Mein Herz schien sich vor Schmerz zusammenzuziehen. Das war es, was du wolltest, rief ich mir in Erinnerung. So hielt ich es doch mit Dates in letzter Zeit. Ich traf mich einmal mit dem Mann und machte mich aus dem Staub, meist noch bevor die Rechnung fürs Essen kam. Damit konnte ich bisher gut leben.

Warum fühlte es sich auf einmal so schrecklich an?

Und warum war ich so verdammt neben der Spur, dass ich keinen klaren Gedanken fassen konnte?

Er beugte sich vor und küsste mich auf die Wange. »Hab noch einen schönen Abend, Dillon. Und viel Glück morgen.«

Nun servierte er mich ab? Aber hatte ich nicht darum gebeten? Ich hatte mir die Suppe eingebrockt, jetzt musste ich sie auslöffeln. »Für dich auch, Vann.«

Er ließ mich mitten im Song auf der Tanzfläche stehen, und sofort vermisste ich die Wärme seines Körpers so sehr, dass ich am liebsten geheult hätte. Warum konnte ich nicht erkennen, wenn mir etwas Gutes widerfuhr und einfach mal die Klappe halten?

Nun tanzte er mit dem aufgeblasenen Weib, mit dem ich vorhin aneinandergeraten war. Mochte sein, dass er da nicht hatte mit ihr tanzen wollen, aber jetzt schien es so, als amüsierte er sich prächtig.

Ich versuchte noch, das Beste aus dem Abend zu machen, aber der Zauber der Hochzeit war gebrochen, weil ich kalte Füße bekommen hatte. Ich tanzte zwar mit Freunden und blieb, bis Vera und Killian sich verabschiedeten, schlich mich aber dann schnell durch den Personaleingang davon, um mit niemandem mehr reden zu müssen.

Als ich in meine Wohnung kam, erschöpft und mit den Nerven am Ende, war ich froh, dass endlich alles vorbei war. Vann stand Ezra nicht so nah, als dass er an den Hochzeitsvorbereitungen beteiligt werden würde, aber eingeladen würde er bestimmt. Davon abgesehen würde ich ihn wohl nicht mehr wiedersehen.

Wir konnten offiziell getrennter Wege gehen, was mein Leben ziemlich vereinfachen würde und ihm die Freiheit gab, zu tun, was immer er wollte.

Ich konnte mich endlich entspannen.

Ich konnte mich ganz auf meinen Job konzentrieren und aufhören, dauernd an ihn zu denken.

Kaum lag ich im Bett, hatte ich ihn schon aus meinen Gedanken verbannt.

Sehr witzig. Ich wälzte mich die ganze Nacht unruhig hin und her und schlief schließlich nur aus purer Erschöpfung ein.

15. KAPITEL

»Wie lief das Wochenende?«, fragte ich Blaze ohne Umschweife am Montagmorgen, da hatte er kaum einen Fuß ins *Bianca* gesetzt.

Er riss die Augen auf und sprang einen Schritt zurück, als hätte ich ihn erschreckt. Ich war allerdings zu angespannt, um zurückzurudern. Den Morgen hatte ich in meiner Wohnung auf dem Laufband zugebracht und dabei die Zahlen des Wochenendes und seine Anmerkungen durchgesehen.

Da er kein Mann vieler Worte war, gab es wenig Einzelheiten in seinem Bericht. Das Ergebnis entsprach dem Durchschnitt der letzten Zeit, war also immerhin nicht schlechter geworden. Das war zwar nicht die beste aller Nachrichten, aber immerhin schon viel wert.

»Guten Morgen, Chef«, grüßte er mit einer Höflichkeit, die ich hatte vermissen lassen. »Schön, dass Sie wieder da sind.«

Ich verkniff mir, die Augen zu verdrehen. »Einzelheiten, Blaze. Gib mir Einzelheiten über das Wochenende.«

Er zuckte mit den Schultern und sah sich um. »Das Gebäude steht noch. Das ist doch schon mal gut, nicht wahr?«

Sein trockener Humor fing an mir zu gefallen, aber dennoch musste ich mehr wissen. »Lief alles glatt? Gab es ernsthafte Beschwerden? Oder war alles wie immer? Fehlt es irgendwo an Nachschub?«

»An beiden Abenden sind uns die Muscheln ausgegangen. Ich glaube, Ihre Änderung des Rezepts hat voll eingeschlagen. Wir sollten das bei den Bestellungen berücksichtigen.«

Ich war erfreut, das zu hören. Außerordentlich erfreut sogar.

»Kaffee?« Ich hob die französische Kaffeepresse hoch, die ich extra für die Montagsbesprechungen von zu Hause mitgebracht hatte.

Die Aussicht auf Koffein erleichterte ihn sichtlich. »Ja, bitte.«

Und ich freute mich, dass unser Gespräch einigermaßen normal und freundlich verlief. Nachdem ich uns beiden eine Tasse Kaffee eingeschenkt hatte, quetschte ich ihn eine gute Stunde lang aus. Wenn ich ihm Glauben schenken konnte, war wohl alles normal gelaufen. Das war fürs *Bianca* längst nicht ausreichend, aber dennoch war ich heilfroh, dass es zu keinen großen Katastrophen gekommen war.

»Die Einnahmen sind immer noch ziemlich niedrig«, sagte er zum Schluss. »Ich weiß, dass wir tief in den roten Zahlen sind.«

Ich nickte. Auch wenn es mir schwerfiel, die augenblickliche Lage zu akzeptieren. »Ezra will das Restaurant nicht schließen müssen«, sagte ich. »Deshalb hat er mich engagiert.«

»Das ist mir klar, ich habe nur … Bedenken, ob Sie eine Hilfe sein werden.« Als ihm klar wurde, was er gesagt hatte, tat er kleinlaut und schob hinterher: »Das ist nicht persönlich gemeint.«

»Schon gut.« Lüge. »Ich verstehe, was Sie meinen.« Wahrheit. »Aber ich habe einen strategischen Plan. Und der erste Schritt wird die Modernisierung der Karte sein. Die ist so altmodisch und nullachtfünfzehn. Ich bin wirklich erstaunt, dass mein Bruder sie nicht längst geändert hat.«

»Ashlynn und ich haben sie eingeführt«, gab er zu.

»Oh.« Fast hätte ich nun gemurmelt, dass die Bemerkung nicht persönlich gemeint war, aber das hätte nicht der Wahrheit entsprochen. Ich sah im direkt in die Augen. »Sie sind ein viel besserer Koch, als die Karte vermuten lässt. Die ganze Brigade kann viel mehr.«

»Nun, ich, äh …«

»Hat Ezra jemals in der Küche ausgeholfen?«

Seine Ohren färbten sich rot. »Ab und zu.«

»Blaze, also echt, wenn Ezra auch nur ein Gericht von der Karte kochen kann, ist sie zu einfach.« Blaze lächelte vorsichtig, also fuhr ich fort: »Er hält sich für einen fantastischen Koch, aber wir beide wissen, dass er eigentlich keine Ahnung hat. Das ist Hobbykochniveau. Mir ist schon klar, dass wir ihn ab und zu an den Herd lassen müssen, aber mein Ziel ist es, die Karte so komplex zu gestalten, dass er hier nicht mehr einfach reinspazieren und alles vermasseln kann.«

Blaze verschränkte die Arme und nickte. »Okay, damit kann ich mich anfreunden.«

»Ich habe eine Vision …« Daran hatte ich das ganze Wochenende gefeilt. Ausgerechnet die Nacht bei Vann, an die ich mich kaum erinnern konnte, hatte mich auf die Idee gebracht.

»Ich will alles schlichter machen.«

Er zog die Augenbrauen zusammen. »Haben Sie eben nicht gesagt, dass Sie alles komplexer wollen?«

Ich winkte ab. »Ich will beides. Komplex soll heißen, wir kochen Speisen von höchster Qualität, aber gleichzeitig pur und ungekünstelt. Das wird sie außergewöhnlich machen. Ezras Karte ist überladen mit pompösen Gerichten der französischen Küche, die den meisten Leuten ein Begriff ist. Ich möchte die entgegengesetzte Richtung einschlagen und die Zutaten zu Hauptdarstellern machen, nicht die französische Tradition.«

»Okay, ich glaub, ich weiß, was Sie meinen …«

»Unser Motto wird lauten: vom französischen Stil inspiriert, aber unbefangen und modern. Wir streichen Boeuf bourguignon, Foie gras und Coq au Vin von der Karte. Und ich will in dieser Küche keine Schnecken mehr sehen. Wir werden die schweren, traditionellen Speisen durch leckere Crêpes, perfekt gebratene Lendensteaks mit Estragon-Cremesoße und die besten Charcuterie-Platten der Stadt ersetzen. Dazu passende Weine und Muschelkroketten.« Mir fiel ein, wie beliebt unsere Muscheln in letzter Zeit geworden waren. »Vielleicht lassen wir die Muscheln so wie jetzt und nehmen weißen Fisch für die Kroketten. Das weiß ich noch nicht. Es sind nur ein paar Ideen, mit denen ich herumspiele.«

»Wie wäre es mit einem Cassoulet? Wir könnten Schweinebauch oder Entenconfit dafür verwenden oder was anderes, das es trendig und spannend macht.«

»Ja! Genau! Einfache Geschmacksprofile, raffiniert zubereitet. Ich möchte, dass hier die elegantesten Speisen serviert werden, die Durham je gesehen hat, aber keine einschüchternden. Ergibt das Sinn?«

Er dachte einen Moment darüber nach. Ich machte mir schon Sorgen, dass ich Unsinn von mir gegeben hatte, doch dann atmete er tief durch und nickte. »Sie wollen die französische Küche für jeden zugänglich machen. Ihr einen lässigen Touch geben und ihr die Spießigkeit und Affektiertheit nehmen.«

Ich grinste über beide Ohren. »Ganz genau! Die Langeweile muss weg. Aus der Küche und aus dem ganzen *Bianca*.«

»Also, ich finde das genial. So bekommen wir auch wieder mehr Gäste.« Er schnipste mit den Fingern, als hätte er einen Gedankenblitz. »Wir könnten Tagesgerichte zum halben Preis und Abende mit Weinproben einführen. Vielleicht nur im Rahmen einer Happy Hour oder auch nur an einem bestimmten Abend. Für gute Charcuterie und erschwinglichen Wein werden die Leute in Scharen kommen.«

»Das ist eine fantastische Idee, Blaze!« Ich packte seine Arme und schüttelte ihn wie eine Wahnsinnige. »Sie begeistern mich echt jede Minute mehr.«

»Ihr Konzept ist prima, Chef. Ernsthaft, das ist genau das, was wir brauchen.«

Jetzt, da ich wusste, dass er mich unterstützte, musste ich ihm nur noch meinen eigentlich verrückten Plan schmackhaft machen, auf den ich während all der Hochzeitsbrunches am Wochenende gekommen war.

»Okay, noch was. Das mag etwas abwegig klingen, und Sie dürfen mir ins Gesicht sagen, wenn Sie mich für total übergeschnappt halten. Trotzdem werde ich wahrscheinlich darauf bestehen, dass Sie machen, was ich sage.«

»Sie machen mich nervös.«

Ich lachte leicht hysterisch. »Also, im Moment haben wir nur abends geöffnet. Und das jeden Abend. Ich überlege, ob wir montags schließen sollten, um die Öffnungszeiten exklusiver zu machen.«

»Haben Sie mit Ihrem Bruder schon darüber geredet?« Seine Zweifel standen ihm ins Gesicht geschrieben.

»Und …« Ich versuchte, beim Anblick seiner besorgten Miene nicht zu lachen. »Wie wäre es, wenn wir auch samstags und sonntags am Abend geschlossen haben und dafür morgens zum Brunch öffnen.«

»Moment, was?«

Ich erklärte es noch einmal langsamer. »An den Wochenenden bieten wir französischen Brunch statt Abendservice an. Wir könnten verschiedene Crêpes-Variationen, Quiches, Kaiserschmarrn und eine Auswahl von Pasteten und Gebäck anbieten. Dazu fruchtige Frühstückscocktails. Und ein

Frühstücks-Charcuterie-Angebot mit Wurst, kaltem Braten, Baguette und einer Käseplatte.«

»Das ist mal was anderes …«

»Und es gibt in diesem Teil der Stadt noch nichts in der Art. Ich habe ein bisschen nachgeforscht und bin heute Morgen herumgefahren. Es gibt keine Lokale in der Nähe, die Frühstück und Brunch anbieten. Wir wären die Einzigen.«

»Glauben Sie denn, dass wir damit die Einnahmen von Samstag und Sonntag auffangen könnten?«

»Wir befinden uns fußläufig zu drei Kirchen und einem Einkaufszentrum. Okay, bis zum Einkaufszentrum muss man ein Stück fahren, aber nicht weit. Außerdem werden gerade ein Wohnkomplex und ein Kino in der Nähe gebaut. Wir haben zwar Einnahmen am Wochenende, aber lange nicht genug. Ich glaube, ein Brunchangebot würde uns bekannter machen und auch neue Gäste anziehen. Es liegt ganz bei uns. Die Karte fürs Dinner muss so gut sein, dass die Leute die ganze Woche über ihr Geld hier ausgeben wollen, und das Brunchangebot so unwiderstehlich, damit wir den Ausfall vom Wochenende wieder wettmachen. Aber ich glaube, wir können das schaffen.«

Er wirkte immer noch nicht überzeugt. Was ich ihm nicht verübeln konnte. Die Änderung der Karte war sehr viel leichter zu bewerkstelligen, als an zwei Tagen in der Woche den Abendservice durch ein Brunchangebot zu ersetzen. Trotzdem hatte ich ein gutes Gefühl, denn bliebe es so wie jetzt, ginge das *Bianca* ohnehin baden.

Wenn ich keine drastischen Maßnahmen ergriff, würden wir womöglich schließen müssen. Und was würde ich dann tun? Niemand würde eine Küchenchefin einstellen wollen, die gerade ihr Restaurant an die Wand gefahren hatte. Da draußen gab es außer meinem Bruder mit Sicherheit keinen einzigen

Restaurantbesitzer, der mich noch mal als Chef einstellen würde. Ich hatte schlicht nicht genügend Erfahrung.

Zugegeben, ich könnte wieder irgendwo als Souschefin arbeiten. Aber ich hatte das mulmige Gefühl, da ich nun einmal den Posten als Küchenchefin angenommen hatte, dass alle anderen Stellen in der Küche für mich nicht mehr in Frage kommen würden.

Und das motivierte mich ungemein, dem *Bianca* zu neuem Ruhm zu verhelfen.

»Und? Haben Sie nun mit Ezra über all das schon gesprochen?«, fragte Blaze erneut. Die Zweifel schwangen in seiner Stimme deutlich mit.

Ich lächelte. »Ich bin nicht Wyatt. Ezra gibt mir, worum ich bitte. Wenn ich bestimme, dass das *Bianca* in eine neue Richtung geht, ist es keine Frage des Ob, sondern nur eine Frage des Wann.« Er zuckte bei meinen Worten zurück, und mir wurde klar, dass ich die Botschaft besser verpacken musste, wenn ich seine Unterstützung nicht verlieren wollte. »Aber ohne Sie und die anderen der Brigade kann ich das alles nicht bewerkstelligen. Wenn Sie nicht mit an Bord sind, dann sagen Sie mir das jetzt, oder halten Sie für immer die Klappe. Ohne Sie kann ich die Umstellung nicht schaffen, Blaze.«

Seine Miene wurde freundlicher, als er sich in der Küche umsah, in der er schon so viel länger arbeitete als ich. »Wenn Sie wirklich glauben, das funktioniert, dann bin ich zu allem bereit.« Als er sich mir wieder zuwandte, waren seine Augen gleichzeitig voll Hoffnung und Sorge. »Was, wenn nicht?«

»Wir können einen Testlauf machen«, schlug ich vor, um ihm einen Strohhalm zum Festhalten zu geben. »Außerdem können wir jederzeit wieder zum Abendservice zurückkehren.«

Er nickte bedächtig. »Oder wir können uns den Hintern aufreißen und das Ganze zum Erfolg machen.« Ein leichtes Lächeln umspielte seine Mundwinkel. »Die zweite Option gefällt mir besser.«

Ich warf jubelnd die Hände hoch. »Sie sind der Beste, Blaze!«

Sein Lächeln wurde breiter. »Sie wissen schon, dass Sie nicht wie alle anderen Küchenchefs sind, oder?«

Nun lächelte ich auch, ebenfalls erfüllt von Hoffnung und Sorge. »Ist das gut?«

»Das werden wir wohl bald herausfinden.«

Daran gab es nichts zu rütteln. Aber nachdem schließlich auch der Rest des Teams eingetrudelt war und ich allen meine Vision erklärt hatte, fühlte es sich an, als könnte der Traum Wirklichkeit werden.

Ich schleppte das Whiteboard an, das ich auf dem Weg zur Arbeit gekauft hatte, und machte aus der Morgenbesprechung ein Brainstorming und ließ vom Souschef bis zum Tellerwäscher jeden zu Wort kommen.

Auch wenn nicht alle Ideen brillant waren, gab es doch jede Menge gute.

Meine größte Sorge galt dem Wechsel von der Abendschicht zum Brunchservice. Aber wie es aussah, freuten sie sich, in Zukunft den einen oder anderen Abend frei zu haben. Auch ich war über die Aussicht ganz begeistert.

Nachdem ich die Konkurrenz genau unter die Lupe genommen hatte, war ich der festen Überzeugung, dass die Einführung des Brunch für das *Bianca* ein einzigartiger Wettbewerbsvorteil war. Ein solches Angebot gab es weder in einem von Ezras Restaurants noch in irgendeinem anderen in der Nähe.

Nach dem Wochenende hatte ich nur eines im Sinn – das *Bianca* zum Erfolg zu führen. Mein Privatleben war bereits eine einzige Katastrophe. Das *Bianca* würde ich nicht auch noch vor die Hunde gehen lassen. Nach der Hochzeit gab ich mir Mühe, die Risse in meinem Herzen wieder zu kitten, und bis dahin würde ich mich in die Arbeit stürzen, um das Beste aus diesem Restaurant zu machen.

Genau genommen hatte mir das Gespräch mit Vann sogar die Augen geöffnet. Gut, ich musste immer noch herausfinden, was ich im Leben wirklich wollte. Und ich wusste nicht, ob Vann ein Teil davon sein würde. Aber ich war auch nicht Kaya, die sich zufällig verliebt, aber doch ihren Job lange über eine Beziehung gestellt hatte.

Der Job im *Bianca* war mir wichtig. Aber ich durfte nicht zulassen, dass er mein einziger Lebensinhalt war. Wenn ich eine Beziehung wollte, oder zumindest so etwas wie ein Privatleben, musste ich Raum dafür schaffen. Und den Mut dafür aufbringen.

Zunächst einmal hatte ich mich aber um die brennenden Probleme in diesem Restaurant zu kümmern. Danach würde ich das Schlamassel, das mein Liebesleben war, angehen.

Wieder tauchte ein schemenhaftes Bild der Nacht mit Vann vor meinen Augen auf, und sofort lief mir ein Schauer über den Rücken. »Das hast du gründlich vermasselt«, sagte ich leise zu mir selbst, als ich allein in meiner Küche stand. »Zeit, nach vorne zu sehen.«

Es gab noch genug andere Männer.

Lügnerin, rief mein Herz.

Nicht solche wie Vann, sagte die Vernunft zustimmend.

Am nächsten Morgen traf ich Molly im Fitnessstudio. Sie hatte einen Gastausweis in den Händen und einen mürrischen Ausdruck im Gesicht.

»Wehe, du magst den Kurs nicht«, brummte sie.

Ich hatte sie noch nie mies gelaunt erlebt, doch ich hatte mich auch noch nie vor dem ersten Kaffee mit ihr getroffen. »Ich mag dich. Zählt das auch?«

Ihre Augen funkelten mordlustig.

Und ich grinste breit.

Sie ging mir voraus in die Frauenumkleide. »Es ist mir ein Rätsel, woher das üble Bedürfnis kommt, noch vor dem Morgengrauen etwas Schweißtreibendes tun zu wollen, aber Vera lädt mich danach immerhin zu einem Fast-Food-Frühstück ein.«

Allein beim Gedanken an fettes, billiges Fast Food wurde mir übel. Sie fuhr herum und deutete mit dem Finger auf mich. »Und wag's ja nicht, auch nur eine blöde Bemerkung über das tollste Frühstück im Land zu machen, sonst bin ich weg und lass dich hier allein sterben!«

»Du bist ja eine richtige Dramaqueen heute Morgen.«

Ich sah mich um und entdeckte Vann, mit Laufshorts und einem verschwitzten grauen Shirt bekleidet, vor der Umkleide.

Es war ein wahres Wunder, dass ich nicht über meine eigenen Füße stolperte und auf die Nase fiel. Was machte er denn hier?

Molly rieb sich stöhnend das Gesicht. »Es tut mir leid, Dillon. Ich bin von der Hochzeit wohl immer noch verkatert.«

Vann musterte sie prüfend. »Ich habe gar nicht gewusst, dass du einen Gast mitbringst.«

Molly runzelte die Stirn. »Gilt Dillon etwa als Gast?«

»Ich habe an diesem Wochenende mindestens zwei Kilo zugenommen«, erklärte ich hastig und hätte mir fast die Hand vor den Mund geschlagen. Warum bloß war mir das rausgerutscht und nicht, dass ich in Form kommen oder einfach ein neues Fitnessstudio ausprobieren wollte? Irgendwas, das sein Augenmerk nicht auf mein Hüftgold lenkte?

»Uff, ich auch«, stimmte Molly zu. »Deshalb bin ich hier. Jetzt bin ich an der Reihe, mir ein paar Pfunde abzutrainieren, um in mein Hochzeitskleid zu passen, und ich kann mich nicht mal mit einer Schwangerschaft herausreden.«

»Wenn du das wirklich wolltest, könntest du es noch schaffen.« Ich grinste sie an. Mir gefiel die Vorstellung, eine Nichte oder einen Neffen zu bekommen. Ich freute mich auch für Vera und Killian, aber Mollys Baby wäre mit mir verwandt. »So schwierig ist das nicht, glaube ich.«

Sie neigte den Kopf und wirkte wenig erfreut. »Aber wen würdest du dann in aller Herrgottsfrühe zum Spinningkurs schleifen?«

Ohne es zu wollen, sahen Vann und ich uns an und wandten rasch den Blick wieder ab. »Oh, ich finde sicher jemanden …«

»Nie und nimmer«, frotzelte sie. »Vann ist der Einzige, der verrückt genug ist, diesen Spinningkurs freiwillig zu machen, aber aus reiner Nettigkeit tut er niemandem einen Gefallen.«

»Das stimmt nicht.« Noch bevor ich darüber nachdenken konnte, hatte ich schon für ihn Partei ergriffen. Automatisch sah ich wieder zu ihm hin, aber diesmal hielt er dem Blick stand, und ich war es, die schnell wieder wegsah. »Nicht sehr freundlich, so was zu sagen, Molly. Natürlich ist er nett. Zu anderen Menschen. Wenigstens zu seiner Schwester.«

»Nein, sie hat recht«, entgegnete Vann. »Er ist nicht nett. Zu niemandem. Nicht mal zu seiner Schwester. Oder ihrer nervigen besten Freundin.« Er machte Anstalten zu gehen, nicht ohne mir noch einen undefinierbaren Blick zuzuwerfen. »Oder den Freunden ihrer besten Freundin.«

Ich starrte ihm hinterher und, zugegeben, auch auf seinen knackigen Hintern. Er hatte einen stolzen Abgang hingelegt, das Handtuch lässig um die breiten Schultern geschlungen.

Und unversehens war es zwischen uns wieder wie am Anfang und ich für ihn eine Nervensäge. Na, das machte Spaß.

»Tut mir leid wegen ihm«, sagte Molly. »Er würde nie zugeben, dass er vor dem ersten Kaffee ganz schön bärbeißig sein kann, aber er ist ein echter Morgenmuffel.«

»Schon klar. Keine Sorge.« Ich zog mir das Sweatshirt aus und band mir das Haar zum Pferdeschwanz.

Molly betrachtete mich forschend. »Ich dachte, ihr beiden seid euch ziemlich nahe gekommen. Ich habe gesehen, wir ihr auf der Hochzeit miteinander getanzt habt.«

Ich war dabei, mir die Sportschuhe zuzubinden, stand aber schnell auf, weil ich mit ihr auf Augenhöhe sprechen wollte. »Wir haben auf der Hochzeit getanzt. Und uns besser kennengelernt.« *Und miteinander geschlafen.* »Aber ich weiß nicht … er ist ein ziemlich harter Hund.«

Stirnrunzelnd betrachtete sie die Tür, hinter der er verschwunden war, als würde sie sich gleich wieder auftun und er uns die Antworten liefern. »Stimmt schon, aber … Ich weiß nicht, dir gegenüber schien er sich zu öffnen.«

»Nein, wirklich nicht«, versicherte ich. »Glaub mir, ich habe das Gefühl, ich kenne ihn kaum.«

»Er hat mit dir vor den Augen seines Vaters und seiner Schwester getanzt. Das will etwas bedeuten. Seit Jahren hat er Vera und seinem Vater keine Frau mehr vorgestellt. In dieser Hinsicht ist er sehr eigen. Bloß keine falschen Hoffnungen bei den Mädels wecken und schon gar nicht in die Familie einführen.«

Das war mir neu. Ein Hoffnungsschimmer machte sich in mir breit, auch wenn ich nicht ganz wusste, was ich damit anfangen sollte. Wollte ich überhaupt die Frau sein, die Vann nicht wie die anderen behandelte? Wollte ich die Frau sein, die er bereit wäre, seinem Vater vorzustellen?

Nicht dass er das getan hätte. Aber ja, er hatte vor aller Augen mit mir getanzt. Es könnte tatsächlich etwas bedeuten.

Mehr als ein »Hm« brachte ich jedoch nicht heraus.

»Wenn du ihn magst, gib ihn nicht auf, hörst du?«

»Was meinst du?«

Sie schaute mir in die Augen und ergriff meine Hände. »Er ist ein guter Kerl, Dillon. Ein toller Mann. Und er verdient eine wundervolle Frau. Er mag auf den ersten Blick etwas ruppig erscheinen, aber wenn du ihn erst einmal besser kennst, wirst du feststellen, dass er ein wirklich großzügiger Mensch ist. Und er ist witzig und nett und extrem loyal. Ich sag nur, auch wenn er dir im Moment zu verstehen gibt, du sollst ihm vom Hals bleiben, war da am Wochenende eine gewisse Chemie zwischen euch. Gib nicht auf.«

Ich öffnete den Mund und machte ihn gleich wieder zu. Dann nahm ich noch einen Anlauf, in der Hoffnung, etwas Unverbindliches käme heraus. Ich blinzelte, aber auch das half nichts. Nachdem ihr Blick aussah, als wollte sie sich schon über mich lustig machen, brachte ich endlich ein tiefsinniges »Hab's notiert« heraus.

Auch wenn ihr Lächeln immer noch ein wenig müde aussah, es war ein wissendes Lächeln. Selbst ohne ihre morgendliche Koffeindosis war sie viel zu scharfsichtig. »Okay«, sagte sie und schnappte sich ihr Handtuch. »Bist du bereit zu sterben?«

Zwanzig Minuten später wünschte ich mir genau das. Vann war vor uns im Kursraum. Eigentlich alle außer uns, weil wir so lange in der Umkleide geredet hatten. Nur die beiden Räder in der ersten Reihe waren noch frei. Offenbar gab es in dem Kurs keine Streber.

Kaum hatten wir den Raum betreten, packte Molly mich am Arm. »Zwing mich nicht dazu«, flehte sie mit schriller, hysterischer Stimme.

Einen kurzen Moment wollte ich auch der Versuchung nachgeben, einfach zu kneifen. Das war doch bescheuert. Schließlich war ich nicht hier, um Vann zu beeindrucken. Ich wollte mir nur den Alkohol und die Hochzeitstorte vom Wochenende abtrainieren. Und ich fand es schön, ein paar Vormittage in der Woche gemeinsam mit Molly Sport zu machen.

Allerdings hatte ich nicht damit gerechnet, bei meinem ersten Training gleich in der vordersten Reihe zu landen.

Ganz zu schweigen davon, dass Vann direkt hinter mir sein und Zeuge meines unausweichlichen Versagens würde, wie ich mir buchstäblich die Beine abstrampelte. Diese Demütigung würde ich mir gern ersparen.

Gerade als ich Mollys zittrige Hand ergreifen und mit ihr fliehen wollte, hob Vann herausfordernd eine Augenbraue.

Als hätte er meinen Fluchtreflex gerochen. Er traute mir nicht zu, dass ich die Sache ernsthaft angehen und mich aufs Rad schwingen würde. Vermutlich glaubte er, ich sei wegen ihm hier.

Nun, ich würde ihm das Gegenteil beweisen.

Nur ging mir während des Radelns sehr schnell auf, dass die Befürchtung, von den Pedalen zu rutschen und in einer Pfütze aus Schweiß und Tränen zu landen, nicht mein größtes Problem war. Viel schlimmer waren die superengen Trainingshosen, die schön schlank machen sollten, und das figurbetonte Sportbustier, in das ich mich gezwängt hatte. Und weil ich nicht ausstehen konnte, wenn sich Unterwäsche abzeichnete, trug ich erst gar keine.

Zwischen meinen Pobacken floss der Schweiß in Strömen. Zumindest fühlte es sich so an. Und Vann wurde Zeuge dieses einmaligen Schauspiels. Nicht nur das, er hatte quasi einen Logenplatz mit freiem Blick auf meinen verschwitzten Hintern. Buchstäblich.

Seit mindestens zehn Minuten versuchte ich schon, Mollys Aufmerksamkeit auf mich zu lenken, aber sie starrte die ganze Zeit nur auf den Boden. Vermutlich war das ihre Durchhaltetechnik, um nicht vom Rad zu fallen. Dennoch musste ich sie irgendwie aus ihrer Trance reißen.

Allerdings lag es durchaus im Bereich des Möglichen, dass sie tatsächlich eingeschlafen war und unbewusst einfach weiterstrampelte.

Kein schlechter Plan, Molly Maverick. Gar kein schlechter Plan.

Denn dieser Kurs war schlicht die Hölle. So stellte ich mir ein Bootcamp vor: fünfundvierzig Minuten den steilsten Berg hinaufstrampeln. Nur die Technoversion des Taylor-Swift-Songs im Hintergrund wollte nicht ganz dazu passen.

Und ich trainierte hart. Ich war nicht wie Molly, die drei Viertel des gesamten Fast Foods auf dem Planeten an einem Tag verschlingen konnte, ohne ein Gramm zuzunehmen. Allmählich vermutete ich, dass sie einen Bandwurm hatte.

Sie beschwerte sich ständig über ihre fehlenden Kurven und die Figur einer Bohnenstange, aber sie wusste ja gar nicht, wie gut sie es hatte.

Ich könnte nicht mal die Hälfte von dem verdrücken, was sie in sich hineinfutterte, und auch nur hoffen, ansatzweise schlank zu bleiben. Meine Figur verdankte ich ausschließlich flüssiger Nahrung am Wochenende, sechs Tage hartem Training in der Woche und abendlichen Mahlzeiten, die aus Cocktailkirschen und mit Blauschimmelkäse gefüllten Oliven bestanden.

Zu meiner Verteidigung fanden meine Abendessen meist um zwei Uhr in der Früh statt, nachdem ich den ganzen Abend gekocht hatte. Danach war ich nicht mehr in der Stimmung, noch für mich zu kochen. Vor allem nicht für mich allein.

Ich schnappte mir gewöhnlich, was greifbar war. Und das war meistens Cocktail-Garnitur. Und manchmal Käse, den ich mir aus der Restaurantküche gemopst hatte, um meinen Hunger zu stillen.

Der Kursleiter schaute mich an und grinste sadistisch. So erschien es mir zumindest. Als hätte ein Fitnessdämon von ihm Besitz ergriffen, der die ganze Welt zum Radfahren zwingen wollte. »In Ordnung«, rief er. »Seid ihr bereit, ein wenig Gas zu geben?«

Heftig schüttelte ich den Kopf. Das war ich nicht. Ich war nicht im Entferntesten bereit, Gas zu geben.

Molly stöhnte. Ich drehte mich zu ihr, um zu sehen, ob alles in Ordnung war. »Ich hasse dich«, formten ihre Lippen tonlos. Okay, na dann.

Danach fiel es leichter, nicht unentwegt an Vann zu denken, denn ich war überzeugt, dass mir gleich die Beine abfallen würden.

Am Ende des Kurses schnaufte ich wie eine Dampflok, und mir lief der Schweiß in Strömen. Ich quälte mich vom Fahrrad und schnappte mit zittrigen Händen nach meinem Handtuch, um es abzuwischen. Ich war nicht immer so gewissenhaft, was diesen Teil der Trainingsregeln anging, aber die Menge an Flüssigkeit, mit der ich den Sattel überschwemmt hatte, war unnatürlich. Ich hatte das Teil völlig zugrunde gerichtet.

»Oh mein Gott«, stöhnte Molly. »Das war die Hölle.«

»Der absolute Wahnsinn«, keuchte ich. »Warum hast du mich nicht vorgewarnt?«

Ihr Laserblick sprach Bände. »Meinst du das jetzt ernst?«

Mir gelang ein mattes Lächeln. »Du hast gesagt, es sei hart. Du hast nicht erwähnt, dass ich danach eine Woche lang nicht mehr würde geradeaus gehen können.«

Sie warf die Arme in die Luft. »Exakt meine Worte! Genau das habe ich gesagt.« Sie drehte sich zu der Person hinter mir. »Ist das denn zu fassen, Vann?«

Meine Kehle war wie ausgedörrt, und das hatte nichts mit dem Work-out zu tun. »Ich erinnere mich nur noch sehr bruchstückhaft an deine Worte.«

»Immerhin musste sie nicht rausrennen, um zu kotzen«, sagte er und hatte sich näher an meine Seite gestellt, als ich das nach dem Stand unserer komplizierten Beziehung erwartet hätte.

»Wer hat gekotzt?«, fragte ich.

»Vera«, antwortete Molly ernst. »Sie hat behauptet, die Schwangerschaft wäre daran schuld gewesen, aber in meinen Ohren klang das stark nach einer Ausrede.«

»Natürlich.« Ich schnippte mit den Fingern. »Vielleicht sollte ich mich auch schwängern lassen. Dann hätte ich einige Probleme weniger.«

Molly lachte, aber Vann erstarrte neben mir. Ich hatte Angst, ihn auch nur anzusehen, weil mir klar wurde, wie sich meine Bemerkung nach unserem One-Night-Stand für ihn anhören musste.

»Ich glaube, um diesen Plan umzusetzen, musst du erst ein paar andere Schritte ergreifen«, meinte Molly. »Einen Kerl finden, zum Beispiel, der dich schwängern möchte. Das dürfte bei deiner derzeitigen Auswahl an Losern schwer werden.«

Eigentlich wollte ich über ihre Bemerkung lachen, doch was aus meinem Mund kam, war nur ein demütigendes Haspeln. »Man weiß nie …«

Sie sah mich vielsagend an, hatte aber keine Ahnung, in welchem Wespennest sie herumstocherte.

Vann stieß mich mit dem Ellbogen an. »Sind denn alle Loser?«

Fischte er nach Komplimenten? Oder wollte er, dass ich vor Scham im Boden versank? Und was zum Teufel sollte ich darauf antworten? »Jedenfalls ist im Moment keiner daran interessiert, Vater meines Babys zu werden.«

»Hast du gefragt?«

»Was?«

Sein Blick durchbohrte mich und verwandelte mein Inneres in Wackelpudding. »Hast du auch nur einen von ihnen gefragt? Vielleicht sind nicht alle so große Loser, wie du glaubst.«

Ich rieb mir mit dem Handtuch über das verschwitzte Gesicht, um Zeit zu schinden. »Das stimmt vermutlich. Einige sind mir besser im Gedächtnis geblieben als andere.«

Er verzog das Gesicht, offensichtlich hatte er die Anspielung verstanden.

»Und manche streicht man besser ganz?«

»Ja, völlig.«

Molly schaute verwirrt von einem zum anderen. »Wollt ihr beiden mir vielleicht etwas gestehen?«

Lächelnd ging ich auf Abstand zu Vann, bevor ich noch etwas Blödes tat, wie ihn zu schlagen – oder mich wie ein Klammeräffchen an ihn zu hängen und ihm auf altmodische Weise den Mund zu verschließen. »Was? Nein. Ich glaube, das ist ein typischer Fall von Männersolidarität.« Ich hob die Faust. »Du weißt schon, die armen Männer müssen zusammenhalten.«

»Ich verschwinde jetzt«, verkündete Vann. »Hab einen schönen Tag, Molly.«

Er stolzierte davon, das von Schweiß getränkte, graue T-Shirt klebte an ihm und brachte die Muskeln seines Bizeps und Rückens zur Geltung. Mein Blick wanderte zu seinem Hintern, was unvermeidlich war, und dann zu seinen strammen Waden. Himmel, hatte ich jemals die Waden eines Mannes so attraktiv gefunden?

»Du starrst ihm nach«, stellte Molly fest.

»Er hat sich nicht von mir verabschiedet.«

Sie prustete vor Lachen. »Unglaublich! Du stehst auf ihn.«

Ich riss mich von seinem Anblick los, drehte mich um und starrte sie finster an, fest entschlossen, Unschuld vorzutäuschen. »Wohl kaum.«

Sie verdrehte die Augen und ging zur Umkleide. »Ja, klar, genauso sah es auch aus. Als hättest du kaum Notiz von ihm genommen. Du sabberst übrigens.«

Instinktiv wischte ich mir mit dem Handtuch über den Mund. »Tu ich nicht.«

Sie grinste mich über die Schulter an. »Du hättest dich vorhin nicht dumm stellen müssen. Du kannst mir ruhig sagen, wenn du Vann magst.«

»Uh.« Ich zuckte regelrecht zusammen, weil ich die Wendung, die das Gespräch nahm, fürchtete. »Es ist kompliziert.«

»Männer sind immer kompliziert«, stimmte sie zu. »Sie werfen uns gern vor, dass wir mit ihnen spielen und anspruchsvoll seien. Dabei sind sie die Wurzel aller Schwierigkeiten.«

Es tat gut, sie das sagen zu hören. Und es brachte mich dazu, mit der Wahrheit herauszurücken. »Wir haben nach dem Probe-Essen miteinander geschlafen.«

Sie ließ das Handtuch fallen und stolperte. Als sie sich glücklich gefangen hatte und wieder aufrecht stand, schaute sie mich verblüfft an. »Ihr habt was?«

Ich schlug die Hände vors Gesicht. »Wir haben miteinander geschlafen. Und es war nicht … eine meiner Sternstunden.«

»Was soll das heißen?«

»Das soll heißen, dass ich an dem Abend ziemlich viel getrunken hatte. Eigentlich über das gesamte Wochenende. Und da gibt es ein paar dunkle Flecken, an die ich mich nur verschwommen oder besser gesagt überhaupt nicht erinnere.«

Sie schleppte mich in die Umkleide und zog mich auf eine Bank. »Warte mal, willst du mir etwa erzählen, dass du mit Vann geschlafen hast, dich aber nicht daran erinnerst?«

»Ich erinnere mich nur teilweise«, stellte ich klar. »Aber die Teile, an die ich mich erinnere, waren schön.« Ich blickte auf meine Hände und spürte, wie ich rot wurde. Vermutlich hatten meine Wangen inzwischen die Farbe überreifer Tomaten. »Wirklich schöne Teile.«

»Und weiß er, dass du dich nicht erinnerst?«

Ich nickte und erwartete ihr Donnerwetter. »Ich bin mitten in der Nacht aufgewacht und begriff, was ich getan hatte. Deshalb bin ich abgehauen, bevor er aufgewacht ist.«

»Oh nein.«

»Mir war nicht klar, dass er darüber so sauer werden würde. Ich weiß nicht genau, aber ich glaube, ich habe die Sache zwischen uns nicht sehr ernst genommen und gedacht, wir hätten beide einfach unseren Spaß. Aber für ihn war es offensichtlich kein Spaß. Und dann habe ich ein paar dumme Sachen auf der Hochzeitsfeier gesagt. Das gesamte Wochenende ist ein einziges riesengroßes Kuddelmuddel. Molly, bring das bitte für mich in Ordnung.«

Sie zog mich sofort an sich und umarmte mich fest. »Okay. Ich versuche es. Wie soll ich's denn richten? Möchtest du dich mit Vann vertragen, weil du nicht mehr sicher bist, ob es richtig war, ihm einen Korb zu geben? Oder möchtest du kein böses Blut zwischen euch, aber trotzdem zu neuen Ufern aufbrechen?«

»Nicht mal darauf weiß ich eine Antwort. Kannst du das bitte auch für mich entscheiden?«

Sie fing an zu lachen. Ernsthaft, sie lachte mich aus. »Du scheinst ihn wohl sehr zu mögen.«

Ihre Worte verschlugen mir schier den Atem. »Was?«

»Du bist so besorgt um ihn. Ich kann mich nicht erinnern, dass du dich je bei einem Typ so aufgeführt hast. Gewöhnlich nutzt du sie aus und gibst ihnen gleich wieder den Laufpass.«

Wenn sie mit »ausnutzen« meinte, dass ich mich von ihnen zum Essen einladen ließ, und mit »Laufpass«, mich mit Hilfe einer vorgetäuschten Nachricht aus dem Staub machte, noch bevor die Rechnung kam, dann hatte sie den Nagel auf den Kopf getroffen. »Das stimmt, aber nur weil sie in der Regel zufällige Internetbekanntschaften waren und nicht die Sorte Mann, die man seiner Mutter vorstellen konnte. Vann ist eben ... komplizierter als meine üblichen Blind Dates.«

»Meinst du mit kompliziert, dass er sein Leben im Griff hat?«

»Ja. Genau das meine ich.«

Sie ließ mich los und stand auf. »Und wenn du zunächst versuchst, dich mit ihm anzufreunden? Das mag vielleicht ungewohnt sein, und bitte fass das nicht als Beleidigung auf. Du weißt, ich mag dich so, wie du bist. Aber was, wenn du, wie soll ich sagen, dich mit ihm triffst, ohne mit ihm zu schlafen? Und dann schaust du, was passiert?«

Ich verdrehte die Augen und schlang die Arme um meinen Oberkörper. Verdammt, verschwitzt, wie ich war, fing ich langsam an zu frösteln. »Klingt riskant.«

Ihr Lächeln wurde milde. »Er wird dich nicht sitzen lassen, nur weil er dich besser kennenlernt.«

Ihre Worte gingen mir gegen den Strich. Nicht weil sie es böse gemeint hätte, sondern weil sie mich kannte und das Recht hatte, mir die Leviten zu lesen. Aber bei mir ging es um sehr viel mehr, als nur die Angst, womöglich verletzt zu werden von jemandem, der mich gut kannte. Natürlich auch das, aber nicht allein. »Das weißt du nicht«, erwiderte ich, denn das war leichter, als mit der Wahrheit herauszurücken. »Gehen nicht genau deshalb Beziehungen kaputt? Man lernt sich kennen, um festzustellen, dass einem nicht gefällt, was man da kennenlernt.«

»Bei Ezra und mir war das nicht so.«

»Ihr seid ja auch anders.«

Sie blickte mich genervt an.

»Abgesehen davon will ich nicht nur zwischen zwei Möglichkeiten, entweder übel verletzt oder geheiratet zu werden, entscheiden müssen«, erklärte ich. »Gibt es noch eine dritte Option?«

Sie runzelte die Stirn. »Ich glaube, du steckst schon mittendrin in der dritten Option.«

Verzweifelt riss ich die Arme hoch, denn die dritte Option funktionierte auch nicht. »Siehst du? Genau deshalb werde ich mich ab sofort von ihm fernhalten. Ich brauche Abstand zu Vann, damit diese launischen Gefühle und Panikattacken aufhören. Wir haben am Wochenende zu viel Zeit miteinander verbracht, und wir waren die einzigen Singles in der ganzen Hochzeitsgesellschaft. Letztlich musste so was passieren. Ich bin froh, dass es jetzt vorbei ist.«

»Du wählst also den Weg zu neuen Ufern?« Es klang jedoch nicht so, als ob sie mir glaubte.

»Das ist besser für alle.«

»Wie du meinst.« Sie ging zu ihrem Spind und öffnete ihn. »Wollen wir uns am Donnerstag wieder hier zum Kurs treffen? Oder war das heute für dich schon genug Feuer unterm Hintern?«

»Willst du das ernsthaft mit mir durchziehen?«

»Ich hasse es«, gab sie zu. »Aber ich möchte in meinem Hochzeitskleid fantastisch aussehen. Allerdings brauche ich dafür einen Trainingspartner. Einen, der länger durchhält, als die drei Gästetickets, die ich habe. Deshalb wirst du mir helfen und Mitglied werden müssen.«

»Wird Vann auch jedes Mal hier sein?«

Sie zuckte ein wenig zu beiläufig mit den Schultern für meinen Geschmack, was mich misstrauisch machte. »Nicht jedes Mal. Aber da du die Sache ja hinter dir gelassen hast, ist das auch egal, oder?«

Da war etwas dran. Und wie es aussah, hatte er ebenfalls mit mir abgeschlossen. Was hatte ich zu verlieren? Wenn ich dem Club beiträte, könnte ich auch noch mit jemandem trainieren, den ich wirklich mochte. Wir hätten beide was davon.

Ich müsste Vann dann zwar aus dem Weg gehen. Aber das kriegte ich hin. Kein Problem. Das wäre genauso ein Kinderspiel, wie sich im *Bianca* Respekt zu verschaffen. Oder den Mount Everest im Bikini zu erklimmen.

16. KAPITEL

Am Ende der Woche war ich völlig fix und fertig.

Im *Bianca* lief es alles andere als reibungslos. Auch wenn es ab und an lichte, ja sogar geniale Momente zwischen mir und meiner Küchenmannschaft gab, verbrachte ich die Mehrzahl der Tage und Abende mit zähen Diskussionen und dem Versuch, sie in die richtige Richtung zu lenken.

Das Essen blieb, offen gestanden, weit hinter den Anforderungen zurück und war zum großen Teil höchstens mittelmäßig. Und als ich versuchte, ihnen schonend in Erinnerung zu rufen, welche Qualität ich erwartete, dauerte es noch länger, bis die Bestellungen endlich auf den Tischen der Gäste landeten.

Das Servicepersonal war ohnedies schon langsam. Was eigentlich bedeutete, dass uns mehr Zeit bliebe, um jeden Teller perfekt anzurichten. Das Gegenteil war jedoch der Fall. Je mehr Zeit wir hatten, desto schwieriger wurde es, die Köche aufs Wesentliche zu fokussieren.

Ich war erpicht darauf, meine Ideen umzusetzen, um dem *Bianca* eine neue Richtung zu geben, aber dafür brauchte ich auch einen genialen Marketingplan. Das hieß, Molly musste mit an Bord. Und dann ging kein Weg daran vorbei, Ezra in meine Vision einzuweihen.

Es entsprach durchaus der Wahrheit, als ich Blaze sagte, ich würde mir wegen Ezra keine Sorgen machen. Im Gegensatz zu den meisten seiner Angestellten schüchterte er mich nicht ein. Trotzdem hatte er das letzte Wort und konnte immer noch Nein zu meinen Plänen sagen.

Bevor ich ihm erklärte, warum alles umgekrempelt werden musste, hätte ich gern eine gute Woche vorzuweisen gehabt, in der der Service rund lief und die Einnahmen stimmten. Aber es sah nicht so aus, als würde das in naher Zukunft passieren.

Ich war gezwungen, ins kalte Wasser zu springen. Und zwar schnell. Sonst würde uns die größte Änderung bevorstehen, und im Schaukasten am Eingang hinge bald ein großes Schild mit den Lettern ›Geschlossen‹.

Mir wollte immer noch nicht in den Kopf, warum er ausgerechnet mich zur Rettung seines Restaurants auserkoren hatte. Sicherlich kannte er talentiertere und erfahrenere Köche. Und bestimmt hatten sich prominente Küchenchefs für die Stelle interessiert.

Fazit war, ich hatte, verdammt noch mal, keine Ahnung, wie ich das alles bewerkstelligen sollte.

Voll Unternehmungsgeist kam er in die Küche, und ich sollte die Gelegenheit beim Schopf packen und ihm meine Ideen unterjubeln. Ich strich meine kreuz und quer stehenden Haare glatt. Heute Morgen erschien mir der wilde Knoten noch praktisch, aber das bereute ich nun und zupfte mein Bandana zurecht.

»Hallo, großer Bruder.« Meine Nerven flatterten bereits.

Sein harter Ausdruck im Gesicht wurde weicher, und er lächelte. »Wie läuft's?«

Ich schluckte den überdimensionalen Kloß in meinem Hals hinunter und zuckte mit den Schultern. »Ich lebe noch.«

»Hab ich dir in letzter Zeit überhaupt gesagt, wie unglaublich dankbar ich dir bin?«

»Ein- oder zweimal.« Seine Worte beruhigten meine Nerven ein wenig. »Du weißt, dass ich buchstäblich alles für dich tun würde, oder? Also wirklich alles. Eine Niere spenden. Oder die Hälfte meiner Leber. Dieses Restaurant zu führen ist eine Lappalie dagegen.«

Sein Lächeln war nicht mehr ganz so überzeugend. »Das sind gute Neuigkeiten, denn ich muss dich um einen weiteren Gefallen bitten.«

Ich kniff die Augen zusammen. Das klang nicht gut. Und nun fing er auch noch an, sich zu winden! Ezra war niemand, der unruhig herumhampelte. Er war immer zu hundert Prozent eins mit sich und wusste genau, was er wollte. »Du machst mir Angst«, gab ich zu, so ungewohnt nervös, wie er war.

»Molly möchte einen Brunch ausrichten. Bei uns.«

»Okay.«

»Am Sonntag.«

»Aha.«

»Sie möchte dich einladen.«

»Das klingt nach Spaß. Ich komme gerne.«

Er rieb sich über den Mund, eine verräterische Geste dafür, dass er sich nicht wohl in seiner Haut fühlte. »Die Sache ist die: Sie hat auch noch ein paar andere Gäste eingeladen.«

»Vera und Killian?«

»Sie sind in den Flitterwochen.«

»Ach ja, stimmt. Also Wyatt und Kaya?«

Er nickte. »Und Vann Delane.«

Nun verstand ich, warum Ezra so nervös war. »Aha.«

»Sie sagte, ich solle keine große Sache daraus machen. Aber sie wollte, dass du das vorher weißt.« Er stützte die Hände in die Hüften und sah unserem Vater plötzlich sehr ähnlich. »Gibt es etwas, das ich über dich und Vann Delane wissen sollte?«

Hilfe, bloß das nicht. Ich blinzelte gespielt ahnungslos. »Wie kommst du darauf?«

»Warum wollte Molly, dass ich dich wegen Vann Delane vorwarne?«

Es gab ungefähr dreihundert Dinge, die ich lieber getan hätte, als mit meinem Bruder über mein desaströses Liebesleben zu reden. Da käme eine Haarentfernung der Bikinizone infrage, oder eine Steuerprüfung durch einen pedantischen Finanzbeamten. »Keine Ahnung. Molly macht sich über die seltsamsten Sachen Sorgen.«

»Das stimmt.«

»Und hör auf, ihn Vann Delane zu nennen. Du kennst ihn inzwischen. Ihr seid doch bestimmt längst beim Du.«

Er zuckte mit den Schultern und blickte auf das Sandwich, mit dem ich gerade experimentierte – ein Croque Monsieur, den ich mit einer alten Tomatensorte, Jalapeño-Gelee und Gruyère-Käse zubereitet hatte. Ich schwankte noch zwischen dünn geschnittenem Prosciutto und dicken Bacon-Scheiben als Belag.

»Ich weiß nicht«, gab Ezra zu. »Ich dachte auch, wir sind inzwischen befreundet. Aber Molly schmeißt sich gerade dermaßen ins Zeug, um den perfekten Brunch auszurichten, und will unbedingt, dass du kommst und er auch ... Ich bekomme das Gefühl, es wäre besser, das Ganze würde wieder etwas formeller und weniger familiär.«

Seine Überfürsorglichkeit brachte mich zum Lachen. »Das ist albern, und das weißt du auch, oder?«

Er nickte. »Also kann ich ihr sagen, dass du kommst?«

»Wenn du mir auch einen Gefallen tust«, schlug ich vor. Ich holte tief Luft, legte das Messer zur Seite und stützte die Hände auf die Theke. »Ich möchte hier einiges ändern.«

Seine Augenbrauen schossen in die Höhe. »Was meinst du? Die Karte ändern?«

»Ich meine, dass ich ein bisschen mehr ändern will als bloß

die Karte.« In den überzeugendsten Worten schilderte ich ihm meine Philosophie, versuchte, ihm meine Vision des legeren französisch inspirierten Stils schmackhaft zu machen, und endete mit der Brunch-Idee und den Happy-Hour-Vorschlägen, die ich mit der Belegschaft erarbeitet hatte.

»Du willst vom Keller bis zum Dach alles ummodeln.«

Ich nagte an meiner Unterlippe und beschloss, dass Ehrlichkeit besser war, als ihm Honig ums Maul zu schmieren. »Mit dem Restaurant geht es stetig bergab, Ezra. Dir muss ich das nicht erzählen. Du weißt das besser als jeder andere. Du hast mich engagiert, um den Laden wieder in Schwung zu bringen. Ich bin zwar erst kurz hier, aber lange genug, um mir sicher zu sein, dass es so nicht weitergehen kann. Das derzeitige Konzept funktioniert nicht mal im Ansatz. Dieses Restaurant braucht eine Generalüberholung, sonst kannst du bald dichtmachen. Und mir wäre es wirklich sehr angenehm, wenn ich nicht gleich bei meinem ersten Amtsantritt als Kapitänin mit dem ganzen Schiff untergehen müsste.«

Er lächelte und Anerkennung blitzte in seinen Augen. »Das wäre mir auch lieber.«

»Also wirst du meine Vorschläge absegnen?«

»Du willst ganz schön viel ändern, Dillon. Und das wird viel Geld kosten«, warf er ein und schlüpfte wieder in die dominante Rolle des scharf nachrechnenden Finanzgenies, das ich kannte.

»Wenn die Änderungen aber mehr Gäste bringen, zahlen sie sich von selbst aus. Alles beim Alten zu lassen ist jetzt keine Option mehr. Ich weiß nicht, wie lange du es dir noch leisten kannst, hier Geld zu verbrennen, aber wenn ich du wäre und es andere Möglichkeiten gäbe, würde ich sie zumindest ausprobieren.« Er schien aufmerksam zuzuhören, also fuhr ich fort: »Und das Brunchangebot ist ja nichts Endgültiges. Wir starten einen Versuch, und es steht uns frei, wieder zum Abendservice zurückkehren, falls es nicht läuft. Aber ich habe recherchiert, Ez, hier in der Gegend gibt es weder hochwertige Brunchangebote noch Frühstückscafés. Dafür aber jede Menge Kirchen. Was bedeutet, zur Frühstückszeit am Sonntag sind jede Menge Leute unterwegs. Es könnte funktionieren.«

Er blickte mich an. »Ich hasse es, wenn du mich Ez nennst.«

Ich musste lächeln. »Das könnte auch schiefgehen«, meinte ich ehrlich. »Ich möchte dich höflich daran erinnern, dass ich hier sozusagen im Blindflug unterwegs bin. Ich versuche nur mein Bestes, um dein Restaurant zu retten.«

»Hey, das ist jetzt auch dein Restaurant.«

Ich überhörte die Bemerkung. »Molly könnte sich um den Internetauftritt kümmern. Ich denke, mit ihrem untrüglichen Killerinstinkt für Marketing wird sie das passende Netz weben, und wir werden dem *Bianca* einen neuen Look verpassen. Ein jüngeres, frischeres Hipster-Image. Damit kriegen wir jeden. Die ganze verdammte Stadt.«

»Ich bin beeindruckt«, sagte er. Sein Lob ließ mich förmlich aufblühen. Das würde ich ihm gegenüber zwar niemals zugeben, aber es bedeutete mir unglaublich viel. Schon immer. »Du hast zwar keine Vergleichszahlen oder einen Businessplan, aber du scheinst dich intensiv damit befasst zu haben.«

Die Freude darüber, ihn beeindruckt zu haben, bekam einen Dämpfer. »Du kannst das Restaurant nicht so lassen, wie es ist. Du musst was tun.«

Er rieb sich übers Kinn. »Ich bin geneigt, dir zu glauben, dass es klappen könnte.«

»Ja, tu es«, drängte ich. »Wenn sich dadurch nichts ändert und wir nicht genügend Einnahmen erzielen, können wir immer noch eine Kehrtwendung machen. Zurück zu dem altmodischen, spießigen Trauerspiel.«

Er prustete überrascht los und schüttelte den Kopf. »In Ordnung. Eine Hand wäscht die andere. Ruf Molly an und sag ihr, was du vorhast.« Er deutete mit dem Finger auf mich. »Reib mir aber bloß nicht ständig unter die Nase, wem ich es zu verdanken habe, wenn du total erfolgreich bist und für mich Millionen scheffelst.«

Er besaß bereits ein paar Millionen, aber jetzt war nicht der richtige Zeitpunkt, ihn darauf hinzuweisen. Ich legte meine Hand aufs Herz und versprach: »Das würde ich niemals tun.«

»Jaja.« Er machte einen Schritt zurück. »Ich arbeite heute im *Lilou.* Wir sehen uns Sonntag. Molly hat gesagt, du sollst nicht vor zehn aufschlagen.«

»Ich bring die Zutaten für Mimosas mit.«

»Musst du nach dem Brunch nicht noch arbeiten?«

Ich zuckte mit den Schultern. »Ich laufe zu Höchstform auf, wenn ich ein wenig beschwipst bin.«

Er hatte wieder den väterlichen Tonfall drauf. »Dillon ...«

»Das war ein Scherz.« Unmutig warf er mir einen besorgten Blick zu, sparte sich aber einen weiteren Kommentar. Er kannte mich gut genug. Obwohl, wenn Vann auch zum Brunch erschien, könnte aus dem Scherz durchaus Ernst werden.

Wenige Minuten nachdem Ezra gegangen war, betrat Blaze die Küche, bepackt mit Kisten einer Lieferung, die er offenbar draußen vor der Tür abgefangen hatte. »Morgen, Chef.«

»Wir haben das Okay!«, platzte ich in höchster Aufregung heraus.

Er stellte die Kisten auf die Arbeitsfläche und schaute mich fragend an. »Für was?«

»Die Änderung der Karte. Lebwohl, altmodische französische Küche, hallo, lässiger Chic! Ezra hat sogar den Brunch bewilligt. Wir beide werden uns also nachher hinsetzen und einen Plan ausarbeiten müssen. Das bedeutet eine große Umstellung, und nicht jeder wird am Anfang damit glücklich sein. Aber im Laufe der Zeit wird sich herausstellen, dass alle davon profitieren.«

»Ernsthaft?« Er kniff die Augen zusammen. »Er hat alles abgenickt?«

Ich konnte nicht einschätzen, ob er begeistert oder verärgert war. Gut, die Brunch-Idee hatte ihn nicht gleich vom Hocker gerissen, aber ich war davon ausgegangen, dass er glaubte, Ezra würde ohnehin nicht einwilligen. Vielleicht hatte ich die Zeichen falsch gedeutet …

Mein Lächeln fiel in sich zusammen. »Ja, alles. Ich werde nächste Woche ein Treffen mit seinem Social-Media-Guru vereinbaren, um zu besprechen, wie wir uns in Zukunft im Internet präsentieren. Ich will, dass es aussieht wie eine Neueröffnung.« Ich dachte einen Moment nach. »Im Grunde möchte ich das alte *Bianca* in den Boden stampfen und komplett neu durchstarten.«

Er machte kurz ein gequältes Gesicht, und Verwirrung, Reue und Angst schienen sich abzuwechseln. Ich befürchtete langsam, er würde mir gleich mitteilen, dass ich eine ausgemachte Idiotin und meine Idee total blöd sei. Aber als er endlich den Mund aufmachte, brach ein Geständnis aus ihm heraus. »Ich habe ein Angebot.«

Meine überschäumende Vorfreude verflog schlagartig. »Was?«

»Ein Angebot von einem anderen Restaurant«, erklärte er. »Nach Ashlynns Entlassung hat sich wohl rumgesprochen, dass es hier nicht so gut läuft. Nicht dass irgendjemand geglaubt hätte, hier wäre alles glattgelaufen. Aber … jedenfalls hat einer meiner Kumpel seinem Chef gesteckt, dass ich mich vielleicht nach einer neuen Stelle umschauen würde, und der hat am Sonntag bei mir angerufen und mir ein Angebot gemacht.«

Er trug das also schon seit Tagen mit sich herum. Was hieß, dass er ernsthaft darüber nachdachte. Verdammt.

»Wo?« Das musste er mir nicht sagen, aber ich fand, ich hätte ein Recht darauf, wenn ich schon den einzigen Koch in dieser Küche verlieren würde, auf den ich mich verlassen konnte.

»Im *Sunday House*.«

Okay, das war zweifellos ein großartiges Restaurant. Und offen gesagt eine deutliche Verbesserung gegenüber dem strauchelnden *Bianca*. »Oh.«

»Die Sache ist die, ich weiß noch nicht, wie ich mich entscheiden werde. Ich wollte nur, dass Sie es wissen.«

Nun war mein Hochgefühl von eben endgültig verflogen, und Bitternis stieg in mir auf. »Ich kann Ihnen keine Lohnerhöhung anbieten. Ich wünschte, ich könnte es, aber ...«

Er hob rasch die Hand, um mir Einhalt zu gebieten. »Ich versuche hier nicht, um mehr Lohn zu feilschen, Chef. Ich schwöre. Ich wollte nur sagen, was Sache ist. Damit Sie wissen, woran Sie sind.«

Was er eigentlich sagen wollte, war wohl eher, dass er vorhatte zu gehen. Wenn ihm klar war, dass ich kein besseres Angebot machen konnte, und er schon seit Sonntag darüber nachdachte, war seine Kündigung die einzig logische Schlussfolgerung.

Doch ich wollte es aus seinem Mund hören, denn dieser Moment fühlte sich furchtbarer an, als Ashlynn zu feuern. Dass mir die Kontrolle aus der Hand genommen wurde und jemand von sich aus gehen wollte, war eindeutig schlimmer, als jemanden rauszuschmeißen, der es verdient hatte. »Darf ich das jetzt als Ihre Kündigung zum Monatsende auffassen?«

»Noch nicht«, antwortete er.

»Wann müssen Sie Bescheid geben?«

Er hielt meinem Blick stand. »Man hat mir kein Datum genannt. Das ist sozusagen ein dauerhaftes Angebot.«

Was bedeutete, dass man ihn dort wirklich wollte. »Und wenn ich mich entschließe, Sie sofort gehen zu lassen?« Das war ein gehässiges und völlig unrealistisches Manöver.

Er durchschaute es sofort. »Das können Sie sich gar nicht leisten.«

»Aber Sie gehen doch wahrscheinlich so oder so.«

Er runzelte die Stirn. »Das hat nichts mit Ihnen zu tun.«

Ich stieß zitternd den Atem aus und nickte. Er hatte recht. Und das wussten wir beide. Es war nichts Persönliches. Er tat nur, was für seine Karriere am besten war. Hatte Wyatt mir eine Szene gemacht, als ich im *Lilou* gekündigt hatte, um weiter vorwärts zu kommen? Nein. Er hatte mir alles Gute gewünscht und seine Hilfe angeboten, wann auch immer ich sie brauchen würde.

Das Problem war, dass Blaze viel mehr Erfahrung hatte als ich. Ich konnte ihn nicht gehen lassen und ihm anbieten, dass er mich, falls nötig, Tag und Nacht anrufen könnte. Vermutlich würde er meine Nummer blockieren, aus Furcht, dass ich ihn nachts betrunken anrufen und ihn anflehen würde zurückzukommen.

»Ich weiß«, sagte ich. Und das war aufrichtig gemeint. »Ich weiß, dass es nichts Persönliches ist. Sie müssen tun, was das Beste für Ihre Zukunft ist. Und das ist, offen gestanden, das *Sunday House*.« Ich hob die Hände und zeigte mit ausholender Geste auf die neuerdings glänzende Küche. »Ich wünschte, ich könnte sagen, dass es das *Bianca* ist. Ich wünschte, ich könnte Ihnen mehr Lohn und bessere Aufstiegschancen bieten. Aber ich freue mich, dass man im *Sunday House* Ihr unglaubliches Talent erkannt hat. Und ich wünsche Ihnen alles Gute.«

»Ich habe noch nicht gekündigt«, erinnerte er mich und runzelte die Stirn.

Ich winkte ab. Ja, noch hatte er nicht gekündigt, aber das würde nicht mehr lange dauern. Wenn ich mich jetzt verabschiedete, ersparte mir das den späteren Abschiedsschmerz.

Und das Warten auf die Existenzkrise, wenn das *Bianca* in den Abgrund trudelte.

»Okay, das stimmt wohl.« Ich brachte ein dünnes Lächeln zustande. »Denken Sie in Ruhe darüber nach, und lassen Sie mich wissen, wie Sie entschieden haben. Ich fände es schön, wenn Sie blieben, wenigstens bis die neue Karte und der Brunch eingeführt sind. Aber überlegen Sie sich auch das und geben Sie mir dann Bescheid.«

Den mitfühlenden Ausdruck, der auf seinem Gesicht erschien, konnte ich kaum ertragen. »Okay, das werde ich.«

Ich nahm all meinen Mut zusammen, lächelte tapfer und schob mir eine Strähne aus dem Gesicht. »Bis dahin aber haben wir die Karte zu überarbeiten. Wir sollten loslegen.«

Er nickte. »Ja, Chef. Wo soll ich anfangen?«

»Ich möchte, dass schon heute Abend das Menü wechselt, Blaze. Also in ein paar Stunden. Wir erstellen fürs Erste eine Übergangskarte, die wir einfach im Büro ausdrucken, bis wir uns auf eine endgültige Linie festgelegt haben. Je nachdem, wie es um unsere Vorräte steht, müssen Sie vielleicht noch ein paar Besorgungen machen. Und die regelmäßigen Bestellungen sollten auf die neuen Speisen abgestimmt werden. Mein ursprünglicher Plan war, nach und nach Verschiedenes auszuprobieren. Aber ich bin in der Stimmung, schon heute Abend mit den alten Gewohnheiten zu brechen.«

»Sie wollen noch heute die Karte komplett umstellen?« Der

panische Klang seiner Stimme hallte durch die Küche, aber es war sein fassungsloser Blick, der mich an meiner Entscheidung zweifeln ließ.

Falls ich gehofft hatte, ihn mit meiner geradezu bewunderungswürdigen Unbekümmertheit zu beeindrucken, war ich kläglich gescheitert. Blaze wollte nicht auf einen Streich die ganze Karte umwerfen. Er wollte die alte leicht abändern. Was sicher die klügere Entscheidung gewesen wäre.

Mir stand jedoch der Sinn nach Chaos. Ich wollte ein Statement setzen. Ich wollte der Stadt verkünden, dass ich nicht länger bereit war, den Status quo hinzunehmen. Das *Bianca* stand offiziell unter neuer Leitung. Und wenn ich mit dem Schiff untergehen sollte, dann wollte ich so hohe Wellen schlagen wie nur möglich.

Scheinbar hatte ich bei der Vorstellung lächeln müssen, denn Blaze blickte mich nur noch besorgter an. »Alles in Ordnung, Chef?«

»Mir geht's großartig.« Ich war mir nicht sicher, ob ich das ernst meinte, aber im Moment verließ ich mich auf die Vom-Schein-zum-Sein-Philosophie, die mir so vertraut war. »An die Arbeit.«

Am Ende des Tages schaffte ich es mit Not gerade noch ins Bett. Und ich machte mir nicht mal die Mühe, die Schuhe auszuziehen.

Hinter mir lagen vierzehn Stunden purer Wahnsinn. Den kompletten Vormittag hatten wir damit verbracht, fünf Speisen auszuwählen, die dem neuen Stil entsprachen und nicht an Schweinefutter erinnerten. Dazu drei Vorspeisen, zwei Salate und vier Beilagen.

Ich drehte mich auf den Rücken und starrte an die Decke. Meine Arme waren schwer wie Blei, und meine Beine schmerzten höllisch, der Kombination von Spinningkurs und hartem Arbeitstag sei Dank. Aber der Schmerz fühlte sich gut an.

Ich hatte hart gearbeitet. Und auch Blaze hatte geschuftet. Es kam mir so vor, als hätte er ein schlechtes Gewissen und wollte wiedergutmachen, dass er überlegte zu kündigen. Was mir nur recht war. Ich würde jegliche Hilfe von ihm nehmen, die ich bekommen konnte. Und dann vermutlich gnadenlos untergehen, sobald er gegangen war.

Trotz des drohenden Unheils hatte ich ein gutes Gefühl, denn der Abend war gut gelaufen. Wir bekamen mehr Lob als je zuvor in der Geschichte des Kochens. Oder zumindest in der Geschichte des *Bianca*.

Den Gästen gefiel das neue Angebot. Und auch wenn in der Küche noch nicht alles perfekt lief, hatten wir es fertiggebracht, Gerichte zu servieren, die genau den Geschmacksnerv unserer Gäste trafen.

Zugegeben, jeder der angerichteten Teller sah ein wenig anders aus, auch wenn es das gleiche Gericht war, aber alles schmeckte großartig. Und auf chaotische Weise, laut und schweißtreibend, war die Stimmung in der Küche gut.

Ich brauchte eine Dusche. Zumindest sollte ich mir die mit Fett verschmierten Schuhe ausziehen, aber dafür brachte ich keine Energie mehr auf. Ich schloss die Augen, sank in den Schlaf und träumte von fantastischem Essen, einem Restaurant voller Trubel, und einem Mann, der mir sagte, dass ich viel zu schön sei, bevor ich mit ihm den besten Sex meines Lebens hatte.

17. KAPITEL

»Du bist zu früh!«, beschwerte sich Molly. »Ich habe Ezra extra gebeten, dir zu sagen, dass du ja nicht vor zehn hier auftauchen sollst.«

Lächelnd beobachtete ich, wie sie versuchte, einen Kuchen auf eine dekorative Tortenplatte zu schieben. »Ich kann nichts dagegen tun.« Ich half mit dem Finger nach, den Rand des Kuchens von der festgeklebten Tortenspitze zu befreien. »Genauso, wie du nichts dagegen tun kannst, chronisch zu spät dran zu sein.«

Sie verdrehte die Augen und leckte den Zuckerguss von ihrem Daumen. »Du kannst nichts dagegen tun, ist klar«, murmelte sie. »Schalte den Fernseher ein oder so. Es ist ganz einfach.«

»Ich wüsste nicht mal, wie das funktioniert. Manche von uns haben nicht den Luxus, sich ausschließlich dem Dauerglotzen auf ihr wachsendes Bankkonto hingeben zu können.«

Sie lachte über meine Stichelei über Trophäenfrauen. »Manche von uns schaffen es, bis in die Puppen Serien zu glotzen und gleichzeitig ihr wachsendes Bankkonto im Auge zu behalten. Du musst einfach jemanden mit Geld heiraten, Süße.«

»Ezra!«, rief ich. »Deine Goldgräberfreundin macht sich über mich lustig.«

Er streckte den Kopf über das Geländer vom ersten Stock,

in dem sich ihr Schlafzimmer befand. »Ich hab dir ja gesagt, komm nicht zu früh.«

Ich zuckte erneut mit den Schultern. »Ich kann nichts dafür.«

Er verschwand wieder, und ich holte den Bio-Orangensaft und die Flasche billigen Champagner aus meiner Tasche. Eine Flasche in jeder Hand strahlte ich Molly an. »Verzeihst du mir?«

Sie griff nach dem Zehn-Dollar-Champagner. »Du hast das gute Zeug mitgebracht!«

Aus Veras Mund wäre das purer Sarkasmus gewesen, aber ich kannte Molly nur zu gut. Sie passte sich mühelos Ezras Lebensstil an, aber insgeheim bevorzugte sie Fast Food und Supermarktwein aus dem Sonderangebot. Sie hatte keinen feinen Gaumen.

Noch ein Grund, warum ich sie so heiß und innig liebte.

»Wer soll denn das alles essen?«, fragte ich, als ich die Berge von Eierspeisen, Quiche und Donuts betrachtete, mit denen man eine ganze Armee sattbekommen hätte. Oder sechs Leute in ein siebzig Jahre andauerndes Kohlenhydrat-Koma versetzen konnte.

»Na, du und ich.«

Ich schaute sie an. »Ja, so weit war mir das schon klar.«

»Und Ezra.«

»Ganz schön viel Essen für uns drei.«

Es gelang ihr nicht, ein Lächeln zu unterdrücken. »Ich war so unschlüssig. Die Sache hat sich irgendwie verselbstständigt. Zuerst habe ich eine Quiche bestellt, aber dann war ich mir nicht sicher, ob alle Spinat mögen. Also habe ich noch eine zweite gekauft. Der Eierauflauf sah auch so lecker aus. Bei den Donuts konnte ich mich noch weniger entscheiden ... Tja, und das ist dann dabei herausgekommen.«

»Schatz, wir sind alle verrückt nach Essen. Wir probieren buchstäblich alles, nur um zu wissen, wie es schmeckt.«

»Nicht alles«, bemerkte sie ganz treffend.

»Stimmt. Aber solange du es nicht gekocht hast, essen wir buchstäblich alles.«

Sie schlug mit dem Geschirrtuch nach mir, das sie sich über ihre Schulter geworfen hatte. »Jetzt werdet ihr eben all das hier essen müssen. Ich hoffe, du bist glücklich.« Sie sauste durch die Küche und sammelte alle Verpackungen und Hinweise ein, die verraten hätten, dass nicht sie diesen Brunch gezaubert hatte.

Als würden die Gäste das nicht spitzkriegen, sobald sie auch nur das Haus betreten hätten.

Es sei denn, sie hatte noch Leute eingeladen, die wir nicht kannten. Es war Molly durchaus zuzutrauen, dass sie völlige Fremde von der Straße holte, nur damit das Essen nicht im Mülleimer landete.

»Kaya und Wyatt kommen auch«, sagte sie.

»Sonst noch jemand?«

»Ja, und Vann.« Die Klingel schellte, bevor ich weiter nachbohren konnte. »Ich geh schnell aufmachen«, meinte sie.

»Ezra hat schon gesagt, dass du ihn eingeladen hast.« Sie warf mit einem breiten, beschwichtigenden Grinsen einen Blick über die Schulter. »Ich glaube, du hast mich neulich missverstanden. Ich hatte dich nicht gebeten, uns zu verkuppeln.«

Ohne mich zu beachten, öffnete sie die Tür und begrüßte Wyatt und Kaya. »Guten Morgen!«

Ich verrenkte mir den Hals in Richtung Tür und winkte ihnen zu. »Hey, alles klar, Leute?«

Wyatt winkte zurück, und Kaya machte ein paar Tanzschritte und trällerte dabei ein fröhliches »Guten Morgen«.

Mit großen Augen bestaunten sie das Buffet. »Hast du ganz Durham eingeladen?«, wollte Wyatt wissen.

»Haha«, erwiderte Molly. »Ich füttere nicht regelmäßig einen Haufen Leute ab, ich bin noch Anfänger.«

Wyatt schnappte sich einen Donut. »Wir werden das schon irgendwie schaffen.« Er nahm sich einen zweiten Donut und biss herzhaft erst in den einen und gleich in den anderen. »Ein Berg Donuts ist ja nun wirklich keine Krisensituation.«

»Beim nächsten Mal könnt ihr zu uns kommen«, schlug Kaya vor.

»Beim nächsten Mal?«

»Wir sollten jeden Monat so einen Brunch machen, findet ihr nicht? Sonst sehen wir uns in Zukunft überhaupt nicht mehr.«

Da war etwas dran. Wir arbeiteten nun in verschiedenen Restaurants und hatten praktisch keine freie Minute. Wenn wir unsere Treffen nicht regelmäßig planten, wäre ich wohl zu einem einsamen Leben mit einem Haufen Katzen verdonnert und säße in einem Berg von Essensresten, den ich wegschmeißen müsste, weil ich ihn allein gar nicht bewältigen könnte.

Nicht gerade das Leben, das ich mir ausgemalt hatte.

»Ich bin dabei«, rief ich sofort. Allerdings wurde mir ein wenig mulmig, als ich daran dachte, dass ich gar nicht dabei sein konnte, wenn ich tatsächlich den Brunch im *Bianca* einführen würde. Dann bliebe ich außen vor. Aber so was von außen vor.

»Ich auch!«, stimmte Molly zu.

»Du wirst dich ums Gebäck kümmern«, bestimmte Kaya rigoros. »Alles einzufrieren, was wir nicht essen, und es beim nächsten Mal mitzubringen, wirst du wohl schaffen.«

Wyatt griff sich einen dritten Donut. »Wir haben hier genug Zeug für die nächsten dreißig bis vierzig Brunches.«

Molly warf einen Donut nach ihm, doch er duckte sich

und fing ihn geschickt auf. »Nicht solange du auch dabei bist, Wyatt. Du bist wie die Donutausgabe des Krümelmonsters.«

Ezra kam die Treppe herunter. »Hört auf, Molly aufzuziehen«, befahl er und schlang die Arme um sie. »Das alles hier hat sie ganz allein vorbereitet. Ich bin stolz auf sie.«

Er küsste sie liebevoll auf den Kopf, was sie für mich mal wieder zum perfektesten Paar aller Zeiten machte.

Mein Magen sackte gefühlt ein Stockwerk tiefer und stand kurz davor, weitere achtzig in die Tiefe zu stürzen.

Molly schaute meinen Bruder so verliebt an, als hätte er für sie die Sterne vom Himmel geholt. »Ich habe dir gleich zu Anfang unserer Beziehung gesagt, dass eine meiner Stärken Bestellungen beim Lieferdienst sind.«

Er gab ihr einen Eskimokuss. »Das stimmt.«

Von der romantischen Stimmung im Raum angesteckt, lehnte sich Kaya an Wyatt, und er legte den Arm um sie, immer noch einen angebissenen Donut in einer Hand.

Zum Glück hatte ich noch nichts gegessen, sonst hätte ich wahrscheinlich alles wieder von mir gegeben.

Uh, was hatte der Anblick von Pärchen bloß an sich, dass ich mir einerseits einen Mann an meiner Seite wünschte und andererseits auf alles schwor, was mir heilig war, niemals so gefühlsduselig zu werden wie die Turteltäubchen hier?

Dankenswerterweise verhinderte das neuerliche Klingeln an der Haustür, dass ich vor Einsamkeit auf Ezras Küchenboden reiherte.

»Ich geh schon!« Bevor jemand Einspruch erheben konnte, war ich auf dem Weg zur Tür. Sie unterhielten sich in der Küche weiter, aber ich blendete ihre Stimmen aus, denn vermutlich versicherten sie sich gerade ihrer unsterblichen Liebe füreinander und all der ganze Sermon.

Ich riss die Tür auf. Vann stand vor mir. Das Barometer sank sofort um einige Grad, und ich bekam Gänsehaut.

Wir standen eine gefühlte Ewigkeit voreinander, ohne ein Wort zu sagen. Die Zeit blieb stehen, und die Welt um uns herum schien ausgeblendet.

»Brunch?«, meinte er schließlich und hielt ein Netz mit Orangen hoch.

Er hatte sich am Morgen nicht rasiert. Die Bartstoppeln gaben seinem sonst so glatten Gesicht ein wilderes Aussehen. Er hatte seinen adretten Look gegen ein marineblaues Shirt mit dem Logo vom *Cycle Life*, eine graue Sporthose und eine locker sitzende Beanie-Mütze getauscht. Himmel, war das unfair, wie sexy er aussah.

Dabei hätte der Look gar nicht so sexy auf mich wirken dürfen. Ich hatte mich bisher vor allem mit zugeknöpften Anzugträgern der Marke Treuhandvermögen und Privatjet abgegeben. Das war die Sorte Männer, auf denen meine gesamte Erfahrung beruhte. Ich hatte mir einen Mann ausgemalt, der mich zu einem Dreisterne-Essen ausführen und sich auch das Trinkgeld leisten konnte. Und ich hatte mir eingebildet, dass ich das schicke Auto, die Country-Club-Mitgliedschaft und die regelmäßigen Verabredungen zum Golf mit seinen Collegefreunden wirklich wollte.

Vann in dieser Aufmachung war das genaue Gegenteil von Männern, wie ich sie kannte.

Und dennoch …

Ich leckte mir über die trockenen Lippen und versuchte, ruhig zu atmen.

»Hier entlang.« Ich deutete zur Küche.

Er trat ein, blieb aber gleich wieder stehen. »Ich wusste nicht, dass du hier sein würdest«, gestand er leise.

Ich beugte mich zu ihm und atmete dabei unversehens seinen Duft ein. »Ich wusste, dass du kommen würdest«, flüsterte ich. Sein Geruch nach herbem Duschgel, Deodorant und Zitrone benebelte mir die Sinne und nahm mir ganz offensichtlich die Fähigkeit zu lügen.

Und klar zu denken.

Er runzelte die Stirn, meine Worte hatten ihn aufhorchen lassen. »Ich dachte, wir gehen getrennte Wege, Baptiste. Aber du findest immer wieder Möglichkeiten, mir zu begegnen.«

Diese Unterstellung brachte mich wieder etwas zur Besinnung. Ich stellte mich grader hin und bemerkte jetzt erst, dass ich ihm immer näher auf die Pelle gerückt war. »Das im Fitnessstudio war Zufall.« War es tatsächlich. »Und eine Einladung von Ezra zum Brunch kann ich schlecht ausschlagen. Aber sei wachsam, Molly hat vor, uns zu verkuppeln.«

Es blitzte ein Ausdruck in seinem Gesicht auf, der so schnell wieder verschwunden war, dass ich nicht sagen konnte, woher er kam und was er zu bedeuten hatte. »Das klingt logisch. Ich glaube, wir sind die einzigen Singles, die sie kennt.«

»Wir müssen ihr einfach klarmachen, dass wir nicht aneinander interessiert sind«, erklärte ich. »Damit sie mit der Kuppelei aufhört.«

Nun beugte er sich zu mir, und seine Brust stieß an meine Schulter. Ich konnte nichts, als völlig regungslos dastehen, aus lauter Furcht, ich täte sonst etwas Albernes und erschauerte womöglich. Oder finge an zu sabbern. Oder risse ihn zu Boden und würfe mich auf ihn. »Du hast keinerlei Interesse an mir, falls ich mich recht erinnere«, murmelte er so leise, dass die anderen in der Küche ihn nicht hören konnten. »Wenn es nach mir ginge … Ich hätte nichts gegen eine unvergesslichere zweite Runde.«

Ein teuflisches Lächeln erschien in seinem Gesicht, als er von mir abrückte, und seine Augen funkelten herausfordernd.

Meine Wangen glühten, die Scham brannte wie Feuer in mir. »Ach ja?«

»Du bist auf die Bremse getreten, Dillon. Nicht ich.«

Ich schaute ihm fassungslos nach, als er erhobenen Hauptes in die Küche stolzierte.

Gut, er stolzierte nicht. Aber zuzutrauen wäre es ihm. Dieser aufgeblasene Kerl.

Alle bejubelten Vanns Orangen, als hätte er etwas Spektakuläres zustande gebracht. Hallo? Ich hatte immerhin den billigen Champagner mitgebracht.

Ich schaufelte Quiche, Bayerische Creme und einen Krapfen auf meinen Teller. Natürlich nur, damit Molly sich keine Vorwürfe machen musste, zu viel eingekauft zu haben.

Ja, und ich nahm mir auch eine Orange. Aber vor allem, um der sehr realen Gefahr einer Skorbuterkrankung vorzubeugen, und nicht, um Vann das Gefühl zu geben, wir alle hätten nur auf seine Orangen gewartet.

Wir setzten uns an Ezras Tisch, die Teller vollbeladen mit gutem Essen, sehr viel Kohlenhydraten und vor allem Liebe. Gläser mit Mimosas und Kaffeebecher wurden herumgereicht, und der unterhaltsame Teil konnte beginnen.

Mir fiel auf, dass sich Vann, außer in Mollys Nähe, eher zurückhaltend und ziemlich nervös verhielt.

Das war nicht sein gewohnter Freundeskreis, da Vera und Killian fehlten.

Er saß mir am Tisch gegenüber, ab und zu fing ich seinen Blick auf, aber jedes Mal schauten wir schnell wieder weg und taten so, als hätten wir einander nicht bemerkt.

Was sollte ich mit diesem Kerl nur machen?

Er lag völlig richtig. Ich hatte auf die Bremse getreten. Und zwar postwendend.

Nun war ich mir nicht mehr sicher, ob das eine gute Idee gewesen war. Ich fühlte mich eindeutig zu ihm hingezogen. Ich flirtete gern mit ihm. Ich mochte es, ihn anzusehen. Und ich hätte nichts dagegen herauszufinden, ob ich auch andere Dinge gern mit ihm machte …

Das nebelhafte Bild seines nackten Körpers auf mir erschien vor meinem inneren Auge.

Ich schüttelte den Kopf und trank einen Schluck Kaffee.

»Dillon will im *Bianca* am Wochenende Brunch anbieten und dafür abends schließen«, sagte Ezra.

Alle Augen richteten sich auf mich, und ich sah nur überraschte Mienen und hochgezogene Augenbrauen.

»Das *Bianca* braucht ein neues Konzept«, erklärte ich schulterzuckend. »Was wir im Moment machen, funktioniert einfach nicht. Ich muss umfassende Änderungen durchführen. Und das schnell.«

»Wann willst du damit starten?«, fragte Kaya.

»Möglichst bald.« Ich schaute zu Molly. »Ich würde den Neuanfang gern mit einer Social-Media-Kampagne auf Touren bringen.«

Sie nickte begeistert. »Klar doch. Mir gefällt die Idee. Das *Bianca* ist genau der richtige Ort für ein Frühstücksangebot. Und dazu das natürliche Licht und die weiße Einrichtung. Wie gemacht für ausgedehnte Samstagvormittage, dokumentiert in den sozialen Netzwerken.«

Ich lächelte über ihr Lob. Sie war zwar nicht gerade die kulinarische Expertin der Gruppe, aber sie entsprach genau meiner Zielgruppe. Ihre Begeisterung war ermutigend.

»Guter Ansatz, Dillon«, meinte auch Wyatt. »Für dein Personal wird das allerdings eine ganz schön harte Umstellung sein.«

»Wir haben schon darüber geredet. Ich habe einige Strategien in petto, die wir ausprobieren werden. Im schlimmsten

Fall stelle ich ein paar weitere Kellner und Beiköche ein. Die Karte wird ziemlich schlicht ausfallen. Ich möchte unkomplizierte Eleganz.«

»Legerer Stil, französisch inspiriert, hat sie mir erklärt«, ergänzte Ezra schulterzuckend, und sein Gesicht war voll Anerkennung. »Unmöglich, dieses Konzept nicht zu mögen. Hoffentlich kommt die Umsetzung ebenso gut an.«

Vanns Blick brannte auf meiner Haut, und mir wurde heiß. Ich war mir seiner Gegenwart nicht nur deutlich bewusst, sondern sie machte mich dummerweise nervös. »Hoffentlich«, sagte ich matt.

»Du denkst jetzt wie ein echter Küchenchef, was?« Vanns Stimme hatte einen spöttischen Unterton, der mich sofort wütend machte. Und meine Angriffslust anheizte.

Ich spielte mit dem leeren Champagnerglas in meinen Händen. »Ja, klar, ich bin ja auch einer.«

Sein selbstzufriedenes Grinsen kam nicht überraschend. »Ich bin beeindruckt, Dillon.«

»Du bist beeindruckt, Vann? Da geht's mir doch gleich viel besser.«

Er stützte die Ellbogen auf den Tisch und neigte den Kopf, sodass wir auf Augenhöhe waren. »Ich dachte, das wäre dein Ziel. Mich zu beeindrucken.«

Ich klappte den Mund zu, knirschte frustriert mit den Zähnen und bedachte ihn mit einem schmallippigen Lächeln. Er verbarg sein Grinsen hinter der Kaffeetasse.

Ich musterte ihn mit zusammengekniffenen Augen, während er die Augen aufriss und den Ahnungslosen spielte.

Die Blicke der anderen wanderten zwischen uns hin und her wie bei einem Tennismatch.

Ich drehte mich zu Ezra um und lächelte süßlich. »Ich glaube, ich habe dir zu danken.«

»Wieso?«, fragte er und versuchte ganz offensichtlich ein Lachen auf meine Kosten zu unterdrücken.

»Weil du mich zu einer echten Küchenchefin gemacht hast.«

Ezra zuckte mit den Schultern. »Da gibt es nichts zu danken. Was du im Restaurant leistest, ist allein dein Verdienst.«

Ich schob mir den Rest eines Donuts in den Mund und versuchte, mich so normal wie möglich zu verhalten. Hin- und hergerissen zwischen all den Komplimenten, der Unterstützung und Vanns Sticheleien, überhaupt seiner ganzen Anwesenheit, lagen meine Nerven völlig blank. Wäre ich ein Vogel, mir würde sich das Gefieder sträuben, jede einzelne Feder.

»Vor einiger Zeit hätte ich das für unmöglich gehalten«, fuhr Ezra fort. Eine neue Flutwelle von Scham schlug über mir zusammen. »Und hier bist du nun und sagst *mir*, wie du *mein* Restaurant führen wirst.«

Ich wusste, er meinte es nur gut. Mein älterer Bruder wollte mir nur seine Liebe und Anerkennung zeigen. Aber musste das ausgerechnet jetzt sein? In Vanns Gegenwart? Und vor allen anderen?

Natürlich enthielt sich Vann nicht eines Kommentars, wie es höfliche Leute getan hätten, die sich benehmen konnten. Oh nein. Er stocherte direkt im Wespennest herum. »Warum hättest du das für unmöglich gehalten?«

Ezra besaß keine Antennen für Peinlichkeiten. Vermutlich wusste er nicht mal, was Scham ist. Bei ihm leuchteten keine Warnlampen auf, die ihm sagten, wann er sich bremsen oder einfach den Mund halten musste. Er pflügte immer weiter voran, ohne zu merken, wie viele Leute er mit seinen unbedachten Äußerungen überfuhr. Es war das erste Mal, dass ich das am eigenen Leib erleben durfte. Was die Sache nicht leichter machte.

»Weil Dillon ein paar wilde Jahre hinter sich hat. Sie hielt es nie lange in einem Job aus, geschweige denn, dass sie ein Restaurant hätte führen können.« Der beiläufige Humor in seiner Stimme verschwand, und er wurde ernst. »Ehrlich gesagt gab es eine Zeit, da habe ich sogar gedacht, ich würde sie verlieren.« Ich warf ihm einen finsteren Blick zu, und er zuckte zusammen. Offensichtlich hatte er endlich bemerkt, dass er zu weit gegangen war. »Aber schau dich jetzt an, Schwesterherz.« Er versuchte, seine ungewollte Reise in die Vergangenheit mit betonter Fröhlichkeit zu überspielen. »Du hast es zu was gebracht.«

»Danke, Ez.« Ich verwendete seinen Spitznamen, nur um ihn zu ärgern. »Aber wir müssen keine alten Geschichten aufwärmen. Weder heute noch sonst irgendwann. Niemals wieder.«

Vann spitzte die Ohren wie ein Jagdhund auf der Fährte. »Das muss eine ziemlich schlimme Zeit gewesen sein. Ich meine, auch für dich als ihr Bruder.«

Ezra nickte.

Ich beschloss, Vann zu ermorden.

»Mich hat's fast umgebracht, als Vera mit Derrek, dem Wichser, zusammen war«, erklärte Vann. »Ich kam mir so hilflos vor.«

Ich sah Mollys düsteren Blick, mit dem sie die beiden musterte, und war dankbar für ihre Verbundenheit, auch wenn sie nichts sagte. Ezra bemerkte Vanns hinterlistige Taktik nicht einmal.

»Schwestern.« Ezra seufzte.

»Okay, ich glaube, wir haben jetzt genug gehört von der Schützenhilfe großer Brüder«, sagte ich und stand auf, um die Teller abzuräumen. Es war offiziell höchste Zeit, die Biege zu machen. »Ihr beide könnt das Treffen eurer Selbsthilfegruppe ja nächsten Monat fortsetzen. Ezra, dann ist deine dreckige Wäsche an der Reihe.«

Vann sah mich direkt an, und ich hätte schwören können, dass seine grauen Augen funkelten. »Oha, tut mir leid, wenn ich dich gekränkt habe. Ich kann mich nur gut in Ezras Lage versetzen. Mehr wollte ich gar nicht sagen. Ich weiß, wie es ist, wenn man sich um jemanden Sorgen macht und tatenlos zusehen muss, wie er sich quält, weil man nichts dagegen tun kann.«

»Vor allem, wenn die Hilfe auch noch abgelehnt wird«, ergänzte Ezra.

»Ich habe keine Hilfe gebraucht«, warf ich ein, völlig genervt, weil diese Diskussion trotz meiner mühsamen Versuche kein Ende fand. »Mir ging es gut.«

»Jetzt geht es dir gut«, rief Ezra mir nach, als ich mit mehreren Tellern in den Händen in die Küche stürmte. »Du weißt, was mit dir vor sechs Jahren war. Da ging's dir nicht mal ansatzweise gut.«

Angespanntes Schweigen machte sich breit, denn seine Worte schossen wie Pfeile durch die Luft, die zwar die Neugier aller anstachelten, mich aber bis ins Mark trafen.

»Ezra, lass es endlich gut sein«, zischte Molly. Aber sonst sagte lange Zeit niemand etwas.

Ich stellte das Geschirr in die Spüle, drehte den Wasserhahn auf und wünschte, Ezras Wohnung böte mehr Privatsphäre.

Ich atmete tief ein, wohl wissend, dass ich etwas sagen musste. Ich durfte diesen Morgen nicht so enden lassen. Außerdem war das alles schon sechs Jahre her.

Sechs lange Jahre.

Inzwischen sollte ich damit abgeschlossen haben.

Warum brachte mich das immer noch aus der Fassung?

Ich setzte ein gezwungenes Lächeln auf, ging ins Esszimmer zurück und schaute meine Freunde an, die immer noch angespannt schwiegen.

»Ja, ich hatte ein paar wilde Jahre«, bestätigte ich, was jetzt ohnehin schon jeder wusste. »Das mag euch überraschen, aber ich habe ordentlich auf den Putz gehauen, wie das auf dem College eben so ist. Ich habe zu viel getrunken. Zu viel Party gemacht. Ich habe in vielen Dingen über die Stränge geschlagen. Aber ich habe daraus gelernt. Ich bin erwachsen geworden. Keiner muss sich mehr Sorgen um mich machen.«

Ezra traute meinem raschen Stimmungswechsel und beschwichtigenden Lächeln ganz offensichtlich nicht. Nach der Hölle, durch die ich ihn während meiner frühen Zwanziger geschickt hatte, war es kein Wunder, wenn er daran zweifelte, dass ich diese Zeit komplett hinter mir gelassen hatte. Und dabei kannte er nicht einmal die ganze schlimme Wahrheit.

Kaya winkte ab. »Ich hatte keine Ahnung, dass du früher gern mal einen über den Durst getrunken hast. Ich glaube, jetzt können wir wirklich beste Freundinnen sein«, sagte sie scherzend. »Ich habe insgeheim drauf gehofft, dass du eine grenzwertige Alkoholikerin bist. Und jetzt habe ich endlich das letzte fehlende Puzzlestück.«

Ich lachte über ihr loses Mundwerk und fühlte mich ein wenig besser.

Auch Molly lachte. »Schon bei unserer ersten Begegnung hat Dillon mir mitgeteilt, dass Partys ihr Ding seien. Es ist wichtig, seine Stärken zu kennen.«

Ich grinste, aber der Druck in meiner Brust drohte immer noch, mich zu ersticken. Schweißperlen liefen mir über den Rücken, und ich hatte das ungute Gefühl, unerwünschte Hände würden über meine Beine streichen.

»Ich bin jetzt weg.« Ich schrie fast. Nach nichts sehnte ich mich mehr, als nach Ruhe und Frieden. »Danke für den Brunch, Molly. Ich ruf dich später an.« Ich ging drei Schritte rückwärts. »Dich auch, Kaya. Tschüss, Wyatt. Ezra.« Widerstrebend sah ich kurz in Richtung des riesigen Trampeltiers hier im Raum, und unsere Blicke trafen sich kurz, bevor ich mir meine Tasche vom Stuhl schnappte und so tat, als suchte ich nach meinen Schlüsseln. »Vann. Tschüss, zusammen.«

Ich machte, dass ich davonkam, ließ ihre Abschiedsrufe hinter mir und spurtete geradezu aus dem Haus. Gewöhnlich geriet ich nicht so aus der Fassung, wenn von meiner Vergangenheit die Rede war, aber mit Ezra und Vann an einem Tisch, und das auch noch um zehn Uhr morgens, war mir die miese Erinnerung plötzlich viel zu real erschienen.

»Dillon!«

Offenbar war die Botschaft meines Turbo-Abgangs bei Vann nicht deutlich genug angekommen. Ich schaute über die Schulter und tatsächlich – er lief mir hinterher. Verdammt, und so ernst, wie er dreinschaute, wollte er mir wohl auch noch etwas mitteilen.

Ich winkte abweisend, die Schlüssel fest in der Hand. »Oh, hallo, aber entschuldige, ich muss schleunigst zur Arbeit. Da wir noch nicht zum Brunch gewechselt haben, muss ich für heute Abend noch einiges vorbereiten.«

Er legte einen Zahn zu. »Hey, jetzt warte doch mal. Nur eine Minute.«

Ich öffnete meine Autotür, und nur mein dämliches Zögern war schuld, dass ich nicht längst auf dem rettenden Fahrersitz saß und die Tür verriegelt hatte, bevor er mich einholen konnte.

Aber er rannte. In diesem T-Shirt und der Sporthose. Und das lenkte mich ab, verflucht noch mal.

Er griff nach der Autotür und hielt sie fest. »Sag, kannst du mal langsamer machen?«

Ich schüttelte den Kopf. Nein. Konnte ich nicht. »Ich muss jetzt wirklich los.«

»Du bist also eine Läuferin?«

Ich blinzelte verwirrt und versuchte zu kapieren, was er mir sagen wollte. »Eigentlich bin ich Yogafan. Aber ja, ich will ein bisschen besser in Form kommen. Deshalb der Spinningkurs.«

Er lächelte und strahlte mit der Morgensonne um die Wette. Es war atemberaubend. Nervenzermürbend. Lebensverändernd. »Das habe ich nicht gemeint. Du rennst weg. Du hast One-Night-Stands, weil du dich nicht festlegen willst.«

Ich runzelte die Stirn. Ausgerechnet am heutigen Morgen wollte er schlau aus mir geworden sein? Bestimmt nicht. Vor allem, weil er nur die halbe Wahrheit kannte. Und erst recht nicht mit der Art, wie er mich gerade in die Pfanne gehauen hatte. »Nein, ich habe keine Zeit für feste Beziehungen. Ich arbeite jeden Abend. Und fast den ganzen Tag. Buchstäblich rund um die Uhr. Da bleibt nur Zeit für One-Night-Stands.« Jene brutalen Hände krochen wieder meine nackten Beine hoch. Ich trat mit dem Fuß aus und schüttelte mein Bein, um das Phantomgefühl loszuwerden, das mich verfolgte. »Und ehrlich gesagt habe ich auch keine One-Night-Stands. Niemals.« Wegen Ezras Enthüllungsgeschichte von eben sah ich mich zu einer Erklärung genötigt. »Jedenfalls nicht mehr. Irgendwann früher mal, aber damit ist schon lange Schluss.«

»Seit sechs Jahren?«

»Wie bitte?«

Seine Miene wurde sanfter, sein Lächeln herzlicher, und ich ärgerte mich, dass mich dieser Anblick wünschen ließ, mich ihm anzuvertrauen. Kein Lächeln sollte eine solche Macht besitzen. »Hör zu, ich habe das Gefühl, ich hab dich falsch eingeschätzt.«

»Genau genommen schätzt du mich falsch ein, seit wir uns kennen.«

Er ignorierte meinen Sarkasmus. »Ich würde gern noch mal von vorn anfangen. Es noch mal versuchen. Oder … Ich weiß auch nicht, was ich will. Aber ich habe ein schlechtes Gewissen wegen dem, was gerade passiert ist.«

Ich tat ihm leid, das war es, was er damit sagen wollte. »Ich bin erwachsen geworden, Vann. Mehr ist nicht passiert. Mein Leben als wildes Partygirl war vorbei, als ich eines Morgens aufwachte und mir klar geworden war, dass ich nicht ewig so weitermachen konnte. Ich wollte nicht … weiter so verantwortungslos und pflichtvergessen und ohne Ziel durchs Leben gehen. Ich brauchte einen Sinn im Leben und ein Ziel und …« Ich fuhr mir durch die Haare und versuchte, die vom Wind zerzausten Strähnen zu glätten. »Mein Vater war gerade erst gestorben. Ich wusste nicht, wie ich damit klarkommen sollte. Meine Mutter war am Boden zerstört. Und in meiner Jugend hatte mir nie jemand irgendwelche Grenzen aufgezeigt. Daher habe ich … Dinge getan, auf die ich nicht stolz bin. Aber diese Phase meines Lebens ist vorbei. Selbst wenn Ezra mir das nicht glaubt, ich habe die letzten sechs Jahre damit verbracht, ihm das zu beweisen.«

Vanns Lächeln verschwand. Ebenso wie der herzerweichende Ausdruck in seinen Augen. Nun wirkte er nur noch besorgt. Verflucht, ich hatte es wirklich noch schlimmer gemacht.

»Klingt, als wäre ziemlich viel passiert«, stellte er fest.

»Das stimmt.« Ich wich seinem Blick aus. »Jede Menge.«

Er ergriff meine Hand und hielt sie fest. Dann beugte er leicht die Knie, bis wir auf Augenhöhe waren. Sein sanfter Griff und der Daumen, der über meine Knöchel rieb, brachten mich dazu, ihn anzusehen. »Es tut mir leid, dass du so eine harte Zeit durchmachen musstest, Dillon. Und es bekümmert mich noch mehr, dass du scheinbar keinen anderen Ausweg gesehen hast.«

Meine Kehle war wie zugeschnürt. Ich konnte nicht schlucken. Oder ihm meine Hand entziehen. Ich konnte nichts, als mich ihm zuzuneigen. »Das ist doch nicht deine Schuld. Ich habe dich damals nicht einmal gekannt.«

Er sah mir fest in die Augen. »Trotzdem. Es macht mich traurig, dass dein Leben so schlimm war. Der Tod deines Vaters. Und dass du dachtest, trinken, Party machen, oder was auch immer, könnte dir darüber hinweghelfen. Das alles tut mir wirklich leid.«

Am liebsten hätte ich die Arme um ihn geschlungen und mich an seiner Brust ausgeweint. Ich wollte, dass er mich die nächsten sieben Jahre festhielt, bis mein Herz heilen konnte und sich sämtliche Erinnerungen an diese Zeit in Luft aufgelöst hätten.

Statt ihm für sein Mitgefühl zu danken oder ihn wissen zu lassen, wie sehr mich seine Worte berührten, lehnte ich mich zurück und warf meine Tasche auf den Beifahrersitz. »Ich muss jetzt wirklich los.«

»Läuferin«, flüsterte er, und ich wusste, dass er lächelte, noch ehe ich ihn ansah.

»Und wenn schon?«, fragte ich und verstand jetzt erst wirklich, was er mir sagen wollte.

Er zuckte mit den Schultern und schob die Hände in die Taschen, was ihn noch viel heißer aussehen ließ. »Ich bin nur froh, dass es nicht an meinen Verführungskünsten liegt.«

Ich sah ihn an, froh, dass wir wieder zu den neckenden Wortgefechten zurückgefunden hatten. »Vielleicht liegt es ja doch daran. Das weißt du doch gar nicht, oder?«

Sein Lächeln erlosch und machte seinem typischen Stirnrunzeln Platz. »Nein, vermutlich nicht.«

Ich machte Anstalten, ins Auto zu steigen. »Ich sag ja nur … Vielleicht solltest du einen kostenlosen Ratschlag nicht ablehnen.«

Die Falten auf seiner Stirn wurden tiefer. »Heißt das, du erinnerst dich wieder?«

Ich schüttelte den Kopf, denn ich wollte nicht zugeben, dass es keine Rolle spielte, ob ich mich erinnerte oder nicht. Er hatte meinem Zölibat ein Ende bereitet, aber das hieß noch lange nicht, dass ich daraus eine regelmäßige Sache machen wollte. »Tut mir leid.« Ich zuckte mit den Schultern. »Zum Glück bist du ja nicht auf der Suche nach einem netten Mädchen.«

Er trat näher an die Autotür, das einzige Hindernis, das uns noch trennte. »Du bist kein nettes Mädchen, Dillon.«

Ein heißer Schauer rieselte mir über den Rücken. »Du warst schon mal anderer Ansicht.«

»Ich habe mich getäuscht.«

Ich atmete tief ein, ließ mich auf den Sitz plumpsen, und hatte Angst davor, was passieren würde, wenn wir uns weiter unterhielten. »Tschüss, Vann.«

»Tschüss, Dillon.«

Völlig aufgewühlt fuhr ich endlich los. In meinem Herzen tobten die unterschiedlichsten Gefühle. Genau wie in meinem Kopf.

Das war so ungerecht. Er spielte nicht fair.

Er war es, der von mir behauptet hatte, ich sei ein nettes Mädchen, und die würden ihn nicht mehr interessieren. Das waren seine Worte. Nicht meine.

Darum hatte ich meinen Schutzpanzer überhaupt fallen lassen. Ich war davon ausgegangen, dass er keine ernsten Absichten mit mir hatte. Und was wollte er mir nun sagen? Dass er mich mochte?

Meine Hände umklammerten das Lenkrad so fest, dass sich die Knöchel weiß färbten. »Ich mag ihn auch«, sagte ich laut.

Ach was.

Manchmal musste ich das Offensichtliche laut aussprechen, bevor ich es glauben konnte. Die Wahrheit war, dass ich Vann mochte. Sehr sogar.

Und nun? Ich hatte mich durchaus in den ein oder anderen verguckt, seit … seitdem ich aufgehört hatte, mich mit Männern zu verabreden. Doch keiner dieser Männer hatte solche Gefühle in mir geweckt. Sie hatten mich nie dazu gebracht, mit ihnen zu schlafen.

Sie waren mir nicht so unter die Haut gegangen, dass ich Tag und Nacht hätte an sie denken müssen.

Sollte ich den Versuch wagen?

Was, wenn ich … es einfach ausprobierte?

Früher war ich spontan gewesen. Ich war wild und leichtsinnig und sorglos.

Und das hatte mich in Schwierigkeiten gebracht. Als ich meinem alten Leben den Rücken kehrte, hatte ich mir geschworen, dass ich mich nie wieder in etwas hineinstürzen würde, ohne mir vorher über die Konsequenzen im Klaren zu sein.

Niemals wieder.

Das *Bianca* zu übernehmen war das größte Risiko, das ich in den vergangenen sechs Jahren eingegangen war. Aber ich hatte über den Schritt schon lange vorher nachgedacht. Auch wenn man mir am Ende die Entscheidung quasi abgenommen hatte.

Und Vann? Ganz sicher würde ich keine weiteren sechs Jahre überlegen müssen, ob ich das Risiko einer Beziehung mit ihm eingehen wollte oder nicht.

Und er war ein Risiko – das größte überhaupt.

Aber war er es wert?

Mein Verstand sagte Nein und erinnerte mich an die Konsequenzen, mit denen ich mich bis heute herumschlagen musste.

Mein Verstand wusste, wie verletzend und zerstörerisch Männer sein konnten.

Mein Herz war anderer Meinung.

Vann strahlte etwas aus, von dem ich mehr wollte. Ich kam nicht dagegen an. Vann Delane war anders. Und ich wollte ihn kennenlernen, alles über ihn erfahren.

Auch, ob er wirklich so gut im Bett war.

18. KAPITEL

Danach war Vann plötzlich überall. Vielleicht war er mir früher nur nicht aufgefallen. Womöglich war er schon seit einer Weile Teil meines Lebens, doch ich hatte mich so sehr aufs Überleben konzentriert, dass ich ihn nicht bemerkt hatte.

Wie dem auch sei, nun begegnete ich ihm ständig.

Als Vera und Killian aus den Flitterwochen zurückkehrten, war er am Flughafen, um sie in Empfang zu nehmen. Ich traf ihn beim Spinningkurs, an dem ich drei Mal in der Woche mit Molly teilnahm. Selbst wenn ich in den Bioladen bei mir um die Ecke einkaufen ging, sah ich ihn – noch mehr Orangen kaufen.

Und das Schlimmste? Es war unmöglich, den Kerl zu ignorieren. Nicht seinen glücklichen Ausdruck im Gesicht, als er seine Schwester wiedersah. Oder wenn er so herrlich verschwitzt war nach einer Stunde mittelalterlicher Bein-und-Po-Folter. Und vor allem nicht, wenn er sorgfältig seine Orangen aussuchte und dabei an jeder einzelnen Frucht schnupperte, um sicherzugehen, dass er die guten erwischte.

Ich hatte wirklich versucht, ihm keine Beachtung zu schenken. So zu tun, als ob er Luft wäre. Aber das war unmöglich. Er war einfach überall.

Vor allem aber steckte er mir längst in den Knochen, in meinem Blut.

Denn selbst wenn er nicht in der Nähe war, dachte ich an ihn.

Morgens, wenn ich früher aufwachte, als ich wollte. Während der Vorbereitung in der Küche, wenn ich einen Angestellten zurechtweisen oder eine schwere Entscheidung fällen musste. Ich dachte an ihn, wenn ich in meine leere Wohnung kam, wo mein einsames Bett auf mich wartete. Und auch, wenn die Dating-App, die Kaya mir vor einem Jahr installiert und die ich nie benutzt hatte, einen angeblichen Treffer vorschlug, der nicht er war.

Ich konnte nicht aufhören, an ihn zu denken.

Nur wenn ich die Speisen für unser Brunchangebot plante, das bald an den Start gehen würde, dachte ich nicht an ihn. Dann, und nur dann, beschäftigte sich mein Verstand allein mit gegrilltem Spargel auf hauchdünnen Tomatenscheiben und saftigem Prosciutto. Auch bei den pochierten Eiern in Sauerteig mit Sriracha-Hollandaise schmuggelte er sich nicht in meine Gedanken. Und er konnte es auch nicht mit meiner Version eines Croque Madame mit Grapefruitmarmelade, knusprigem Schweinebauch, Comté-Käse und einem gewendeten Spiegelei auf Brioche aufnehmen.

Die Idee von lässiger französischer Küche war das Einzige, was mir im Moment das Leben rettete. Sowohl privat als auch beruflich.

Ich schaute zum *Cycle Life*, als ich die Straße überquerte. Ich musste dringend ins *Lilou*, um mir grünen Salat zu borgen, war aber gezwungen, meinen Wagen näher an Vanns Laden abzustellen, denn der Parkplatz des *Lilou* wurde im Moment neu gemacht.

Nirgendwo gab es auch nur noch ein einziges Blatt Romana-Salat, und die gesamte Gastronomie war in Aufruhr, denn es war zu einer Verunreinigung mit Escherichia-Coli-Bakterien und zu zahlreichen Krankheitsfällen gekommen, was dazu geführt hatte, dass nicht nur vor dem Verzehr gewarnt wurde, sondern die gesamte Ware konfisziert worden war.

Auch wir hatten den Romana schleunigst weggeworfen, deshalb war ich nun auf der Suche nach Ersatz. Zu meinem Glück hatte Benny einen Schreibfehler bei der Bestellung gemacht, so dass Wyatt sich nicht nur nach einem neuen Souschef umsehen wollte, sondern das *Lilou* auf Bergen von Kopfsalat saß. Wyatt hatte mir großzügig angeboten, mit mir zu teilen für nicht weniger als den Preis meiner Seele.

Als ich mich weigerte, meinte er: »Okay, dann komm zurück und sei wieder mein Souschef, damit ich auf dem verdammten Kopfsalat nicht sitzen bleibe. Ich habe schon überlegt, ihn abzufackeln.«

Als ich sagte: »Echt so viel?«, antwortete er beiläufig: »Vielleicht stecke ich auch Benny stattdessen in Brand.«

Deshalb war ich gekommen, in der Hoffnung, Wyatt um einen Teil des berüchtigten Kopfsalats zu erleichtern und Benny dadurch vor dem Scheiterhaufen zu bewahren.

Nebenbei schielte ich aus sicherem Abstand zum *Cycle Life* hinüber, ob Vann irgendwo auftauchte, während ich versuchte, in Deckung zu bleiben.

Im Grunde genommen schaute ich überallhin, nur nicht, wohin ich lief. Und das wurde mir zum Verhängnis. Eben noch stöckelte ich in meinen Mary-Jane-Pumps von Louboutin, die ich sonst nie zur Arbeit trug, und einem flatternden Sommerkleid, das meiner Figur besonders schmeichelte, wie eine Superspionin auf dem Bürgersteig lässig dahin. Im nächsten Moment ruderte ich mit den Armen in der Luft.

Ich war mir ziemlich sicher, dass ich auch einen Schrei ausstieß.

So eine harte Landung, erst mit den Knien hinzuknallen und dann mit den Handflächen über den Asphalt zu scheuern, das Kleid in Richtung Kopf hochgerutscht, legte man nicht hin, ohne Zeter und Mordio zu schreien.

Daran war allein Molly schuld. Wegen meines engen Terminkalenders hatten wir uns zum Frühstück getroffen, um den Marketingplan durchzusprechen. Dann kam die Hiobsbotschaft von Blaze, dass der Romana-Salat vernichtet werden musste, weshalb ich direkt ins *Bianca* eilte, anstatt mich vorher zu Hause umzuziehen. Und nun war ich im *Lilou* – also, so gut wie –, und mir lief die Zeit davon.

Und den Knöchel hatte ich mir auch verrenkt.

Verdammt, tat das weh!

Vorsichtig rappelte ich mich auf und versuchte, meinen Fuß zu befreien. Es ging nicht.

»Was zum Teufel?«

Auch der zweite Versuch scheiterte. Als ich mir die Sache genauer betrachtete, stellte ich fest, dass mein blöder Absatz im Schlitz des Kanaldeckels feststeckte, den ich übersehen haben musste.

Ich zog an meinem Bein, was absolut nichts brachte. Ich saß definitiv fest.

Ich würde den Riemen lösen müssen, um den Schuh ausziehen zu können. Dafür müsste ich aber erst mal hochkommen. Argh! Das hatte ich nun davon, dass ich mich vor der Arbeit schick gemacht hatte.

Wenn ich die Salatsituation nicht bald in den Griff bekam, würde ich in den verdammten Schuhen kochen müssen!

»Verdammte Scheiße«, zischte ich, als ich langsam versuchte, mich auf das freie Bein zu stellen. »Mist!«, fluchte ich, als mir erneut die Balance abhandenkam.

Dieser blöde Gullydeckel. Warum war ich ausgerechnet in dem einzigen Loch, das sich in der ganzen Stadt auftreiben ließ, mit meinem Absatz stecken geblieben?

»Dillon?«

Ich schloss die Augen und wandte mich ab von der Stimme und dem dazugehörigen Mann, der da auf mich zukam. Auf diese Weise wollte ich seine Aufmerksamkeit bestimmt nicht erregen. Oder auch nur irgendjemandes Aufmerksamkeit.

Mir blieb nur eine Wahl. So zu tun, als säße ich nicht in der Falle. Wo war jene Persönlichkeit hin, der es immer gut ging, die jeder kannte und mochte und die ich jetzt gut gebrauchen könnte?

Eine Sekunde später stand er vor mir. »Alles in Ordnung? Ich habe gesehen, wie du gestürzt bist.«

»Hallo, Vann.«

Meine Wangen brannten. Natürlich hatte er das.

»Mir ist nichts passiert.«

So prüfend, wie er mich ansah, nahm er mir das nicht ab. Nicht im Geringsten. Und da lag er nicht falsch. Meine Handflächen brannten, die Knie taten weh, und es fühlte sich verdächtig danach an, als liefe mir Blut das Bein hinunter. Abgesehen davon saß mein Schuh immer noch fest.

Er trat einen Schritt zurück und sah an mir hinunter, bis sein Blick schließlich auf meinen dämlichen, teuren Pumps fiel. »Steckst du fest?«

Ich versuchte vorsichtig, den Schuh herauszudrehen. Vielleicht bekäme ich den Absatz eher aus dem Loch, wenn ich es nicht so krampfhaft versuchte.

Nein, keine Chance.

Wenn sich überhaupt etwas getan hatte, dann saß er höchstens noch fester.

»Ein wenig«, gab ich zu.

Vann konnte sich kaum ein Lachen verkneifen. »Kann ich helfen?«

Bevor ich mich versah, kam ein frustriertes Seufzen aus meinem Mund. »Klar. Vermutlich.«

Da war er wieder, dieser Blick, der mich wissen ließ, dass er mich durchschaute. Aber er sagte kein Wort, ging auf die Knie und legte seine warmen Hände um meinen Knöchel und meine Wade.

Die Wärme seiner Berührung ging mir bis ins Mark. Ich räusperte mich und hoffte, dass er davon nichts mitbekam.

Er zog an meinem Bein, und mein angeknackstes Ego wurde ein wenig besänftigt, weil auch er den Schuh nicht sofort befreien konnte. Er versuchte, einen besseren Griff zu finden und fuhr mit seinen Händen an meinem Bein entlang. Ich hielt den Atem an und versuchte den Kontrast zwischen der sanften Berührung und seinen rauen Händen zu ignorieren.

Er schaute zu mir hoch und lächelte. »Der sitzt wirklich fest.«

Ich blinzelte und nahm in mir auf, wie die Sonne sein dunkles Haar umschmeichelte und die kantigen Züge seines Gesichts hervorhob. Nichts hätte ich lieber getan, als über seine Wange zu streicheln. »Das weiß ich«, erwiderte ich stattdessen.

»Halt dich an mir fest.«

»Was?«

»Ich werde es noch mal versuchen, aber ich möchte nicht, dass du wieder das Gleichgewicht verlierst. Also halt dich an mir fest.«

»Oh, okay.« Ich legte meine Hände auf seine breiten Schultern. Er fasste beherzt zu und zog stärker an meinem Bein, und wie durch ein Wunder war der Absatz plötzlich draußen.

Obwohl ich mich an Vann festhielt, kippte ich ruckartig nach vorn. Er schaffte es gerade rechtzeitig, meine beiden Beine von hinten zu packen und mir wieder Halt zu geben.

Und so standen wir eine Weile da. Ich über ihm, die Hände auf seinen muskulösen Schultern. Er auf den Knien, seine Arme unter meinem Kleid, die Hände immer noch fest um meine Beine gelegt, direkt unter meinem Po.

Mein Mund war wie ausgetrocknet, und ich lief buchstäblich von Kopf bis Fuß rot an. Aber nicht aus Scham.

Dieser Mann, seine Berührung und die Innigkeit, mit der er mich ansah, führten mich gegen alle Vorsätze in Versuchung, Dinge tun zu wollen, die ich schon lange nicht mehr getan hatte.

»Du blutest«, murmelte er.

»Was?«

»Deine Knie bluten.«

Ich schüttelte den Kopf, um wieder zur Vernunft zu kommen. »Oh.«

»Dagegen habe ich was.«

Unsere Blicke verfingen sich, und die Glut in seinen Augen entfachte ein Feuer in mir, das sich in meinem ganzen Körper ausbreitete. »Was?«

»Ich habe was gegen das Blut«, wiederholte er. Nur für den Hauch eines Moments spürte ich noch einmal den kurzen Druck seiner Hände an meinen Oberschenkeln, dann stand er auf und trat einen Schritt zurück. »Ich habe in meinem Büro einen Kasten.«

»Einen Blut-Kasten?«

Seine Mundwinkel zuckten wieder. So nah war das absolut unwiderstehlich. »Einen Verbandskasten.«

Das ergab Sinn. »Nicht nötig, mir geht's gut. Das hört schon von alleine auf.« Ich machte einen Schritt und knickte weg. »Aua«, wimmerte ich wie eine Mimose.

»Wie wär's, wenn du dir von mir helfen lässt. Darin bin ich gut.« Er umfasste meine Taille, stützte mit seiner anderen

Hand meinen Arm und half mir, über den Parkplatz zu seinem Laden zu humpeln.

»Du bist gut darin, Leuten zu helfen?«, fragte ich ungläubig, ohne meinen Sarkasmus zu verhehlen. Ich hatte nicht vor, ihn zu quälen, doch so weit außerhalb meiner Komfortzone wusste ich nicht, wie ich mich ohne den Schutzwall des Sarkasmus mit ihm unterhalten sollte. Ich wollte nur noch, dass dieser peinliche Moment vorüberging.

Das war die bei Weitem schlimmste Verfassung, in der er mich bisher erlebt hatte.

»Insbesondere *dir* zu helfen«, stellte er klar. »Es wird allmählich zu meiner geheimen Superkraft.«

Ich musterte ihn von der Seite. »Ach ja?«

»Du solltest mich als Bodyguard anheuern. Ich folge dir dann den ganzen Tag und warte drauf, dass du dich in Schwierigkeiten bringst.«

Ich hätte mich fast an meiner Spucke verschluckt, so peinlich war mir das alles. »Und was soll das bringen?«

»Dann wäre ich sofort zur Stelle, und du müsstest mich nicht erst zu Hilfe rufen.«

Er hielt die Tür von seinem Laden auf, ich hinkte hinein und bekam von der kühlen Luft der Klimaanlage sofort eine Gänsehaut. »Warum kannst du mich nicht retten, bevor ich in Schwierigkeiten gerate? Das wäre etwas, wofür ich tatsächlich bezahlen würde.«

»Guter Punkt.« Er lachte. »Ich behalte dich stets im Auge und rette dich, noch bevor du Rettung brauchst. Da werde ich alle Hände voll zu tun haben.«

Er führte mich durch seinen Laden, an teuren Fahrrädern, Aufstellern für Kraftriegel und einem Rundständer für Sportkleidung vorbei. Ich versuchte, mir jedes Detail einzuprägen. Es war ihm gelungen, ein cooles Ambiente zu schaffen, das ich in einem Sportladen nicht erwartet hatte. Schlicht und lässig, aber gleichzeitig elegant und ansprechend. Vanns Laden war der Hammer. Ich wollte mir auf der Stelle auch ein Rad kaufen.

Was völlig verrückt war, weil ich ja kaum den Spinningkurs durchhielt.

Offenbar wusste er genau, wie er sein Geschäft zu führen hatte.

»Weißt du, eigentlich bin ich ganz gut klargekommen, bevor du aufgetaucht bist«, sagte ich. »Immerhin bin ich volle siebenundzwanzig Jahre ohne Hilfe über die Runden gekommen.« Okay, das entsprach nicht ganz der Wahrheit, aber ich hatte überlebt.

Er musterte mich zwar, musste aber dabei grinsen. »Das ist nicht komisch, wenn man sich ausschließlich selbst helfen muss. Ehrlich gesagt klingt das ziemlich anstrengend.«

Das sollte ein Witz sein, trotzdem hatte er recht.

Es war geradezu zermürbend. Und noch viel schlimmer war, darin zu versagen. Und doch gab es viele Momente in meiner Vergangenheit, die ich nicht bereute. Man konnte sie zwar nicht als Sternstunden meines Lebens bezeichnen, aber sie hatten mich zu dem Menschen gemacht, der ich heute war.

Aber da gab es die eine große Sache, jene, die alle anderen Momente im Vergleich dazu unbedeutend erscheinen ließ, und die so erdrückend schwer war, dass sie mich lähmte. Sie machte mich so fertig, dass ich wünschte, ich könnte mich für immer in mein Bett verkriechen. Aber auch dort verfolgte sie mich bis in meine Träume, nur um mich aus dem Schlaf zu reißen, noch bevor die Sonne aufging.

Wann immer ich daran dachte, begannen meine Hände zu zittern und meine Knie zu schlottern, und ich wollte nur noch eines, mich in mich selbst zurückziehen und vergessen, dass es passiert war. Vergessen, dass ich an jenem Abend jemanden gebraucht hätte, der mich rettet, aber niemand für mich da war. Ich wollte vergessen, dass ich deswegen so geworden war – misstrauisch, verängstigt, verletzlich.

Es gab die Dillon davor.

Und die Dillon danach.

Das Schreckliche war, dass alle Leute, die ich kannte, die Dillon danach bevorzugten. Sie war verantwortungsbewusster. Ging regelmäßig zur Arbeit. Hatte Ziele und Ehrgeiz und das Grundgerüst eines Marketingplans.

Wie viel ich aufgegeben und welchen Preis ich gezahlt hatte, bis ich begriff, dass ich nicht mehr weitermachen konnte wie bisher und eine neue Dillon werden musste – das wussten sie nicht.

Vann bemerkte meinen Stimmungswechsel sofort und zog die Augenbrauen zusammen. »Hey, wo warst du denn gerade?«

Ich schloss die Augen, als er mir eine Haarsträhne aus dem Gesicht strich und hinter mein Ohr schob. »Ich habe nachgedacht.«

»Worüber?«

Ich öffnete die Augen und begegnete seinem Blick. »Danke, dass du mich heute gerettet hast«, sagte ich leise. »Danke für all die vielen Male, die du mir geholfen hast. Ja, es ist anstrengend, wenn man auf sich allein gestellt ist.«

Statt etwas Ironisches zu erwidern, wie ich es erwartet hätte, lächelte er leicht. »Immer, Dillon. Dich werde ich immer retten.«

Als wäre ich eine Jungfrau in Not, machte mein Herz einen kleinen Satz angesichts des Versprechens, während mein Verstand eine andere Richtung einschlug. Konnte ich ihm trauen? Meinte er das ernst? Warum sollte er? Er kannte mich doch kaum.

Wir waren an seinem Schreibtisch angekommen, er machte darauf Platz und gab mir zu verstehen, dass ich mich draufsetzen sollte. Ich schaute mich in dem ordentlich aufgeräumten Büro um, das eindeutig seine Handschrift trug.

Auf einem riesigen Bild hinter seinem Schreibtisch war die vordere Hälfte eines Fahrrads zu sehen, das durch eine Pfütze fuhr. Das Gemälde wirkte so realistisch, als würde das Wasser und der Schlamm in den Raum spritzen. Und da die Perspektive den Fokus zunächst auf den Vorderreifen lenkte, dauerte es eine Weile, bis ich den kleineren Radfahrer im Hintergrund entdeckte, der, in den Pedalen stehend und über das Lenkrad gebeugt, voll bei der Sache war.

»Der sieht aus wie du«, sagte ich, während er nach dem Verbandskasten kramte.

»Molly hat das Bild für mich gemalt«, erklärte er, ohne seine Suche nach Desinfektionstüchern zu unterbrechen. »Als sie und Ezra gerade frisch verliebt waren, habe ich sie im Grunde moralisch dazu verpflichtet, auch für mich eines zu malen.«

»Wieso das?«

Er sah mich kurz mit schuldbewusstem Blick an. »Sie malt alles, was Vera sich nur wünscht, und dann fing sie auch noch an, für Ezra zu malen. Daraufhin ich: So, jetzt bin ich aber mal an der Reihe, Mädchen.« Er deutete mit dem Kinn zu dem beeindruckenden Gemälde. »Das ist dabei herausgekommen. Aber ich musste ihr schwören, es nicht im Verkaufsraum aufzuhängen, wo es alle Welt sehen kann. Sie hat echt einen Knall.« Seinem Tonfall allerdings konnte man die Zuneigung für Molly anhören.

»Steht ihr beiden euch nahe?«

Schließlich hatte er alles, was er brauchte, zusammengesucht, kniete vor mir nieder und reinigte meine Wunden mit Desinfektionsmittel und Kompressen. »Ja. Bevor dein Bruder auftauchte. Aber sie ist immer noch wie eine Schwester für mich. Und das wird sie auch immer sein. Wir sind zusammen aufgewachsen.« Er seufzte, und sein Atem strich über meine Beine. »Vera und Molly sind seit Ewigkeiten befreundet. Ich kann mich kaum erinnern, wann die beiden nicht zusammen gewesen wären.« Er schaute mich an, ein seltsamer Ausdruck huschte über sein Gesicht. »Außer als Vera mit Derrek liiert war.«

Ich runzelte die Stirn, denn der Name war mir inzwischen nur zu gut bekannt. Seit knapp zwei Jahren war ich mit Vera befreundet und wusste inzwischen einiges über ihre Vergangenheit, auch Einzelheiten über den Tod ihrer Mutter und dass ihr Vater gegen den Krebs gekämpft hatte. Derrek war der miese Typ, der sie jahrelang misshandelt hatte. Nachdem sie endlich die Kraft fand, sich von ihm zu trennen und zu flüchten, hatte sie durch Zufall Killian kennengelernt. Inzwischen war Derrek Geschichte. Dem Himmel sei Dank.

Vann schien meine Gedanken zu lesen. »Aber als ihre Freundin weißt du das sicher.«

Ich nickte und versuchte, nicht mit der Wimper zu zucken, als er anfing, meine nicht wirklich lebensgefährlichen Wunden zu verbinden. »Ich meine, ich kenne Veras Geschichte. Deine kenne ich nicht.«

Unsere Blicke trafen sich erneut, prallten förmlich aufeinander. Ich musste tief Luft holen, so nachdenklich, wie er mich ansah, mit sorgenvoll hängenden Mundwinkeln und zusammengezogenen Augenbrauen.

»Sie ist ziemlich ähnlich«, sagte er.

»Du hattest auch einen Freund, der dich misshandelt hat?«, fragte ich. »Hieß er auch Derrek?«

Sein nachdenklicher Ausdruck wich genau dem Lächeln, von dem ich langsam wie besessen war. »Mach keine Witze, Dillon. Das war eine schwere Zeit für mich.«

Ich stupste ihn mit dem Fuß an. »Wer reißt denn hier Witze?«

Das tiefe Kollern seines Lachens erfüllte den Raum und brachte mein Herz zum Flattern. »Wenn wir keine Witze reißen, muss ich ehrlich sein. Es gab keinen Freund, der mich misshandelt hat. Nicht einmal einen Freund, der mich nicht misshandelt hat. Ich stehe schon mein ganzes Leben lang auf Frauen. Und tue das immer noch.«

Lachend beugte ich mich vor und flüsterte: »Du musst mir nicht beweisen, dass du hetero bist. Wir haben miteinander geschlafen, weißt du nicht mehr?«

Er ließ eine Augenbraue in die Höhe schnellen. »Ich weiß es noch. Du auch?«

»Ich arbeite daran«, gab ich zu.

Sein Gesicht wurde ernst und sein Blick so warm, ja geradezu lodernd, dass es mich ganz zappelig machte. Er konzentrierte sich wieder auf meine Knie. »Halt still«, befahl er. Nach einem Moment des Schweigens fragte er: »Und was ist mit dir?«

»Was soll mit mir sein?«

»Wie war es so in der Pflegefamilie?«

Sein Ton war so einfühlsam, dass ich wie Schokolade dahinschmolz. Aber das war nicht meine Geschichte. »Ich bin nicht in einer Pflegefamilie aufgewachsen. Ezra und ich sind Halbgeschwister. Derselbe Vater, unterschiedliche Mütter.«

Er sah mich perplex an, und das Erstaunen zauberte hinreißende Fältchen um seine Augen. »Oh.«

Ich lächelte, um die Spannung zu lösen. »Ich habe noch Glück gehabt. Ezras Geschichte ist viel tragischer als meine.« Nun wirkte er noch verwirrter. »Ich mache bloß Witze. Damit ziehen wir uns gegenseitig immer auf. Er ist verantwortungsbewusster und einfach erwachsener, weil er so eine harte

Kindheit hatte. Er wiederholt ständig, dass er mit mir armer, verwöhnter Tochter aus gutem Haus auf keinen Fall tauschen möchte.«

»Du bist bei deinem Vater aufgewachsen?«

Ich zuckte mit den Schultern. »Manchmal. Mom und Dad waren verheiratet, aber sie lebten nicht immer zusammen. Als Kind habe ich das nicht verstanden. Und um ehrlich zu sein, habe ich immer noch nicht alle Puzzleteile zusammengesetzt.«

»Wieso?«

Ich errötete wie üblich. Die Erinnerungen an meinen Vater brachten immer die schlimmsten Gefühle zum Vorschein. »Er hat sie ständig betrogen. Auf übelste Weise. Aber er war gerne verheiratet. Oder besser, er hat nach der Heirat mit meiner Mutter beschlossen, dass er nie wieder heiraten würde. Die Sache war erledigt. Ein für alle Mal. Aber er wollte auch keine Scheidung. Deshalb blieben meine Eltern zusammen. Auch wenn sie manchmal nicht zusammenlebten. Ergibt das einen Sinn?«

»Hat er sich auch dann um sie gekümmert?«

Ich zuckte mit den Schultern. »Das weiß ich nicht. Meine Mutter redet nicht gern darüber. Als ich bei ihr lebte, gab es oft Zeiten, da war sie wirklich arm dran. Sie hatte kaum genug Geld für die Stromrechnung. Und dann habe ich herausgefunden, dass es meinem Vater gelungen war, sie aus ihrem letzten Job feuern zu lassen, um sie dazu zu bringen, wieder bei ihm einzuziehen. Ein anderes Mal stellte er die Unterhaltszahlungen für mich ein, nur damit sie gezwungen war, ihn anzurufen. Das war seine Art der Misshandlung.«

Vann setzte sich auf die Fersen. »Hat er versucht, sich mit ihr zu versöhnen?«

Ich lachte auf und ärgerte mich, dass es so verbittert klang. »Nein. Das war ja genau der Punkt. Er war nicht bereit, sich zu ändern. Er wollte, dass sie ihn so nahm, wie er war, und sich damit abfand.« Ich schluckte schwer an dem Kloß im Hals, den die unerwünschten Gefühle verursachten. »Meine Mutter war seine Spielchen leid – bis er krank wurde. Dann zog sie wieder bei ihm ein und hat sich bis zu seinem Tod um ihn gekümmert. Er hat ihr etwas Geld hinterlassen. Insofern hat es sich für sie gelohnt.« Ich versuchte, die Last der Erinnerungen an meinen gefühlskalten, toten Vater abzuschütteln. »Vor ein paar Jahren hat sie schließlich einen früheren Geschäftspartner von ihm geheiratet. Tony ist unglaublich nett und betet sie an. Sie sind glücklich. Gerade sind sie in Paris und verbringen dort den Sommer zusammen.«

Er lächelte und mir schien es, als freue er sich für meine Mom, obwohl er sie gar nicht kannte. »Steht ihr beiden euch nahe?«

»Mom und ich? Ja, sehr. Sie ist mein Lieblingsmensch.«

Lachend stand er auf und streckte mir seine Hände entgegen. »Hände.«

Ich blinzelte. »Ja, ganz richtig. Sehr gut erkannt, Vann. Und nun, wo ist deine Nase?«

Er verdrehte die Augen, lachte aber auch. Weil ich mich so lächerlich aufführte. »Nein, her mit deinen Händen. Sie bluten. Ich will die Wunden säubern.«

Ich tat wie geheißen. Seine Berührung war sanft und vorsichtig und doch so bestimmt. Er war eine explosive Mischung aus sanft und hart. Zärtlich und rau. Süß und salzig. Das trieb mich in den Wahnsinn. Und brachte mich um den Verstand.

»Danke«, sagte ich heiser.

»Gern geschehen.«

Er stellte sich überraschend geschickt an, nahm ich zur Kenntnis, und wusste genau, was er tat. »Machst du das bei allen Frauen, die sich vor deinem Laden auf die Nase legen?«

Er grinste verschmitzt. »Du bist zumindest bisher die einzige Frau, die sich auf meinem Parkplatz langgelegt hat, von der ich weiß.« Ich stupste ihn wieder mit den Zehen, diesmal in den Bauch, und beobachtete amüsiert, wie er sich wand. »Hey!«

»Ein wahrer Gentleman hätte einer Lady jetzt gesagt, dass Frauen alle naselang hinfallen und du den halben Tag damit verbringst, blutige Knie und aufgeschürfte Hände zu versorgen.«

Er schüttelte den Kopf. »Wie wär's, wenn ich dir erzähle, dass ich ziemlich viel Erfahrung mit Stürzen habe, aber die passieren gewöhnlich dienstags, wenn wir auf Taco-Tour sind. Alle betrinken sich und knallen dann hin, und ich bin gewöhnlich der Einzige, der noch nüchtern genug ist, um mich um die Verletzten zu kümmern.«

Seltsamerweise rührte mich das sehr. »Doctor Delane, medizinischer Hilfsdienst für gefallene Radler.«

Er schnaubte belustigt über meinen blöden Witz. »Ja, so was in der Art. Außerdem war mein Dad lange krank, und ich habe ein paar Kniffe gelernt, als er im Krankenhaus war.«

Das Lachen blieb mir sofort im Hals stecken, und mein Herz zog sich zusammen. Es tat weh, denn ich konnte mich auch erinnern, dass er seine Mutter verloren hatte. »Es ist echt beschissen, jemanden, den man mag, leiden zu sehen.«

Unsere Blicke prallten erneut aufeinander, und plötzlich wurde mir bewusst, wie nah er mir war. Er stand zwischen meinen Beinen und hielt meine Hand. »Ja, das ist wahr.«

»Es geht ihm doch wieder besser, oder? Deinem Dad, meine ich?«

Er nickte zögernd. »Der Krebs ist in Remission. Er muss aber immer noch regelmäßig zur Kontrolle.«

»Trotzdem ist das eine gute Nachricht.«

»Hast du deinen Dad gemocht?« Als ich ihn fragend ansah, fuhr er rasch fort: »Ich war mir nicht sicher, so wie du über ihn geredet hast, in welcher Beziehung ihr zueinander gestanden habt.«

Oh. Ich auch nicht. Laut sagte ich: »Es war kompliziert, angespannt. Steif. Aber er war mein Dad. Ich habe ihn geliebt. Ganz egal, was für ein Arschloch er war.« Es entstand ein bleiernes Schweigen, während Vann diese Information verdaute. Das ernste Thema war uns auf die Stimmung geschlagen. »Außerdem hat er mir ein unglaubliches Vermögen hinterlassen. Denjenigen, der einen reich gemacht hat, muss man doch lieben, oder?«

Gut und gerne zwanzig Emotionen huschten über sein Gesicht, während er überlegte, wie er meine unverblümte Antwort auffassen sollte.

»Scherz«, sagte ich schnell. Nicht dass er mich noch für ein geldgieriges, undankbares Miststück hielt. »So viel Geld zu erben fühlte sich, nach allem, was passiert war, ziemlich schrecklich an.«

»Ist das der Grund gewesen, warum du die Kochausbildung gemacht hast? Und so hart arbeitest?«

Ich wünschte, ich könnte das mit Ja beantworten, denn das wäre die Gelegenheit gewesen, ein anderes Bild meiner Vergangenheit zu malen. Niemand wusste über meinen Absturz Bescheid – außer Ezra – und er würde diese Dinge nie im Detail ausplaudern. Nicht mal gegenüber Molly. Auch wenn er nicht davor zurückschreckte, bei einem Brunch Andeutungen zu machen.

»Eigentlich nicht. Das Erbe hat mich zu einem verwöhnten Gör gemacht. Ich wusste nicht, wie ich mit dem Tod meines Dads umgehen sollte. Oder mit der Tatsache, dass man einen toten Menschen gleichermaßen lieben und hassen konnte. Ich stand völlig neben mir. Ich habe dumme Entscheidungen getroffen, große Fehler gemacht und mein Leben gründlich vermasselt. Und dann … erst danach habe ich die Kochausbildung gemacht.« Er rührte sich nicht. Wie erstarrt. Er schaute mich so eindringlich an, dass ich meinte, in Flammen aufzugehen. »Ich brauchte ein Ziel im Leben«, sagte ich erstickt. »Einen Sinn. Und ich habe ihn im Kochen gefunden.«

Schweigend ließ er meine Worte sacken. Seit Langem hatte ich niemandem mehr so viel von mir offenbart. Und einen Teil der Wahrheit laut ausgesprochen zu hören machte mir klar, wie wenig ich von meiner Vergangenheit eigentlich preisgegeben hatte. Aber für mich war das schon jede Menge.

Viel zu viel.

Er beugte sich zu mir. Wir waren uns so nahe, dass ich seinen Atem auf meinen Lippen und die Wärme seiner Haut spüren konnte. »Ich finde dich fantastisch«, gestand er flüsternd, und seine Stimme wurde ganz rau. »Du kannst stolz auf das sein, was du erreicht hast. Egal, wie du dort hingekommen bist. Du bist kein verwöhntes Gör mehr. Du bist stark und zäh. Du bist … atemberaubend.«

Ich war mir nicht sicher, wer von uns sich zuerst rührte, oder warum genau jetzt das Feuer zwischen uns aufloderte. Aber kaum hatte er zu Ende gesprochen, lagen meine Lippen auf den seinen und meine bandagierten Hände um seinen Nacken.

Begierig eroberte er meinen Mund, als hungerte er nach etwas, das ihm lange versagt worden war.

Himmel, es fühlte sich so gut an. So absolut richtig.

Unsere Körper schmiegten sich aneinander, als er mich küsste, immer und immer wieder. Unsere Zungen fanden sich und verschmolzen lustvoll in einem Spiel vollständiger Harmonie.

Er umfasste meine Hüften und zog mich so nah an sich, dass kein Blatt mehr zwischen uns passte. Sein Becken drängte sich an meine Oberschenkel. Ich stöhnte auf, als ich seine Erregung spürte, seine harte Männlichkeit an meinen weichen Formen.

Als er den Kuss vertiefte, schlang ich meine Arme noch fester um ihn. Da war nichts Zaghaftes in seiner Berührung. Keinerlei Nervosität oder Schüchternheit. Unwillkürlich tauchte unsere gemeinsame Nacht vor meinem inneren Auge auf, aber der Nebel schien sich zu lichten.

Es war ein Gefühl und keine Einzelheit, woran ich mich erinnerte: Wie schön es war, seinen Körper über meinem, seine Hände auf meiner Haut zu spüren, und wie köstlich er schmeckte.

Seine Hand wanderte über meinen Bauch und hinauf zu meiner Brust. Sein Daumen strich über meine Brustwarze, und ich erschauerte. Als er sie ein neuerliches Mal, nur kräftiger, berührte, musste ich mich von seinen Lippen lösen, um nach Luft zu schnappen.

Er zog eine Spur von Küssen über meinen Hals bis hinunter zu meinen Schlüsselbeinen. Ich wollte mehr von seinem erregenden Zauber, wölbte ihm meine Brust entgegen.

Er lachte leise und umfasste mich fester.

»Du treibst mich in den Wahnsinn«, stammelte ich völlig außer Atem. Ich konnte mich kaum beherrschen, mir nicht gleich die Kleider vom Leib zu reißen und mich ihm auf seinem Schreibtisch hinzugeben.

»Ich weiß.« Seine Stimme klang rau wie Sandpapier, heiser vor Verlangen.

»Ich treffe nicht immer die besten Entscheidungen, wenn du …« Er zwickte leicht meinen Nippel, und ich war nicht mehr in der Lage, einen zusammenhängenden Satz zu bilden.

Er schob einen Träger des Kleides von meiner Schulter und den BH beiseite. Seine Lippen umschlossen meine Brustwarze, und aus mir brach ein Laut hervor, den ich so noch nie zuvor von mir gegeben hatte. »Ich glaube, wir sollten zusammen ausgehen«, sagte er, ohne seine Liebkosung zu unterbrechen.

»Wa-was?«

Er hob den Kopf und schaute mich mit verhangenem Blick an. Sex stand ihm ins Gesicht geschrieben. Sex und Verführung und Leidenschaft.

Und damit hatte er mich.

Es war absurd lange her, dass ich mit einem Kerl zusammen gewesen war, abgesehen von dem Probe-Essen mit dem Kerl hier vor mir. Ich hatte viele miese Dates gehabt, auf Partys und Hochzeiten getanzt und war mit meinen Freunden ausgegangen, aber nie hatte ich einen Kerl mit nach Hause genommen. Die große Show hatte ich nur abgezogen, damit niemand bemerkte, wie enthaltsam ich war.

Aber jetzt, als die Luft kalt über die Stelle strich, an der eben noch Vanns Mund gewesen war, wurde mir klar, wie einsam ich gewesen war. Unglaublich allein.

Wie sehr ich mich selbst isoliert hatte.

»Zum Abendessen«, wiederholte er. »Oder Brunch. Wann immer du Zeit hast. Ich finde, wir sollten es probieren.«

»Du stehst nicht mehr auf nette Mädchen, hast du das vergessen?«

»Und du willst nichts Ernsthaftes, oder?« Er beugte sich vor und stahl sich einen Kuss. Ich wich nicht zurück, im Gegenteil, mein Mund kam ihm entgegen und hoffte auf mehr. Er neigte den Kopf und flüsterte mir ins Ohr: »Geh mit mir aus, Dillon. Lass uns herausfinden, wie gut das hier ist.«

»Und wenn es schiefläuft?«

Er lachte. »Was, wenn es die beste Sache wird, die uns je passiert ist?«

Ich lehnte mich zurück, damit er mir in die Augen sehen musste. »Ich mach das gewöhnlich nicht«, sagte ich und deutete zwischen uns hin und her. »Ich schlafe nicht mit Kerlen oder knutsche mit ihnen am hellichten Tag herum. Ich weiß, dass es wirkt, als würde ich nichts anbrennen lassen, aber ich bin sehr vorsichtig, wem ich mein Vertrauen schenke.«

Seine Sorgenfalten waren zurück. »Warum?«

Um diese Frage zu beantworten, hätte ich ihm die Wahrheit sagen müssen. Ich hätte auch lügen können. Aber ich wollte beides nicht. Auf jeden Fall nicht heute. Daher zuckte ich mit den Schultern und wandte den Blick ab. »Ich möchte nicht, dass du denkst, du könntest mich wieder so leicht herumkriegen wie beim ersten Mal.«

Er brummte etwas Unverständliches. Als ich ihn wieder ansah, loderte in seinen Augen ein Feuer, das sie funkeln ließ wie geschmolzenes Silber. »Ich bin auch nicht so leicht herumzukriegen«, sagte er. »Und ich erwarte rein gar nichts von dir. Ich will nur …«

»Das habe ich doch auch gar nicht behauptet! Ich möchte nur nicht, dass du dir falsche Hoffnungen machst.«

»Im Moment habe ich überhaupt keine Erwartungen. Ich mag dich. Das ist alles. Und ja, ich hatte in der besagten Nacht jede Menge Spaß mit dir, aber du erinnerst dich nicht mal daran, also vertrau mir, wenn ich dir sage, dass das eine Erfahrung ist, die ich nicht wiederholen möchte. Ich ziehe es vor, im Gedächtnis zu bleiben. Und dass die Frau, mit der ich schlafe, in der Lage ist, sich an mich zu erinnern.« Er zog den BH wieder über meine Brust und richtete den Träger meines Kleides. »Tut mir leid, das hat mich abgelenkt.«

Ich presste die Lippen zusammen, um ein Lächeln zu verbergen. Es war ihm in seiner unnachahmlich aufrichtigen Weise gelungen, dass ich meine letzten beiden sexuellen Erfahrungen nicht mehr gegeneinander hielt und mich weder schämte noch mir Vorwürfe machte, weil ich mit ihm geschlafen hatte.

Es war unfassbar, wie mühelos ihm das gelungen war. Und das half mir, mich allmählich an unsere gemeinsame Nacht zu erinnern. Ob bruchstückhaft oder verschwommen – was hervorbrach, war die Leidenschaft, die wir miteinander geteilt hatten. Und das war gut. Das Einvernehmen zwischen Vann und mir war es, das unsere Nacht von jener schrecklichen vor sechs Jahren unterschied.

Vann war nicht klar gewesen, wie betrunken ich war. Und nachdem ich ihn nun besser kannte, wusste ich, dass er es niemals hätte so weit kommen lassen, wenn er geahnt hätte, dass ich mich am Morgen nicht mehr würde erinnern können.

Er war ein anständiger Kerl. Ein guter Mann.

»Ich muss erst in meinem Terminkalender nachsehen«, sagte ich. »Ich weiß nicht genau, wann ich Zeit habe.«

Er holte sein Handy aus der Tasche. »Darf ich dir meine Nummer geben? Dann kannst du mir einfach eine Nachricht schicken. Ich richte es mir dann schon ein.«

»Auch wenn es um fünf Uhr morgens wäre und du deinen Spinningkurs verpassen müsstest?«

Er verzog seinen Mund nachsichtig zu einem bezaubernd schiefen Lächeln. »Dann verpasse ich den eben.« Er räusperte sich. »Oder wir gehen gemeinsam in den späteren Kurs.«

Ohne meinen Willen musste ich lachen.

»Okay. Vann Delane. Ja.«

Von seinem Lächeln blieb mein Herz stehen.

Okay, nicht ganz. Aber es war kurz davor. Ich könnte mich in diesem Lächeln verlieren und würde fast alles tun, nur um es immer wieder zu sehen.

Verflixt.

Er küsste mich erneut, und ich verlor jegliches Gefühl für Raum und Zeit plus meinen Verstand. Wieder einmal. Zu guter Letzt tauschten wir Telefonnummern aus, und ich erklärte ihm, dass ich jetzt zwar Kopfsalat abholen müsste, wir aber definitiv Zeit für ein Date finden würden.

Mit einem dämlichen Grinsen im Gesicht ging ich, oder besser, humpelte ich zum *Lilou*, doch es kam mir vor, als würde ich auf Wolken schweben. Zum ersten Mal in meinem Leben fühlte ich mich wirklich wahrgenommen. Und umsorgt.

Und das lag nicht nur daran, dass Vann meine Wunden so liebevoll bandagiert hatte. Es war die Art, wie er mich und mein Herz beschützte und meine Prioritäten respektierte. Wie oft hatte Vann mir nun schon aus der Patsche geholfen, meist zu meiner großen Verlegenheit.

Aber allmählich fragte ich mich, ob seine größte Hilfe nicht darin bestand, mich vor mir selbst zu retten.

19. KAPITEL

Wie sich herausstellte, gab es in den nächsten beiden Wochen keine Lücke in meinem Terminkalender. Wir waren beide derart beschäftigt und das zu so unterschiedlichen Zeiten, dass uns kaum Zeit blieb zu telefonieren, geschweige denn uns zu sehen. Unsere Beziehung, oder wie auch immer man das nennen wollte, beschränkte sich auf verführerische Textnachrichten und den Spinningkurs um fünf Uhr früh. Und während des Kurses war ich bestimmt nicht sehr verführerisch.

Trotzdem wählte Vann jedes Mal das Rad hinter mir. Offenbar gefiel ihm die Aussicht.

Denn ich trug weiterhin die engsten Leggings, die ich besaß, und keine Unterwäsche.

Obwohl wir uns so wenig sahen, fühlten wir uns immer wohler und vertrauter miteinander. Die Texte spät in der Nacht und die schläfrigen Selfies am frühen Morgen ließen meine Schutzmauer bröckeln. Die Nacht mit Vann, auch wenn ich betrunken gewesen war, hatte die Tür zu einer möglichen Beziehung mit ihm überhaupt erst geöffnet. Aber die hin und her gehenden Textnachrichten waren eine Chance, ihn besser kennenzulernen, ohne den Druck, gleich wieder mit ihm ins Bett zu steigen.

Eigentlich passte die Reihenfolge nicht zu meiner Vorstellung, wie Beziehungen funktionierten. Erst mit dem Kerl schlafen und ihn dann kennenlernen? Das war nicht normal. Aber für mich war es richtig. Es nahm mir die erdrückende Angst, mit der ich seit Jahren lebte.

Als unser Date schließlich stattfinden sollte, fühlte ich mich bereit, seinem atemberaubend attraktiven Angesicht gegenüberzutreten.

Ich überprüfte mein Outfit im Spiegel an der Badezimmertür. Unserer unkonventionellen Beziehung entsprechend hatte Vann für unser erstes Date eine Radtour vorgeschlagen.

Beim Anblick meines Spiegelbilds runzelte ich die Stirn, zupfte an meinen Haaren herum und überlegte, ob ich mich noch mal umziehen sollte. So sah ich bei ersten Dates gewöhnlich nicht aus. Da legte ich Wert auf maximalen Glamour. Sexy Schuhe. Perfekt gestylte Frisur. Volles Make-up. Damit der Kerl dachte »Wow«. Oder »Donnerwetter«. Oder irgendetwas in der Art.

Mein heutiges Outfit sagte lediglich »Ich habe mir etwas mehr Mühe gegeben als für den Spinningkurs«.

Nicht mein bester Look. Doch wusste ich, dass Vann Bequemlichkeit mehr schätzen würde als einen Hammer-Look. Und das wiederum schätzte ich an ihm.

Die Haare hatte ich mir zu einem kunstvoll unordentlichen Knoten geschlungen. Mein Make-up war wasserfest. Und mein Sport-BH und mein Neckholder-Trainingstop waren praktisch und kein bisschen sexy.

Meinen engen hellgrauen Leggings, natürlich ohne Unterwäsche, blieb ich allerdings treu. Womöglich würde ich diese Entscheidung später bereuen, aber das ließ ich auf mich zukommen. Im Moment zielte ich nur darauf ab, Eindruck zu machen nach dem Motto »Vergiss nicht, dass ich eine Frau bin, wenn ich dir heute auf der Strecke zeige, wo es langgeht«.

Mein Handy auf dem ungemachten Bett vibrierte. Ich zwang mich, meine Haare in Ruhe zu lassen, und las die Nachricht.

Ich bin da. Kann ich hochkommen?

Ich musste lächeln und schrieb ihm schnell, in welches Stockwerk er musste und die Nummer meiner Wohnung. Dann ging ich zur Tür und drückte auf den Öffner.

Ich verspürte eine unglaubliche Leichtigkeit. Das war ungewohnt und wundervoll zugleich und konkurrierte mit hundert anderen Emotionen in mir. Noch mit keinem Mann zuvor hatte ich mich so gefühlt. Noch nie war ich so Hals über Kopf verliebt gewesen und hatte mich dabei sicher und geborgen gefühlt. Ich hatte keine Ahnung, dass eine Beziehung so viel Spaß machen konnte.

Das war ein echtes Armutszeugnis, vor allem, wenn man bedachte, dass ich immerhin schon siebenundzwanzig war. Ich hatte längst aufgegeben, einem freundlichen und aufrichtigen Mann zu begegnen.

Abgesehen von Ezra, Killian und Wyatt kannte ich keinen, der ... wirklich liebenswert war.

Von der Highschool bis jetzt hatten alle Männer in meinem Leben etwas von mir gewollt. Mein Dad hatte mich als Trophäe benutzt, mit der er bei Partys angeben konnte. Die Typen, mit denen ich vor Beginn der Kochausbildung ausgegangen war, waren auf Sex aus. Oder mein Geld. Oder meine Beziehungen. Aber hauptsächlich Sex. Und den wollten sie so sehr, dass sie buchstäblich alles taten, um mich ins Bett zu bekommen.

Oder sich einfach nahmen, was sie wollten. Ob ich es wollte oder nicht.

Das wollte ich nie wieder durchmachen müssen.

Niemals.

Ich wartete auf den automatischen Reflex, Vann von mir zu stoßen, damit er aus meinem Leben verschwände. Das war die Art, wie ich versuchte, damit klarzukommen. Um mich selbst zu schützen. Wenn ich mich öffnete, lief ich Gefahr, wieder verletzt zu werden, deshalb stieß ich die Menschen weg.

Und sorgte dafür, dass sie auch wegblieben.

Wie kam es also, dass Vann nun auf dem Weg nach oben zu meiner Wohnung war?

Das Klopfen an der Tür riss mich aus meinen Gedanken, aber selbst als ich sie öffnete, wehrte sich etwas in mir, die Notbremse zu ziehen. Ich wollte mit ihm Zeit verbringen. Ihn küssen. Mit ihm Fahrrad fahren und die Natur mit ihm genießen. Was schon an sich völlig verrückt war.

Vann hatte etwas an sich, das mich dazu brachte, es versuchen zu wollen. Und so seltsam und untypisch das für mich sein mochte, ich ließ es einfach geschehen.

Meine Therapeutin würde das wohl als Durchbruch bezeichnen.

Er steckte von Kopf bis Fuß in hautengen Elasthan-Klamotten und wäre er nicht so anbetungswürdig, hätte ich laut gelacht. Na gut, ich lachte. Aber nicht laut genug, um ihn gleich in die Flucht zu schlagen.

»Was denn?«, fragte er und ein Lächeln umspielte seine Lippen.

»Es ist nur …« Ich kicherte wieder und schlug mir die Hand vor den Mund. »Ich hab nicht mit Lance Armstrong gerechnet.«

Er machte drei bedrohliche Schritte auf mich zu und drückte mich an die Wand. Sein Mund streifte über meinen Hals, und zwischen den Küssen brummte er irgendetwas davon, dass Lance Armstrong den Radsport verraten hätte.

Darüber musste ich noch mehr lachen. Und obendrein kitzelte er mich noch!

»Okay, es tut mir leid!« Ich schnappte nach Luft. »Du hast keinerlei Ähnlichkeit mit Lance Armstrong.«

Er hob den Kopf, aber seine Hände lagen immer noch auf meinem Brustkorb, gefährlich nah an meinen Brüsten. »Das weiß ich zu schätzen.«

Ich ließ meinen Blick noch mal über seinen Aufzug schweifen und hatte einen plötzlichen Sinneswandel. Seine Beine waren stark und muskulös, und sein Oberkörper und die Arme standen dem in nichts nach. Er war nicht stämmig wie ein Bodybuilder, aber seine Muskeln waren so ausgeprägt, dass sie auf eine Menge Fitnesstraining schließen ließen.

Dieser Mann kümmerte sich um seinen Körper. Himmel, konnte etwas verführerischer sein?

Vielleicht lag es auch nur daran, dass die Arbeit in der Gastronomie meine Ansprüche an die männliche Figur heruntergeschraubt hatte. Sicher, es gab Kerle wie Wyatt, Killian und Blaze, die auf sich achteten. Aber es gab auch die andere Sorte Mann, die sich keine Zeit für Fitness nahm und der Verlockung von Bier und Kohlenhydraten erlag.

Was nicht hieß, dass ich solche Männer verurteilte.

Ich hatte locker zwei Kilo zugenommen, seit ich das *Bianca* übernommen hatte. Das Gegengewicht zu den unzähligen Überstunden und dem ganzen Stress nahm ich vor allem in Form von Käse und rotem Fleisch zu mir. Deshalb legte ich mich neuerdings im Spinningkurs auch so kräftig ins Zeug.

Ich war nicht außer Form. Meistens achtete ich auf meine Gesundheit, wenn man von dem Käse und roten Fleisch mal absah. Aber mit Vann konnte ich nicht mithalten. Er war das Inbild eines perfekten Männerkörpers. Und ich wollte jeden herrlichen Zentimeter davon erkunden.

Sein Blick wurde zärtlich, und er ließ eine Hand hochwandern und streichelte mein Gesicht. »Hey.«

Es war wirklich ein Leichtes, sich in seinen grauen Augen zu verlieren. »Hey.«

»Es ist schön, dich heute Morgen zu sehen«, murmelte er und senkte zielstrebig den Kopf.

»Ja, ist schon eine Weile her«, stimmte ich zu.

»Wir sollten das öfter tun.«

Mein Magen schlug einen Purzelbaum. Das klang, als würde er wahrhaftig auf mich stehen. Daran war ich nicht gewöhnt. Ich konnte mich nicht erinnern, wann jemand so interessiert gewesen wäre, Zeit mit mir zu verbringen. Als gäbe es für ihn nichts Wichtigeres. »Ach ja?« Ich lachte.

»Dann würde es mir womöglich leichter fallen, meine Hände bei mir zu behalten«, erklärte er. »Ich denke dabei nur an dich. Ich versuche, nett zu sein.«

Ich schmiegte mich an ihn. »Vielleicht gefällt es mir ja, wenn du deine Hände nicht bei dir behalten kannst.«

Sein Lächeln strahlte auf so wundervolle Weise, als würde die Sonne in seinen gewittergrauen Augen aufgehen. »Dann sollten wir vielleicht einen Kompromiss schließen. Ich sehe dich öfter, und dafür behalte ich dann meine Hände nicht bei mir. Einverstanden?«

Ich nickte hingerissen und völlig atemlos. »Einverstanden.«

Wir besiegelten die Abmachung mit einem Kuss. Und dann mit noch einem und noch einem. Ich bekam mehr von seinen Händen zu spüren. Und seinem Mund. Und vergaß dabei Radfahren, Sportkleidung und Radwege in der Natur.

Ich wollte nichts weiter als das, Tag und Nacht.

Er hatte aber offensichtlich andere Pläne. Denn trotz meiner besten Verführungskünste löste er sich von mir. Er legte die Stirn an meine und schnappte nach Luft.

»Frau«, brummte er. »Du übst eine Art Zauber auf mich aus.«

Mein Herz wollte schier platzen. Einfach so. Es explodierte wie ein Feuerwerk.

Okay, nicht buchstäblich. Aber er strahlte etwas aus, dem ich nicht widerstehen konnte.

Ich kuschelte mich an ihn und genoss das heftige Schlagen unserer Herzen und das weiche Gefühl seines Radleranzuges an meiner Haut. Aber auch das ließ er nicht lange zu.

Offenbar wollte er mich ein wenig quälen und tat so, als wäre er schwer zu kriegen.

Er küsste mich auf die Stirn. »Ich bin den ganzen Weg heraufgekommen«, sagte er neckend. »Da kann ich auch gleich ein wenig herumschnüffeln.«

»Was?«

Er spazierte durch meine Wohnung, nahm das ein oder andere von der Küchentheke und inspizierte es eingehend.

Ich hatte eine riesige Küche. Sie war der Grund, warum ich mich für die Wohnung entschieden hatte. Die Kochinsel war das Herzstück des offenen Bereichs. Die Arbeitsplatte aus glänzendem Quarz erstreckte sich im großen Bogen bis zu den marineblauen Schränken, zu denen sie einen perfekten Kontrast bot. Meine Geräte im Vintage-Stil und die Metallhocker machten das perfekte Bild komplett.

Ich bedauerte bloß, dass ich nicht mehr Zeit dort verbringen konnte.

Aber wenn sich erst die Arbeitszeiten im *Bianca* geändert hätten, änderte sich das vielleicht auch.

Er öffnete meinen Doppel-Backofen, schaute hinein und pfiff anerkennend. Dann drehte er sich um und betrachtete den offenen Wohnbereich, der einen atemberaubenden Blick auf Durham offenbarte. Vor den hohen Fenstern schloss sich eine hübsche Terrasse an, auf der Grünpflanzen standen, die meine Putzfrau für mich am Leben hielt.

Plötzlich war mir meine luxuriöse Wohnung peinlich. Ich wusste, dass Vann selbstständig war und wie hart das sein konnte. Ein kleines Unternehmen zu leiten war eines der schwierigsten Dinge der Welt. Erfolg erzielte man nur mit Disziplin, Hartnäckigkeit und endloser Plackerei.

Doch gehörte zu dieser Kombination auch immer ein Quäntchen Glück und die richtige Gelegenheit, damit sich der Erfolg auch einstellte. Leicht verdient aber war er nie. Und er blieb auch nicht von selbst. Man musste immer dafür arbeiten. Ohne Unterlass. Sich auf die faule Haut legen und durchatmen, freie Wochenenden oder gar Ferien? Das gab es nicht. Selbst krank musste man sich ums Geschäft kümmern. Dann konnte es passieren, dass alles gut lief, aber genauso oft gab es Durststrecken, die sich wie Kaugummi zogen.

Vera und Killian aus der ersten Reihe bei der Verwirklichung ihres Traums vom eigenen Restaurant zu beobachten, hatte mir wirklich die Augen geöffnet. Sie hatten sich eine Menge Stress damit eingehandelt. Selbst Vera machte das zu schaffen, dabei hatte sie vorher im Alleingang einen Food Truck geführt. Ein Restaurant zu stemmen war jedoch ein völlig anderes Kaliber. Vor allem, wenn es von dem Format sein sollte, das die beiden anstrebten.

Als mich Vanns Blick traf, zog er die Augenbrauen hoch. »Schicke Bude, Baptiste.«

Ich schlang schützend die Arme um den Bauch und zuckte mit den Schultern. »Habe ich noch nicht erwähnt, dass ich geerbt habe?«

Er grinste breit. »Scheinbar liege ich mit meinem Plan für unser erstes Date ein wenig daneben.«

Mir war, als hätte ich vor lauter Nervosität Wackersteine im

Bauch. Wenn es etwas gab, dass ich nicht ausstehen konnte, dann Männer, die glaubten, sie müssten sich mir beweisen. Das war der schnellste Weg, um mich abzutörnen.

Ich trat einen Schritt zurück und fühlte, wie ich blass wurde. »Ach?«, brachte ich matt hervor.

»Ich hätte dich dazu bringen sollen, für uns eine Reise nach Cancún zu buchen«, meinte er lachend.

Die Anspannung, die sich in mir breitgemacht hatte, verschwand in null Komma nichts. Vann hatte gar nicht vor, mit meinem zufälligen Reichtum zu konkurrieren. Puh.

Nun war es an mir, die Augenbrauen zu heben. »Habe ich dir das nicht erzählt? Ich nehme nur Kerle, die ich wirklich mag, zu einem ersten Date nach Cancún mit.«

Er verschränkte herausfordernd die Arme. »Das heißt, wir fahren.« Als ich verwirrt den Kopf schief legte, erklärte er: »Du hast gesagt, du fährst nur mit Kerlen, die du wirklich magst, nach Cancún. Also, wann geht unser Flug? Ich sollte wohl noch ein paar Sachen einpacken.«

Ich musste zwar den Kopf schütteln, ging aber auf ihn zu, als hätte er eine unsichtbare Anziehungskraft, die mich in seiner Umlaufbahn hielt, ob ich wollte oder nicht. »Du glaubst, ich mag dich?«

Er nickte. »Das ist doch offensichtlich.«

»Du bist so eingebildet.«

Seine ungerührte Miene lief Gefahr, zu dem schiefen Lächeln zu werden, das ich so liebte. »Das ist schon okay. Ich mag dich auch, Dillon.«

Mein Herz hüpfte wie eine Cheerleaderin. Ich fiel praktisch die Stufe zum Wohnzimmer hinunter direkt in seine Arme für den nächsten Kuss. Wie machte er das bloß? Jedes Mal, wenn ich mein Handeln infrage stellte und überlegte, ob ich weglaufen sollte oder was passieren würde, wenn ich nicht weglief, tat er etwas Überraschendes, das mich darin bestärkte, das Risiko einer Beziehung mit ihm einzugehen.

Es war, als zeigte er mir all die vielen Seiten von sich, um mir ein Versprechen zu geben – dass ich ihm trauen konnte, mit ganzem Herzen … auch im Bett. Er offenbarte mit Bedacht Schicht um Schicht, damit ich wusste, dass er bis ins Mark zuverlässig war.

Und nun standen wir auf diesem soliden Fundament, und es fühlte sich fest, stark und sicher an.

Ich war es, die jetzt unseren Kuss unterbrach, weil ich befürchtete, ich würde sonst in Tränen ausbrechen. »Sollten wir nicht langsam los?«

»Bist du bereit dafür?«

»Ehrlich gesagt, nein«, erklärte ich. »Ich habe nicht mal einen Helm, ganz zu schweigen von einem Fahrrad. Ich bin wohl die am schlechtesten vorbereitete Person auf der Erde.«

Das Vibrieren seines Lachens fuhr durch meinen ganzen Körper und bereitete mir eine Gänsehaut. »Ich habe dir ein Rad mitgebracht. Und einen Helm.« Er warf ein Auge auf meinen sorgfältig gestylten Haarknoten, der mich den halben Morgen gekostet hatte. »Deine Frisur solltest du allerdings ändern. Tut mir leid, wenn das ein Problem ist.«

Ich schüttelte den Kopf. »Das ist kein Problem.« Offenbar war ich bereit, alles für ihn zu tun.

Woran erkannte man wahre Liebe? Wenn die Frau bereit war, ihre Frisur zu ändern.

Nur ein Scherz. Das zwischen uns war keine wahre Liebe. Für solche starken Gefühle war es viel zu früh!

Ich ignorierte meinen innerlichen Protest mitsamt dem Aufruhr aller Organe. Wir waren nicht verliebt, oder? Noch nicht.

Ahem.

»Ich bin gleich zurück«, sagte ich und machte mich auf den Weg ins Bad.

»Ich habe uns ein Picknick eingepackt«, rief er mir nach. »Ich kenne einen super Platz an einem See. Ich dachte, wir könnten dort eine Pause machen und was essen.«

Ich drehte mich zu ihm um. »Du hast gekocht?«

Bescheiden zuckte er mit den Schultern. »Erwarte nicht zu viel. Ich habe nur ... Also, wenn ich dich schon zu einem Fahrradausflug mit mir zwinge, wollte ich nicht auch noch, dass du hungern musst.«

Die Pfütze am Boden? Ja, ich war gerade dahingeschmolzen.

Immerhin brachte ich ein gelassenes »Oh-kee, das klingt gut« heraus.

Zwei Stunden später brach ich auf der Decke zusammen, die er an einer idyllischen Stelle am Ufer des Sees ausgebreitet hatte. Es war so schön, wie er es versprochen hatte. Dieser Platz war womöglich der ruhigste, an dem ich je in meinem Leben gewesen war. Ich wusste gar nicht, dass es in der Nähe von Durham so stille Orte gab. Oder überhaupt auf der Erde.

Wir waren lange gefahren. Vann war der totale Radprofi, während ich hinter ihm her zockelte und mich bemühte, nicht gegen den nächsten Baum zu knallen.

Ich war davon ausgegangen, dass mich die Teilnahme an einem Spinningkurs auch zum Radfahren befähigte. Durch einen Wald. Radfahren ist einfach, hieß es doch, das kann man nicht verlernen. Was für ein Haufen Mist!

Als Allererstes, ich konnte mich nicht daran erinnern, wann Radfahren je so hart gewesen wäre. Für mich als Kind jedenfalls nicht. Da fuhr ich selbstverständlich überall mit meinem Rad hin. Zwischen sechs und dreizehn war ich ein echter Profi.

Kaum waren fünfzehn Jahre vergangen, musste ich auf die

harte Tour lernen, wie fortschrittlich die Bremsen inzwischen waren. Und wie unangenehm spitz die Pedale.

Und ich wollte wirklich nicht unhöflich sein, aber der Sattel, den Vann mir untergejubelt hat, war nicht annähernd so hübsch und nicht halb so bequem wie mein Bananensattel aus Grundschultagen.

Das war wie der Unterschied zwischen Hai und Hering.

Und ich erfuhr gerade am eigenen Leib, was es bedeutete, einen Hai zu reiten.

Aber wir hatten Spaß. Ein paar Mal hielt er an, um mir ein paar schöne Stellen in dem dichten Wald zu zeigen, oder er half mir, besser mit dem Rad klarzukommen. Mit der Gangschaltung zum Beispiel. Oder wie man die Vorderbremse zog, ohne sich gleich umzubringen.

Und das beschrieb nicht einmal annähernd, wie übel anstrengend diese Tour war. Ich saß schnaufend und keuchend auf der Decke, während Vann beiläufig und kein bisschen aus der Puste unseren Lunch ausbreitete.

Unauffällig überprüfte ich seinen Körper auf Anzeichen von Schweiß. Es gab keine. Dieser Mann war offiziell von einem anderen Stern.

Jesses, wie ich auf ihn wirkte, wollte ich lieber gar nicht erst wissen. Meine Haare waren vom Helm platt gedrückt, den ich mir nicht schnell genug hatte vom Kopf reißen können, kaum dass wir angehalten hatten. Die Wasserfestigkeit meines Make-ups wurde gerade einer schweren Prüfung unterzogen, ging den Weg alles Irdischen und löste sich in Wohlgefallen auf. Und ich hatte ärgste Befürchtungen, dass ich nicht besonders gut roch.

Ich wusste ja, wie ich nach dem Spinningkurs aussah. Erstaunlich, dass er mich nicht für einen Grizzlybären hielt, der ihm das Essen klauen wollte.

Oder passierte so was nur in Yogi-Bär-Comics?

»Es ist wunderschön hier«, japste ich, trotz aller verzweifelten Bemühungen, so zu tun, als sei ich nicht im Geringsten außer Atem.

Er nickte, ließ sich aber von seinen Vorbereitungen nicht ablenken. »Ich habe diesen Platz schon vor ein paar Jahren entdeckt. Ich bin oft hier.«

»Ganz allein?« *Eine Fangfrage, Dillon, echt?* Am liebsten hätte ich mir vor die Stirn geschlagen.

Er lachte über meinen lahmen Versuch, mehr über sein Liebesleben herauszufinden. »Meistens. Hier kann ich gut nachdenken.« Er deutete zu der Stelle, an der unsere Räder standen. »Und beim Radfahren.«

»Wie bist du dazu gekommen? Oder hast du das schon immer gern gemacht?«

Er reichte mir einen Teller voller gesunder Sachen, die so ordentlich angerichtet waren, dass ich unwillkürlich lächeln musste.

»Sei nicht zu streng mit mir«, sagte er.

»Was meinst du?«

Er nahm den angespannten Ton in meiner Stimme wahr und lachte. »Ihr Köche seid extrem pingelig und voreingenommen, wenn es um gesundes Essen geht.«

»Das stimmt überhaupt nicht!«

»Grünkohlchips sind köstlich. Versprochen.«

»Und das Sandwich? Oder … das, was so ähnlich aussieht wie eins?«

»Das ist ein Hühnchensalat-Wrap. Ich habe ihn mit griechischem Joghurt und Sriracha angemacht. Ich verspreche, es schmeckt.«

Und weil er eben Vann war, hatte er auch Orangenschnitze mitgebracht. Orangen waren ganz offensichtlich sein Lieblingsobst. Außerdem gab es noch Salat mit Steinobst und Nüssen.

Er hatte sich richtig viel Arbeit gemacht, um das alles vorzubereiten. Ich war ehrlich beeindruckt. »Das sieht toll aus. Wirklich.«

Er lächelte. Die Erleichterung war ihm anzusehen. »Hm, das Radfahren? In der Highschool habe ich in einem Fahrradladen gejobbt. Der Inhaber war von Rädern besessen. Er war ein ziemlich ruppiger Blödmann, aber durch ihn habe ich das Radfahren zu schätzen gelernt. Er brachte mir nicht nur bei, die Ausrüstung in Ordnung zu halten, sondern dass es eine Flucht aus dem Alltag sein kann. Eine Therapie. Und ein Freund.«

Mir gefiel die Art, wie er darüber sprach. Genauso erging es mir mit dem Kochen. Es war Flucht und Therapie und Freund zugleich. Es lenkte mich von meinen Gedanken, dem Alltag und der eintönigen Realität ab, in die ich mich manövriert hatte. Ich konnte darüber meine Probleme vergessen, meinen Frust, meine Ängste und all die anderen tausend Emotionen, die ich täglich verspürte. Das Kochen war definitiv wie ein Freund, ein verständnisvoller Zuhörer. Eine Konstante in meinem Leben, die für das stand, wonach ich mich so sehr sehnte: bedingungslose Liebe.

»Das kann ich gut nachvollziehen«, sagte ich leise. Ich war innerlich so aufgewühlt, dass ich kaum einen Ton herausbekam. »Von dem Moment an wusstest du einfach, dass du einen Laden haben willst?«

Er schüttelte den Kopf. »Nicht sofort. Ich hab eine Weile überlegt, ob ich aufs College gehen soll. Ein paar Wirtschaftskurse belegen und so. Aber das war nichts für mich. Ich lerne nicht … auf die übliche Art. Ich habe schon die Schule gehasst. Hausaufgaben zu machen und Tests bestehen zu müssen, fand ich grauenhaft. Ich wollte etwas machen, wobei ich schnell Resultate sehe. Und ein eigener Laden würde mir die Möglichkeit dazu geben. Als mir nach und nach mehr Verantwortung im Fahrradladen übertragen wurde, begann ich allmählich zu begreifen, wie profitabel das Geschäft sein könnte, wenn man es nur richtig anfing. Also habe ich beschlossen, selbst einen Laden aufzumachen und der erfolgreiche Unternehmer zu werden, der ich gern sein wollte.«

»Wie cool ist das denn.«

Er lächelte kurz, einen Hühnchen-Wrap in der Hand. »Ja, cool ist das schon, aber auch hart. Es war ein langer Weg, um dorthin zu kommen, wo ich heute bin.«

»Das bedeutet, der Laden läuft jetzt gut?«

»Das bedeutet eher, ich bin aus den roten Zahlen raus.« Sein Blick schweifte gedankenverloren in die Ferne. »Ich hatte manchmal keinen Schimmer, was ich da eigentlich tue.«

Ich brummte zustimmend. »Erwachsen zu sein ist echt hart.«

Wie er dasaß, in seiner knappen Radlerhose, mit von Sonne und Wind geröteten Wangen und dem Teller im Schoß, war er das reinste Testosteron und unerschütterliche Männlichkeit. Er hatte kämpfen müssen, aber das war ihm nicht mehr anzusehen. Er hatte es geschafft.

Er hatte alles, was einen Mann ausmachte.

Und als er mich nun ansah, fühlte ich mich ganz als Frau, zu hundert Prozent weiblich.

Er begutachtete mich so unverwandt, dass ich ganz unruhig wurde. Schnell schob ich mir Kohlchips in den Mund und spülte sie mit einem großen Schluck Wasser hinunter. »Ich meine, da hat man wirklich viel um die Ohren«, ergänzte ich, um mich aus der Falle zu befreien, in die ich mich versehentlich hineinbugsiert hatte. »All die Rechnungen und Verpflichtungen. Und um die Zahnarzttermine muss man sich auch selbst kümmern.«

Als er endlich wieder lächelte, war meine Nervosität auf einen Schlag verschwunden. »Das musste ich schon immer.«

»Ach ja?«

Er nickte, stellte den Teller zur Seite und legte sich hin, den Kopf auf die Hand gestützt. »Ja. Mein Dad vergaß solche Sachen ständig. Und es kümmerte ihn auch nicht. Mir wurde schnell klar, dass ich das Problem allein lösen musste, wenn ich gute Zähne haben wollte.«

»Wie alt warst du, als du deinen ersten Zahnarzttermin ausgemacht hast?«

Er dachte kurz nach. »Hm, sieben vielleicht? Und seitdem gehe ich regelmäßig alle sechs Monate.«

»Du machst Witze.«

Er ließ seine perfekten weißen Zähne aufblitzen. »Über Zahnärzte mache ich nie Witze.«

Ich bewarf ihn mit einem Kohlchip. Er fing ihn mit dem Mund auf. »Ich musste mich um so was nie kümmern. Obwohl ich nicht immer reich war, das solltest du wissen. Wenn meine Mutter nicht mit meinem Dad zusammenlebte, waren wir auf uns allein gestellt und arm wie Kirchenmäuse, mussten in Truckerraststätten duschen und uns Tütensuppen teilen. Aber mein Vater war für meine Gesundheit zuständig, daher musste ich mir nie Gedanken um Zahnklammern oder Vorsorgetermine machen.«

»Da weiß ich nicht, welche Kindheit schlimmer war«, murmelte er und ein Stirnrunzeln wischte das blendende Lächeln von seinem Gesicht. »Scheint so, als hätten wir es beide nicht leicht gehabt.«

Ich legte mich auf die Seite und direkt neben ihn. »Geht das nicht den meisten Kindern so? Wenn deine Eltern nicht irgendwas total vermasselt haben, hattest du dann überhaupt eine richtige Kindheit?«

Er lachte, und ich genoss das Glücksgefühl, das es in mir hervorrief und die dunklen Erinnerungen in weite Ferne rücken ließ.

»Vielleicht ist es nicht immer die Schuld der Eltern. Manchmal liegt es auch an den Umständen«, meinte er.

»Und manchmal an anderen Kindern. Was ich damit sagen will, ist, dass keiner unversehrt durch die Kindheit kommt. Der einzige Weg ins Erwachsenenleben ist die Feuerprobe.«

»Und dann bekommt man noch mehr Feuer.«

Wir drehten uns gleichzeitig auf den Rücken, als hätten wir uns abgesprochen. Schulter an Schulter liegend betrachteten wir die vorüberziehenden Wolken am strahlend blauen Himmel. Die laue Sommerbrise strich kühl über meine Haut und wehte vereinzelte Haarsträhnen von meiner Stirn.

Wir drehten einander die Köpfe zu. In seinen Augen spiegelte sich der Himmel. »Mir ist etwas passiert.« Die Worte waren draußen, bevor ich richtig darüber nachgedacht hatte. »Das hat mich zur Läuferin gemacht. Oder, hm, zu dem Menschen, der ich heute bin. Und ich … ich bekomme Angst und will einfach nur noch davonlaufen, bevor es ernst werden kann.«

Er strich mit den Fingerspitzen über meinen Arm bis hinunter zu meiner Hand, verschränkte die Finger mit meinen und blickte mir forschend ins Gesicht. Mein Körper erstarrte, und selbst jetzt zuckte es in meinen Füßen, als wollte ich gleich wegrennen.

»Ist das der Grund, warum die Nacht nach dem Probe-Essen nicht okay war?«

Ich nickte. »Es hat mir solche Angst gemacht, dass ich mich nicht erinnern konnte. Dass ich es habe so weit kommen lassen, obwohl ich betrunken war. Und dann bin ich einfach davon ausgegangen, du seist die Art Mann, die …« Ich schüttelte den Kopf, weil ich nicht in der Lage war, auch nur ein Wort auszusprechen, das einen glauben lassen könnte, Vann wäre etwas anderes als vertrauenswürdig. Und einfach nur unglaublich.

»Möchtest du darüber reden?« Er drückte meine Hand, und sofort fühlte ich mich sicher. Ich wusste, dass ich mich ihm hätte anvertrauen können. Jetzt. Ich wusste es einfach. Er würde mir zuhören, mich verstehen und mich einfühlsam und respektvoll behandeln. Aber ich brachte nichts über die Lippen.

Die Worte saßen in meiner Kehle fest, als wären sie über die Jahre dort zu Fossilien versteinert. Immer gegenwärtig. Immer noch verletzend. Sie würden mir die Luftröhre aufreißen, wenn ich versuchen würde, sie auszusprechen.

»Ich kann nicht darüber reden. Noch nicht«, meinte ich leise, und selbst das Geständnis fiel mir schwer.

Er zog die Augenbrauen zusammen. »Ich bin für dich da, Dillon. Wann immer du so weit bist. Du kannst mich weder abschrecken noch in die Flucht schlagen. Was auch immer passiert ist, ich bin da und helfe dir, damit fertigzuwerden.«

Mir wurde klar, dass er das Puzzle noch nicht zusammengesetzt hatte. Das hätte ich auch nicht erwarten sollen. Nur weil für mich die Sache klar auf der Hand lag, hieß das nicht, dass jemand anderes es mir am Gesicht ablesen konnte. Aber sein Versprechen gab mir Hoffnung.

Er war bis jetzt geblieben. Vielleicht konnte er die Wahrheit ertragen und mir vertrauen, so wie ich lernte, ihm zu vertrauen.

»Danke«, sagte ich mit Tränen in den Augen.

»Komm her.« Er nahm mich in den Arm, gleich hier auf der Decke. Wie von selbst verschlangen sich unsere Beine, und so lagen wir da, eng aneinandergekuschelt, Elasthan an Elasthan.

Eine ganze Stunde blieben wir so liegen. Umarmten uns nur. Spürten die Wärme des anderen, die beruhigende Nähe und das Versprechen auf etwas, das noch kommen würde.

Das war der schönste Nachmittag meines Lebens.

20. KAPITEL

Endlich Neueröffnungs-Wochenende! Und wie traumhaft sich das anfühlte, mit unserer »neuen« *Bianca*, nachdem wir nun so viel Arbeit reingesteckt hatten, um durchzustarten.

Unser neues Konzept war offiziell vom Stapel gelassen. Molly hatte uns einen großartigen Slogan entworfen: die lässige Französin für moderne Amerikaner. Und wir hatten eine unfassbar erfolgreiche Internetkampagne, die wir ihrem absolut genialen Marketing verdankten.

Wir hatten sogar die Inneneinrichtung des Gastraums aufgepeppt und ein freundlicheres, helleres Ambiente geschaffen, das für den Brunch angemessener war. Auch das Geschirr war ausgetauscht worden. Ich hatte Ezra sogar davon überzeugen können, ein leichteres, grazileres Silberbesteck springen zu lassen.

Killians Freund, der Barkeeper Will English aus dem *Craft*, hatte auf meine Bitte hin einige beeindruckende Cocktails für unser französisches Frühstück entwickelt. Am heutigen Morgen würden wir unsere Interpretation eines French 75 servieren – Champagner und Gin mit einem Spritzer Orangensaft, garniert mit auf Zahnstocher gespießten Erdbeeren und Zitronenscheiben und einem Spritzer Agavensirup. Wir tauften die Kreation Breakfast 75. Außerdem gab es einen perlenden Champagner-Granatapfel-Mix, der total erfrischend schmeckte. Beide Cocktails waren unglaublich lecker. Ich hatte sie im Lauf der Woche ausgiebig vorgekostet.

Selbstverständlich nur, um sicherzugehen.

Außerdem gab es traditionelle Mimosas und Bloody Marys. Snobismus konnten wir uns nicht leisten. Schließlich wollten wir die Leute wieder ins Restaurant locken. Und wenn sie Wodka in Tomatensaft mit Baconstreifen und einem kleinen Cheeseburger am Spieß wollten, würde ich ihnen das bestimmt nicht verweigern. Waren sie obendrein auch noch bereit, dafür 17,99 Dollar zu zahlen, erst recht nicht.

Unsere fertige Karte war ein Kunstwerk, fand ich. Die ganze Brigade hatte Ideen beigesteuert, um den Brunch zu einem leuchtenden Stern in dem Viertel Durhams zu machen, das ansonsten kein gutes Frühstück zu bieten hatte.

Natürlich träumte ich vom Weltruhm, aber zunächst würde ich mit der Nachbarschaft anfangen und dann meine Fühler weiter ausstrecken.

Wir hatten ein Eier-Benedict-Büffet angerichtet, an dem man aber noch zusätzlich zwischen Räucherlachs, knusprig gebratenem gepfeffertem Schweinebauch oder einer vegetarischen Variante mit gebratenen grünen Tomaten wählen konnte. Unseren Croque Madame hatten wir verfeinert mit Jalapeño-Himbeer-Marmelade, auf Hickoryholz geräuchertem Bacon, einem cremigen Camembert und knusprigen Kohlchips – das Picknick mit Vann hatte mich dazu inspiriert. Die kleinen knusprigen Gemüsechips passten hervorragend dazu. Außerdem gefiel mir die salzige Komponente, die sie beisteuerten.

Wir hatten noch mehr auf der Karte, bei dem einem das Wasser im Mund zusammenlief. So viel mehr, dass wir hofften, die Gäste könnten sich bei ihrem ersten Besuch gar nicht für ein Gericht entscheiden und mindestens drei Gerichte finden, die sie unbedingt auch noch probieren wollten. Bei ihrem nächsten Besuch. Sie sollten das Restaurant in guter Erinnerung behalten, am besten mit einem goldenen Stern versehen und wiederkommen.

Und wenn wir ganz viel Glück hatten, würden sie uns eine begeisterte Online-Kritik schreiben.

Das war vielleicht Wunschdenken, aber nachdem ich monatelang geschuftet hatte, hoffte ich, dass meine gerade begonnene Karriere nicht gleich dem Untergang geweiht war.

»Drei Tische bis jetzt«, sagte Julia, eine meiner zuverlässigsten Kellnerinnen, als sie in die Küche hineinrauschte. »Aber sie scheinen von der neuen Karte begeistert zu sein.«

Mein Magen zog sich zusammen vor lauter Nervosität. Drei? Das war lange nicht genug, um den Wechsel der Öffnungszeiten zu rechtfertigen. »Das ist gut.« Denn das war es, beruhigte ich mich selbst. »Irgendwo müssen wir ja anfangen. Wenigstens haben wir überhaupt Gäste.«

Sie nickte mit angespannter Miene. »Guter Punkt, Chef.«

Ich unterdrückte ein Lächeln. Das Mädchen hatte eindeutig Ehrfurcht vor mir. Was bedeutete, dass ich einen Teil meines Jobs richtig machte!

Am liebsten hätte ich mir die Kochmütze vom Kopf gerissen, sie auf den Boden geworfen und darauf ein Tänzchen aufgeführt. Aber ich bewahrte die Fassung. Zumindest im Augenblick.

»Gute Arbeit, Julia. Dann bleibt dir ja fürs Erste erspart, draußen mit einem Werbeplakat herumzurennen.« Ihr fiel die Kinnlade herunter, und ich musste lachen. »Nur ein Scherz.«

Sie flüchtete förmlich aus der Küche.

»Sie haben heute ja gute Laune«, stellte Blaze fest, während wir alle gespannt darauf warteten, dass der Drucker die erste Bestellung ausspuckte.

Ich schüttelte das Schwindelgefühl, das mich die ganze Woche über begleitet hatte, mit einem Schulterzucken ab. »Ich bin gespannt, wie es laufen wird. Ich habe ein gutes Gefühl.«

»Ich auch«, stimmte er zu. »Ich glaube, das wird den Ruf des *Bianca* endgültig retten.«

Ich strahlte vor Überraschung. Ein solches Kompliment aus seinem Mund hatte ich nicht erwartet. Doch dann fiel mir ein, dass er mir später seine endgültige Entscheidung mitteilen wollte, ob er kündigen oder mein Souschef bleiben würde.

Er hatte mir versprochen, mich wenigstens am Eröffnungswochenende nicht im Stich zu lassen. Nun war dieses Wochenende gekommen und meine Hoffnung, dass er bleiben würde, schwand allmählich dahin. Seit unserem letzten Gespräch hatte er kein Wort mehr darüber verloren.

Stattdessen hatte er in der vergangenen Woche ohne weiteren Kommentar um einen freien Tag gebeten. Ich hatte versucht, ihn beiläufig auszuquetschen, aber er war so verschlossen wie eine Auster. Und auch aus den anderen hatte ich keinen Ton herausbekommen.

Und nun war es so weit. Der Tag der Entscheidung war gekommen. Und mir flatterten die Nerven.

Meine Planung war, gelinde gesagt, suboptimal. Ich hätte diese Besprechung auf nächstes Jahr verlegen sollen, jedenfalls bestimmt nicht auf den Tag, an dem wir die neue Karte einführten, und mitten in unserem ersten Brunch.

Irgendwann würde ich mein Leben schon noch in den Griff bekommen. Nicht heute und nicht morgen, aber irgendwann würde es mir gelingen.

Eines Tages.

»Wir sollten reden«, platzte es aus mir heraus, denn ich war ganz krank vor Neugier. Ich hegte schon Zweifel an meiner geistigen Gesundheit und war mir nicht sicher, ob ich die Anspannung auch nur einen Moment länger ertrug. Ich platzte förmlich, weil ich kaum abwarten konnte, endlich zu erfahren, wie der heutige Tag laufen und ob mein Plan aufgehen würde. Oder ob wir aufgeben mussten, noch bevor wir richtig angefangen hatten. Und wie seine Antwort ausfallen würde.

Ehrlich gesagt stand ich kurz davor, ihn zu feuern, nur um ihm zuvorzukommen, weil ich keine Ahnung hatte, wie ich seine Kündigung verkraften sollte. Außerdem musste dringend mein Adrenalinpegel runter, denn der war längst im roten Bereich.

»Das sollten wir«, stimmte er zu.

»Gehen wir ins Büro.«

Die Überraschung stand ihm ins Gesicht geschrieben. »Jetzt?«

»Hören Sie zu, mir reicht's jetzt, die ganze Zeit nur das Schlimmste zu befürchten. Machen wir reinen Tisch, dann kann ich mich darauf einstellen und auch besser arbeiten. Das ist wichtig für mich.« Ich wandte mich an Eduardo und Caden. »Könnt ihr fünf Minuten übernehmen?«

Den beiden fielen fast die Augen aus dem Kopf, was mich gleich wieder an meinen Führungsfähigkeiten zweifeln ließ. Warum wollte niemand mein Souschef sein?

War ich etwa so schlimm wie Wyatt?

»Ihr schafft das schon«, sagte ich barsch. »Ihr müsst nur die Bestellungen abarbeiten. Das kriegt ihr hin.«

»Das ist nicht nötig«, mischte sich Blaze ein. »Wir können später noch reden, Chef.«

Ich mochte gar nicht, wenn er mich herumkommandieren wollte. Es kratzte an meinem Machtgefühl. Und es untergrub meine Autorität. Ich beugte mich vor, schlug jeglichen Rat, den

Vann mir gegeben hatte, in den Wind und ließ meinem Gefühl freien Lauf. »Wir reden jetzt, Blaze. Wenn es Ihnen nichts ausmacht.«

Er blitzte mich an. »Das ist wirklich *nicht* nötig, Chef.«

Sein Ton ließ mich aufhorchen. »Was soll das heißen?«

Achselzuckend machte er sich wieder an die Arbeit. »Ich bleibe.«

»Sagen Sie das noch mal.«

Sein mürrischer Blick war mir inzwischen geradezu sympathisch geworden. »Ich bleibe. Können wir jetzt endlich weiterarbeiten?«

»Moment mal, heißt das für dieses Wochenende? Oder generell?« Ihm war anzusehen, dass er kurz davor stand, die Geduld mit mir zu verlieren, und ich konnte nicht widerstehen, ihn nach all den quälenden Wochen der Ungewissheit ebenfalls ein wenig zu foltern.

»Generell. Ich gehe nirgendwo hin.«

»Ernsthaft?«

Seine Wangen röteten sich. Ich grinste. »Ja, ernsthaft. Ich habe gedacht, ich würde mich in einer etablierteren Küche wohler fühlen, aber ehrlich gesagt … Sie sind mir ans Herz gewachsen. Ich bin beeindruckt, wie Sie das Ding hier schaukeln. Sie können echt hart arbeiten und sind wirklich talentiert. Außerdem bin ich neugierig, wie es weitergeht.«

Ich hob eine Augenbraue und wartete, dass er mit der eigentlichen Wahrheit herausrückte. Da er das nicht freiwillig tat, hakte ich nach. »Ist das nicht ein wenig riskant, Ihren Ruf allein wegen Neugier aufs Spiel zu setzen?« Er musterte mich stirnrunzelnd. »Ich sag ja nur … Sie könnten uns einfach auf Twitter folgen.«

»Sie haben sich meinen Respekt verdient, okay? Wollten Sie das hören? Anfangs habe ich Sie für eine reiche Egozentrikerin gehalten, die glaubt, nur weil sie die Schwester vom Boss ist, wisse sie alles besser und könne sich alles erlauben. Aber ich habe mich getäuscht. Außerdem bin ich beeindruckt von Ihren Änderungen. Irgendwie ist es Ihnen gelungen, meine Begeisterung für dieses Restaurant zu wecken. Und da mir das wie ein Wunder vorkommt, dachte ich, es wäre gut, bei der Frau zu bleiben, die Wunder bewirken kann.«

Vor lauter Dankbarkeit strahlte ich über das ganze Gesicht, und es kam aus tiefstem Herzen. »Hey, da haben Sie ja tatsächlich ein paar richtig nette Dinge gesagt.«

Andeutungsweise hoben sich seine Mundwinkel. Ein Hauch von etwas, das man zwar kaum als Lächeln bezeichnen konnte, aber immerhin. »Stimmt, und die habe ich auch so gemeint. Ich mag Sie, Chef. Ich glaube, ich spanne mein Pferd vor Ihren Wagen.«

»In dem Fall, yihaa!«

Das war's. Danach ignorierte er mich komplett. Offensichtlich mochte er meine Kochkünste. Meine Scherze wohl weniger. Aber Hauptsache, er blieb. Der Rest war mir egal.

Ich kam mir vor wie ein wandelndes Smiley. Party!

Ja, wenn Blaze Ernst gemacht und wirklich gekündigt hätte, wäre ich vermutlich auch ohne ihn zurechtgekommen. Ich hätte nie wieder eine Pause gehabt und niemanden, auf den ich mich so verlassen konnte wie auf ihn.

Es wäre zwar schmerzhaft gewesen, aber mit der restlichen Mannschaft hätte ich das schon irgendwie geschafft, auch wenn mir darüber graue Haare und ein Magengeschwür gewachsen wären.

Ich war jedoch megadankbar dafür, dass es nicht so weit kommen musste. Blaze hielt mich und die Küche für so gut, dass er, zumindest vorerst, bleiben würde.

Und das genügte mir.

Schon allein deshalb war die Neueröffnung bereits ein Erfolg. Wen interessierte da noch, was der restliche Tag brachte.

Oh Moment, mich.

Und das war auch gut so, denn wir bekamen ordentlich zu tun. Was zur Feier des Tages noch ein paar Smileys mehr wert war.

Ich hatte noch nie so hart im *Bianca* gearbeitet wie an diesem Morgen. Und ich glaube, keiner von uns hatte je so geschuftet. Wir kamen mit den Bestellungen zwar nach, waren aber noch kein aufeinander eingespieltes Team, wie es Restaurants wie das *Lilou* vorzuweisen hatten.

Nachdem wir drei Mal in Folge falsche Bestellungen rausgeschickt hatten, war mir klar, dass ich etwas tun musste, um uns wieder in die Spur zu bringen. In der Highschool hatte ich Basketball gespielt, und in solchen Situationen wechselte der Trainer immer Spieler aus. Zweite Halbzeit, zehn Punkte Rückstand, drei Angriffe, vier Fouls, höchste Zeit für eine andere Taktik zum Wachrütteln. Allerdings hatte ich keine Ersatzspieler zur Verfügung. Also musste ich mir etwas ungewöhnlich Kreatives einfallen lassen. Oder wenigstens besonders streng sein.

»Hey, Leute, könnt ihr mir mal kurz zuhören?« Brüllen war eine Möglichkeit. Dinge zu werfen eine andere. Und ich erinnerte mich an einen der besten Köche der Kochschule, der so lange seine Faust gegen eine Wand schlug, bis er blutete. Er hatte sich besonders unmissverständlich ausgedrückt. Seine Souschefin musste ihm die Hand mit sechs Stichen nähen. Offenbar war sie daran gewöhnt.

Jeder Koch hatte seine ganz eigene Art, mit Stress umzugehen. Wyatt zerschepperte dann Teller und schmiss jedes Filet, das nicht absolut perfekt gelungen war, direkt in den Müll. Wer das Sagen hat, hat eben immer recht, war das Motto der meisten Küchenchefs, die ich kannte. Gerechterweise muss man sagen, dass wir leidenschaftliche Wesen waren, die ständig unter Dampf standen.

Leute, über die man sich aufregte, weil sie nicht so hart und perfekt arbeiteten wie man selbst, einfach anzuschreien, war schnell geschehen, aber auch ausgesprochen dumm. Und es lag überhaupt nicht in meiner Natur. Gewiss wollte ich nicht damit anfangen, nur weil ich befördert worden war.

Außerdem hatte ich extrem gute Laune, weil Blaze blieb und der Brunch so gut angenommen wurde. Was aber nicht bedeutete, dass ich mittelmäßige Qualität duldete.

Mein Team hielt inne und schaute zu mir rüber. Als ich mir sicher war, dass ich die Aufmerksamkeit aller hatte, räusperte ich mich. »Ich weiß wirklich zu schätzen, was ihr alle hier leistet. Der Wechsel der Arbeitszeiten. Der Konzeptwechsel des Restaurants. Der Führungswechsel. Ihr habt mich alle geduldig ertragen. Und ich wünschte, ich könnte damit aufhören, Unmögliches von euch zu verlangen. Liebend gern würde ich euch sagen können, dass ab jetzt alles glattläuft und wir auf dem Weg zur Spitze sind. Dass ihr gut genug seid. Aber das seid ihr nicht. Und mit Mittelmaß werde ich mich niemals zufriedengeben.« Sie starrten mich an. In ihren Gesichtern zeigte sich keine einzige Regung. Weder ein Lächeln noch mürrische Blicke. Sie starrten mich bloß an, und ich war mir nicht sicher, ob das ein gutes Zeichen war oder ob sie drauf und dran waren, mich einfach stehen zu lassen. »Ich habe kühne Pläne für dieses Restaurant und geradezu übermenschliche Ansprüche an unsere Küche. Große Ziele, die eure Karriere verändern könnten. Wenn ihr mir zur Seite steht, diese Vision zu verwirklichen, werdet ihr stolz auf eure Arbeit und eure Laufbahn sein, dessen bin ich mir sicher. Das wird bestimmt nicht leicht, und ich gebe zu, die meiste Zeit werdet ihr durch die Hölle gehen. Aber die Sache ist es wert. Das könnte der verdammt beste Ritt eures Lebens werden.« Ein Koch namens Bryan stand im Hintergrund und lächelte, und dieses eine Lächeln gab mir den Mut weiterzumachen. »Also hört auf, falsche Speisen rauszuschicken. Schluss mit den halben Sachen. Es wird Zeit, nach Perfektion zu streben. Wir wollen besser sein als die Konkurrenz? Dann schmeißt euch endlich ins Zeug.« Ich machte eine theatralische Pause, auch um Luft zu holen. Ich konnte kaum glauben, dass ich es war, die da gerade gesprochen und von ihrer Brigade Höchstleistung gefordert hatte. Ich hatte mich nie in der Rolle des Leitwolfs gesehen und wollte auch nie einer sein. Und nun stand ich hier, ermunterte die Truppe und versuchte, ihren Ehrgeiz anzustacheln. »Lasst uns so gut sein, wie noch nie zuvor. Lasst uns Bestleistung bringen!«

Um mich herum brach ein richtiger Jubel aus, die Mannschaft applaudierte, und manche wischten sich sogar die ein oder andere Träne aus dem Augenwinkel. Ich kam mir vor wie ein General, der seine Truppe gerade darauf vorbereitet hatte, die nächste Schlacht zu gewinnen.

Ich nickte, kurz und betont souverän, und schon gleich darauf herrschte wieder hektische Betriebsamkeit, denn meine Köche machten sich mit neuem Elan wieder an die Arbeit.

Das Blut, von Adrenalin überschwemmt, schoss mir im Siegesrausch durch die Adern. Zum ersten Mal seit Betreten des *Bianca* als Küchenchefin hatte ich das Gefühl, angekommen zu sein. Und endlich fühlte ich mich der Aufgabe gewachsen.

Was ich zu meinen Leuten gesagt hatte, traf auch auf mich zu. Ich musste besser werden. Noch besser. Mich um Höchstleistung bemühen. Immer. Ich konnte mich nicht auf meinen Lorbeeren ausruhen und mich treiben lassen. Wenn ich meine Sache gut machen wollte, musste ich jeden Tag schuften, was das Zeug hielt.

Ich atmete tief durch und nahm die Herausforderung an.

Okay, Bianca. Ich bin dabei.

»Chef?« Eine Kellnerin stand vor mir und knetete nervös ihre Hände. Na toll. Was war denn jetzt schon wieder los? »Da möchten Sie ein paar Gäste sprechen.«

Mir fiel das Herz in die Hose. Das war nie ein gutes Zeichen. Und das ausgerechnet nachdem ich die Rede meines Lebens gehalten hatte. Ich gab mich gelassen. »Haben sie gesagt, worum es geht?«

Sie schüttelte den Kopf. »Nein, nur dass sie mit Ihnen über das reden wollen, was Sie hier in der Küche machen.«

Zu Blaze meinte ich: »Kommen Sie zurecht?«

Er nickte. Kein Problem. Er war mein Sous. Jetzt wirklich. Natürlich würde er zurechtkommen.

Ich wischte mir die Hände an der Schürze ab und folgte der Kellnerin in den Gastraum. Er war nicht sehr groß und so offen gestaltet, dass mir der besagte Tisch sofort ins Auge fiel.

Ich tippte der Kellnerin auf die Schulter und deutete in die Richtung. »Der Tisch da drüben?«

»Ja«, sagte sie.

»Okay, ich kümmere mich darum. Danke, Chrissy.« Ich ging zu den fröhlich lärmenden Gästen, die mindestens zwei Cocktails zu viel intus hatten. »Was macht ihr denn hier?«

Molly grinste mich an und deutete auf ihren Breakfast 75. »Wir unterstützen dich!«

Ich lächelte meine Freunde an. Sie hatten sich den größten Tisch geschnappt, eine kreisrunde Monstrosität, an dem trotzdem kaum alle Platz fanden. Molly und Ezra. Vera und Killian. Kaya und Wyatt. Vann.

Schmetterlinge stoben in meinem Bauch auf, schossen im Sturzflug zu meinen Knien und von dort direkt in meine Brust.

Bei seinem Anblick wurde mir ganz flau. Er lächelte mich an, vom anderen Ende der Bank, auf der er nur mit halbem Hintern Platz gefunden hatte. »Hey.«

»Hey«, sagte ich leise.

»Wir sind nicht wegen dir hier«, verkündete Killian, spießte ein Stück Kartoffel-Cassoulet auf seine Gabel und zeigte damit auf seine Frau. »Wir checken die Konkurrenz ab.« Sein Kinn machte eine andeutungsvolle Bewegung in Richtung der anderen. »Aber die da wollen eine Freundin unterstützen oder so. Wir allerdings schlagen zwei Fliegen mit einer Klappe.«

Ich verdrehte die Augen und musste lachen. »Nachdem das *Salt* jetzt eröffnet ist, solltet ihr dafür sorgen, dass jeder weiß, wer mit dem Brunch angefangen hat.«

»Okay, ich werde sicherstellen, dass alle wissen, es war unsere Idee«, erwiderte er.

Kaya warf uns beiden böse Blicke zu. »Ich war das. Ich habe zuerst Brunch angeboten.«

Killian und ich sahen uns schuldbewusst an. Das stimmte. Aber das *Sarita* lag nicht mal im selben Postleitzahlenbereich wie das *Bianca*, daher meinte sie sicher, in ihrem Viertel. Genauso wie ich meinte, dass ich die Erste in meinem Viertel war.

Oder so.

»Das ist echt der Hammer, Dillon«, meinte Molly mit Ehrfurcht in der Stimme. »So gut besucht habe ich das *Bianca* noch nie erlebt!«

Ich betrachtete die voll besetzten Tische und die umherwuselnden Kellnerinnen. Auch die Bar war rappelvoll. Vor der Tür spazierten wartende Gäste auf und ab.

»Ich bin wirklich beeindruckt«, sagte Vera. »Du hast hier Unmögliches vollbracht.«

»Und das Essen ...« Wyatt küsste seine Fingerspitzen.

»Scheint so, als hättest du einen grandiosen Mentor gehabt, Dillon, denn das ist absolute Spitze.«

Über all das Lob bekam ich feuchte Augen, konnte die Tränen aber gerade noch unterdrücken. Die Gäste inmitten ihres Samstagsfrühstücks durch lautes Schluchzen in die Flucht zu jagen, war das Letzte, was ich wollte. »Leute, genug! Womöglich steigt mir das Lob sonst zu Kopf.«

Vann griff nach meiner Hand und hielt sie sanft umschlossen. »Es sollte dir zu Kopf steigen, Baptiste. Sei stolz auf das, was du geleistet hast. Du bist wundervoll.«

Nein, er war wundervoll. Und ich musste all meine Willenskraft aufbieten, um ihm nicht auf den Schoß zu springen und ihn in aller Öffentlichkeit abzuknutschen.

»Hast du Lust auf einen Rundgang?«, fragte ich stattdessen. Wären wir erst unter vier Augen, könnte ich immer noch über ihn herfallen.

Er hob die Augenbrauen. »Das ginge?«

»Klar. Es ist mein Restaurant.«

Mein Bruder beugte sich vor. »Faktisch ist es mein Restaurant.«

Selbstverständlich ignorierte ich ihn. »Komm mit«, sagte ich zu Vann. »Ich führ dich rum.«

»Dürfen wir auch mit?«, wollte Killian wissen.

Trotz der Leute um uns herum musste ich lachen. »Ihr müsst nicht mitkommen. Ihr wisst, wie eine Restaurantküche aussieht.«

»Insbesondere diese Küche«, sagte Vera sarkastisch. An die anderen gewandt meinte sie: »Wer von uns hat hier nicht ein ums andere Mal ausgeholfen?«

»Hey, danke fürs Kommen«, sagte ich, als Vann aufstand. »Tut euch bloß keinen Zwang an, mir zu sagen, dass es das beste Essen eures Lebens war. Freunde darf man anlügen.«

»Es ist großartig«, meinte Kaya. »Ungelogen. Ehrlich.«

Meine Wangen brannten wegen ihres Kompliments. Kaya würde mich nie anschwindeln, selbst wenn ich sie darum bat. Dazu war sie viel zu aufrichtig. Außerdem wollte sie, dass ich aus meinen Fehlern lernte, und das geschah nicht, indem man einer Köchin sagte, was sie hören wollte.

»Ihr seid die Besten. Wirklich.« Wieder stiegen Tränen in mir auf. Höchste Zeit zu gehen. »Ich sag Chrissy, dass euer Essen auf mich geht.«

»Vergiss es«, meinte Killian und biss in ein Croissant.

Vera schaute mich entschuldigend an. »Wir sind hier, um dich zu unterstützen, meine Liebe. Und das bedeutet, dass wir fürs Essen bezahlen.«

Ezra schien erleichtert. »Gute Idee.«

Alle ignorierten ihn.

»Eigentlich sollte Ezra die Zeche übernehmen«, murmelte Wyatt. Um den Blicken der anderen auszuweichen, nahm er einen Schluck Wasser.

»Super Vorschlag«, stimmte Molly zu und gab Ezra einen Klaps auf den Rücken. »Wir übernehmen die Rechnung.«

Ezra wechselte die Farbe. Ich schmunzelte, dankbar, dass mein großer Bruder so viel für mich getan hatte und hinter mir stand. Er war wirklich der fantastischste Mensch, den ich kannte. Von Anfang an hatte er an mich geglaubt und darauf gesetzt, dass ich die Richtige war, um sein Restaurant wieder auf Kurs zu bringen.

Dennoch konnte ich nicht widerstehen, ihn ein wenig auf den Arm zu nehmen. Welche kleine Schwester würde ihren Bruder aus so einer Situation schon ungeschoren davonkommen lassen?

»Ich gebe Chrissy Bescheid. Wir sehen uns später.«

Vann und ich überließen die anderen sich selbst und ihrem

Gezanke über die Rechnung. Was den ganzen Weg zur Küche nicht zu überhören war und mich nur noch mehr schmunzeln ließ.

Genauso fröhlich und lebendig sollte es hier zugehen. Das war meine Vision fürs *Bianca*. Ich wollte, dass Freunde und Familien hier gemeinsam feierten, lachten und einige der wichtigsten Momente ihres Lebens zusammen verbrachten. Ich wollte, dass erste Dates, Hochzeitstage und Verabredungen zum Lunch hier stattfanden. Ich wollte Geschäftsessen, Mädelsabende und Firmenfeiern ausrichten. Ich wollte einfach, dass in meinem Restaurant das pralle Leben ein und aus ging.

Dazu das gute Essen als Krönung, und jeder würde wissen, wo der perfekte Ort zu finden wäre, an dem alle Wünsche in Erfüllung gingen.

Ich wollte, dass die Antwort auf die Frage »Wo wollen wir heute hingehen?«, immer lautete: »Ins *Bianca*.«

Aber mehr als alles andere wollte ich den Moment des Sieges mit Vann teilen.

»Komm mit«, forderte ich ihn auf und lief mit ihm durch den Speisesaal. »Hier siehst du die Bar.« Schon stieß ich die Schwingtür auf, und wir betraten die Küche. Für einen Augenblick verstummte der Lärm, als die Köche kurz ihre Arbeit unterbrachen, um den Eindringling zu mustern. Aber sie machten sich gleich wieder an die Arbeit, ohne uns weiter Beachtung zu schenken.

»Und hier geschehen die Wunder«, sagte ich.

Schweigend folgte er mir durch die Küche. Ich schleuste ihn schnell an den verschiedenen Arbeitsplätzen vorbei zu meinem Büro, nicht etwa, weil ich endlich mit ihm allein sein wollte, sondern weil er sich die Hände nicht gewaschen hatte und ich großen Wert auf Lebensmittelsicherheit und die Beachtung der Hygienevorschriften legte.

Mm-hmm. Ach wirklich?

Im Flur war es ein wenig leiser, aber erst in meinem Büro fühlte ich mich sicher und ungestört. Er zog die Tür hinter sich zu und grinste mich an.

»Haben wir es eilig?«

Ich warf mich ihm an den Hals und hielt mich an ihm fest, als würde ich sonst zusammenbrechen.

Er legte seine Arme um mich und streichelte mir beruhigend über den Rücken, bis ich meine Fassung zurückgewonnen hatte. »Eine ziemliche Aktion da draußen. Ich hatte ja keine Ahnung, dass du so viel Verantwortung trägst.«

Ich sah ihn an und betrachtete die Bartstoppeln in seinem Gesicht. Irgendwie verführerisch. Überhaupt alles an ihm an diesem Samstagmorgen war verführerisch. Und die Art, wie er sich so selbstverständlich an mich schmiegte.

Mich packte die Neugier. »Was hast du denn geglaubt, was ich mache?«

»Ich will ja deine Leistung nicht schmälern, aber ich habe mir eher so was wie die Küche in einem Fast-Food-Restaurant vorgestellt.«

Ich schlug ihm auf die Brust und lachte. »Du unverschämter Kerl.«

Er umfasste mein Gesicht, und ich spürte die Rauigkeit seiner Hände auf meinen Wangen. »Und du bist wunderschön, Dillon Baptiste. Ich wusste, dass du talentiert bist, aber ich hatte keine Ahnung wie sehr. Du hast mich echt umgehauen.«

Ich verdrehte die Augen, denn auch wenn mir die Anerkennung guttat, wusste ich, dass er übertrieb. »Deine Schwester ist Köchin, hast du das vergessen? Und sie ist um Lichtjahre besser als ich. Aber trotzdem danke.«

Er ließ mich nicht los, sondern zog mich noch fester an sich und drückte einen süßen Kuss auf meine Lippen. »Das ist nicht dein Ernst? Du bist um Lichtjahre besser als Vera.« Er senkte die Stimme. »Das ist nicht mal ein Wettkampf.«

Nein, nicht mal annähernd. Und Vann war kein Koch und daher wahrlich auch kein Experte auf dem Gebiet. Aber ich genoss das Kribbeln im Bauch, das seine Komplimente in mir auslösten.

Lächelnd nahm ich den Moment in mich auf, seinen Anblick und die Nähe seines Körpers. »Danke, dass du gekommen bist. Das bedeutet mir viel.«

»Du bedeutest mir viel«, raunte er und zog eine Spur Küsse über meinen Hals. »Ich bin so stolz auf dich, Dillon. Du hast erreicht, was du dir vorgenommen hast. Du hast das Restaurant gerettet. Du bist die Küchenchefin, die alles im Griff hat. Du bist wundervoll.«

Ich neigte den Kopf, denn nichts wünschte ich mir sehnlicher, als endlich wieder seine Lippen zu spüren.

Er zögerte nicht. Er küsste mich mit einer ungestümen Leidenschaft, die mein Blut in Wallung brachte und mich mit heißem Verlangen erfüllte.

Wir kosteten einander, knabberten, leckten und küssten uns wieder. Ich hatte kaum nach Luft geschnappt, da eroberte seine Zunge schon meinen Mund, fordernd und verführerisch zugleich. Ich ließ meine Hände über seine breite Brust und unter sein blaues Hemd gleiten und erschauerte, als meine Fingerspitzen endlich die Konturen seiner Muskeln ertasten konnten.

Er tat es mir gleich und versuchte, an das zu kommen, was noch von meiner viel zu engen Kochjacke verborgen war. Ungeduldig gab er auf und öffnete die Knöpfe, und seine Hände schlüpften unter den Stoff, um all die Sachen zu machen, die ich so liebte.

Ohne seine Hände von meinen Brüsten zu nehmen, schob er mich zum Schreibtisch, bis ich dagegen stieß und mich darauf sitzend wiederfand, die Beine eng um seine Taille geschlungen und fest an ihn gepresst.

»Musst du nicht wieder da raus?«, fragte er inmitten von Küssen und lustvollem Stöhnen.

»Ein paar Minuten Zeit habe ich«, hauchte ich. »Vorausgesetzt wir sind leise.«

Ich öffnete den Knopf seiner Jeans und zog den Reißverschluss runter. Welches Biest war da plötzlich in mich gefahren?

Aber ich fühlte mich auf einmal so unglaublich frei. Ich konnte mich nicht daran erinnern, wann ich zuletzt von mir aus bei einem Mann so forsch gewesen war. Vielleicht nie. Vielleicht hatte ich mich als Jugendliche und mit Anfang Zwanzig gegen zu viele ungewollte Annäherungen erwehren müssen, so dass mir jeglicher Spaß vergangen war.

Ich schüttelte den Gedanken ab, ließ die Finger unter den Bund seiner Boxershorts gleiten und genoss, wie sein ganzer Körper erbebte. »Ich hätte die Tür wohl besser abgesperrt«, murmelte er, als er sich vorbeugte, meinen BH herunterzog und mit den Lippen eine Brustwarze umschloss. Seine Zunge liebkoste meinen Nippel, dass ich vor Wonne die Augen schloss.

Meine Hand fuhr tief in seine Boxershorts und umfasste ihn. Jetzt war ich dran.

»Grundgütiger, Dillon«, sagte er heiser und küsste mich auf eine Weise, wie ich noch nie geküsst worden war. Ich gab mich seinen himmlischen Zärtlichkeiten vollkommen hin, aber auch er öffnete sich mir ganz. Es war ein Geben und Nehmen, als vereinten sich unsere Seelen und würden von nun an einander hingegeben sein für immer.

Mit einem kehligen Stöhnen richtete er sich auf und zog meine Hand weg. Fragend sah ich ihn an und atmete tief durch, in der Annahme, unser kleines Büro-Stelldichein sei vorüber. Sein Blick war verhangen, ein Sturm der Gefühle tobte in seinen silbergrauen Augen. Zuneigung und Verlangen huschten über sein Gesicht. Und dann packte er plötzlich meine schwarzen Leggings und zog sie herunter.

Ich gab einen Laut von mir, irgendwas zwischen erschrockenem Aufschrei und sehnsüchtigem Stöhnen. Er gönnte sich nur einen kurzen Blick, doch sogleich suchte sein Mund wieder den meinen, und seine Hand wanderte zu meinem Schoß.

»Ich bin dran«, flüsterte er an meinen Lippen.

Mir stockte der Atem. Ich konnte nichts als die Augen schließen und mich der Woge des Gefühls hingeben.

Seine langen rauen Finger glitten in mich hinein, erfüllten mich, nur um sich mir gleich wieder zu entziehen. Und mich sofort erneut auszufüllen.

Halt suchend klammerte ich mich an seine Schultern, während er mich dem Feuerwerk der Sinne immer näher brachte.

»Himmel, du bist so verdammt schön«, flüsterte er in meine Haare. »Du berührst mich, Dillon. In jeder Hinsicht.«

Sein Daumen fand genau die richtige Stelle, jeder einzelne Muskel meines Körpers spannte sich an, und ich verlor die Fähigkeit, klar zu denken. Lichter explodierten hinter meinen geschlossenen Lidern, und seinen Namen stöhnend erreichte ich den Höhepunkt.

Er brummte zufrieden an meiner Schläfe und hielt mich fest, während ich mich zu sammeln versuchte.

Oh mein Gott.

Als ich endlich wieder bei Sinnen und in der Lage war, die Augen zu öffnen, trieb mir sein feuriger Blick die Röte ins Gesicht.

»Wie ich schon gesagt habe«, neckte er mit einem leichten Lächeln. »Das war bei Weitem der beste Brunch, den ich je gehabt habe.«

Mein Herz hämmerte wie wild und drohte herauszuspringen und mit diesem Mann wegzulaufen. »Das war …« Ich presste den Handrücken an meine Wange im Versuch, das selige, zufriedene Grinsen von meinem Gesicht zu wischen. »Das war …«

Er schmunzelte. »Wirst du dich dieses Mal daran erinnern?«

Ich nagte an meiner Unterlippe, wohl wissend, dass ich diesen Moment niemals vergessen würde. »Du bist so eingebildet«, sagte ich, statt mit der Wahrheit herauszurücken.

Sein Lächeln wurde breiter. »Und du bist so leicht zu durchschauen.«

Ich eroberte seine Lippen und brachte uns mit meinen Küssen fast wieder in Versuchung, noch lange nicht aufzuhören. Doch ich löste mich von ihm und genoss den benommenen Ausdruck in seinem Gesicht. »Ich muss wieder an die Arbeit.«

Er nickte. »Ich will dich wiedersehen. Bald.«

»Okay.«

»Wird es schwierig werden, dich hier loszueisen?«

»Ich bekomme das hin«, versprach ich. »Ich will dich auch wiedersehen.«

Er nickte, küsste mich noch einmal, und schlagartig verging mir jegliche Lust auf Arbeit, das *Bianca* und den Brunch. Ich wollte nichts, als Vann zu küssen und herausfinden, welche anderen schönen Dinge er mit seinen geschickten Fingern noch anstellen konnte.

»Bringst du mich raus?«, fragte er, als wir uns schließlich wieder gefasst hatten und die Röte ein wenig aus meinen Wangen gewichen war.

Natürlich waren meine Haare eine Katastrophe, und ich bemühte mich, meine Kleidung zurechtzuzupfen.

Wir verabschiedeten uns, diesmal ohne Kuss, und versprachen, uns später zu schreiben.

Zurück in der Küche schien niemandem aus meinem Team der sinnliche Ausdruck auf meinem Gesicht aufzufallen. Jedenfalls ließen sie es sich nicht anmerken, und ich schlüpfte nahtlos zurück in meine Rolle als Küchenchefin.

Vann hatte etwas an sich, das mir förmlich die Schuhe auszog und mich völlig überwältigte. Er war der erste Mann, für den ich bereit war, ein Risiko einzugehen. Die erste Beziehung, bei der ich fühlte, dass sie den Namen verdient hätte, und die mich dazu brachte, mich kopfüber hineinzustürzen.

Vann bedeutete mir inzwischen so viel mehr, als ich in Worte fassen konnte. Er hatte mir immer wieder geholfen und mich vor mir selbst gerettet. Und nun half er mir bei etwas viel Wichtigerem als dem Erwachsenwerden.

Er rettete mein Herz.

21. KAPITEL

»Du bist sicher, dass du zurechtkommst?«

Blaze lachte am anderen Ende der Leitung. Erstaunt nahm ich das Handy vom Ohr, um mich zu vergewissern, ob ich die richtige Nummer gewählt hatte. Wahnsinn! Ich hatte Blaze zum Lachen gebracht. Tschakka!

»Ja, ich bin sicher«, antwortete er. »Du hast mir schon mal die Leitung überlassen, wenn du dich recht entsinnst. Ich bin durchaus in der Lage, den Abend über die Bühne zu bringen, ohne die ganze Küche abzufackeln.« Er hielt inne und ergänzte dann: »Oder irgendwas anderes. Ich bin generell ziemlich gut darin, eben keine Sachen anbrennen zu lassen.«

Ich beeilte mich, ihm zu versichern, dass er mein vollstes Vertrauen hatte. »Ja, ich weiß. Du bist gut in dem, was du tust. Es ist nur, du weißt schon, wegen der neuen Karte, und wir haben den neuen Koch und …«

»Chef, ehrlich, wir kommen klar! Viel Spaß bei deiner Verabredung.«

»Arzttermin«, stellte ich klar und war mir plötzlich nicht mehr sicher, ob ich Arzttermin oder Zahnarzttermin als Ausrede benutzt hatte.

»Ja, hm-hm.«

»Was heißt das nun wieder?«

»Hey, alles cool. Du hast sieben Tage lang vierundzwanzig

Stunden geschuftet. Wenn du einen Tag frei brauchst, dann nimm ihn dir. Du bist der Boss.«

Ja, ich war der Boss. Die Chefin einer Küche, deren Leute allmählich zu einem Team zusammenwuchsen. Und das fühlte sich fantastisch an. Deshalb hatte ich die Gelegenheit beim Schopf gepackt, denn Vann hatte mich gefragt, ob ich freinehmen könnte, um an seiner Taco-Tour teilzunehmen, die er jeden Dienstag mit seinen Fahrradkunden veranstaltete.

»Du bist wirklich ein feiner Kerl«, sagte ich zu Blaze und meinte es ernst. »Und ein toller Souschef. Danke, dass du für mich einspringst.«

»Jederzeit«, versprach er.

Himmel, das fühlte sich so gut an. Das *Sunday House* war für ihn endgültig vom Tisch. Er hatte sich ganz dem *Bianca* verschrieben und hängte sich voll für mich rein. Das zeugte von Loyalität und Vertrauen. Das beruhte nun auf Gegenseitigkeit, und dafür war ich dankbar.

Ich beendete das Gespräch mit Blaze und lächelte Vann an.

»Alles gut?«, fragte er.

Ich nickte und drückte ihm einen Kuss aufs Kinn. »Alles ist gut.«

»Mhmm.« Er zog mich in einen leidenschaftlicheren, weit befriedigerenden Kuss. Wir hatten uns in sein Büro zurückgezogen und machten das Beste aus der kurzen Privatsphäre – und darin waren wir inzwischen wirklich gut geworden.

Seit unserem ersten Date am See im vergangenen Monat hatten wir uns so oft wie möglich getroffen. Aber wegen unserer unvereinbaren Arbeitszeiten und weil wir beide viel zu tun hatten, trafen wir uns meist in einem unserer Büros.

Unter der Woche ging ich zum Mittagessen zu ihm, und er kam nach Restaurantschluss zu mir, wenn ich mich noch um den Papierkram im *Bianca* kümmern musste. Und sonntags kam er zum Brunch. Jetzt war ich hier und wartete mit ihm darauf, dass der Rest der Radtruppe auftauchte, damit wir zwanzig Meilen zu den »besten Tacos in den Carolinas« fahren konnten.

Das wagte ich zu bezweifeln, ließ mich aber gern vom Gegenteil überzeugen.

Das Radfahren war zwar immer noch nicht meine Sache, aber ich hatte Spaß mit Vann, der mir außerdem versprochen hatte, dass zu dem Ausflug auch kühles Bier gehörte. Ich hoffte nur, dass er seine Erste-Hilfe-Fähigkeiten nicht ein zweites Mal an mir beweisen musste. Für mich war Radfahren und Bier nicht die allersicherste Kombination.

Ich war ja bereit, alles einmal auszuprobieren.

Okay, das war eine Lüge. Aber ich war bereit, zumindest ein paar Dinge auszuprobieren, vorausgesetzt, Vann war dabei.

Seine Hände glitten unter mein enges Sportshirt, ich setzte mich auf den Tisch und schlang die Beine um seine Hüften. Wir küssten uns mit stetig wachsendem Verlangen.

Und wie sehr mir das kratzige Gefühl seiner Bartstoppeln gefiel. Ich legte die Arme um seinen Nacken und drückte mich an ihn.

Er stöhnte auf, als ich leicht in seine Unterlippe biss und gleichzeitig mit meinen Nägeln über seinen Nacken strich. »Du bist schon was Besonderes«, murmelte er an meinen Lippen.

»Das musst du gerade sagen.«

Sein Schmunzeln setzte unserem Kuss ein Ende, und wir schnappten beide nach Luft. Er fuhr sich mit einer Hand durch die zerzausten Haare, während ich die Hand auf meinen brennenden Mund legte und mich wunderte, wie schnell wir vertraut miteinander geworden waren und uns küssten, wann immer wir wollten, ohne dass einer von uns das Bedürfnis hatte, um Erlaubnis zu fragen.

Die Erlaubnis war bereits erteilt. Er hatte mein Einverständnis, mich so oft und so lange zu küssen, wie er wollte.

Von früh bis spät: Daumen-Hoch-Emojis.

Er trat einen Schritt zurück, und unsere Blicke prallten aufeinander. Etwas Tiefgründiges, bisher Verborgenes, lag in seinen grauen Augen und kam langsam zum Vorschein.

»Ich mag dich sehr, Baptiste.«

Er sprach die Worte mit so warmer und liebevoller Stimme, dass sie mir mitten ins Herz und bis in die Zehenspitzen gingen.

»Ich mag dich auch sehr, Delane.«

»Es ist anders, oder?«

»Was?«

»Wir«, sagte er schlicht.

Ich hielt seinem Blick stand, wusste aber nicht, wie ich seine Worte deuten sollte. »Inwiefern anders?«

»War es jemals so für dich? Also, in einer Beziehung?«

Ich hatte noch nie eine richtige Beziehung gehabt, daher war ich mir nicht sicher, was ich sagen sollte. »Nein«, schien mir ehrlich genug. »So habe ich noch nie für jemanden empfunden.«

Er lächelte schief. »Da ist etwas«, meinte er leise, und in seinen Augen spiegelte sich ein Sturm der Gefühle und ungeschminkte Ehrlichkeit. »Da ist was zwischen uns.«

Mein Herz machte einen Satz vor Überraschung. »Was meinst du?«

Er neigte den Kopf, und ein atemberaubendes Lächeln überzog nun sein ganzes Gesicht. »Ich sag bloß, ich bin froh, dass wir ein Paar sind.«

Mein Herz schlug mir bereits bis zum Hals, aber nun begann es zu rasen. Mein ganzer Körper war in einem einzigen Rauschzustand, sodass ich meinte, die Kontrolle zu verlieren.

In mir tobten so viele Emotionen, dass ich nicht wusste, welche für mich die wichtigste war. Himmel, es fühlte sich gut an, ihn sagen zu hören, wir seien ein Paar. Mehr als gut.

So gut, wie ich es mir nie hätte vorstellen können.

Dieser Mann, der mir anfangs mit seiner Dreistigkeit und Arroganz unglaublich auf die Nerven gegangen war, um dann trotzdem stets zur Stelle zu sein, erschien mir nun wie mein Zuhause. Er war vom völligen Fremden zum Freund und schließlich zu meinem Ein und Alles geworden. Und ich wusste nicht einmal, wie und wann das passiert war.

Ganz sicher hatte ich, als Vann in mein Leben trat, nicht nach einer ernsten Beziehung Ausschau gehalten. Ich war nicht mal auf der Suche nach einer unverbindlichen Beziehung gewesen. Ich wollte bloß den nächsten Tag überstehen. Und das *Bianca*. Und mein Leben, das mir über den Kopf wachsen wollte.

Und doch war es seine vorsichtige, einfühlsame Annäherung gewesen, die ich gebraucht hatte. All die Male, die er sich um mich gekümmert hatte, lehrten mich, dass ich ihm vertrauen konnte, noch bevor wir Freunde wurden. Vann hatte mir bewiesen, was für ein Mensch er war, noch bevor er mich um ein Date gebeten, mich geküsst oder mit mir geschlafen hatte – nicht dass ich es nach der trunkenen Nacht noch einmal so weit hatte kommen lassen –, aber das spielte keine Rolle, denn offenbar hatte mein Unterbewusstsein in dieser Nacht all das schon längst gewusst.

Das war ein Riesenschritt für jemanden wie mich, dessen Vertrauen bis ins Mark erschüttert worden war. Jemanden, der glaubte, dass er nie wieder nackt neben einem Mann würde liegen können, ganz zu schweigen davon, mit ihm zu schlafen. Oder ihm gar das Herz zu schenken.

Tag für Tag rückte die Vergangenheit ein wenig mehr in

den Hintergrund und löste sich von der Gegenwart. Es war so, als würde man eine Tapete mit einer Plastikgabel abkratzen. Langsam, frustrierend und zeitraubend. Aber allmählich erkannte ich Fortschritte. Ich konnte unterscheiden zwischen dem, was auf einer Party eines gewissen Kerls namens Justin passiert war, und der Fürsorge und Zärtlichkeit in einer hingebungsvollen Beziehung.

Selbst wenn ich die Vergewaltigung außer Acht ließ, was schier unmöglich war, hatte mein Liebesleben damals nur aus unverbindlichen Beziehungen und One-Night-Stands bestanden. Ich würde niemals davon ausgehen, in einer Million Jahre nicht, dass ich das, was mir passiert war, in irgendeiner Weise provoziert hätte. Aber ich hatte mich mit der falschen Sorte Mann abgegeben. Ich hatte mich mit dem zweit-, dritt- und viertbesten zufrieden gegeben.

Ich hatte Angst gehabt, mein wahres Ich zu zeigen. Und weil ich mich selbst nicht mochte, ließ ich mich von anderen Menschen definieren. Ich ließ mir von ihnen sagen, wer ich war und was ich wollte.

Und mittendrin in diesem klebrigen, hässlichen Durcheinander hatte man mich mit Drogen vollgestopft. Und vergewaltigt.

Die Beziehung zwischen Vann und mir konnte im Vergleich dazu nicht unterschiedlicher sein. Es lag ihm etwas an mir. Und er meinte die Sache ernst. Er scheute keine Mühe für mich, und offensichtlich wollte er sich verdammt sicher sein, dass ich mich an ihn erinnerte, falls er sich je dazu entschied, wieder mit mir zu schlafen.

Selbst die Art, wie er das gesagt hatte, gefiel mir. Denn, ja, du lieber Himmel, er zog mich an wie ein Magnet. Ich fand alles, was er sagte, lustig und hielt ihn für den wahrscheinlich wundervollsten Menschen auf dem Planeten.

Das war kitschig und schnulzig, aber ich hatte mich Hals über Kopf verliebt.

Äh, Augenblick mal. Liebe? Nein, das war nicht das richtige Wort. Das konnte nicht sein. »Wie war das?«, tat ich erstaunt, weil ich mich vor der Richtung fürchtete, die meine Gedanken einschlugen. »Wir sind ein Paar? Bist du dir sicher? Also, ich höre das zum ersten Mal.«

Auf diese selbstironische Art lächelte er nur, weil er wusste, dass er die monumentale Feststellung ein wenig zu beiläufig eingeflochten hatte.

»Ist das für dich in Ordnung?«, fragte er, und das war die schönste Frage, die ich je gehört hatte.

»Hm, hängt davon ab«, neckte ich ihn weiter. »Was genau verstehst du darunter?«

Sein Stirnrunzeln zeigte mir deutlich, dass er über meine Frage nicht annähernd so glücklich war wie ich über seine. »Das ist ziemlich peinlich für Erwachsene«, gab er zu. »Wenn wir jetzt siebzehn wären, würde ich dich fragen, ob du mit mir gehen willst.«

Mein Strahlen blendete ihn vermutlich, aber ich kam nicht dagegen an. »Du könntest mich trotzdem fragen.«

Nur kurz blitzte Überraschung in seinen Augen auf, die gleich abgelöst wurde von dieser mysteriösen Tiefgründigkeit, die ich zuvor schon in ihnen gesehen hatte. Himmel, ich wollte zu gern wissen, was für ein Gefühl dahintersteckte. Ich wollte, dass er den Mund aufmachte und mir all seine Geheimnisse verriet. Ich wollte jeden einzelnen Gedanken in Vann Delanes Kopf kennen, denn ich war sicher, sie würden mir alle gefallen.

»Willst du meine Freundin sein, Dillon Baptiste? Und allein mir gehören?«

Ich nickte, weil mir die Worte fehlten. Es war so kindisch, dass ich ihn darum gebeten hatte. Und vermutlich auch altmodisch, denn Leute unseres Alters setzten sich nicht hin und fragten einander, ob man miteinander gehen wollte. Aber mich hatte das offiziell noch nie jemand gefragt, daher bedeutete mir das sehr viel. Es war alles, worauf ich gewartet hatte, was ich wollte und brauchte.

Und er wollte Treue. Nicht, dass er sich in dieser Hinsicht wegen mir Sorgen machen müsste, aber verdammt, war das schön, ihn genau das aussprechen zu hören, was er wollte.

Ehrlich, über die gemeinsamen Vorstellungen einer Beziehung zu sprechen, war gar nicht verkehrt, vor allem, wenn sie auf so glückliche Weise übereinstimmten.

»Ja«, hauchte ich. »Ja, ich möchte mit dir gehen und deine Freundin sein, Vann Delane. Ich gehöre allein dir.«

Er zog mich in seine Arme und hielt mich lange Zeit fest. Meine Wange an seine Brust gedrückt, hörte ich den regelmäßigen Rhythmus seines Herzens. Es fühlte sich unglaublich kuschelig und wundervoll an … sicher und geborgen.

Mir wurde klar, dass ich mich bei Vann immer sicher und geborgen fühlen würde.

»Bist du bereit für die Tour?«, fragte er schließlich. »Das wird spaßig.«

»Du sagst das so, als müsstest du dich selbst davon überzeugen.«

Er nahm meine Hand und zog mich aus seinem Büro. »Es ist wirklich spaßig«, beharrte er.

»Siehst du? Damit bestätigst du meine These.«

»Es gibt Tacos. Und Margaritas.«

»Wenn ich richtig zwischen den Zeilen lese …« Ich schaute ihn an und unterdrückte ein Lächeln. »… und ich glaube, das tue ich, dann wird das eine ätzende Tour, und du erzählst mir nur dauernd, dass es Essen und Getränke zur Belohnung gibt, damit ich den nervigen Teil durchhalte.«

Sein Lachen reichte, um mir ein Prickeln über den Körper zu jagen. »Was? Das ist verrückt.«

Auch ich schmunzelte, obwohl ich mir sicher war, dass ich recht hatte. »Ja, total.«

»Ich habe dir was besorgt«, sagte er mit einem Funkeln in den Augen. »Wie du weißt, gehört mir der Laden, aber ich schwöre, das hier hab ich speziell für dich zusammengestellt.«

Seine Worte hallten in meinem Kopf nach. »Warte, was?«

Wir gingen nach draußen in die heiße Augusthitze, und ich wäre fast an Ort und Stelle geschmolzen, direkt neben dem hübschesten türkisblauen Rad mit bequemem Bananensattel und Korb vor dem Lenker. Er hatte sogar eine pinke Schleife darum gebunden.

Mich wollte es fast umhauen, als ich endlich begriff, was das hier bedeutete, und ich brachte zum zweiten Mal nur ein »Warte, was?« heraus. »Ist das dein Ernst?« Ein Lächeln überstrahlte sein ganzes Gesicht. So blendend und unwiderstehlich wie noch nie. Er war mit Abstand der attraktivste und erstaunlichste Mensch, der mir je begegnet war. »Du hast mir ein Rad gekauft?«

Er steckte die Hände in die Taschen und grinste wie ein Honigkuchenpferd.

»Vann, ernsthaft, ist das für mich?«

Er zuckte mit den Schultern und scharrte mit dem Fuß. »Du hast dich doch immer beschwert, wie unbequem der Sattel sei.«

Ich drehte mich zu ihm hin und wollte mich gerade an seinen Hals werfen und ihn besinnungslos küssen, als plötzlich eine Stimme aus den hässlichen Abgründen meiner Vergangenheit an mein Ohr drang.

»Dillon? Das gibt's ja nicht!«

Wie aus dem Nichts stieg Furcht in mir auf, schlang sich um meine Knochen, dass es sich anfühlte, als wollten sie gleich brechen. Ich erstarrte und war wie gelähmt. Meine Glieder verweigerten mir den Dienst. Mir blieb das Herz stehen, und mein Verstand setzte aus. Ich stand da wie angewurzelt, halb zu Vann gedreht, halb in den Strudel meines schlimmsten Albtraums gesogen.

»Dillon!«, rief die Stimme ein zweites Mal. »Das ist ja ein Ding!«

Ich spürte Vanns neugierigen Blick auf meiner ganzen Haut, hörte buchstäblich die Fragen, die ihm durch den Kopf gingen und die Luft mit meinen schlimmsten Ängsten erfüllten. Ich konnte meine Vergangenheit spüren, diese Nacht vor sechs Jahren, die wie eine Untote aus dem Grab sprang und mich bis in die Gegenwart verfolgte.

»Was zum Teufel machst du denn hier?« Ich war nicht in der Lage zu antworten, was Justin nicht im Geringsten davon abhielt, einfach weiterzureden. Er hatte sich in all den Jahren nicht verändert. Ein Kiffer aus einer unglaublich reichen Familie, den nichts anderes interessierte, als seinen Spaß zu haben. Er gehörte zu den Leuten, die nie gute Freunde sein konnten, weil sie zu oberflächlich und egozentrisch waren. »Kennst du den Typ vom Fahrradladen? Kaufst du das Rad?« Er hielt kurz inne, änderte seine Taktik und wandte sich an Vann. »Kauft sie das Rad?«

»Es ist ein Geschenk«, antwortete Vann. Seine Stimme klang angespannt. »Dillon, alles in Ordnung?«

»Ihr kennt euch? Das ist ja ein verrückter Zufall!« Justin plapperte einfach weiter, als bekäme er gar nicht mit, dass ich total neben der Spur war und mich nur noch weit weg wünschte.

»Woher kennst du sie?«, fragte Vann. Er legte beschützend die Hand auf meinen Rücken. Die Berührung ließ mich zurückzucken und riss mich endlich aus meiner Trance.

»Dillon und ich kennen uns schon seit einer Ewigkeit«, erklärte Justin. Er verschränkte die Arme über dem langärmeligen Hemd und grinste. »Wir sind zusammen aufgewachsen und gemeinsam in Schwierigkeiten geraten.«

Himmel, das klang anzüglicher, als es tatsächlich gewesen war. Aber war das nicht genau der Punkt? Wir hatten gemeinsam gefeiert, getrunken und mit Drogen experimentiert. Und wir ließen offenbar zu, unter Drogen gesetzt und vergewaltigt zu werden.

Wieder schossen mir undeutliche Erinnerungen durch den Kopf, die mir die schreckliche Wahrheit zuflüsterten, ohne dass ich sie wirklich zu fassen kriegte.

»Ach ja?«, fragte Vann und streckte erneut den Arm nach mir aus.

Ich ging auf Abstand, schlang die Arme um meinen Bauch und wünschte mir ein Fluchtfahrzeug. Ich wollte nur noch weg. Und dann unter eine heiße Dusche, aus der ich nie wieder rauskommen würde.

»Liebe Güte, wir haben uns seit einer verdammten Ewigkeit nicht mehr gesehen, DeeBee. Mindestens …«

»Sechs Jahre.«

Er grinste, weil er die Bedeutsamkeit überhaupt nicht verstand. »Ist das wirklich schon sechs Jahre her? Was ist nur mit dir passiert? Du hast dich …« Er machte ein explosionsartiges Geräusch und riss abrupt die Fäuste hoch. »In Luft aufgelöst.«

Mut schlich sich in meine Brust bis zu meinem Herzen und bahnte sich einen Weg durch die Furcht und den Schmerz meiner Vergangenheit, die drohte, mich zu zerstören. »Erinnerst du dich an unsere letzte Begegnung, Justin? An die Party?«

Sein verständnisloser Blick sagte alles. Ich hielt ihn allerdings auch nicht für den Kerl, der mir die K.-o.-Tropfen gegeben hatte. Er hatte gerne Spaß, aber er wollte auch, dass der auf Gegenseitigkeit beruhte.

»Das war bei dir zu Hause. Gleich nach deiner Rückkehr aus Ibiza.«

Sein Gesicht hellte sich auf. »Ja, ich habe von dort den guten Stoff mitgebracht.«

Davon wusste ich nichts. Stoff. Für mich endete die Party nach einem Cocktail.

»Du warst damals völlig dicht.« Vor Lachen warf er den Kopf in den Nacken. Mein Magen drehte sich um, und in meinem Mund sammelte sich Spucke, als wollte ich mich gleich übergeben. »Die guten alten Zeiten.«

»Bist du aus einem bestimmten Grund hier?«, fragte Vann. Er kochte förmlich vor Wut, aber ich stand nur daneben und zitterte.

»Der Taco-und-Bier-Ausflug?« Justin wandte sich wieder an mich. »Was hast du bloß in all der Zeit gemacht, Baptiste? Du warst wie vom Erdboden verschluckt. Scotty hat sogar gehört, du seist gestorben.«

»Wie du siehst, bin ich nicht gestorben.« Aber in den ersten Nächten danach hatte ich manchmal sterben wollen. Nur um dieses abscheuliche Gefühl fremder Hände auf meinem Körper aus dem Kopf zu bekommen. Von Händen, die mich gegen meinen Willen überall begrapschten.

»Du solltest mal wieder mit uns losziehen«, beharrte er. »Wir gehen heute Abend zu *Bendi's*. Und nächstes Wochenende fahren wir zu Leylas Landhaus raus. Komm doch mit. Erinnerst du dich an ihren geilen Whirlpool?« Er lachte. »Weißt du noch, wie wir …«

»Nein.« Das Wort schoss wie eine Kugel aus meinem Mund.

Justins gezupfte Augenbrauen hoben sich. »Was?«

»So was mache ich nicht mehr. Ich habe einen Job.«

»Einen was?«

»Einen Job.«

Er schaute im Laden herum und versuchte, sich vorzustellen, wie ich da reinpasste. »Hier?«

»Nein.« Ich ließ mir Zeit mit der Antwort, während Justin das alles verdaute. »In einem Restaurant, dem *Bianca*.«

»Oh.« Justin blinzelte und senkte die Stimme. »Ein Job? Bist du jetzt … arm oder so?«

Ich verdrehte die Augen. Die lähmende Angst ließ ein wenig nach angesichts der Dummheit dieses Typen. »Nein, Dummkopf. Ich bin nicht arm. Ich brauchte … eine Aufgabe. Ich will mein Leben nicht an einem Ort wie Leylas Landhaus verschwenden. Ich bin zurück auf die Schule und hab eine Kochausbildung gemacht. Ich habe kürzlich eine Stelle als Küchenchefin angetreten.«

Er fuhr sich mit einer Hand durch sein schlaffes, straßenköterblondes Haar. »Das ist cool.« Sein Interesse, die guten alten Zeiten mit mir aufleben zu lassen, hatte sich bereits verflüchtigt. Ich war eine andere Frau als die, die er vor sechs Jahren gekannt hatte. »Wirklich nett.«

Desinteressierter konnte eine Stimme nicht klingen.

»Ich will gehen.« Ich hörte die Worte aus meinem Mund kommen, und war selbst ganz verwundert.

Ich wandte mich zu Vann, damit es kein Missverständnis gab, unterdrückte mühsam die Tränen und sagte leise: »Ich will nach Hause.«

Vann nahm unterstützend meinen Arm. »Alles in Ordnung?«

Ich riss mich aus seinem Griff los, nicht fähig, zwischen dieser Geste der Geborgenheit und meiner unerwünschten Vergangenheit zu unterscheiden. Die Arme noch fester um meinen

Bauch geschlungen, schüttelte ich den Kopf und unterdrückte ein Schluchzen. »Nein. Ich muss hier weg.«

»Was ist denn los mit ihr?«, wollte Justin wissen.

Tränen verschleierten mir die Sicht, daher konnte ich Vanns Miene nicht deuten, als er sich Justin zuwandte. »Wie wär's, wenn du die Klappe hältst, damit ich mich um sie kümmern kann.«

»Mann, da hat sie aber etwas verdammt aus der Fassung gebracht.«

»Ja, *Mann*«, knurrte Vann. »Und ich glaube langsam, das verdammte Etwas bist du. Also mach dich vom Acker.«

Justin hob abwehrend die Hände und wich einen Schritt zurück. »Also, an mir liegt das bestimmt nicht. Ich habe sie ja seit einer Ewigkeit nicht gesehen.«

Ein kehliges Schluchzen entwich meiner Brust, und es hätte nicht viel gefehlt, dann wäre ich vor Vanns Laden und der versammelten Truppe von Radfahrern zusammengebrochen. Instinktiv wollte Vann nach meiner Hand fassen, machte aber sofort einen Rückzieher, als er mich erneut zusammenzucken sah.

»Verflucht«, murmelte er. »Lass mich … das nur schnell reinstellen. Willst du mitkommen?« Er schnappte sich das hübsche blaue Rad, mit dem er mich überrascht hatte. Meine Tränen flossen in Strömen, als mir bewusst wurde, dass ich uns den Tag verdorben hatte.

Womöglich unsere gesamte Beziehung.

Justins Gesicht ging mir nicht aus dem Kopf, und eine miese Erinnerung nach der anderen an die schrecklichen Fehler, die ich gemacht hatte, erwachte wieder zum Leben. Vor allem aber dieser eine schreckliche Fehler, den ich zwar nicht selbst begangen, aber unter dessen Folgen ich bis heute zu leiden hatte. Vermutlich bis in alle Ewigkeit.

Vann stellte das Rad in den Laden und verschloss die Tür, während ich seine Nähe suchte, aber ohne ihn zu berühren. Er sah mich immer wieder verstohlen an, seine gewittrig grauen Augen so voller Sorge, dass es mich noch mehr zum Weinen brachte.

Hatte ich nicht vor ein paar Minuten noch den bahnbrechenden Schritt in unserer Beziehung bejubelt? Und nun war ich wieder in dem Albtraum gefangen, und die Erinnerungen an diese Nacht kreisten in Endlosschleife in meinem Kopf.

Irgendwie landete ich in Vanns Jeep. Und irgendwie brachte er mich nach Hause, während ich mich auf dem Beifahrersitz zusammenkauerte.

Immer wieder sagte er: »Alles wird gut, Dillon. Ich bin bei dir.« Wie eine Decke hüllten mich die Worte ein und wärmten meine eiskalte Haut.

Er ist bei mir. Er ist bei mir. Er ist bei mir …

Er parkte vor meiner Wohnung auf dem Besucherparkplatz. Ich hatte befürchtet, dass er mich einfach absetzen und in den Sonnenaufgang davonfahren würde, darauf bedacht, schnell von der Psychotussi mit dem Nervenzusammenbruch wegzukommen.

»Ich bringe dich rauf zu deiner Wohnung«, sagte er nachdrücklich. »Ich glaube, das schaffst du nicht allein.«

Ich nickte wie betäubt, weil ich nicht wusste, was ich sonst tun sollte. Mich ängstigte, dass er recht haben könnte. Ich hatte auch Angst, was Teddy, der Pförtner sagen und denken würde, wenn er mich so sah.

Und die Chancen standen gut, dass Vann recht hatte und ich es wirklich nicht allein in meine Wohnung schaffte.

»Nur, bitte … Fass mich nicht an.« Meine Stimme zittere und war kaum hörbar.

Auch seine Stimme brach. »Dillon, du bringst mich um.«

Neue Tränen strömten mir über die Wangen. »Es tut mir leid.«

»Nein, das muss es nicht. Bitte entschuldige dich nicht.«

Er schob die Tür auf und ging um den Jeep herum zu meiner Tür. Ich wünschte, ich wäre stark genug gewesen, ihn zu bitten, mich hinaufzutragen. Ich wünschte, ich hätte den Mut aufgebracht, ihn zu berühren. Mich daran zu erinnern, dass er nicht derjenige war, der mich verletzt hatte.

Aber mein Körper versagte mir den Dienst. Vor die Entscheidung gestellt, ob Kampf oder Flucht, entschloss er sich, zu erstarren. Meine Zähne klapperten, und Adrenalin überschwemmte meinen Körper, als ich jene groben, zudringlichen Hände zu spüren meinte, die mich begrapschten, obwohl ich nicht wollte.

Er hatte mir das Kleid und die Unterwäsche vom Leib gerissen. Hatte meine Beine gespreizt und war in mich eingedrungen. Er hatte meine Arme festgehalten und zu Boden gedrückt bei meinem vergeblichen Versuch, mich zu wehren.

Ich rang um Atem und sank auf die Knie. Vann hob mich hoch, obwohl ich aufschrie.

Die Minuten vergingen, während ich darum kämpfte, wieder zu Besinnung zu kommen, die Dämonen zu vertreiben und in die Gegenwart zurückzukehren.

Nachdem Vann meine Schlüssel aus meiner Tasche gekramt und meine Wohnung aufgeschlossen hatte, setzte er mich aufs Sofa und eilte in die Küche. Ich hörte Wasser laufen, zog die Knie an die Brust und wippte im immer gleichen Rhythmus vor und zurück.

»Soll ich jemanden anrufen?«, fragte er, als er mit einem Glas Wasser in einer und einer Decke in der anderen Hand vor mir stand. »Ezra? Deine Mutter? Vera?«

Ich schüttelte den Kopf. Es war so schon schlimm genug. Ich wollte nicht, dass noch jemand von meinem schändlichen Geheimnis erfuhr.

»Nein«, schniefte ich. »Mir geht es gut.«

Er schwieg einen Moment, bevor er sagte: »Nein, dir geht es nicht gut, Dillon. Irgendetwas hat dich völlig aus der Bahn geworfen.«

Wieder versank ich in Tränen. Seine Worte trafen mich tief ins Mark und wollten mir schier das Herz zerreißen. Ich kippte zur Seite, die Knie an die Brust gedrückt, und blieb schluchzend liegen. Vann deckte mich zu und setzte sich ans andere Ende der Couch.

»Ich bin für dich da, Dillon. Ich bleibe bei dir. Wenn du etwas brauchst, musst du es nur sagen.«

Allein seine Nähe half mir, auch wenn mir die Worte fehlten, ihm zu danken. Es war beruhigend zu wissen, dass er nicht gehen würde.

Seine Fürsorglichkeit wirkte wie ein Schutzschild gegen die schrecklichen Gedanken und die Erinnerung an die Nacht vor sechs Jahren. Er saß einfach nur still da, respektierte meinen Wunsch, nicht angefasst zu werden, und langsam fügten sich die Bruchstücke meiner Seele wieder zusammen. Meine Tränen wollten einfach nicht aufhören zu fließen, aber das Schluchzen verebbte, mein Herzschlag beruhigte sich allmählich, und mein Körper hörte auf zu zittern.

So heftig hatte ich seit Jahren nicht mehr geweint. Nicht mehr seit meinem Abschlussjahr in der Schule.

Meine Therapeutin würde das als Rückfall bezeichnen. Und genauso fühlte es sich auch an. Die mühsame Arbeit, die kleinen Fortschritte, die ich gemacht hatte, waren auf einen Schlag ausgelöscht.

Zwei Schritte nach vorn, sechshundert zurück. Direkt zu der

Erinnerung an dieses Schlafzimmer. Diese von Drogen verdüsterte Nacht.

Schließlich hatte ich keine Tränen mehr. Meine Augen waren getrocknet und meine Seele wie ausgedörrt. Ich richtete mich auf und drehte mich Vann zu, in die letzte Ecke der Couch gedrückt.

Er schaute mich angespannt und mit geröteten Augen an. In sein Gesicht stand die Verzweiflung geschrieben und eine Furcht, die ich bisher nur von meinem eigenen Spiegelbild kannte.

»Ich bin vergewaltigt worden.« Die Worte kamen einfach so aus meinem Mund, als Entschuldigung und Erklärung zugleich. »Erst unter Drogen gesetzt. Und dann vergewaltigt.«

22. KAPITEL

Vann schien nicht überrascht und zuckte mit keiner Wimper. Vermutlich hatte meine Reaktion auf Justin ihm mehr verraten, als ich mit Worten hätte ausdrücken können. »Hat dieses verfluchte Arschloch dir das angetan? Wenn er dich auch nur angefasst hat, Dillon, sag ein Wort, und ich bring ihn um.«

Er scherzte nicht. Die Ernsthaftigkeit seiner Worte stand drohend im Raum, und ein weiteres Bruchstück meiner Seele kehrte zurück an seinen Platz. Unter keinen Umständen billigte ich einen Mord, aber allein Vanns Bereitschaft, für mich so weit zu gehen, half mir, wenn auch auf ziemlich makabre Weise, ein gewisses Vertrauen in die Menschheit zurückzugewinnen.

»Es war nicht Justin«, sagte ich und kämpfte gegen die Übelkeit an. »Aber es war auf seiner Party.«

»Bist du sicher?«, hakte Vann nach. »Denn dieser arrogante kleine Wichser ging mir komplett gegen den Strich.«

Sein Eifer rührte mich, und meine Mundwinkel zuckten. Es war sechs Jahre her. Sechs. Und so lange hatte ich gegen die Folgen angekämpft. Ich war kein Opfer mehr. Ich war eine Überlebende. Selbst wenn der Schmerz der Erinnerung immer noch drohte, meine Seele in tausend Stücke zerspringen zu lassen.

»Es war ein Typ, den ich nicht kannte. Ich erinnere mich nicht mal an seinen Namen. Keine Ahnung, ob ich den überhaupt je gewusst habe.«

»Was hast du den Cops gesagt?«

Ich presste die Lippen zusammen, denn ich schämte mich, die Wahrheit zuzugeben. Vielleicht war es das, was mich am meisten fertigmachte – zu denken, dass ich letztendlich ein Feigling war. Ein verdammter Feigling, der sich nicht traute, für sich selbst einzustehen.

Noch nie zuvor hatte ich diese Gedanken ausgesprochen. Zumindest nicht alle. Meine Therapeutin hatte immer nur Ausschnitte zu hören bekommen, aber nie die ganze Geschichte. Aber sie war die Einzige, mit der ich überhaupt hatte darüber reden können. Und das auch nur, weil es sich wie eine Entscheidung zwischen Leben und Tod angefühlt hatte, wenn ich das Geheimnis noch länger in mich hineingefressen hätte. Ich brauchte jemanden, mit dem ich die Last teilen konnte, der verstand, welch furchtbare Qualen ich durchmachte.

»Ich habe nichts gesagt«, flüsterte ich und erstickte fast an der Wahrheit.

»Was meinst du?«

»Ich habe keine Anzeige erstattet.«

Seine Lippen wurden ganz schmal, und seine Augen waren voller Sorge, Frust und Wut. So viel Wut.

Dieses Geständnis hatte alle Schleusen geöffnet, und nun redete ich mir den Kummer von der Seele. »Ich stand unter Drogen. Ich kann mich noch daran erinnern, dass mir jemand einen Cocktail in die Hand gedrückt hat, aber ich weiß nicht mehr wer. Irgendjemand hat die Gläser herumgereicht. In meinem war was drin. Vielleicht auch in allen. Keine Ahnung …« Ich drehte meinen Kopf weg und starrte aus dem Fenster, weil ich Vann nicht in die Augen sehen konnte, vor Angst, er würde mich verurteilen. »Da sind Fetzen der Erinnerung. Aber manchmal kommt es mir sogar so vor, als würde ich mir das alles nur eingebildet haben.« Ich atmete tief durch und ließ meine Worte sacken. Die Wahrheit in ihrer ganzen Verworrenheit auszusprechen, fühlte sich an, als würde mich jemand von der Brücke stoßen, und ich stürzte unweigerlich dem Abgrund entgegen.

»Ich weiß nicht, wie er aussah«, sagte ich leise. »Ich habe keinen Namen. Kann ihn nicht beschreiben. Alles ist so unscharf.«

Vann knirschte mit den Zähnen. Er war außer sich. Mir wurde übel, und ich wagte nicht zu fragen, ob seine Wut sich gegen mich richtete.

Und dann sprudelte die Wahrheit aus mir heraus, als müsse ich mich ihm, der mir bis jetzt vertraut hatte, beweisen. »Ich war mal ziemlich wild«, erklärte ich. »Eine Vollkatastrophe. Dann wurde mein Dad krank, und ehe ich mich versah, lag er im Sterben und war tot … Aber eigentlich hat es schon in der Highschool angefangen. Wir waren reiche, arrogante Kids mit zu viel Geld und zu wenig elterlicher Aufsicht. Jedes Wochenende Party und nichts war tabu. Alkohol, Sex, Drogen … Als mein Dad starb, war mir plötzlich alles egal. Auch wenn er mein ganzes Leben nicht für mich da gewesen war. Nicht als ich bei ihm lebte, selbst dann nicht, wenn er Zeit mit mir verbracht hat. In Gedanken war er immer woanders. Für ihn war ich bloß das Mädchen, mit dem er meine Mutter manipulieren oder das er in seinen Klubs vorführen konnte. Ich war nicht seine Tochter. Ich war seine Waffe. Dann kam ich auf die Highschool, wo er keinen Zugriff mehr auf mich hatte, und ich verlor völlig die Orientierung. Ist das nicht bescheuert? Ich begann zu trinken. Andere Drogen kamen dazu. Ich war völlig aus dem Ruder. Trotzdem, als er starb … Ich weiß auch nicht, da ist in mir etwas zerbrochen. Als ich bei Justins Party aufschlug, dachte ich, nichts könnte mich je wieder erschüttern. Mir war alles scheißegal. Und ich habe das Glas angenommen, das ich besser abgelehnt hätte. Der Rest ist nur noch nebelhafte Erinnerung. Als ich aufwachte, habe ich überall auf mir Hände gespürt. Sie waren grob … taten mir weh. Ich weiß noch, dass ich versuchte, sie wegzuschlagen, aber ich war so verdammt schwach.« Wieder rannen die Tränen über meine Wangen – ich war überrascht, dass überhaupt noch welche übrig waren. Meine Brust erbebte, als ich versuchte, den stechenden Schmerz wegzuatmen. »Er riss mir die Klamotten runter, und ich konnte ihn nicht aufhalten. Ich war total daneben, wie weggetreten. Erst der stechende Schmerz brachte mich wieder kurz zur Besinnung. Ich versuchte, zu schreien, aber er presste sofort seine Hand auf meinen Mund und brachte mich zum Schweigen. Und da war sein Geruch. Er stank penetrant nach Rasierwasser und billigem Bier.« Ich schaute zu Vann, meine Stimme brach, als ich Tränen in seinen Augen schimmern sah. »Das Nächste, woran ich mich erst wieder erinnere, war der nächste Morgen: Ich wachte auf, nackt, alles war wund und tat mir weh, und mir war speiübel. Justins Haus war so gut wie verlassen. Aber ich habe auch nicht nach jemandem gesucht, der womöglich etwas beobachtet haben könnte. Ich bin nur noch geflüchtet. Einfach weggerannt. Und nie zurückgekehrt.«

»Du hast niemandem davon erzählt?«

Ich schüttelte den Kopf, einzelne Strähnen meiner Haare blieben an meinen feuchten Wangen kleben. »Ich wusste nicht, was ich sagen sollte. Ich schämte mich zu sehr, um es Ezra zu erzählen. Ich hätte zur Polizei gehen sollen, das ist mir jetzt klar. Aber ich war einundzwanzig, völlig verängstigt, hatte keine Beweise und keine Erinnerung daran, wie der Kerl ausgesehen hat. Ich hatte nichts. Außerdem befürchtete ich, bei der Zeugensuche würde herauskommen, dass ich öfter mal Drogen … Nun ja, als brave Bürgerin konnte man mich nicht gerade bezeichnen, verstehst du? Und allein der Gedanke, auch noch die Untersuchung über mich ergehen lassen zu müssen und all die Fragen zu beantworten ...« Ich schluchzte auf und wünschte mir, ich könnte endlich die Scham und die Schuldgefühle abschütteln, die mich seitdem verfolgten. »Ließe sich die Zeit zurückdrehen, würde ich alles anders machen. Ich gäbe viel darum, wenn ich die Entscheidungen, die ich an diesem Morgen getroffen habe, rückgängig machen könnte.«

»Dillon ...«

»Am Ende habe ich es wenigstens geschafft, mich testen zu lassen. Einen Monat später. Die Ungewissheit, ich könnte mir womöglich etwas eingefangen haben, was ich nie wieder loswürde, konnte ich nicht mehr ertragen. Und ich hatte Angst, schwanger zu sein.« Mein Herz hämmerte wie wild allein beim Gedanken an diese schreckliche Zeit. Denn nach der Vergewaltigung ist längst nicht alles vorbei. Der eigentliche Akt war kurz im Vergleich zu den Folgen, mit denen ich mich den Rest meines Lebens würde herumschlagen müssen – die Erinnerung an die erlittenen Schmerzen, die Angst, die Trauer, die Scham und die blöden Schuldgefühle, obwohl ich gar nichts dafür konnte. Und auch die Tests, die ich über mich ergehen lassen musste. Das Gefühl der Blöße, nur weil ich mich vergewissern wollte, dass mein Körper unbeschadet davongekommen war, im Gegensatz zu meiner Seele.

All jene Frauen, die mutig genug waren, eine Anzeige zu erstatten, mussten noch weit mehr Tests und Fragen ertragen, mit ihren Anwälten vor Gericht erscheinen und Verhandlungen durchstehen. Sie waren gezwungen, den Albtraum immer und immer wieder zu durchleiden, während der Vergewaltiger womöglich frei wie ein Vogel aus der Sache herauskam.

»Ich habe mir nichts eingefangen«, fügte ich schnell hinzu. »Und ich war auch nicht schwanger.« Die Worte schmeckten schal, aber dennoch sprach ich sie aus: »So gesehen, habe ich wohl Glück gehabt.«

Vann bewegte sich so schnell, dass ich kaum Luft holen konnte, und schon kniete er vor mir, die Hände leicht auf meine Knie gelegt, der Blick dunkel und eindringlich. »Von Glück kann man da nicht reden.« Seine Finger schlossen sich fester um meine Knie, aber mein Bedürfnis, ihn von mir zu stoßen, nun da die Geschichte offen auf dem Tisch lag und nicht länger mein Geheimnis war, hatte sich in nichts aufgelöst. »Dillon, es tut mir so unendlich leid. Ich bin erschüttert, was du durchmachen musstest. Die Gewalt, die man dir angetan hat … das ist entsetzlich.«

Ich schüttelte den Kopf, und die Tränen flossen wieder wie von selbst. »Ich komme mir vor wie ein Feigling, weil ich niemandem etwas gesagt habe. Er ist immer noch dort draußen und könnte das auch anderen Frauen antun.«

Er beugte sich vor und umarmte mich fest. »Du bist kein Feigling«, flüsterte er an meiner Schläfe. »Du bist die tapferste Frau, die ich kenne.«

»Vann …«

»Halt«, befahl er ernst und mit Glut in der Stimme. »Ich lasse nicht zu, dass du dir auch nur den kleinsten Teil Schuld gibst. Die Situation, die dich dazu gebracht hat, jeden verdammten Tag an deiner Entscheidung zweifeln zu müssen, hätte gar nicht erst geschehen dürfen. Nie und nimmer durfte das verdammte Arschloch dich anfassen. Er ist der verfluchte Feigling. Nicht du.« Vorsichtig nahm er mein Gesicht in seine Hände. »Ich bin noch nie einem Menschen begegnet, der so schön ist wie du, Dillon Baptiste. Niemandem, der so freundlich, hilfsbereit und witzig ist. Du bist wundervoll und liebenswert. Und wenn ich je herausfinden sollte, wer dir das angetan hat, verspreche ich, dass er dafür büßen wird. Ich schwöre, dass er so leiden wird, wie du leidest. Er hat es gewagt, jemanden zu verletzen, den ich so sehr liebe, dass ich keine Skrupel hätte, ihn für alle Zeit aus dem Weg zu räumen.«

Mein verwundetes Herz stolperte über seine Worte, heilte wieder ein Stück mehr und wuchs sogleich in meiner Brust. »Liebe?«

Er schien, als wäre ihm gerade erst aufgegangen, dass dieses Wort zum ersten Mal zwischen uns gefallen war, hielt kurz inne und nickte dann heftig. »Ja, Liebe. Ich liebe dich, Dillon. Ich habe mich langsam aber sicher in dich verliebt, ab dem Augenblick, als du in die Küche des *Bianca* gestiefelt bist, um die Stelle abzulehnen. Ich habe noch nie jemanden gesehen, der gleichzeitig so schön, verwirrt und frustriert war wie du. Ich hätte fast den Stapel Teller fallen lassen. Seitdem habe ich mich jeden Tag ein wenig mehr in dich verliebt, bis mein Herz ganz von dir eingenommen war. Ich liebe dich. Ich werde dich immer lieben.«

Ich schlang die Arme um seinen Nacken und presste mich an seine Brust, weil ich seinen tröstlichen Körper spüren wollte. »Ich liebe dich auch«, murmelte ich, neuerliche Tränen benetzten meine Wimpern. »Ich habe es nicht für möglich gehalten, dass ich je wieder so tief empfinden könnte. Nicht nach dem, was passiert ist. Und ich konnte mir nicht mal vorstellen, dass ich … liebenswert bin. Schon gar nicht nach meinem Geständnis. Oder dass ich überhaupt die Fähigkeit besitze zu lieben. Ich habe gedacht, diese Leere in mir würde für immer bleiben. Dass ich für immer gebrochen bin. Doch du hast mir das Gefühl gegeben, dass mein Herz und meine Seele heilen können. Komplett. Du hast diese Leere gefüllt. Ich liebe dich, Vann Delane. Und ich hoffe, für immer.«

Er hielt mich für lange Zeit. Unsere Herzen schlugen im Einklang, unsere Arme fest um den anderen geschlungen.

Er hielt mich so lange, bis meine Tränen versiegten. Er hielt mich fest, bis ich wieder lächeln konnte. Er hielt mich, bis ich stark genug war, um mich wieder der Welt zu stellen.

Am nächsten Morgen trat ich aus der Dusche und wickelte mich in ein Handtuch. Ich stand vor dem beschlagenen Spiegel, wischte mit der Hand über das kühle Glas und blinzelte in mein Spiegelbild.

Meine Augen waren immer noch geschwollen von den vielen Tränen, und ich hatte sicher schon mal besser ausgesehen. Meine langen, nassen Haare fielen mir auf die Schultern, Wasser tropfte in das um mich gezurrte, graue Handtuch. Aber aus mir strahlte ein Licht wie schon lange nicht mehr, falls es überhaupt je da gewesen war. Ich wirkte stärker. Zuversichtlicher. Ich sah … selbstbewusst aus.

Das bin ich, wurde mir klar. Keine falschen Persönlichkeiten mehr, damit sich andere in meiner Nähe wohlfühlen. Keine düsteren, fiesen Geheimnisse, die in den hintersten Winkeln meiner Seele verborgen bleiben müssen. Keine Täuschung. Keine Verdrängung. Die Frau im Spiegel hatte ihr Herz einem geliebten Menschen ausgeschüttet und war stärker daraus hervorgegangen.

Das war die Definition von Überleben für mich. Das war das Ziel im Leben. Mich Vann zu öffnen und ihm all die schmutzigen Details von der Nacht vor sechs Jahren anzuvertrauen hatte mich verändert. Dieses Mal jedoch auf gute Weise.

Da draußen gab es viele mutige Frauen, die es wagten, der Welt unüberhörbar ihre Geschichte mitzuteilen. Trotz ihrer Furcht und Scham suchten sie nach Gerechtigkeit. Den Frauen konnte ich nur applaudieren.

Aufrichtig.

Für mich waren sie Heldinnen. Keine Opfer. Nicht nur

Überlebende, sondern wahre Kämpferinnen, die Krieg gegen eine der schlimmsten Ungerechtigkeiten führten.

Aber es gab viel mehr Frauen, die dafür nicht stark genug waren. Frauen wie mich. Frauen, die sich nicht einmal den Menschen anvertrauen konnten, die ihnen nahestanden. Frauen, die die Worte nicht über die Lippen brachten, weil sie es nicht ertrugen, sie ausgesprochen zu hören.

Der Schmerz war zu persönlich. Die Erinnerungen zu heftig. Der schreckliche Albtraum, mit dem wir leben mussten, allgegenwärtig. Nicht nur Furcht hinderte uns am Sprechen. Auch Trauer. Und Schmerz und Scham und eine Million anderer Gründe. Wer Opfer von sexueller Belästigung geworden war, gab sein Bestes, um überhaupt durch den nächsten Tag zu kommen. Nichts als einfach nur den verdammten Tag zu überstehen und die Schuldgefühle und schlimmen Gedanken, die ständig lauerten, in Schach zu halten.

Vielleicht würde ich eines Tages die Stimme erheben und mein Schicksal mit der Welt teilen können – außerhalb der Praxis meiner Therapeutin und meiner Wohnung. Eines Tages vielleicht. Aber vorerst war es genug, dass Vann Bescheid wusste. Auch nur einem Menschen davon zu erzählen, der mich verstand, mir glaubte und mich unterstützte war wie … die Rückkehr ins Leben.

Das mag nach außen feige erscheinen, aber so viel hatte ich inzwischen gelernt: Tapferkeit bedeutete für jeden etwas anderes. Vor allem aber brauchte es Zeit, bis sich die Wunden schlossen. Jahre. Womöglich ein ganzes Leben.

Und heute, an diesem Morgen, fühlte es sich an, als wären die zerbrochenen Teile meines Selbst wieder geheilt.

Und das genügte mir. Zumindest in diesem Augenblick.

Was hätte man tun können, nach all der Zeit, die inzwischen vergangen war? Ich hatte das genaue Datum, den genauen Ort und zu viele verschwommene Erinnerungen. Für einen DNA-Test war es zu spät. Ich konnte weder ein Phantombild zeichnen noch einen Namen nennen.

Vann beharrte darauf, trotzdem nicht aufzugeben. Keinem von uns gefiel der Gedanke, dass das Monster noch frei herumlief und nach dem nächsten Opfer Ausschau hielt. Genauso wenig ließ er zu, dass ich mir die Schuld gab. Nicht einen Hauch, denn damit befreite ich den Vergewaltiger von einem Teil der Schuld. Aber allein er war der Täter. Nicht ich.

Nie und nimmer.

Ich fing an, ihm zu glauben. Mehr, als ich es je für möglich gehalten hätte. Was sich seltsam anfühlte, nach all der langen Zeit des Misstrauens in die männliche Spezies.

Vann jedoch vertraute ich voll und ganz. Und der einzige Grund dafür war, dass ich ihn aus vollem Herzen liebte.

Er hatte es sich in einem Sessel in meinem Schlafzimmer gemütlich gemacht und zappte wahllos durch die Kanäle, während er wartete, dass ich aus dem Bad kam.

Seine Augen streiften über meinen immer noch nassen Körper.

»Geht es dir besser?«, fragte er in zärtlich fürsorglichem Ton, der schon den ganzen Tag in seiner Stimme lag.

Ich nickte. Die heiße Dusche war eine einzige Wohltat nach der ganzen Aufregung, reinigend und beruhigend, als hätte das Wasser die letzten hässlichen Spuren weggewaschen.

Vann hatte die Nacht bei mir verbracht. Wir hatten endlos geredet und waren irgendwann eng umschlungen auf der Couch eingeschlafen. Wir erzählten uns mehr von unserer Vergangenheit, redeten darüber, wie es gewesen war, ein Elternteil zu verlieren, meinen Dad und seine Mom, was so tiefe Narben hinterlassen hatte, dass die Sehnsucht stark war, die entstandene Lücke mit etwas anderem zu füllen. Wir sprachen über meine Ausbildung und wie das Kochen den Heilungsprozess in Gang gesetzt hatte. Wir sprachen auch über seine Anfangsjahre mit *Cycle Life* und wie einsam diese Zeit für ihn gewesen war. Selbst als uns die Augen schon zufallen wollten, unterhielten wir uns noch weiter. Immer weiter verheilten die Wunden und mehr und mehr verliebten wir uns.

In diesen Stunden war mir bewusst geworden, dass ich Vann völlig vertraute. Ihm gehörte mein Herz. Und meine Seele. Und er konnte meinen Körper haben, wann immer er wollte, denn er würde nie so sein wie der Mann vor sechs Jahren. Er würde mir nie respektlos begegnen oder mich bewusst verletzen.

Der Mann, der sich vor sechs Jahren an mir verging, war ein Monster.

Vann Delane war der Mann, den ich liebte.

Ich wurde wach, als er mich ins Schlafzimmer trug, fest in seine Arme geschmiegt. Er wollte gehen, nachdem er mich ins Bett gelegt hatte, aber ich hielt seine Hand fest und zog ihn zu mir.

Ineinander verschlungen wachten wir am Morgen auf. Er ließ uns Frühstück von seinem Lieblingsimbiss kommen. Auch wenn mir Eiweiß-Omelette und Proteinshake ein wenig zu gesund war, liebte ich es, Zeit mit ihm zu verbringen, und genoss das Frühstück, trotz der etwas freudlosen Zutaten. Immerhin konnte ich eingestehen, dass Vann einen guten Einfluss auf meine Ernährung ausübte.

Ich war mir sicher, dass er bald zur Arbeit musste, so wie ich. Aber daran wollte ich noch gar nicht denken.

Als sich unsere Blicke endlich fanden, brannten seine Augen vor lauter Leidenschaft und glänzten verführerisch wie geschmolzenes Silber. Sein Blick schien mich zu streicheln, denn überall dort, wo er eben noch war, überlief mich ein wohliger

Schauer, der sich von Kopf bis Fuß über meinen Körper ausbreitete. Mein Herz schlug wie wild und in erwartungsvoller Vorfreude.

Wir hatten eine schlimme Nacht voll aufwühlender Gefühle gemeinsam durchgestanden. Ich hatte stundenlang geweint und er mit mir. Dann hatte er mich die ganze Nacht in seinen sicheren Armen gehalten. Und mir geholfen, meine zerbrochene Seele wieder zusammenzufügen.

Das Band zwischen uns war stärker denn je. Und unsere gegenseitige Anziehung auch.

Ich liebte ihn.

Er liebte mich.

Und doch hatten wir nur einmal miteinander geschlafen, und ich konnte mich nicht einmal richtig erinnern.

Geradezu verzweifelt versuchte ich, diese Nacht von der vor sechs Jahren zu trennen. Ich wollte so viel Abstand zwischen Vann und meinen gesichtslosen Peiniger bringen wie möglich.

Nicht nur das … ich wollte Vann.

Seinen Körper, die Intimität. Ich wollte seine Hände und seinen Mund überall auf mir spüren. Ich wollte, dass er mich auf eine Weise berührte, die ihn mir für immer einprägte.

Vann wandte den Blick ab und rieb sich die Hände an seiner Sporthose ab. Heute Morgen hatte er zwar als Erstes geduscht und sich meine Zahnbürste geliehen, trug aber noch immer die zerknitterten Klamotten von gestern, in denen er so sexy aussah, dass ich sie ihm am liebsten vom Leib gerissen hätte.

»Hey«, sagte ich und wünschte sehnsüchtig, dass er mich wieder ansah.

Kaum blickt er auf, da ließ ich das Handtuch fallen. Ihm blieb der Mund offen stehen, und er riss die Augen auf. Das war wohl das Letzte, womit er gerechnet hatte.

»Dillon, ich …«

Er rang nach Worten, was mich noch sicherer machte. Ich ging zu ihm, überrascht, wie wohl ich mich am hellllichten Tag in meiner Haut fühlte.

Er leckte sich über die Lippen. »Wir müssen nicht … Ich weiß, du bist noch durcheinander … Ich will dich nicht drängen …«

Ich setzte mich auf seinen Schoß, und er leistete keinerlei Widerstand. Ihn derart aus der Fassung gebracht zu haben, entlockte mir ein Lächeln.

»Ich möchte es ja«, sagte ich. Er suchte in meinen Augen nach einer Bestätigung. »Ich will dich, Vann. Das mit dir ist nicht wie … in jener Nacht. Ich will das hier. Ich will dich. Und nicht nur körperlich. Sondern ganz. Ich liebe dich.« Er schluckte so schwer, dass sein Adamsapfel hüpfte. »Ich vertraue dir.«

Sanft legte er die Hände auf meine Hüften. Zögerlich und hoffnungsvoll zugleich. »Ich liebe dich auch«, versicherte er.

Mit diesem Versprechen verschmolzen unsere Lippen, hungrig, begierig und mit der Lust nach mehr. Seine Zähne streiften meine Unterlippe, und seine Zunge eroberte meinen Mund, kostete mich, verschlang mich.

Ich überließ ihm die Führung und gab mich ganz meinem Verlangen hin. Als ich am Saum seines Shirts zerrte, weil ich es leid war, als Einzige nackt zu sein, half er mir, es über seinen Kopf zu ziehen.

Unsere Körper fanden erneut zueinander, aufseufzend schmiegte ich mich an seine breite Brust, als er die Hände auf meine Hüften legte und mich an sich zog.

»Du bist das Schönste, was ich je gesehen habe«, murmelte er zwischen zwei Küssen. »Himmel, Frau, ich habe so ein verdammtes Glück.«

Seine Worte gingen mir unter die Haut und trafen mich

mitten ins Herz, das sogleich zu rasen begann. »Ich will mehr«, keuchte ich und ließ meine Finger über die warme weiche Haut seiner Brust und seiner Arme wandern.

»Mmh«, brummte er zustimmend.

Mit einer Hand umfasste er meine Brust und fuhr mit dem Daumen über meinen Nippel, so wie ich es mochte. Mit der anderen Hand spreizte er meine Beine und drückte mich fest an seinen harten Körper.

Mein Becken bewegte sich auf ihm wie von selbst, und er spielte an meiner Brustwarze, bis ich mich ihm lustvoll entgegenwölbte.

»Ich will dich, Dillon«, raunte er. »Mehr als ich je irgendjemanden gewollt habe.«

»Dann nimm mich«, drängte ich, bereit für alles, was er zu geben hatte.

Er lächelte an meinem Mund. »Hauptsache, es wird diesmal unvergesslich, oder?«

Mir entfuhr ein kleiner Aufschrei, als er mich auf seine Arme nahm und quer über das Bett warf. Ich streckte ihm erwartungsvoll meine Arme entgegen, aber plötzlich war er nicht mehr zu sehen.

Verwundert stützte ich mich auf die Ellbogen, fand ihn kniend vor dem Bett, und da war sein Kopf auch schon zwischen meinen Beinen verschwunden. Ich schnappte nach Luft und umklammerte die Decke, während er mich in den Wahnsinn trieb.

»Vann«, keuchte ich, als er verruchte Dinge mit seiner Zunge und seinen Zähnen anstellte.

»So verdammt schön«, murmelte er an meiner empfindlichsten Stelle.

Zwei seiner Finger gesellten sich zu seinem Mund und glitten so tief in mich hinein, dass ich dachte, ich würde ohnmächtig. Ich bäumte mich auf und gab Laute von mir wie noch nie zuvor in meinem Leben. Er raubte mir fast den Verstand.

Just als sein Daumen die Stelle fand, an der ich ihn am meisten brauchte, raunte er: »Ich könnte dich den ganzen Tag betrachten.«

Lichter explodierten hinter meinen geschlossenen Lidern, als sich jeder Muskel meines Körpers vor Wonne anspannte. Ekstase durchzuckte mich, als die Lust in meiner Mitte explodierte und sich wie eine Welle über meinen ganzen Körper ausbreitete. Mein Rücken hob sich vom Bett, und meine Knie schlossen sich so fest um Vanns Kopf, dass ich ihn fast erdrückt hätte.

Als die Wogen schließlich verebbten, stand er auf und beugte sich über mich, ein zufriedenes Lächeln im Gesicht. »Großer Gott, ich liebe dich.«

Ich biss mir auf die Lippe und nickte. »Ich liebe dich auch.«

Er schob seine Hose ein Stück nach unten, hielt aber inne, bevor es wirklich spannend wurde. »Mist, ich habe kein Kondom dabei.«

Die Bemerkung eröffnete ein Gespräch, das wir führen mussten. »Ich verhüte. Seit dem, was mir passiert ist, achte ich sorgsam darauf. Es ist … mir wichtig, obwohl ich schon seit sechs Jahren im Zölibat lebe.«

Ein dunkler Schatten huschte über sein Gesicht. Ich wollte ihn schnell vertreiben, daher fragte ich: »Hast du dich in letzter Zeit untersuchen lassen?«

Der Schatten wich einem zärtlichen Lächeln. »Das Thema hatten wir schon. Ja, habe ich, und gesund bin ich auch. So wie du. Das hast du mir beim ersten Mal ungefähr zehn Mal versichert.«

Ich erinnerte mich mühsam, ihm pflichtschuldigst beteuert zu haben, dass von mir keine Gesundheitsrisiken ausgingen.

Oh, du liebe Güte. Wie peinlich. Ich schlug die Hand vors Gesicht und stöhnte. »Jetzt weiß ich es wieder.«

Als ich hörte, wie seine Hose auf den Boden fiel, nahm ich rasch die Hand von den Augen, um den prächtigen Anblick von Vann Delanes durchtrainiertem Körper zu genießen.

Heiliger Strohsack. Der Mann war perfekt.

Und er gehörte mir.

Er kniete sich über mich, und ich rutschte in die Mitte des Bettes, damit wir Platz hatten, um uns zu ... bewegen. Er folgte mir und überzog dabei meine Brust mit Küssen.

»Bist du sicher, dass es für dich ohne Kondom okay ist?«

»Ganz sicher«, versprach ich, und eine neue Welle der Erregung überkam mich, weil ich es kaum erwarten konnte, ihn zu spüren. Hatte ich nicht eben erst einen Orgasmus gehabt? War ich so ausgehungert?

Oh ja, das war ich.

Er küsste mich wieder und wieder, bis ich die Beine um seine Hüften schlang und mein Becken anhob. Wie ich diesen Mann wollte.

Nichts wollte ich mehr als ihn.

Langsam drang er in mich ein, nahm sich Zeit, genoss jede verdammte Sekunde. Wir stöhnten beide auf, als er endlich tief in mir war, und jede Faser meines Körpers erwachte zum Leben.

Gerade als ich dachte, schöner könnte es nicht werden, begann er sich zu bewegen. Weiter und immer weiter. Wir schnappten nach Luft, und unaufhörlich streiften seine Lippen über meinen Mund und meine Brust. Ich grub die Fingernägel in seinen Rücken, als er mich ganz ausfüllte, sich zurückzog und wieder in mir versank, als wären wir miteinander verschmolzen.

Bevor ich wusste, wie mir geschah, war ich schon wieder

kurz vorm Höhepunkt und fieberte dem Feuerwerk entgegen, das er so zuverlässig in mir auslöste.

Und dann verglühte ich. Ließ mich fallen und ergab mich dem Sturm der Gefühle. Und meine Liebe wuchs und wurde immer größer, je mehr ich mich fallen ließ, bis ich sanft und sicher in seinen Armen landete.

Dann kam auch er, und ich betrachtete ihn, wie er die Augen schloss und so sexy aussah wie nie zuvor. Ich wusste genau, was er meinte, als er sagte, er könnte mich den ganzen Tag anschauen.

Ich würde nicht genug davon bekommen, ihn anzusehen. Wieder und wieder. Für den Rest meines Lebens.

Wir hielten uns eine Ewigkeit in den Armen, unsere nackten Körper unter der Decke aneinandergekuschelt, flüsterten uns Liebesschwüre ins Ohr und schufen wundervoll sinnliche Erinnerungen.

Er war alles, was meine Vergangenheit nicht war. Er war vertrauenswürdig, loyal und schön. Er war witzig und süß und einfühlsam. Und er gehörte zu mir.

»Ich komme zu spät zur Arbeit«, stöhnte ich, als ich mich endlich überwinden konnte, auf die Uhr zu schauen. »Dabei habe ich das Team gerade erst zur Pünktlichkeit erzogen.«

Er gab mir lächelnd einen Kuss auf die Schulter. »Ich glaube, wir sollten heute blaumachen.«

Ich blinzelte verwirrt, überrascht, dass er so etwas überhaupt vorschlug. »Was?«

»Warum nicht?«, fragte er mit einem verschmitzten Lächeln. »Immerhin sind wir die Chefs.«

Das stimmte. Wir waren die Chefs. Und verdammt gute noch dazu.

Und das machten wir dann auch. Wir riefen unsere Teams an, die wir ja selbst auf Vordermann gebracht hatten, und legten die Verantwortung vertrauensvoll in ihre Hände. Und dann blieben wir den ganzen Tag im Bett, sprachen über uns, unsere Zukunft, und unsere Liebe füreinander wurde immer tiefer.

Vann Delane war die schönste Überraschung, die mir je über den Weg gelaufen war. Und die Beste. Er hatte mich gerettet, als ich noch nicht einmal wusste, dass ich gerettet werden musste. Er hatte mir den Weg aus dem Tunnel gezeigt, obwohl ich nicht mehr daran geglaubt hatte. Und nun würde er Teil meiner Zukunft sein, was ich nie zu hoffen gewagt hätte.

Ich liebte diesen Mann, der so gut darin war, alles zu richten, was in meinem Leben kaputt war. Diesen Mann, der mein Innerstes berührte.

23. KAPITEL

»Hast du gesehen?«

Ich schaute von meinem Papierkram auf, und Blaze stand grinsend vor mir. Er hatte so beunruhigend gute Laune, dass ich nicht wusste, was ich sagen oder tun sollte, also blinzelte ich ihn an, bis er mit der Sache herausrückte.

»Hast du das gesehen, Chef?«, fragte er noch mal, jedes einzelne Wort betonend.

»Was gesehen?« Ich schüttelte den Kopf. »Und was gibt's da so zu grinsen?«

Er wedelte mit der Zeitung vor meinem Gesicht, die mir bislang gar nicht aufgefallen war. »Schau in den Lokalteil«, befahl er.

Da ich keine Ahnung hatte, worauf er hinauswollte, schnappte ich mir die Zeitung und stellte fest, dass es bereits nur der Lokalteil war.

Und gleich fiel mir das Bild vom *Bianca* mitten auf der Seite ins Auge.

»Was ist das?« Ich sprang auf.

Blaze verlor die Geduld und wurde ernst. »Lies einfach.«

Die Schlagzeile lautete: »Die Stadt hat eine neue Küchenchefin«, und mir wurde langsam, schmerzhaft langsam klar, dass Durhams angesehenster Gastronomiekritiker einen Artikel über mich verfasst hatte. Oh mein Gott!

»Dillon Baptiste mag zwar familiäre Beziehungen haben, aber die innovativen Ideen stammen allein von ihr«, las ich laut vor. Ich schaute Blaze mit großen Augen an. »Steht das da ernsthaft?«

»Weiterlesen«, ermunterte er mich.

Ich tat wie geheißen, überflog die Zeilen und las die Teile laut vor, die ich kaum glauben konnte. »Sie mag zwar jung sein, aber sie stellt unter Beweis, dass sie ein Talent ist, mit dem man in Zukunft zu rechnen hat. Sie hat dem angeschlagenen Restaurant genau das neue Gesicht verliehen, das es dringend brauchte. Der hervorragende Brunch in lässigem Ambiente hat sich inzwischen herumgesprochen, und das *Bianca* ist zu einem Muss für die Gastronomieszene dieser Stadt geworden. Ich war drei Mal dort, und mit jedem Mal mehr beeindruckt ... Allem Anschein nach kann die kleine Schwester ihrem Gastronomen-Bruder noch einiges beibringen.« Ich schnappte nach Luft und lachte laut, dann las ich den Artikel noch mal. »Ezra wird mich umbringen!«, kreischte ich. »Blaze!«

Er grinste über das ganze Gesicht. »Ich weiß.«

»Das sind wir!«

Er nickte. »Ich weiß.«

»Wir haben es in die Zeitung geschafft.«

Er lachte. »Ich weiß.«

Ich lief um den Schreibtisch herum und fiel ihm um den Hals. »Danke, dass du bei mir geblieben bist«, schniefte ich. »Ohne dich hätte ich all das nicht geschafft.«

Er drückte mich. »Ich weiß.«

Ich konnte nicht aufhören zu grinsen. Und ich musste unbedingt Vann davon erzählen. Und Ezra. Außerdem freute ich mich diebisch darauf, den Artikel noch ein paar anderen Küchenchefs unter die Nase zu halten.

Gut, dass sie alle bereits in meinem Restaurant versammelt waren.

Wir feierten mal wieder. Dieses Mal Kayas und Wyatts Verlobung. Er hatte sie am Vorabend gefragt, war überraschend im *Sarita* aufgetaucht und hatte, ohne sich zu erkennen zu geben, eine Speise zurück in die Küche gehen lassen. Sie war so erbost über den arroganten Gast, der glaubte, mehr zu wissen als sie, dass sie den Teller beinahe in den Müll geworfen hätte, ohne ihn vorher anzusehen. Nur der rettende Schrei von Wyatt, der sich neben der Küchentür versteckt hatte, um ihr Gesicht zu sehen, wenn sie die Ringschachtel öffnete, konnte gerade noch verhindern, dass sein Geschenk im Abfalleimer landete.

Sie hatten ihren magischen Moment, denn natürlich hatte sie Ja gesagt.

Vann und ich waren nun offiziell zusammen, und doch zwischen unseren Pärchenfreunden wieder die einzigen Außenseiter, weil wir weder verlobt noch verheiratet waren.

Noch nicht.

Ich lächelte, denn ich wusste, dass das früher oder später kommen würde. Nicht gleich. Nicht in diesem Jahr. Aber Vann war der Mann, mit dem ich den Rest meines Lebens verbringen wollte. Er war derjenige, von dem ich mich vor mir selbst retten lassen wollte, bis in alle Ewigkeit. Amen.

Ich gratulierte der Brigade auf meinem Weg nach draußen und überließ ihnen die Vorbereitung für den Service, um mich meinen wartenden Freunden anzuschließen. Ich hatte angeboten, die Verlobungsparty für meine beste Freundin und ihren Verlobten im *Bianca* auszurichten. Ich hatte nur noch schnell den Papierkram im Büro erledigen wollen und war gerade fertig geworden, als Blaze mit der Zeitung hereinplatzte.

»Meine erste Kritik!«, rief ich, ohne Rücksicht auf den schönen Anlass, der sie hergeführt hatte.

»Was?«, riefen sie einstimmig.

Ich hielt die Zeitung hoch. »Ich bin ein Talent, mit dem man rechnen sollte!«

Ich warf mich in Vanns Arme und war froh, dass er da war, um mich aufzufangen. Er nahm mir die Zeitung aus den Händen und las rasch den Artikel. »Die Stadt hat eine neue Küchenchefin, allerdings«, lachte er und drückte mich fest.

Er reichte die Zeitung an seine Schwester weiter, für die das Lesen etwas umständlich war, hatte sie doch das süßeste, absolut zauberhafte, winzige Neugeborene in ihren Armen. Cecily Violet oder kurz Cece war das niedlichste Baby, das ich je gesehen hatte. Wir alle waren völlig vernarrt in sie und verwöhnten sie nach Strich und Faden.

Vann hatte sich als phänomenaler Onkel herausgestellt, der es liebte, ihr Geschenke zu kaufen und sie zielstrebig weiterreichte, sobald eine volle Windel drohte.

Und Vera und Killian waren eine Inspiration, soweit man das von vielbeschäftigten Eltern erwarten konnte. Vera war immer noch in Elternzeit und arbeitete im Moment nicht in ihrem gut besuchten Restaurant. Sie war oft erschöpft und allein, da Killian sich um das Restaurant kümmern musste. Aber irgendwie schafften sie es, trotzdem Zeit füreinander zu finden, und sie arbeiteten immer noch hart für ihre Träume. Und ihre Ehe.

Sie gaben mir Hoffnung, dass ich auch irgendwann Kinder haben könnte. Selbst mit einem so anspruchsvollen, zeitraubenden Job. Selbst wenn Vann so viel arbeitete wie ich.

Er schlang die Arme um mich, während die Zeitung die Runde machte. »Ist das der wahre Grund, warum wir hier sind?«, fragte Wyatt. »Das Verlobungsessen war bloß ein Vorwand, stimmt's?«

Lachend schüttelte ich den Kopf. »Blaze hat mir den Artikel eben erst gezeigt. Ich hatte keine Ahnung.«

»Hm, ich bin nicht überrascht«, meinte Kaya. »Ich habe es dir gesagt, Süße.«

»Herzlichen Glückwunsch«, quietschte Molly, als sie den Artikel auch endlich in die Hände bekam. »Oh mein Gott, das ist so aufregend!«

»Das Lob gebührt nicht allein mir«, erklärte ich. »Ich habe eine ziemlich grandiose Marketingberaterin.«

Sie lächelte. »Ich kann die Leute nur herlocken. Dein Essen sorgt dafür, dass sie bleiben und fantastische Artikel schreiben.«

»Ich bin stolz auf dich, Schwesterherz«, verkündete Ezra und strahlte über das ganze Gesicht, was auch bei ihm selten genug vorkam. »Ich wiederhole es ja ungern, aber habe ich dir das nicht gesagt?«

Ich streckte ihm die Zunge raus.

»Ach komm, wir alle haben recht behalten«, meinte Killian. »Jeder von uns wusste, dass du dieses Restaurant rocken wirst. Ezra hat zwar sein Bestes gegeben, es gegen die Wand zu fahren, aber du hast es wie ein Profi gerettet.«

Ezra verging das Lächeln auf der Stelle, und er starrte Killian finster an.

»Es fühlt sich gut an, oder?«, fragte Vera. »Nichts bestätigt einen mehr in dem, was man tut, als eine gute Kritik.«

Ich nickte. Sie hatte recht.

»Wir machen unseren Job zwar nicht der guten Kritiken wegen«, ergänzte sie. »Aber die Anerkennung tut trotzdem verdammt gut.«

»Als hätte da je ein Zweifel bestanden«, flüsterte Vann mir ins Ohr. Dann drückte er mir einen Kuss auf die Wange.

»Das alles fühlt sich richtig an«, sagte ich zu meinen Freunden, hingerissen davon, so viele liebe Menschen um mich zu haben. Ich war allein und einsam aufgewachsen. Als Ezra in mein Leben trat, hätte ich niemals gedacht, wie groß meine Familie einmal werden würde.

Aber hier saßen sie nun, unterstützen und liebten mich.

Vor allem der Mann direkt neben mir. Er hatte mich zahllose Male gerettet. Zur wichtigsten Zeit in meinem Leben. Und er half mir, meine Vergangenheit zu bewältigen. Er ermutigte mich, zur Polizei zu gehen und Anzeige zu erstatten. Was ich getan hatte. Mit ihm an meiner Seite natürlich.

Man hatte mich freundlich und verständnisvoll behandelt, aber auch aufrichtig zugegeben, dass es nach so langer Zeit kaum eine Chance gab, den Mann zur Verantwortung zu ziehen. Vann hatte vor ein paar Wochen sogar noch mal mit Justin gesprochen und ihn ausgefragt.

Auch wenn alle hartnäckigen Versuche keine neuen Fakten ans Tageslicht gebracht hatten, versuchten wir dennoch mit der Sache abzuschließen.

Je schöner meine Gegenwart von Tag zu Tag wurde, desto mehr lernte ich auch, die Vergangenheit loszulassen. Und ich hatte eine Gruppentherapie mit anderen Opfern sexueller Gewalt begonnen. Zwar hatte ich meine Geschichte noch nicht mit ihnen geteilt, weinte aber jede Woche mit denen, die den Mut dazu aufbrachten.

Mein Selbstbewusstsein wuchs, je mehr mein Herz und meine Seele heilten. Noch war ich nicht bereit, mich auch anderen Menschen als Vann anzuvertrauen, aber ich wusste, der Tag würde kommen, und dann würde meine Geschichte anderen helfen, die schreckliche Zeit zu überstehen.

Wie hässlich und kaputt die Welt sein konnte, hatte mir meine Selbsthilfegruppe erst wirklich bewusst gemacht. Und es gab überall Opfer. Frauen, von denen ich es nie erwartet hätte. Es traf berufstätige Frauen genauso wie Hausfrauen und Mütter. Frauen jeden Alters, jeder Hautfarbe und jeden

Einkommens. Sie waren von Menschen angegriffen worden, die sie kannten, die sie glaubten zu lieben, von Familienmitgliedern und Freunden oder von einem völlig Fremden.

Jede Geschichte, die ich hörte, war anders, aber alle waren auf ihre Weise krank und fürchterlich, sodass es mir jedes Mal das Herz brach. Ich litt mit jeder Einzelnen von ihnen, jeder Frau, die so sehr hatte leiden müssen wie ich und die diese schwere Last für den Rest ihres Lebens mit sich herumschleppen musste. Und das würde immer so bleiben.

Aber wenn es überhaupt irgendetwas Positives gab, das aus einer solch verheerenden Tragödie entstehen konnte, dann war es für mich das Gemeinschaftsgefühl in der Gruppe, weil wir ein Schicksal teilten. Wir gaben uns Halt. Wir lernten, uns gegenseitig zu unterstützen und zu vertrauen. Und wir würden immer füreinander eintreten und füreinander kämpfen.

Und dasselbe würden auch meine Freunde für mich tun.

Vor allem der Mann an meiner Seite.

Er half mir, das Essen zu servieren, während mein Team den Abendservice vorbereitete. Dann saßen wir mit unseren engsten Freunden zusammen, lachten und stießen auf die Liebe, das Leben und unsere Freundschaft an.

Wyatt und Kaya schilderten jedes einzelne Detail ihrer Verlobung, und obwohl ich die Geschichte schon zum zweiten Mal hörte, weil Kaya mich noch spätabends auf den neuesten Stand gebracht hatte, konnte ich gar nicht genug davon bekommen.

Ich hatte nicht geahnt, dass man so glücklich sein kann. Oder so hoffnungsvoll in die Zukunft schauen könnte.

Ich hatte nicht gewusst, dass es möglich war, so heftig zu lieben oder zu lachen.

Ich hatte nicht geglaubt, dass selbst die tiefsten seelischen Wunden heilen könnten.

Vann war zum perfekten Zeitpunkt in mein Leben getreten und hatte mich mit seiner brummigen Hilfsbereitschaft für sich eingenommen. Ich hatte nicht geahnt, dass mir etwas fehlte, bis ich ihn kennenlernte. Er war der Mann, von dem ich nie zu träumen gewagt hatte.

Er war die Liebe meines Lebens.

Als unsere Freunde gegangen waren und nur noch wir beide übrig waren, zog er mich in seine Arme und küsste mich, bis meine Lippen geschwollen waren und mein Herz raste.

»Ich hasse es, dass wir arbeiten müssen«, stöhnte er.

Ich lachte, denn bevor es ein »wir« gab, hatte es für uns nichts anderes als die Arbeit gegeben. »Ich weiß«, sagte ich mitfühlend. »Ich auch.«

Natürlich hassten wir unsere Arbeit nicht. Im Gegenteil. Wir hatten nur gerade etwas gefunden, das wir noch mehr liebten.

»Kommst du heute Abend zu mir?«, fragte er, während er meinen Hals mit Küssen überzog.

»Du wirst schon schlafen«, erinnerte ich ihn.

Er biss mich leicht in die Schulter. »Dann weck mich auf.«

Ich erschauerte. Nichts würde ich lieber tun als das. »Okay.«

Schon gleich würden wir uns wieder haben. Mit zufriedenem Lächeln trat er einen Schritt zurück, und seine warmen, strahlend silbergrauen Augen trafen mich mitten ins Herz. »Ich liebe dich, Dillon Baptiste.«

Ich lächelte, und meine Worte kamen aus tiefster Seele. »Ich liebe dich auch, Vann Delane.«

NACHWORT DER AUTORIN

Danke, dass Sie »The Something About Him« gelesen haben. Alle vier Bücher der »Opposites Attract«-Serie gehören zu meinen Lieblingsbüchern. Mir hat es Spaß bereitet, Romantik, lustige Wortgefechte und leckere Speisen mit den Problemen, denen wir Frauen uns jeden Tag stellen müssen, zu verweben.

Ich habe große Freude daran gehabt, Dillons und Vanns Geschichte zu erzählen. Es war allerdings auch ein extrem schwieriges Buch, weil ich Dillons traumatische Vergangenheit zum Thema gemacht habe.

Auch wenn es solch unglaubliche Bewegungen wie #metoo gibt und immer mehr Frauen den Mut finden, über ihre Peiniger zu sprechen, möchte ich auch all jenen eine Stimme geben, die ihre noch nicht gefunden haben. Wenn Sie sexuell belästigt wurden und bisher geschwiegen haben, weil Sie keine Worte fanden, möchte ich Ihnen Mut zusprechen. Was Ihnen widerfahren ist, ist schlimm und nicht akzeptabel. Aber Sie tragen keine Schuld daran. Sie sind unschuldig, liebe Freundin. Sie sind das Opfer.

Aber Sie sind auch eine Kämpferin, die überlebt hat.

Suchen Sie sich Hilfe, wenn Sie dazu bereit sind, und sprechen Sie Ihr Trauma aus, wenn Sie die Kraft dazu finden. Und bitte seien Sie versichert, dass Sie nicht allein sind, selbst wenn

Sie schweigen. Eine Vielzahl von Frauen steht an Ihrer Seite und tritt für Sie ein. Sie werden gehört. Und geliebt.

Und an alle, die dieses Buch zur Unterhaltung gelesen haben, vielen Dank, dass Sie Zeit mit Dillon und Vann und all den anderen Pärchen von Durham verbracht haben. Ich habe es genossen, diese Reise mit Ihnen zu unternehmen.

Leserhinweis:
Dieser Roman enthält Beschreibungen sexueller Gewalt, die triggern können.

DANKSAGUNG

In der geschäftigsten Zeit des Jahres beschlossen wir, ein Haus zu kaufen, umzuziehen, Pierce und Ivys Frühjahrslinie herauszubringen und ein Buch zu veröffentlichen. Die vergangenen Monate waren der schiere Wahnsinn. Daher möchte ich zuerst meinem Gott danken, der immer wieder direkt vor meinen Augen Wunder vollbringt, wenn ich mich in einer ausweglosen Lage sehe.

Danke, Zach, dass du in diesem Chaos über dich hinausgewachsen bist, alles geklärt hast, was ich vergessen habe, und dass du mich aufgemuntert hast, wenn ich einer Panik nahe war.

Danke an meine Kinder, die so verständnisvoll sind, wenn ich mich aus dem Alltagsleben zurückziehe und mich abschotte, um zu schreiben.

Danke an meine Mutter und Schwiegermutter für die zahllosen Übernachtungen und das Babysitting.

An Amy Bartol, die auf das nächste Kapitel unseres superaufregenden Projekts wartet, während ich mein Leben auf die Reihe zu bekommen versuche.

Ein Dankeschön an meine Freunde und die Mitglieder meines Bibelkreises, die mich von meiner schlimmsten Seite erlebt haben und mich trotzdem noch mögen.

Danke an meine Lektorin Amy Donnelly, die so hart arbeitet und sich nie beklagt, wenn ich mal wieder den Abgabetermin nicht einhalte.

Danke an Lenore, meine Betaleserin, die meine chaotische Seite geduldig erträgt. Vor allem, wenn ich kurz vor knapp die Grippe bekomme und damit den Zeitplan komplett über den Haufen werfe!

Danke an meine Assistentin Holly, die einfach tut, was getan werden muss und mein Chaos ausbügelt.

Ein ganz besonderer Dank an das OPTS-Team meiner Bank, die sich in meine Geschichten verliebten, während sie nach jedem erdenklichen Finanzdokument auf dem Planeten fragten und dafür sorgten, dass mir ein Hauskauf trotz drängendem Manuskript-Abgabetermin nicht über den Kopf wuchs. Ehrlich, ihr seid alle die Besten.

Und mein Dank gilt auch all den Bloggern und Lesern, die mich beständig unterstützen, rezensieren und zu Signierstunden kommen. Ohne euch wäre ich aufgeschmissen. Ihr macht meinen Beruf zum Vergnügen. Und ihr übertrefft euch bei jeder Veröffentlichung aufs Neue. Danke für eure Unterstützung, eure Zeit und dass ihr meine Liebesromane so sehr mögt wie ich.